오 헨리 단편선

O. Henry

세계문학전집 350

오 헨리 단편선

O. Henry

오 헨리

김희용 옮김

민음사

차례

경찰과 찬송가

소피는 매디슨스퀘어 공원의 늘 가던 벤치에 앉아 거북한 듯 몸을 움직였다. 기러기가 높은 밤하늘에서 울어 대고 바다 표범 외투가 없는 여자들이 남편에게 상냥해질 때, 그리고 소피가 공원 벤치에서 거북한 듯 움직일 때 겨울이 바로 가까이 와 있음을 알 수 있다.

낙엽 하나가 소피의 무릎으로 떨어졌다. 그것은 잭 프로스트[1]의 명함이었다. 잭 프로스트는 매디슨스퀘어를 뻔질나게 드나드는 사람들에게는 친절하게도 자신의 연례 방문을 미리 경고해 준다. 사거리의 각 모퉁이에서 세상의 모든 바깥이라는 저택의 문지기인 북풍에게 자신의 명함을 건네 그 집의 거주자들이 대비할 수 있도록 하는 것이다.

---

1) 서리나 혹한을 의인화한 표현.

소피는 마음속으로 다가올 혹한에 대비해 단독 재정 위원회를 열어 의결할 때가 됐다는 사실을 잘 알았다. 그래서 그는 벤치에서 거북한 듯 몸을 움직였다.

월동과 관련된 소피의 야심은 그리 대단하지 않았다. 지중해 유람선 여행이나 나른한 남국 하늘에 대한 생각 혹은 베수비오 만에서 둥둥 떠다니고 싶다는 생각 따위는 하지도 않았다. 섬에서 석 달을 보내는 것이 그의 영혼이 간절히 바라는 일이었다. 북풍의 신 보레아스와 푸른 제복을 입은 경찰들에게서 벗어나 식사와 잠자리, 마음 맞는 동료를 보장받는 안전한 석 달이야말로 소피에게는 더할 나위 없이 바람직하고 중요한 요소였다.

여러 해 동안 손님 대접이 후한 블랙웰 교도소가 그의 겨울 숙소였다. 그보다 운 좋은 동료 뉴욕 시민들이 해마다 겨울이면 팜비치나 리비에라행 티켓을 사는 것처럼 소피는 해마다 섬으로 헤지라[2]를 떠나기 위해 자기만의 소박한 준비를 했다. 그리고 이제 그때가 왔다. 지난밤 유서 깊은 광장의 분수 옆 벤치에서 잘 때 외투 속과 발목 부근, 무릎 위로 나누어 덮은 안식일판 신문 세 장은 추위를 막아 주지 못했다. 그러자 때마침 소피의 머릿속에 그 섬이 불쑥 떠올랐다. 그는 도시 빈민들에게 자선이라는 이름으로 제공되는 식료품을 경멸했다. 소피가 생각하기에는 법이 자선보다 친절했다. 단순한 생활에

---

2) 622년 마호메트가 메카의 특권 상인과 귀족의 박해로 메디나로 이주한 사건을 말하며, 여기서는 소피가 섬, 즉 교도소로 도피하는 것을 의미한다.

어울리는 숙박과 식사를 제공받을 수 있는 기관은 시립 단체건 자선 단체건 끝도 없이 많았다. 하지만 소피처럼 자존심이 강한 사람에게 자선 단체의 기부 물품은 거치적거리기만 했다. 자선의 손길이 제공한 모든 혜택에 대해서는 돈은 아니라도 정신적 굴욕이라는 대가를 치러야 하는 법이다. 카이사르에게 브루투스가 있었듯이 자선 단체가 제공하는 모든 잠자리에는 목욕이라는 대가가 따르고, 모든 빵 덩어리에는 사적이고 개인적인 심문이라는 배상을 해 줘야 했다. 그러므로 사법 당국의 손님이 되는 편이 낫다. 법은 규칙에 따라 집행될망정 신사의 사생활을 지나치게 간섭하지는 않는다.

소피는 섬에 가기로 결정한 즉시 소원을 성취하기 위한 작업에 착수했다. 그 일을 하는 손쉬운 방법은 여러 가지였다. 가장 유쾌한 방법은 고급 레스토랑에서 호화롭게 식사를 하고 나서 돈이 한 푼도 없다고 밝힌 뒤 아무 소란도 피우지 않고 조용히 경찰관에게 인계되는 것이었다. 그러면 나머지는 친절한 치안 판사가 알아서 처리해 줄 터였다.

소피는 벤치에서 일어나 어슬렁거리며 광장 밖으로 나가 브로드웨이와 5번가가 만나는 아스팔트의 바다를 건넜다. 브로드웨이 쪽을 향해 가다가 어느 화려한 카페 앞에 멈춰 섰다. 그곳은 밤마다 포도와 누에, 원형질로 만든 최고의 생산물들이 모여드는 장소이다.

소피는 조끼 맨 아래 단추 위쪽으로는 자신 있었다. 말끔하게 면도한 데다 외투는 말쑥했고, 단정한 검은색 Y자형 간편 넥타이는 추수 감사절에 어느 여자 선교사에게 선물로 받은 것이었다. 의심받지 않고 레스토랑에 들어가 테이블에 앉을 수만 있다면 성공은 그의 차지가 될 터였다. 테이블 위로 보이는 부분은 웨이터에게 아무 의심도 불러일으키지 않을 것 같았다. 소피가 생각하기에는 청둥오리구이 정도면 괜찮을 듯했다. 거기에 샤블리 포도주 한 병과 카망베르 치즈, 식후의 블랙커피 한 잔, 시가까지. 시가 값은 1달러면 충분할 것이다. 다 합해 봤자 카페 측에 극도의 복수심을 불러일으킬 만큼 큰 금액은 아닐 것이다. 그러면서도 그 만찬은 그가 불룩해진 배와 행복한 기분을 안고 겨울 은신처로 떠나게 해 줄 터였다.

그러나 소피가 레스토랑 문 안쪽으로 발을 들여놓자마자 수석 웨이터의 눈길이 그의 해진 바지와 형편없는 구두로 쏟아졌다. 강하고 재빠른 손길이 그를 돌려세운 다음 조용하면서도 신속하게 문밖 보도로 내보내 위기에 처했던 청둥오리의 수치스러운 운명을 막아 냈다.

소피는 브로드웨이를 벗어났다. 그가 열망하는 섬으로 가는 길에 식도락을 즐길 수는 없을 듯했다. 그 연옥에 들어갈 다른 방법을 생각해 내야 했다.

6번가 모퉁이에는 전등을 켠 유리창 안에 상품들이 절묘하게 진열돼 있어 눈에 확 띄는 가게가 있었다. 소피는 조약돌을 하나 집어 들어 그곳 유리창을 깨부쉈다. 사람들이 모퉁이를 돌아 뛰어왔고, 선두에는 경찰관이 있었다. 소피는 두 손을 주머니에 넣은 채 가만히 서서 경찰관을 보며 미소 지었다.

"저런 짓을 저지른 놈은 어디 있습니까?" 경찰관이 흥분한 채 물었다.

"제가 관련 있을 거라고는 생각하지 않으시나요?" 소피가 빈정거리는 기미가 없지는 않지만 행운을 반갑게 맞이하는 사람처럼 다정하게 말했다.

경찰관은 소피가 사건 해결의 단서라고 믿을 생각조차 하지 않았다. 유리창을 박살 낸 사람이 현장에 남아 법의 대리인과 담판을 벌이려 드는 일은 없다. 그런 사람들은 줄행랑을 치기 마련이다. 경찰관은 어떤 남자가 반 블록쯤 떨어진 곳에서 차를 잡으려고 뛰어가는 것을 보았다. 그가 곤봉을 꺼내 들고 남자를 쫓아갔다. 두 번씩이나 실패하자 소피는 넌더리가 나서 주변을 어슬렁거렸다.

길 맞은편에 소박한 레스토랑이 하나 있었다. 식사를 양껏 제공하면서도 가격이 적당한 곳이었다. 그릇은 투박하고 공기는 탁했으며, 수프는 묽고 테이블보며 냅킨은 얇았다. 소피는 힐난의 대상인 신발과 그의 처지를 빤히 드러내는 바지 차림으로도 아무 이의 제기 없이 그곳에 들어갈 수 있었다. 그는 자리에 앉아서 비프스테이크와 팬케이크, 도넛, 파이를 먹었다. 그러고 나서 웨이터에게 자신이 동전 한 푼 없는 신세라는 사실을 털어놓았다.

"이제 어서 경찰을 불러요." 소피가 말했다. "점잖은 사람 기다리게 하지 마시고."

"당신 같은 사람한테 무슨 경찰?" 맨해튼 칵테일에 든 체리 같은 눈을 한 웨이터가 버터케이크 같은 목소리로 말했다. "어이, 콘!"

웨이터 두 사람이 내동댕이치는 바람에 소피는 딱딱한 보도에 왼쪽 귀를 정통으로 찔렀다. 그는 목수가 접이식 자를 펴듯이 관절 마디마디를 펴며 일어서서 옷에 묻은 먼지를 털었다. 체포된다는 건 한낱 장밋빛 꿈에 지나지 않는 것 같았다. 섬은 너무 멀리 떨어져 있는 듯 보였다. 두 집 건너 약국 앞에 서 있던 경찰관은 웃음을 터뜨리며 걸어가 버렸다.

소피는 다섯 블록을 더 걷고 나서야 다시 한 번 체포를 자청할 용기를 낼 수 있었다. 이번에 생긴 기회는 그에게 어리석게도 '식은 죽 먹기'로 보였다. 수수하면서 호감 가는 차림새를 한 젊은 여자가 어느 진열창 앞에 서서 그 안에 놓인 면도용 컵과 잉크스탠드를 흥미롭게 응시하고 있었고, 진열창에서 2미터쯤 떨어진 곳에는 엄격한 표정의 덩치 큰 경찰관이 소화전에 기대서 있었다.

비열하고 혐오스러운 '난봉꾼'인 척하자는 것이 소피의 계획이었다. 피해자의 세련되고 우아한 모습과 성실한 경찰관이 가까이 있다는 점을 감안할 때 그는 곧 자기 팔에 기분 좋은 경찰관의 손아귀 힘을 느끼고 결국 그 작은 섬에 겨울 숙소를 보장받게 되리라고 믿었다.

소피는 여자 선교사가 준 간편 넥타이를 고쳐 매고 속으로 기어 들어간 셔츠 소매를 밖으로 끄집어낸 다음 모자를 끝내 주는 각도로 쓰고 나서 젊은 여자를 향해 슬슬 옆 걸음질 쳤다. 여자에게 추파를 던지며 몇 차례 "에헴." 하고 헛기침을 한 다음 능글맞게 웃으면서 '난봉꾼'다운 경솔하고 한심하며 뻔한 말들을 뻔뻔스럽게 던지며 다가갔다. 소피가 슬쩍 보니 경찰관이 그를 뚫어져라 주시하고 있었다. 젊은 여자가 몇 걸음 물러서더니 다시 면도용 컵을 골똘히 쳐다보았다. 소피가 대담하게 여자 옆으로 가서 모자를 들어 인사하며 말했다.

"이봐, 베델리아! 우리 집에 놀러 가지 않겠어?"

경찰관이 계속 지켜보고 있었다. 성가신 상황에 처한 젊은 여자가 손가락 하나만 까딱하면 사실상 소피는 자신의 안식처인 섬으로 가게 되는 셈이었다. 벌써부터 경찰서의 아늑한 온기가 느껴지는 듯했다. 젊은 여자가 소피를 마주 보더니 한 손을 뻗어 그의 외투 소매를 잡았다.

"물론 좋지, 마이크." 그녀가 기뻐하며 말했다. "나한테 맥주 한 통만 쏜다면 말이야. 진작 말을 걸고 싶었는데 경찰관이 지켜보고 있었거든."

소피는 떡갈나무에 달라붙은 담쟁이덩굴처럼 매달리는 여자를 데리고 맥을 못 출 만큼 의기소침해진 채 경찰관 옆을 지나갔다. 불행히도 자유가 그의 타고난 운명인 듯싶었다.

다음 모퉁이에서 그는 동행하던 여자를 뿌리치고 달아났다. 이윽고 밤이면 환하게 불을 밝힌 거리에 연인들과 그들의 맹세와 오페라 가사 같은 말들이 가득 넘실거리는 곳에 멈춰 섰다. 모피를 두른 여자들과 두껍고 긴 외투를 걸친 남자들이 겨울바람을 맞으며 경쾌하게 움직였다. 어떤 무시무시한 마법이 자신의 체포를 막는 것 같다는 두려움이 그를 엄습했다. 그런 생각에 그는 약간 당황스러웠고, 휘황찬란한 극장 앞에서 호기롭게 어슬렁거리는 다른 경찰관과 마주쳤을 때 지푸라기라도 잡는 심정으로 '치안 문란 행위'에 매달리게 되었다.

소피는 보도 위에서 거친 목소리를 한껏 높여 소리 지르며 횡설수설 주정하기 시작했다. 춤을 추고 악을 쓰며 미친 사람처럼 지껄이는 등 온갖 방법으로 밤공기를 어지럽혔다.

경찰관이 곤봉을 빙빙 돌리다가 소피에게 등을 돌리고 한 시민에게 설명했다.

"예일 대학이 하트퍼드 대학에 영패를 안긴 걸 축하하는 패거리 중 하나예요. 시끄럽긴 해도 피해를 끼치지는 않을 겁니다. 그냥 내버려 두라는 지시를 받았어요."

절망에 빠진 소피는 아무 쓸모도 없는 소란을 때려치웠다. 경찰은 그에게 절대 손도 대지 않을 작정일까? 그의 상상 속에서 그 섬은 도저히 도달할 수 없는 이상향인 것만 같았다. 그는 쌀쌀한 바람을 막기 위해 얇은 외투의 단추를 채웠다.

담배 가게 안에서 옷을 잘 차려입은 한 남자가 흔들리는 불로 시가에 불을 붙이려 하는 모습이 보였다. 상점 입구에 그 남자가 놓아둔 실크 우산이 있었다. 소피는 안에 들어가 그 우산을 집어 들고 여유롭게 느릿느릿 걸어 나왔다. 시가에 불을 붙이던 남자가 허둥지둥 쫓아왔다.

"내 우산인데." 그 남자가 험악하게 말했다.

"아, 그러신가?" 소피가 빈정거리면서 좀도둑질에 모욕죄를 추가했다. "그럼 경찰관을 부르지 그러시오? 내가 훔쳤잖아. 당신 우산인데 말이야! 경찰을 부르라니까. 마침 저기 모퉁이에 한 사람 서 있네."

우산 주인이 걸음을 늦췄다. 소피 역시 걸음을 늦추면서 이번에도 행운이 자기편이 아니라는 불길한 예감이 들었다. 경찰관이 이상하다는 듯 두 사람을 쳐다보았다.

"물론 무슨 말이냐 하면…… 그러니까 이런 식의 실수가 어쩌다 일어나는지 잘 아시겠지만…… 제가…… 이게 댁의 우산이라면 용서해 주시기 바랍니다……. 오늘 아침에 레스토랑에서 주웠습니다……. 이게 댁의 우산이 분명하다면, 그렇다면…… 바라건대 그쪽이……." 우산 주인이 말했다.

"당연히 내 거지." 소피가 심술궂게 말했다.

우산의 전 주인이 물러났다. 경찰관은 소매 없는 망토 차림의 키 큰 금발 여자가 두 블록 밖에서 전차가 다가오는 길을 건너는 것을 도와주러 서둘러 가 버렸다.

소피는 보수 공사로 엉망이 된 거리를 따라 동쪽으로 죽 걸어갔다. 가다가 너무 화가 나서 굴착된 구덩이 속으로 우산을 팽개쳐 버렸다. 그는 헬멧을 쓰고 곤봉을 든 경관들에 대해 투덜투덜 불만을 중얼거렸다. 그들은 자신이 그들에게 잡히고 싶어 하니까 오히려 자신을 아무 잘못도 저지를 수 없는 왕이라도 되는 양 여기는 듯했다.

마침내 소피는 번쩍이는 불빛과 소란이 잦아든 동쪽의 어느 큰길에 이르렀다. 그는 그 길을 따라 매디슨스퀘어를 향해 갔다. 집이 공원 벤치일지라도 귀소 본능은 여전하기 마련이기 때문이었다.

그러다가 소피는 유달리 조용한 어느 모퉁이에서 멈춰 섰다. 거기에는 오래된 교회가 하나 있었는데, 예스럽고 크고 투박한 데다 박공지붕이었다. 보랏빛 색유리 창으로 부드러운 불빛이 새어 나왔고, 안에서는 오르간 연주자의 손이 건반 위를 오르내리며 다음 안식일에 연주할 찬송가를 연습하고 있는 것이 분명했다. 소피의 두 귀로도 그 감미로운 음악이 떠밀려 와 그를 사로잡았고, 그는 나선형 무늬의 철제 난간에 기대 못 박힌 듯 서 있었다.

달이 머리 위에서 고요하고 환하게 빛났다. 차량도 인적도 드물었고 참새들이 졸린 듯 처마에 앉아 짹짹거렸다. 잠시 동안 그곳은 마치 시골 교회의 묘지 같았다. 오르간 연주자가 연주하는 찬송가가 소피를 철제 난간에 딱 붙여 놓았다. 그 찬송가는 그의 삶에 어머니와 장미, 야망, 친구, 깨끗한 생각과 옷깃이 있던 시절의 그에게 무척 익숙한 것이었기 때문이다.

소피의 활짝 열린 마음 상태와 오래된 교회의 영향력이 한데 섞여 그의 영혼에 갑작스럽고 놀라운 변화가 일어났다. 그는 자신이 굴러 떨어진 구덩이와 타락한 나날, 하찮은 욕망, 말라 죽은 희망, 망가진 재능, 자기 존재를 채우고 있는 비열한 동기를 생각하며 느닷없는 공포를 느꼈다.

그러자 순식간에 그의 마음도 이 새로운 기분에 강렬하게 호응했다. 그는 자신의 절망적인 운명과 싸우고 싶다는 즉각적이고 강렬한 충동에 휩싸였다. 이 진창에서 빠져나가 다시 한 번 사람다운 사람이 되고 자신을 사로잡았던 죄악을 극복하고 싶었다. 시간은 있었다. 그는 아직 젊은 편이었다. 그는 그 옛날 간절했던 야망을 되살려 흔들림 없이 추구해 나갈 터였다. 엄숙하지만 감미로운 오르간 선율이 그의 내면에 대변혁을 불러일으켰다. 그는 내일 북적거리는 시내 중심가로 가 일자리를 찾아볼 것이다. 어느 모피 수입상이 그에게 운전기사 자리를 제안한 적이 있었다. 내일 그 사람을 찾아가 그 자리를 달라고 부탁해 볼 작정이다. 이 세상에 쓸모 있는 사람이 될 것이다. 또 그는…….

소피는 누군가가 자신의 팔을 잡는 것을 느꼈다. 재빨리 돌아보니 얼굴이 넓적한 경찰관이 보였다.

"여기서 뭐 하는 겁니까?" 경찰관이 물었다.

"아무것도 안 하는데요." 소피가 대답했다.

"그럼 같이 갑시다." 경찰관이 말했다.

"섬에서 금고 삼 개월." 이튿날 아침 즉결 재판소에서 치안 판사가 선고했다.

아르카디아[3]의 두 나그네

브로드웨이에 여름철 휴양지 판촉 담당자들에게 간신히 발각되지 않은 호텔이 하나 있다. 그곳은 내부가 깊숙하고 널찍하며 서늘하다. 객실들은 낮은 온도를 유지하는 거무스름한 참나무로 마감되어 있다. 내부의 인공 미풍과 짙은 녹색의 관목들이 애디론댁 산맥[4]을 찾아가는 불편을 감수하지 않고도 즐거움을 누리게 해 준다. 손님들은 이곳에서 널따란 계단을 걸어 올라갈 수도 있고, 알프스 산맥을 오르는 이들도 맛본 적 없는 평온한 기쁨을 누리면서 놋쇠 단추 달린 제복을 입은 안내원의 시중을 받으며 공중에 걸린 엘리베이터를 타고 꿈꾸듯

---

3) 고대 그리스 펠로폰네소스 반도 내륙의 고원으로, 목가적 이상향이 있었다는 전설로 유명하다.
4) 미국 뉴욕 주 북동부에 있는 산맥으로, 뉴욕, 보스턴 등지의 사람들이 자주 찾는 휴양지이다.

미끄러져 올라갈 수도 있다. 주방에는 손님을 위해 화이트 산맥[5]에서 내놓는 것보다 훨씬 맛있는 민물송어 요리와 올드포인트컴포트[6]를 "하느님 맙소사!"라고 외치며 새파랗게 질리게 만들 해산물 요리, 금렵구 감시인의 직분에 충실한 마음마저 녹여 버릴 메인 주 사슴고기 요리를 만드는 주방장이 있다.

사막 같은 7월의 맨해튼에서 여태껏 소수의 사람들만 이 오아시스를 발견했다. 그 한 달 동안은 천장 높은 호텔 식당의 해 질 녘 서늘한 공기 속에 쾌적하게 드문드문 떨어져 앉을 만큼 수가 줄어든 호텔 손님들이 곳곳에 비어 있는 테이블의 눈 덮인 황무지같이 새하얀 테이블보 너머로 서로 말없이 축하의 눈길을 주고받는 모습을 볼 수 있다.

인원이 남아도는 데다 워낙 세심하고 공기처럼 움직이는 웨이터들이 손님 주변을 맴돌다가 미처 말도 하기 전에 필요한 것은 무엇이든 가져다준다. 온도는 언제나 4월 정도다. 천장에는 옅은 구름이 떠다니는 여름 하늘을 흉내 낸 수채화가 그려져 있는데, 그 구름은 진짜 구름과 달리 아쉽게 사라져 버리는 법이 없다.

멀리 브로드웨이에서 들려오는 기분 좋은 왁자지껄한 소음은 행복한 손님의 상상 속에서 평화로운 울림으로 숲을 가득 채우는 폭포 소리로 변한다. 낯선 발소리가 들릴 때마다 손님들은 불안한 듯 귀를 쫑긋 세운다. 자신들의 피난처가 자연의

---

5) 미국 뉴햄프셔 주 북부에 있는 산맥.
6) 미국 버지니아 주 남동부에 있는 항구 도시 햄프턴의 유명한 해변 휴양지.

가장 깊숙하고 은밀한 곳까지 늘 들쑤시고 다니며 쉬지 않고 쾌락을 추구하는 사람들에게 발각되어 침범당할까 두렵기 때문이다.

요컨대 전문가적 안목을 지닌 소수의 손님들은 열기로 달아오른 계절 동안 손님이 줄어든 이 호텔에 몸을 숨긴 채 예술과 기술로 엄선해 대접하는 산과 바다의 즐거움을 한껏 누리는 것이다.

바로 이런 7월 어느 날 한 손님이 호텔로 찾아왔는데, 숙박부에 이름을 기재하기 위해 직원에게 건넨 그녀의 명함에는 '마담 엘로이즈 다시 보몽'이라고 적혀 있었다.

마담 보몽은 이 로터스 호텔이 사랑하는 종류의 손님이었다. 그녀는 상류 계급 사람다운 품위 있는 태도를 갖췄으며, 호텔 직원들을 자신의 노예로 만들어 버리는 진심 어린 상냥함 덕에 온화하고 감미롭기까지 했다. 벨보이들은 그녀의 벨소리에 응하는 명예를 놓고 서로 다퉜다. 접수계 직원들은 소유권 문제만 없다면 호텔과 그 안의 물건들을 몽땅 그녀에게 양도하려 할 지경이었다. 다른 손님들은 그녀가 자신이 머무는 곳 주변까지 완전하게 만드는 여성스러운 고고함과 아름다움의 최종 척도 같은 사람이라고 생각했다.

더할 나위 없이 탁월한 이 손님은 좀처럼 호텔 밖으로 나가지 않았다. 그녀의 이런 습관은 로터스 호텔의 안목 있는 단골 손님들의 관례에도 잘 맞았다. 매력 넘치는 이 호텔을 만끽하려면 아득히 멀리 떨어져 있다는 듯 도시와 무관하게 지내야 한다. 밤에 가까운 곳으로 나들이를 다녀오는 정도는 괜찮다.

하지만 무더운 낮 동안에는 마치 송어가 제일 좋아하는 연못의 맑고 깨끗한 안식처에 꼼짝 않고 있듯이 로터스 호텔의 그늘진 요새 안에 머물러 있어야 한다.

로터스 호텔에 홀로 머물면서도 마담 보몽은 지위 자체로 인해 외로움을 느낄 뿐인 여왕처럼 품위를 잃지 않았다. 그녀는 10시에 아침 식사를 했는데, 차분하고 사랑스러우며 여유롭고 섬세한 모습이 희끄무레한 햇살 속에서 마치 땅거미 질 무렵의 재스민 꽃처럼 부드럽게 빛났다.

그렇지만 마담 보몽의 찬란한 아름다움이 절정에 이르는 것은 저녁 식사 때였다. 그녀는 어느 산골짜기에 있는 미지의 큰 폭포에서 피어오르는 물안개처럼 아름답고 천상의 것과도 같은 저녁 식사용 드레스를 입었다. 그 드레스의 전문적 명칭은 필자가 짐작할 수 있는 수준을 넘어선다. 레이스로 장식된 앞가슴 부분에는 언제나 연홍색 장미 몇 송이가 달려 있었다. 수석 웨이터는 문간에서 그녀를 맞이할 때마다 경외하며 그 드레스를 바라보았다. 그것을 보면 사람들은 파리를 떠올렸다. 어쩌면 신비에 싸인 백작 부인까지도. 어김없이 베르사유와 결투용 양날검, 피스크 부인,[7] 루주 에 누아르[8]를 떠올렸다. 로터스 호텔에는 마담 보몽이 세계적 인사이며, 러시아를 돕기 위해 가냘프고 새하얀 두 손으로 여러 나라 사이를 조종하고 있다는 출처를 알 수 없는 소문이 돌았다. 진짜로 그녀가

---

7) 당대 미국의 유명 여배우 미니 매던 피스크.
8) 빨강과 검정이라는 뜻의 프랑스어로 빨간색과 검은색 무늬가 있는 테이블에서 하는 카드 도박을 의미한다.

세상에서 가장 매끈한 길들을 누비는 범세계적 시민이라면, 한여름의 열기가 지속되는 동안 한적하게 체류하기에 미국에서 가장 바람직한 장소로 로터스 호텔의 세련된 환경을 재빨리 알아본 것은 그리 놀랄 일이 아니었다.

마담 보몽이 호텔에 체류한 지 사흘째 되던 날 한 젊은 남자가 와서 숙박부에 손님으로 이름을 올렸다. 관습적인 순서에 따라 그의 특징을 말하면, 일단 옷차림은 은근하게 유행을 따랐고, 이목구비는 수려하고 균형 잡혔으며, 표정은 세상물정에 밝은 사람처럼 침착하고 세련되었다. 그는 접수 직원에게 자신이 사나흘 정도 머물 것이라고 알리고, 유럽행 증기선의 출항 일정에 관해 몇 가지 물어본 다음 마음에 쏙 드는 숙소를 찾은 여행자의 흐뭇한 표정으로 더할 나위 없이 만족스러운 이 호텔의 축복받은 한적함으로 빠져들었다.

숙박부에 기재된 내용의 진실성을 의심하지 않는다면 이 젊은 남자는 해럴드 패링턴이었다. 그는 로터스 호텔의 배타적이고 고요한 일상의 흐름에 너무나도 조용하고 재치 있게 끼어들었기 때문에 휴식을 추구하는 다른 투숙객들을 놀라게 할 어떤 파문도 일으키지 않았다. 그는 로터스 호텔에서 식사를 하고 로터스[9]를 먹으며, 다른 운 좋은 선원[10]들과 함께 축복받은 평화로 침잠해 들어갔다. 그는 하루 만에 전용 테이블

---

9) 로터스(lotus)에는 '연(꽃)'이라는 뜻 외에도 그리스 신화에 등장하는 '먹으면 근심, 걱정을 잊고 황홀경을 느끼게 된다는 상상의 열매'라는 의미가 있다. 여기에서는 후자의 의미로 사용되었다.
10) 오디세우스의 만류에도 로터스를 먹은 그의 선원들에 빗댄 표현.

과 담당 웨이터를 갖게 되었고, 휴식을 갈망하며 브로드웨이를 건디기 힘든 곳으로 만드는 저 휴양객들이 그들과 가까운 곳에 있으면서도 눈에 띄지 않는 이 안식처를 별안간 덮쳐 망가뜨리지는 않을까 하는 두려움도 갖게 되었다.

해럴드 패링턴이 도착한 이튿날 저녁 식사 후 마담 보몽이 식당을 나가다가 손수건을 떨어뜨렸다. 패링턴 씨는 그녀와 친분을 맺고 싶다는 간절한 마음은 일절 내색하지 않고 그것을 주워서 돌려주었다.

어쩌면 로터스 호텔의 안목 높은 손님들 사이에는 일종의 신비한 본능적 유대감이 있었는지 모른다. 또 어쩌면 두 사람은 브로드웨이의 어느 호텔에서 최고의 여름 휴양지를 찾아내는 공통의 행운을 누렸다는 사실 덕에 서로에게 끌렸는지도 모른다. 섬세하게 예의를 지키면서도 머뭇머뭇 격식을 탈피해 보려 하는 말들이 두 사람 사이에 오갔다. 그러자 마치 진정한 여름 휴양지의 적절한 분위기에서 마술사의 신비한 식물이 그러듯, 바로 그 자리에서 친분 관계가 싹트고 꽃을 피우고 열매를 맺었다. 그들은 잠시 동안 복도 끝에 있는 발코니에 서서 깃털이 든 공처럼 가벼운 대화를 주고받았다.

"오래된 휴양지들은 진저리가 나요." 마담 보몽이 희미하지만 상냥한 미소를 지으며 말했다. "소음과 먼지를 피해 산이나 해변으로 도망가 봐야 무슨 소용이겠어요? 그 두 가지를 만들어 내는 당사자들이 거기로 쫓아오는데 말이에요."

"심지어 바다 위라 해도 교양 없는 사람들이 옆에 들이닥치기는 마찬가집니다." 패링턴이 애석하다는 듯 말했다. "이제는 최고급 증기선도 나룻배보다 별로 나을 게 없어요. 여름 휴양객들이 로터스 호텔이 사우전드 제도[11]나 맥키낵[12]보다도 브로드웨이에서 훨씬 멀리 떨어져 있다는 걸 알아내는 날이 온다면 하늘의 도움을 바랄밖에요."

"어쨌든 우리의 비밀이 일주일만이라도 더 무사하면 좋겠어요." 마담이 한숨을 내쉬는 동시에 미소를 지으며 말했다. "그런 사람들이 소중한 로터스로 갑자기 몰려든다면 저는 어디로 가야 할지 도통 모르겠거든요. 여름에 쾌적하게 지낼 수 있는 장소를 딱 한 군데 더 알고 있는데, 그곳은 우랄 산맥에 있는 폴린스키 백작의 성이에요."

"이번 여름에는 바덴바덴이나 칸도 거의 텅 비다시피 했다더군요." 패링턴이 말했다. "오래된 휴양지들은 해가 갈수록 평판이 나빠지고 있어요. 아마 다른 사람들도 우리처럼 대부분의 사람이 알지 못하는 고즈넉한 곳을 찾고 있을 겁니다."

"이 즐거운 휴가를 사흘만 더 즐기기로 스스로에게 약속했어요." 마담 보몽이 말했다. "월요일이면 세드릭호가 출항하거든요."

해럴드 패링턴의 두 눈에 낙담한 기색이 뚜렷이 드러났다. "저도 월요일에는 떠나야 합니다." 그가 말했다. "외국으로 나가는 건 아니지만요."

마담 보몽이 이국적인 몸짓으로 동그스름한 한쪽 어깨를

---

11) 캐나다 온타리오 주와 미국 뉴욕 주 경계에 있는 1500여 개의 작은 섬들.
12) 미국 미시간 주 북부 휴런호와 미시간호를 잇는 수로에 있는 섬으로, 고대 인디언의 묘지가 있다.

으쓱했다.

"영원히 여기 숨어 있을 수는 없어요. 아무리 매력적인 곳이라도 말이지요. 성에서는 한 달도 더 전부터 저를 맞을 준비를 하고 있어요. 의무적으로 열어야 하는 파티들이라니. 얼마나 귀찮은 일인지! 하지만 로터스 호텔에서 보낸 일주일은 잊지 못할 거예요."

"저도 잊지 못할 겁니다." 패링턴이 나직한 목소리로 말했다. "그리고 세드릭호도 절대 용서하지 못할 겁니다."

사흘 뒤 일요일 저녁에 두 사람은 전과 같은 발코니의 작은 테이블에 앉았다. 사려 깊은 웨이터가 얼음과 작은 잔에 담긴 클라레[13]컵을 가져왔다.

마담 보몽은 매일 저녁 식사 때 입던 아름다운 드레스를 입었다. 그녀는 생각에 잠겨 있는 것 같았다. 테이블에 올려놓은 그녀의 한쪽 손 옆에는 작은 핸드백이 놓여 있었다. 그녀가 차가운 음료를 다 마신 후 핸드백을 열고 1달러짜리 지폐를 한 장 꺼냈다.

"패링턴 씨." 그녀가 로터스 호텔을 온통 사로잡은 미소를 지으며 말했다. "말씀드리고 싶은 게 있어요. 저는 내일 아침 식사 전에 떠날 거예요. 직장으로 돌아가야 하거든요. 저는 케이시 매머드 백화점 양말 매장에서 일하는데, 제 휴가는 내일 8시면 끝나요. 이 지폐는 다음 주 토요일 밤에 주급 8달러를 받을 때까지 제가 구경할 수 있는 마지막 돈이랍니다. 당신은

---

13) 적포도주에 브랜디, 탄산수, 레몬, 설탕을 섞어 얼음으로 차게 만든 청량음료.

진정한 신사이시고 저한테 정말 잘해 주셨기 때문에 가기 전에 꼭 말씀드리고 싶었어요.

저는 오로지 이번 휴가를 위해 꼬박 일 년 동안 제 주급에서 따로 돈을 모았답니다. 저는 더도 말고 딱 일주일만 귀부인처럼 지내보고 싶었어요. 날마다 아침 7시에 마지못해 기어 일어나는 대신 일어나고 싶을 때 일어나 보고 싶었답니다. 부자들이 그러는 것처럼 최고의 음식을 먹으면서 식사 시중을 받고 필요한 게 있으면 벨을 울려 보고 싶었어요. 자, 이제 다 해 봤네요. 제 평생 바랐던 가장 행복한 시간을 보냈어요. 이제 저는 흡족한 마음으로 직장과 비좁은 싸구려 셋방으로 돌아가 앞으로 일 년을 보낼 거랍니다. 당신께 이 이야기를 하고 싶었어요, 패링턴 씨. 왜냐하면 제가…… 제가 생각하기에 당신이 저를 약간은 좋아하는 것 같았고, 저도…… 저도 당신이 좋았으니까요. 하지만 아, 지금까지는 당신을 속일 수밖에 없었어요. 제게는 이 모든 일이 꼭 동화 같았으니까요. 그래서 유럽이나 다른 나라에 대해 읽은 것들을 이야기하면서 제가 대단한 귀부인이라고 생각하시게 만든 거예요.

지금 입은 드레스는 제 몸에 맞는 하나뿐인 드레스인데, 오다우드 앤드 레빈스키에서 할부로 구입한 거랍니다.

가격은 75달러고, 맞춤옷이에요. 선금으로 10달러를 냈고, 지불이 끝날 때까지 그들이 일주일에 1달러씩 수금해 갈 거예요. 제가 이야기하고 싶었던 건 이게 다예요, 패링턴 씨. 제 이름이 마담 보몽이 아니라 메이미 시비터라는 것만 빼면요. 관심 있게 들어 주셔서 감사해요. 이 1달러로는 내일 드레스 할

부금을 낼 거예요. 저는 이제 방으로 올라가야겠네요."

해럴드 패링턴은 무표정한 얼굴로 로터스 호텔에서 가장 사랑스러운 손님이 늘어놓는 긴 이야기에 귀를 기울였다. 그녀가 이야기를 마치자 그가 외투 주머니에서 수표책처럼 생긴 작은 수첩을 꺼냈다. 그가 몽당연필로 수첩 빈칸에 무언가를 적더니 그 페이지를 찢어서 상대에게 건넨 다음 지폐를 집어 들며 말했다.

"저도 내일 아침에는 출근해야 합니다. 그런데 어쩌면 지금 바로 일을 시작하는 편이 나을 것 같기도 하네요. 그건 할부금 1달러에 대한 영수증입니다. 저는 삼 년 전부터 오다우드 앤드 레빈스키에서 수금원으로 일하고 있습니다. 재미있지요? 안 그런가요? 당신과 저 둘 다 휴가를 보내는 방법에 대해 똑같은 생각을 가졌다는 게 말입니다. 저는 항상 최고급 호텔에 묵어 보고 싶었어요. 그래서 매번 주급 20달러에서 따로 돈을 모아 그렇게 한 거예요. 저기, 메이미, 토요일 밤에 배를 타고 코니아일랜드[14]로 나들이 가면 어떨까요?"

가짜 마담 엘로이즈 다시 보몽의 얼굴이 기쁨으로 빛났다.

"아, 당연히 가야죠, 패링턴 씨. 토요일에는 12시에 가게 문을 닫아요. 우리가 상류층 사람들과 일주일 동안 어울리긴 했지만 코니아일랜드도 마음에 들 것 같아요."

발코니 아래로 더위에 지친 도시가 7월의 밤에 으르렁거리거나 와글와글 떠들어 댔다. 로터스 호텔 안에는 적당히 시원

---

14) 미국 뉴욕 항구의 롱아일랜드에 있는 유원지.

한 그늘이 가득 드리워 있었고, 낮은 창 근처에서는 세심한 웨이터가 고갯짓 한 번에도 마담과 그녀의 동반자를 시중들 준비를 한 채 가벼운 걸음으로 서성였다.

엘리베이터 문 앞에서 패링턴이 작별 인사를 했고 마담 보몽이 마지막으로 엘리베이터에 올라탔다. 그런데 그들이 소음 없는 그 엘리베이터에 이르기 직전에 그가 말했다. "해럴드 패링턴이란 이름은 그냥 잊어버려요, 그래 줄 수 있죠? 맥매너스가 제 이름입니다. 제임스 맥매너스요. 어떤 사람들은 지미라고 부르기도 하죠."

"잘 자요, 지미." 마담이 말했다.

마지막 잎새

워싱턴스퀘어 서쪽의 작은 지역은 거리가 제멋대로 얼기설기 얽혀 '플레이스'라고 불리는 좁고 긴 골목길로 쪼개져 있다. 이 '플레이스'들은 기묘하게 기울고 굽어 있어서 어떤 길로 가도 한두 번은 다시 원래 길과 엇갈리게 된다. 일찍이 어느 화가가 이 거리에서 귀중한 가능성 한 가지를 발견했다. 물감이나 종이, 캔버스 대금 청구서를 들고 온 수금원이 이 거리를 돌아다니다가 외상값은 한 푼도 받지 못한 채 원래 자리로 돌아왔다는 사실을 불현듯 발견하게 된다면 어떨까!

그렇게 해서 곧 이 색다르고 오래된 그리니치빌리지로 화가들이 기웃기웃 모여들더니 북향 창문과 18세기풍 박공지붕, 네덜란드식 다락방, 낮은 집세를 찾아 헤매기 시작했다. 그리고 나서 6번가에서 백랍 잔 몇 개와 풍로가 달린 식탁용 냄비 한두 개를 들여와 '예술인 거리'를 형성했다.

납작한 삼 층짜리 벽돌 건물 꼭대기에 수와 존시의 작업실이 있었다. 존시는 조애너의 애칭이었다. 수는 메인 주, 존시는 캘리포니아 주 출신이었다. 두 사람은 8번가에 있는 델모니코 식당의 공용 테이블에서 식사하다가 만났는데, 예술과 치커리 샐러드, 비숍 소매[15]에 대한 취향이 아주 잘 통한다는 사실을 알고는 공동 작업실을 마련하게 되었다.

그것이 5월의 일이었다. 11월이 되자 의사들이 폐렴이라 부르는 차갑고 눈에 보이지 않는 이방인이 마을을 활보하면서 얼음장 같은 손가락으로 여기저기 사람들을 건드리고 다녔다. 이 약탈자는 건너편 이스트사이드에서는 마구 활개 치고 다니면서 수십 명의 희생자를 덮쳤지만 이 좁고 이끼 낀 '플레이스'의 미로 사이에서는 걸음이 느릿해졌다.

폐렴 씨는 이른바 기사도적인 노신사가 아니었다. 캘리포니아 주의 서풍에 피가 묽어진 가엾고 조그마한 여자는 피로 물든 주먹을 휘두르며 가쁜 숨을 몰아쉬는 늙은 떠돌이가 싸우기에 공정한 상대가 아니었다. 하지만 그가 존시를 덮쳤고, 그녀는 페인트칠한 철제 침대에 옴짝달싹도 못 하고 누워서 작은 네덜란드식 유리창 너머로 옆집의 휑한 벽돌 담벼락만 바라보고 있었다.

어느 날 아침에 바쁜 의사가 텁수룩한 잿빛 눈썹으로 눈짓해서 수를 복도로 불러냈다.

"저 아가씨가 회복할 가능성은…… 이를 테면 열에 하나라

---

15) 아래쪽이 넓고 손목 부분의 천에 홈질한 뒤 잡아당겨 주름지게 만드는 소매.

고 할 수 있어요." 그가 체온계를 흔들어 안에 든 수은을 내려 보내며 말했다. "그나마 그 가능성도 본인이 살고 싶어 하는지에 달렸지요. 이런 식으로 장의사 편에 줄을 서 버리면 백약이 무효예요. 친구는 본인이 낫지 못하리라는 결론을 이미 내려 버렸어요. 뭐가 됐든 친구가 평소 마음속에 간절히 품고 있던 게 있나요?"

"저 애는…… 저 애는 언젠가 나폴리 만을 그려 보고 싶어 했어요." 수가 말했다.

"그림이라고? 바보 같은 소리 마요! 친구가 한 번 더 생각해 볼 가치가 있는, 그러니까 평소 마음에 품고 있던 대상 같은 게 있느냐는 거예요. 가령 남자라든가."

"남자요?" 유대인 하프를 팅 하고 울릴 때 날 법한 새된 목소리로 수가 대답했다. "가치 있는 남자라니…… 아니, 없어요. 선생님, 그런 건 전혀 없어요."

"흠, 그러면 그거 문제인데." 의사가 말했다. "내 힘이 닿는 한 의술로 할 수 있는 건 다 해 볼 거예요. 하지만 환자가 자기 장례 행렬에 올 마차 대수나 세기 시작하면 치료 약의 효과는 절반으로 줄어든단 말입니다. 친구한테 이번 겨울에 유행할 외투 소매에 대해 한 번이라도 질문하게 만들 수만 있다면 병이 나을 가능성은 열에 하나가 아니라 다섯에 하나가 될 거라고 장담할 수 있어요."

의사가 돌아간 후 수는 작업실로 가서 일본풍 종이 냅킨이 흠뻑 젖어 걸쭉한 덩어리가 될 정도로 울었다. 그런 다음 화판을 들고 휘파람으로 재즈곡을 불며 존시가 있는 방으로 당당하고 힘차게 걸어 들어갔다.

존시는 이부자리에 잔주름조차 거의 만들지 않은 채 얼굴을 창 쪽으로 돌리고 누워 있었다. 수는 그녀가 잠들었다고 생각하고 휘파람을 멈췄다.

그녀는 화판을 놓고 잡지에 실릴 이야기의 삽화를 펜으로 그리기 시작했다. 젊은 작가들이 문학으로 가는 길을 닦기 위해 잡지에 글을 쓰듯이, 젊은 화가들은 그 글에 삽화를 그리며 예술로 가는 길을 닦아야 하는 법이다.

수가 남자 주인공인 아이다호 주 카우보이의 몸에 우아한 마술용 승마 바지와 외알 안경을 그려 넣고 있을 때 나직한 목소리가 여러 번 들려왔다. 그녀가 부리나케 침대 옆으로 다가갔다.

존시가 눈을 크게 뜨고 있었다. 그녀가 창밖을 바라보며 숫자를 세고 있었는데, 그것도 거꾸로 셌다.

"열둘." 그렇게 말하더니 잠시 후에 "열하나." 그러고 나서 "열." 다음에 "아홉." 연달아 "여덟."과 "일곱."을 거의 한꺼번에 말하다시피 했다.

수가 걱정스럽게 창밖을 내다보았다. 뭔가 셀 만한 게 있는 걸까? 보이는 것이라고는 텅 빈 쓸쓸한 마당과 6미터쯤 떨어져 있는 벽돌집의 휑한 담벼락뿐이었다. 옹이 많은 뿌리가 썩어 가는 아주 늙은 담쟁이덩굴 하나가 벽돌 담벼락을 절반쯤 기어 올라가 있었다. 가을의 차가운 숨결이 덩굴에 붙은 잎사귀를 쳐서 떨어뜨려 거의 헐벗은 채 허물어져 가는 벽돌담에 해골처럼 앙상한 가지들만 매달려 있었다.

"뭐 하는 거야?" 수가 물었다.

"여섯." 존시가 거의 속삭이듯 말했다. "이제 점점 빨리 떨어지고 있어. 사흘 전에는 백 개 가까이 달려 있었는데. 그때는 세느라고 머리가 아플 지경이었거든. 그런데 지금은 쉽네. 또 하나 떨어진다. 이제는 다섯 개밖에 안 남았어."

"뭐가 다섯 개라는 거야? 네 친구 수한테도 좀 알려 줘."

"잎사귀 말이야. 담쟁이덩굴에 달린 거. 마지막 잎새가 떨어지면 나도 떠나야 해. 그렇다는 건 사흘 전부터 알고 있었어. 의사 선생님이 너한테 아무 말씀 안 하셨어?"

"저런, 그런 터무니없는 소리는 처음 들어." 수가 대놓고 조롱하듯 투덜거렸다. "저 늙은 담쟁이덩굴 잎사귀가 네 병이 낫는 거랑 대체 무슨 상관이 있다는 거니? 게다가 넌 저 담쟁이덩굴을 무척 좋아했잖아, 이 말썽쟁이 아가씨야. 바보같이 굴지 마. 오늘 아침에 의사 선생님이 나한테 말씀하셨는데, 네가 곧 완전히 회복될 가능성이…… 그러니까 선생님 말씀을 그대로 옮기면 말이야…… 선생님 말씀으로는 그럴 가능성이 열에 아홉이래! 그 정도면 우리가 뉴욕에서 전차를 타거나 새로 짓는 건물 옆을 지나갈 확률만큼 높은 거잖아. 이제 수프를 좀 먹어 봐. 그리고 이 수가 다시 그림을 그릴 수 있게 해 주렴. 그래야 편집자한테 그걸 팔아서 몸이 아픈 아이가 마실 포도주와 식탐 많은 본인이 먹을 돼지고기를 살 수 있을 테니까."

"포도주는 이제 살 필요 없어." 여전히 창밖만 바라보며 존시가 말했다. "또 하나 떨어지네. 됐어, 수프도 먹고 싶지 않아. 이제 딱 네 개 남았네. 날이 어두워지기 전에 마지막 잎새가 떨어지는 걸 보고 싶어. 그러고 나면 나도 떠날 거야."

"존시, 제발." 수가 존시 쪽으로 고개를 숙이며 말했다. "내가 일을 다 마칠 때까지 눈을 감고 창밖을 내다보지 않겠다고 약속해 줄래? 내일까지는 저 삽화를 꼭 넘겨야 해. 빛이 필요하지만 않았다면 벌써 차양을 내렸을 거야."

"다른 방에서 그리면 안 될까?" 존시가 쌀쌀맞게 대답했다.

"여기 네 옆에 있고 싶어서 그래." 수가 말했다. "게다가 네가 저 어처구니없는 담쟁이덩굴 잎사귀를 계속 보고 있는 것도 싫고."

"끝나면 바로 알려 줘." 창백한 얼굴로 쓰러진 조각상처럼 미동도 않은 채 눈을 감으며 존시가 말했다. "마지막 잎새가 떨어지는 걸 보고 싶어서 그래. 이제 기다리기 지쳤어. 생각하기도 지겹고. 이젠 나도 저 가엾고 지친 잎사귀들처럼 모든 걸 내려놓고 아래로, 아래로 떨어지고 싶어."

"잠을 좀 자 봐." 수가 말했다. "나는 베어먼 씨를 불러서 세상을 등진 늙은 광부의 모델이 돼 달라고 해야겠어. 금방 돌아올 거야. 내가 올 때까지 꼼짝할 생각 마."

베어먼 노인은 같은 건물 1층에 사는 화가였다. 나이는 예순을 넘겼고 미켈란젤로가 그린 모세의 수염 같은 곱슬곱슬한 수염이 사티로스를 닮은 머리부터 작은 도깨비를 닮은 몸통을 따라 흘러내렸다. 베어먼은 화가로서는 실패한 사람이었다. 사십 년 동안 붓을 휘둘렀지만 자신이 섬기는 예술이라는 여왕의 치맛단 근처에도 닿지 못했다. 그는 늘 곧 걸작을 그리겠다고 다짐했지만, 아직까지는 시작조차 해 본 적이 없었다. 지난 몇 년 동안 이따금 상업용이나 광고용으로 서투른 그림을 그린 것을 제외하면 아무것도 그리지 않았다. 전문 모델료를 지불할 능력이 없는 마을의 젊은 화가들을 위해 모델 노릇을 해 주면서 약간의 돈을 벌었다. 그는 독한 술을 지나치게 마셔 대면서 계속해서 앞으로 그릴 걸작에 대해 떠벌렸다. 그 밖의 면에 있어서는 그저 성질 사나운 왜소한 노인일 뿐이었다. 유약한 모습을 보이면 누구든 매섭게 비웃었지만 동시에 그는 위층 작업실에 사는 젊은 두 화가를 보호하기 위해 대기 중인 사나운 특별 경비견 역할을 자임하기도 했다.

수는 아래층에 있는 어두침침한 그의 소굴에서 노간주나무 열매[16] 냄새를 강하게 풍기는 베어먼을 찾아냈다. 방 한구석에 세워진 이젤 위에는 이십오 년 동안 걸작의 첫 획을 기다려 온 텅 빈 캔버스가 놓여 있었다. 수는 그에게 존시의 망상에 대해 털어놓고, 존시가 세상을 붙들고 있는 얼마 안 되는 힘마저 점점 약해지면 사실상 잎사귀 하나만큼이나 가볍고 연약한 그녀가 진짜로 잎사귀처럼 날아가 버릴까 봐 몹시 두렵다고 말했다.

베어먼 노인이 붉게 충혈된 눈으로 대놓고 눈물을 줄줄 흘리면서 그런 멍청한 상상에 대한 경멸과 조롱의 말을 마구 퍼부었다.

"맙소사!" 그가 외국 억양이 섞인 말투로 소리쳤다. "그 빌어먹을 담쟁이덩굴에서 이파리 좀 떨어진다고 죽겠다는 멍청한 인간이 세상에 어디 있어? 그런 말은 처음 들어. 아니, 세

---

16) 노간주나무 열매는 독한 술인 진을 만들 때 쓰는 필수 향미료이다.

상을 등졌다는 멍청이 역할의 모델 노릇은 안 할 테야. 어째서 존시가 머릿속으로 그런 터무니없는 생각을 하게 내버려 두는 거지? 가엾은 존시 양."

"그 애는 지금 무척 아프고 몸도 허약해요." 수가 말했다. "게다가 열 때문에 마음에 병이 들어 자꾸 이상한 망상에 빠지는 거지요. 좋아요, 베어먼 씨, 제 모델이 돼 주기 싫으시면 안 하셔도 돼요. 하지만 저는 베어먼 씨를 지긋지긋하게 무책임하고 말 많은 노…… 노인네라고 생각할 거예요."

"수 양도 영락없이 여자로군!" 베어먼이 소리를 질렀다. "내가 모델 안 서 준다고 누가 그래? 자자! 나도 함께 가지. 삼십 분 전부터 계속 모델 설 준비가 됐다고 말하려고 했어. 젠장! 여긴 존시 양처럼 좋은 사람이 앓아누워 있을 곳이 못 되는데. 언젠가 내가 걸작을 그리면 그땐 다 같이 여기를 떠나자고. 그럼! 꼭 그러자고."

그들이 위층으로 올라갔을 때 존시는 잠들어 있었다. 수는 창턱까지 차양을 끌어내린 다음 베어먼에게 다른 방으로 가지고 손짓했다. 그곳에서 그들은 두려운 마음으로 창밖의 담쟁이덩굴을 내다보았다. 그러고는 잠시 동안 아무 말 없이 서로를 바라보았다. 눈이 섞인 차가운 비가 끈질기게 내리고 있었던 것이다. 낡은 푸른색 셔츠를 입은 베어먼은 세상을 등진 광부 노릇을 하기 위해 바위 대신 거꾸로 뒤집은 주전자를 깔고 앉았다.

이튿날 아침 수가 한 시간쯤 자고 일어나 보니 존시가 멍한 눈을 크게 뜨고 창문에 친 초록색 차양을 빤히 바라보고 있었다.

"저것 좀 걷어 줘. 밖을 보고 싶어." 그녀가 낮은 목소리로 주문했다.

수는 마지못해 그 말에 따랐다.

그런데 어찌 된 일인가! 온밤 내내 쉼 없이 세찬 비가 쏟아지고 사나운 돌풍이 불었는데도 담쟁이덩굴 잎사귀 하나가 벽돌담을 배경 삼아 여전히 남아 있는 것이 눈에 띄었다. 덩굴에 붙어 있는 마지막 잎새였다. 줄기에 가까운 부분은 아직 진한 초록색이지만 톱니 모양의 가장자리는 소멸과 쇠퇴를 나타내는 누런색으로 시든 채 지상 6미터 정도 높이의 가지에 용감하게 매달려 있었다.

"마지막 잎새야." 존시가 말했다. "틀림없이 밤새 떨어질 거라고 생각했는데. 바람 소리를 들었거든. 아무튼 오늘은 떨어질 거야. 그러면 나도 함께 죽겠지."

"제발, 부탁이야!" 수가 지친 얼굴을 베개에 기대며 말했다. "너 자신을 생각하지 않으려거든 나를 좀 생각해 줘. 도대체 내가 어떻게 해야 하는 거니?"

하지만 존시는 대답하지 않았다. 이 세상에서 가장 외로운 존재는 머나먼 곳으로 신비한 여행을 떠날 준비를 하는 영혼이다. 그녀를 우정이나 세상일에 묶어 두었던 매듭이 하나씩 풀리면서 망상이 더욱 강하게 그녀를 사로잡는 듯했다.

날이 저물었다. 두 사람은 해 질 녘 어스름 속에서도 혼자 남은 담쟁이덩굴 잎사귀가 담벼락에 붙은 줄기에 꼭 매달려 있는 것을 보았다. 이윽고 밤이 찾아오자 북풍이 또다시 휘몰아치면서 빗줄기가 세차게 창문을 두드리고 낮은 네덜란드식

처마 밑으로 후드득 떨어졌다.

날이 충분히 밝자 존시가 가차 없이 차양을 걷으라고 지시했다.

담쟁이덩굴 잎사귀는 여전히 그 자리에 있었다.

존시가 누운 채 한참 동안 그것을 바라보았다. 그러고 나서 존시는 닭고기 수프를 가스레인지에 올리고 휘젓고 있는 수를 불렀다.

"나는 참 나쁜 애였어, 수." 존시가 말했다. "어떤 알 수 없는 힘이 내가 얼마나 못되게 굴었는지 알려 주려고 저기에 저 마지막 잎새를 남겨 둔 거야. 죽기를 바라는 건 죄악이야. 이제 나한테 수프를 조금 가져다줘. 포도주를 약간 넣은 우유도. 그리고…… 아니다, 먼저 손거울부터 가져다줘. 그다음에 등에 베개를 몇 개 더 받쳐 주고. 일어나 앉아서 네가 요리하는 걸 보게."

한 시간 후에 그녀가 말했다.

"수, 나 언젠가는 나폴리 만을 그려 보고 싶어."

그날 오후에 의사가 찾아왔다. 그가 떠날 때 수가 핑계를 대고 복도로 따라 나갔다.

"이제 가능성은 반반이에요." 의사가 수의 떨리는 가냘픈 손을 잡으며 말했다. "간호만 잘하면 아가씨가 이길 겁니다. 자, 이제 나는 아래층에 있는 다른 환자를 보러 가야겠군요. 이름은 베어먼이고 그림 그리는 분이라던데. 똑같이 폐렴인데, 그분은 나이도 많고 몸도 허약한 데다 심지어 급성이라서 희망이 전혀 없어요. 하지만 좀 편안하게라도 지내시라고 오늘 병원으로 옮기려고 해요."

이튿날 의사가 수에게 말했다. "이제는 위험에서 벗어났어요. 아가씨가 이겼습니다. 이제 영양 섭취에 신경 쓰면서 잘 돌봐 주기만 하면 돼요."

그날 오후 수는 침대에 누워 아무 쓸모도 없는 새파란 모직 숄을 만족스러운 표정으로 짜고 있는 존시에게 다가가 한 팔로 그녀와 베개를 한꺼번에 끌어안았다.

"너한테 알려 줄 게 있어, 하얀 생쥐 아가씨." 그녀가 말했다. "베어먼 씨가 오늘 병원에서 폐렴으로 돌아가셨어. 고작 이틀 앓으셨을 뿐인데. 첫날 아침에 관리인이 아래층 그분 방에서 아파서 옴짝달싹 못 하는 베어먼 씨를 발견했대. 구두랑 옷이 흠뻑 젖어서 얼음처럼 차가웠다더라. 도대체 그렇게 끔찍한 밤에 어디에 다녀온 건지 다들 상상도 할 수가 없었어. 그러다가 여전히 불이 켜져 있는 등잔과 늘 놓아두던 장소에서 끌고 나간 사다리, 흩어져 있는 붓 몇 자루랑 초록색과 노란색이 섞여 있는 팔레트가 발견된 거야. 창 너머로 담벼락에 붙어 있는 저 마지막 담쟁이덩굴 잎새를 봐, 존시. 바람이 불어도 팔랑거리거나 움직이지 않는 게 이상하지 않았어? 아, 존시, 저게 바로 베어먼 씨의 걸작이야. 마지막 잎새가 떨어지던 밤에 그분이 저기에 저걸 그리신 거야."

크리스마스 선물[17]

1달러 87센트. 그게 다였다. 그중에서도 60센트는 1센트짜리 동전이었다. 이 동전들은 식료품점과 채소 가게, 정육점에서 가게 주인들을 우격다짐으로 밀어붙여 매번 한두 푼씩 아껴 모은 것이었다. 그럴 때마다 그토록 빡빡하게 흥정하는 인색함을 말없이 비난하는 눈초리에 그녀의 두 뺨이 벌게지곤 했다. 델라는 세 번이나 세어 보았다. 1달러 87센트. 그리고 내일은 크리스마스였다.

낡고 작은 소파에 털썩 주저앉아 할 수 있는 일이라고는 엉엉 우는 것밖에 없었다. 그래서 델라는 그렇게 했다. 이런 모습을 보면, 결국 인생이란 흐느낌과 훌쩍임, 미소로 이루어졌고, 그중에서도 훌쩍일 때가 가장 많다는 교훈적인 생각을 문

---

17) 원제는 「세 동방 박사의 선물」이다.

득 떠올리게 된다.

이 집 안주인이 첫 번째 단계에서 두 번째 단계로 점차 진정돼 가는 동안 집 안을 한번 둘러보겠다. 주당 집세 8달러를 내는 가구 딸린 아파트. 어이가 없어 말문이 막힐 지경은 아닐지라도 부랑자 단속반 초소에 걸려 있는 경계 문구가 붙어 있대도 이상하지 않을 만큼 허름하기 짝이 없었다.

아래층 현관에는 편지 한 통 배달된 적 없는 우편함과 어떤 손가락이 눌러도 절대 울리지 않는 전기초인종이 달려 있었다. 그리고 그 위에는 '제임스 딜링햄 영 씨'라는 이름이 적힌 문패가 달려 있었다.

문패의 주인이 주급 30달러를 받고 한창 성공 가도를 달리던 예전에는 '딜링햄'이라는 글씨가 산들바람에도 신나게 휘날렸다. 하지만 수입이 20달러로 줄어든 지금 '딜링햄'이라는 글씨는 흐릿해져서 마치 스스로 얌전하고 겸손하게 D 자 하나로 줄어들고 싶기라도 한 것 같았다. 그러나 제임스 딜링햄 영 씨가 집에 돌아와 위층 자기 아파트에 도착할 때면 여러분에게 이미 소개한 델라, 그러니까 제임스 딜링햄 영 부인은 그를 '짐'이라 부르며 힘껏 끌어안아 주었다. 이것은 더할 나위 없이 흐뭇한 장면이다.

델라는 울음을 멈추고 분첩으로 얼굴을 매만졌다. 그녀는 창가에 서서 잿빛 뒷마당의 잿빛 울타리 위를 걸어가는 잿빛 고양이를 멍하니 내다보았다. 내일이 크리스마스인데 짐에게 선물을 사 줄 돈이 고작 1달러 87센트밖에 없었다. 여러 달 동안 그녀가 최선을 다해 한 푼이라도 아껴 모은 결과가 고작 이

것이었다. 주급 20달러로 그 이상은 무리였다. 매번 그녀가 세운 예산보다 지출이 컸다. 지출이라는 게 그런 법이다. 짐에게 선물을 사 줄 돈이 고작 1달러 87센트라니. 그녀의 짐에게. 그녀는 그를 위해 뭔가 좋은 것을 사 줄 계획을 짜면서 많은 시간을 행복하게 보냈다. 멋지고 흔치 않으면서 순도가 높은 어떤 것, 짐의 소유물이 되는 영예를 누릴 자격에 조금이라도 더 근접한 어떤 것이라야 했다.

이 방의 창문과 창문 사이에 길쭉한 전신 거울이 하나 걸려 있었다. 어쩌면 여러분도 주당 8달러짜리 아파트에서 이런 거울을 본 적이 있을 것이다. 몸이 무척 가늘고 민첩한 사람이라면 길쭉한 조각에 빠르게 연달아 비치는 자기 모습을 관찰해 전체적인 외모를 상당히 정확하게 파악할 수도 있을지 모른다. 델라는 무척 날씬해서 그런 기교에는 통달했다.

별안간 그녀가 창가에서 휙 돌아서더니 거울 앞에 섰다. 그녀의 눈이 영롱하게 빛났지만 얼굴은 이십 초도 지나지 않아 핏기를 잃었다. 그녀가 재빨리 머리를 풀어헤쳐 길게 늘어뜨렸다.

제임스 딜링햄 영 부부에게는 자랑스러운 것이 두 가지 있었다. 하나는 할아버지로부터 아버지를 거쳐 짐이 물려받은 금시계였고, 다른 하나는 델라의 머리카락이었다. 만약 시바의 여왕[18]이 통풍로를 사이에 두고 건너편 아파트에 살았다 해도, 언젠가 델라가 머리카락을 창밖으로 늘어뜨리고 말리는

---

18) 유대교과 이슬람교의 전승에 의하면 기원전 10세기경 활동한, 아라비아 남서부에 있던 시바 왕국의 지배자. 구약 성서에는 금, 보석, 향료를 실은 낙타 대상을 앞세우고 솔로몬 왕의 궁전을 방문했다고 기록되어 있다.

모습을 보이면 여왕 폐하는 자신이 가진 갖가지 보석과 선물이 보잘것없다고 느끼게 돼 버렸을 것이다. 솔로몬 왕이 그 건물의 관리인이고, 자기 보물을 모두 건물 지하에 쌓아 두고 있었다고 해도, 짐이 그 옆을 지날 때마다 자기 시계를 꺼내 들면 왕이 질투심에 수염을 잡아 뜯는 꼴을 보게 되었을 것이다.

이제 델라의 아름다운 머리가 길게 흘러내려 갈색 폭포처럼 찰랑찰랑 물결치며 반짝거렸다. 머리가 무릎 아래까지 닿아서 긴 윗옷이라도 입은 듯 보였다. 그녀가 다시 한 번 초초한 듯 재빠르게 다시 머리를 감아올렸다. 그녀는 한 차례 잠시 비틀거린 다음 가만히 서 있다가 다 해진 붉은 카펫 위로 눈물을 두어 방울 뚝뚝 떨어뜨렸다.

곧이어 그녀는 낡은 갈색 재킷을 걸치고 낡은 갈색 모자를 썼다. 그러고 나서 치맛자락을 펄럭이며 빙글 돌아서더니 두 눈에 여전히 반짝이는 눈물방울을 매단 채 문밖으로 날듯이 뛰쳐나가 계단을 지나 거리로 나섰다.

그녀가 멈춰 선 곳에는 다음과 같이 적힌 간판이 있었다. "마담 소프로니. 헤어 제품 일체." 델라는 한 층 달려 올라가서 숨을 헐떡이며 마음을 가다듬었다. 큰 덩치에 지나치게 하얗고 냉정해 보이는 마담은 '소프로니'라는 이름에 어울리지 않는 듯 보였다.

"제 머리카락 사시겠어요?" 델라가 물었다.

"머리카락을 사는 게 제 일인걸요." 마담이 말했다. "모자를 벗으세요. 머리 모양을 한번 봅시다."

갈색 폭포가 잔물결을 일으키며 쏟아져 내렸다.

"20달러 드릴게요." 마담이 능숙한 손길로 머리채를 들어 올리며 말했다.

"빨리 주세요." 델라가 말했다.

아, 그 뒤 두 시간은 장밋빛 날개를 타고 훌쩍 지나가 버렸다. 이런 엉망진창인 비유 따위는 잊어버리라. 그녀는 짐의 선물을 찾아 가게마다 샅샅이 뒤지고 다녔다.

그녀가 마침내 그것을 찾아냈다. 그것은 분명 다른 누구도 아닌 짐을 위한 물건이었다. 그녀가 가게마다 다 헤집고 다녔지만 다른 어떤 가게에도 그런 물건은 없었다. 그것은 단순하고 품위 있는 디자인의 백금 시곗줄이었다. 겉만 번지르르한 부속 장식을 동원하지 않고 재료 자체만으로 물건의 가치를 제대로 보여 주었다. 품질 좋은 물건은 늘 그런 법이다. 심지어 그 시계에 진정 걸맞은 물건이었다. 그녀는 보자마자 그 시곗줄의 주인은 바로 짐이라는 사실을 알아차렸다. 그것은 짐과 비슷했다. 평온함과 고귀함, 이 두 가지 특성이야말로 둘 모두에게 딱 어울리는 표현이었다. 그녀는 21달러를 지불한 다음 남은 87센트를 가지고 집으로 걸음을 재촉했다. 시계에 그 줄을 달면 짐은 누구와 함께 있든 당당하게 시간을 확인할 수 있을 것이다. 시계가 그렇게 근사한데도 시곗줄 대신 달아 놓은 낡은 가죽끈 때문에 그는 종종 남몰래 시계를 꺼내 보곤 했다.

델라가 집에 도착하자 극도의 흥분이 사그라들며 신중함과 분별력이 제자리를 찾았다. 그녀는 고데기를 꺼내고 가스 불을 켠 후 사랑에 관대한 마음씨가 더해지면서 발생한 파괴의 현장을 복구하는 작업을 시작했다. 이런 작업은 언제나 엄청난 고역이다. 친애하는 여러분, 그것은 참으로 매머드급 과제라 할 만하다.

사십 분이 채 안 돼 델라의 머리는 짧고 곱슬곱슬한 머리카락들로 뒤덮이게 되었고, 그녀는 영락없이 학교를 무단결석한 남학생 같아 보였다. 그녀는 거울에 비친 자기 모습을 오랫동안 주의 깊고 비판적인 눈길로 바라보았다.

"짐이 나를 보자마자 죽이지 않는다면, 아마 코니아일랜드의 코러스 걸처럼 보인다고 하겠지." 그녀가 혼자 중얼거렸다. "그렇지만 내가 뭘 할 수 있었겠어? 아! 1달러 87센트로 내가 뭘 할 수 있었을까?"

7시 정각에 그녀는 이미 커피를 준비해 놓고, 프라이팬을 가스레인지 위에서 뜨겁게 달궈 두꺼운 고기를 요리할 채비도 마쳤다.

짐은 늦는 법이 없었다. 델라는 시곗줄을 반으로 접어 손에 꼭 쥔 채 그가 늘 들어서는 문 근처 탁자 모서리에 걸터앉았다. 그때 1층 계단을 올라오는 그의 발소리가 들리자 그녀의 얼굴이 잠시 하얗게 질렸다. 그녀는 일상의 가장 사소한 일들에 대해 소리 없이 짧은 기도를 올리는 습관이 있었는데, 이 순간에도 이렇게 속삭였다. "하느님, 제발 짐이 제가 여전히 예쁘다고 생각하게 해 주세요."

문이 열리고 짐이 들어와 문을 닫았다. 그는 여위었고 몹시 진지해 보였다. 불쌍한 친구, 고작 스물두 살인데 가장이라는 의무를 짊어지고 있다니! 그에게는 새 외투가 필요한 데다 장갑은 아예 없었다.

문 안으로 들어선 그는 마치 메추라기 냄새를 맡은 사냥개처럼 꼼짝도 하지 않았다. 그의 두 눈은 델라에게 못 박혀 있었다. 게다가 그 눈에는 도무지 읽어 낼 수 없는 표정이 서려 있어서 그녀는 잔뜩 겁을 먹었다. 그것은 분노도 경악도 비난도 공포도, 그녀가 대비한 그 어떤 감정도 아니었다. 그는 그저 얼굴에 기묘한 표정을 띤 채 빤히 그녀를 쳐다볼 뿐이었다.

델라가 탁자에서 쭈뼛쭈뼛 일어나 그에게 다가갔다.

"짐, 자기." 그녀가 외쳤다. "나를 그런 식으로 보지 마. 머리카락을 잘라서 팔았을 뿐이니까. 당신한테 선물 하나 주지 않고 크리스마스를 보낼 수는 없었어. 머리카락은 다시 자랄 거야. 언짢은 건 아니지? 그렇지? 난 그저 이렇게 해야 했어. 내 머리카락은 정말 빨리 자라. 짐, '메리 크리스마스!'라고 말하고 함께 즐겁게 보내자. 내가 자기를 위해 얼마나 멋진, 얼마나 아름답고 멋진 선물을 사 왔는지 짐작도 못 할걸."

"머리카락을 잘랐다고?" 짐이 힘겹게 물었다. 아무리 열심히 머리를 굴려 봐도 그 명백한 사실에 도달하지 못한 사람처럼 보였다.

"잘라서 팔았어." 델라가 말했다. "그래도 전처럼 날 좋아할 거지? 머리카락이 없어도 나는 나잖아, 안 그래?"

짐이 신기하다는 듯 방 안을 둘러보았다.

"당신 말은 머리카락이 사라졌다는 거야?" 그가 거의 얼빠진 바보처럼 말했다.

"찾아봐야 아무 소용 없어." 델라가 말했다. "팔았어. 내가 말했잖아. 팔아 치웠다니까. 오늘은 크리스마스이브야, 맙소사.

나한테 화내지 마. 당신을 위해 그랬단 말이야. 아마 내 머리카락 개수는 헤아릴 수 있을지 모르지." 그녀가 느닷없이 진지하고 상냥하게 말을 이었다. "그렇지만 세상 그 누구도 당신을 향한 내 사랑을 헤아릴 수는 없을 거야. 고기를 팬에 올릴까, 짐?"

짐은 넋이 나간 듯한 상태에서 곧 깨어나는 것처럼 보였다. 그가 델라를 품에 꼭 안았다. 다 함께 반대편에서 십 초 정도만 별것 아닌 연구 주제나 차근차근 들여다보기로 하자. 일주일에 8달러나 일 년에 100만 달러나 도대체 무슨 차이가 있을까? 수학자나 현자라도 틀린 답만 내놓을 것이다. 세 동방 박사는 귀중한 선물을 여러 가지 가져왔지만 그중에도 옳은 답은 없었다. 이 애매모호한 주장의 의미는 잠시 후에 명백하게 밝혀질 것이다.

짐이 외투 주머니에서 꾸러미 하나를 꺼내더니 탁자 위로 툭 던졌다.

"절대로 날 오해하지는 마, 델." 그가 말했다. "당신이 머리를 어떤 식으로 자르건 밀어 버리건 감건 아내에 대한 내 사랑을 조금이라도 줄어들게 할 수 있는 건 아무것도 없으니까. 하지만 그 꾸러미를 풀어 보면 어째서 내가 처음에 잠깐 넋이 나갔는지 이유를 알 수 있을 거야."

하얀 손가락들이 날렵하게 포장 끈과 포장지를 잡아 뜯었다. 그러자 곧 환희에 찬 탄성이 터졌다. 하지만 그다음에는 아, 불쌍해라! 그녀의 마음이 급변하여 발작적인 눈물과 통곡이 뒤를 이었고, 이 집 주인은 혼신의 힘을 다해 아내를 위로해야 했다.

장식용 머리빗이 들어 있었던 것이다. 그것은 델라가 브로드웨이의 어느 가게 진열창 너머로 본 뒤 오랫동안 흠모해 마지않던 옆머리와 뒷머리 장식용 머리빗 세트였다. 진짜 거북 등딱지로 만들어 가장자리에 보석을 박아 넣은 이 아름다운 머리빗은 이제는 사라져 버린 그녀의 아름다운 머리카락에 꽂으면 색깔마저 딱 어울릴 물건이었다. 그녀는 그것이 얼마나 비싼지 알았기 때문에 가질 수 있으리라는 일말의 희망조차 품지 못한 채 그저 마음속으로만 간절히 바라고 동경했다. 그런데 지금 그것들이 그녀의 것이 되었지만 정작 탐내던 그 장신구들을 더욱 빛나게 해 줄 긴 머리카락은 사라지고 없었던 것이다.

그렇지만 그녀는 그것들을 가슴에 꼭 끌어안았고 마침내 눈물로 흐릿해진 눈을 들고 미소 지으며 말했다. "내 머리카락은 정말 빨리 자라, 짐!"

그러다가 델라가 털을 불에 그슬린 고양이처럼 펄쩍 뛰어오르며 외쳤다. "아, 이런!"

짐은 아직 그를 위한 아름다운 선물을 보지 못했다. 그녀가 손바닥을 펼쳐 들고 기대에 차서 그에게 내밀었다. 무광 처리된 흐릿한 귀금속이 그녀의 밝고 열렬한 마음의 빛을 반사하며 반짝거리는 듯 보였다.

"굉장하지 않아, 짐? 이걸 찾으려고 온 시내를 다 뒤졌어. 이제부터 자기는 하루에 백 번쯤은 시계를 보게 될걸. 시계 좀 이리 줘 봐. 자기 시계에 달면 얼마나 잘 어울릴지 보고 싶어."

짐은 그 말에 따르는 대신 소파에 주저앉아 두 손을 뒷머리에 받친 채 싱긋 웃었다.

"델." 그가 말했다. "우리 크리스마스 선물들은 한동안 다른 곳에 넣어 두자. 그것들은 지금 당장 사용하기에는 너무 멋진 것 같아. 당신 머리빗 살 돈을 마련하려고 시계를 팔았거든. 자, 이제 고기를 올리면 어떨까 싶은데."

세 동방 박사는 여러분도 알다시피 현명한 사람들이었다. 경이로울 만큼 현명한 사람들이어서 말구유에 누운 아기 예수께 선물을 가져갔다. 그들이 크리스마스에 선물을 주는 풍습을 만들어 냈다. 그들은 현명한 사람들이었으니 그들의 선물 또한 의심의 여지 없이 현명한 것이었다. 어쩌면 선물이 겹칠 경우에는 교환할 수 있는 특권까지 포함되었을지 모른다. 어쨌든 지금까지 나는 여러분에게 변변찮은 솜씨로 싸구려 아파트에 사는 바보 같은 어린 부부가 집안에서 가장 귀중한 보물들을 서로를 위해 가장 현명하지 못하게 희생해 버린 특별할 것도 없는 이야기를 시시콜콜 들려주었다. 하지만 오늘날의 현명한 사람들에게 마지막으로 하고 싶은 한마디는, 선물을 건넨 모든 사람들 가운데 이 두 사람이 가장 현명했다는 것이다. 또 선물을 주고받은 모든 사람들 가운데서도 그들이 가장 현명하다. 그 어디에서라도 그들이야말로 가장 현명한 사람들이다. 그들이야말로 동방 박사이다.

붉은 추장의 몸값

그것은 꽤 괜찮은 생각인 것 같았다. 그렇지만 일단 내가 이 야기를 다 할 때까지 좀 기다려 보라. 이 유괴 계획이 번뜩 떠오른 것은 우리가, 그러니까 빌 드리스콜과 내가 남부 앨라배마 주에 가 있을 때였다. 나중에 빌이 표현했던 것처럼 그것은 "잠시 귀신에 홀린 듯한 순간"이었지만 우리는 시간이 꽤 흐른 후에야 그 사실을 깨달았다.

그곳에는 얇은 팬케이크처럼 납작한 평지에 있는데도 서밋[19] 이라고 불리는 마을이 하나 있었다. 그곳에는 5월제의 기둥[20] 주위로 모여드는 그 어떤 농부들 못지않게 유순하고 소박한 주민들이 살았다.

---

19) '정상, 산꼭대기'라는 뜻.
20) 5월 1일에 열리는 봄 축제를 기념하는 기둥. 꽃 따위로 장식해 행사 때 사람들이 이 주위를 돌며 춤을 춘다.

빌과 나에게는 둘이 합쳐 600달러 정도가 있었는데, 일리노이 주 서부에서 시유지 개발 계획 사기를 성사시키려면 딱 2000달러가 더 필요했다. 우리는 호텔 입구 계단에서 그 문제에 대해 의논했다. 시골 분위기가 남아 있는 이런 지역에서는 자식에 대한 애착이 강하기 마련이라는 이야기를 나눴다. 게다가 그 밖의 몇몇 이유로도 평상복 차림의 기자들을 보내 이것저것 캐물으며 휘젓고 다니게 하는 신문사의 영향력이 미치는 곳보다는 그곳에서 유괴 계획을 실행하는 편이 나을 게 뻔했다. 우리는 서밋 마을이라면 기껏해야 순경 몇 명, 어쩌면 게으른 블러드하운드 몇 마리를 시켜 우리를 추적하거나《주간 농민 재정》에 한두 번 비판 기사가 실리는 것 이상의 강력한 조치는 없으리라고 확신했다. 그래서 그 생각이 괜찮아 보였던 것이다.

우리는 에버니저 도싯이라는 지역 유지의 외아들을 희생양으로 골랐다. 아이의 아버지는 착실하고 빈틈없으며 담보 대출을 선호하는 대부업자로, 꼿꼿한 자세로 단호하게 교회 헌금 접시를 지나쳐 보내거나 담보물에 대한 권리를 행사하는 인물이었다. 꼬마는 열 살 먹은 사내아이였는데, 얼굴에는 주근깨가 도드라지게 박혀 있고 머리카락은 기차를 기다릴 때 가판대에서 사 보는 잡지 표지 같은 색깔이었다. 빌과 나는 에브니저가 몸값 2000달러쯤은 쉽게 쓸 것이라고 생각했다. 그렇지만 일단 내가 이야기를 다 할 때까지 기다려 보라.

서밋 마을에서 3킬로미터 정도 떨어진 곳에 삼나무로 울창하게 뒤덮인 작은 산이 있었다. 이 산의 뒤편 다소 높은 곳에 동굴이 하나 있었는데, 우리는 그곳에 먹을 것을 보관해 두었다. 어느 날 저녁 해가 저문 다음 우리는 마차를 몰고 도싯 영감의 집 앞을 지나갔다. 그 꼬마가 길에서 맞은편 울타리에 앉아 있는 새끼 고양이에게 돌멩이를 던지고 있었다.

"어이, 꼬마야!" 빌이 말했다. "사탕 한 봉지 받고 신나게 마차도 한번 타 보는 게 어떠니?"

아이가 대뜸 벽돌 조각을 던져 빌의 눈을 정통으로 맞혔다.

"이 대가로 영감에게 500달러는 더 치르게 만들고 말겠어." 마차 바퀴 위로 올라서며 빌이 말했다.

아이는 웰터급 검은곰처럼 맹렬하게 싸웠다. 하지만 결국 우리는 녀석을 제압해 마차 바닥에 밀어 넣은 다음 마차를 몰고 떠났다. 우리는 녀석을 동굴로 데리고 올라갔고, 나는 말을 삼나무 숲에 매어 놓았다. 날이 어두워진 후에 나는 마차를 몰고 그것을 빌렸던 4킬로미터쯤 떨어진 작은 마을로 갔다가 걸어서 산으로 돌아갔다.

빌은 온 얼굴에 난 긁히고 멍든 상처에 반창고를 붙이고 있었다. 동굴 입구에 있는 커다란 바위 뒤편에서 모닥불이 타올랐고, 아이는 붉은 머리에 대머리수리의 꽁지깃 두 개를 꽂은 채 끓는 커피 주전자를 지켜보고 있었다. 내가 다가가자 녀석이 막대기로 나를 가리키며 말했다.

"야! 저주받은 흰둥이 놈아, 네놈이 감히 평원의 공포 자체인 이 붉은 추장의 야영지에 들어오는 것이냐?"

"녀석은 이제 괜찮아." 빌이 바지를 걷어 올리고 정강이에 든 멍 자국을 살피면서 말했다. "우린 지금 인디언 놀이를 하고 있거든. 여기에 대면 버펄로 빌[21] 쇼조차 마을 공회당에서 환등기로 보여 주는 팔레스타인 풍경같이 보일걸. 나는 모피를 얻으려고 덫을 놓는 사냥꾼 행크 영감인데, 지금은 붉은 추장의 포로 신세고, 동틀 녘이면 머리 가죽이 벗겨질 운명이야. 제로니모[22]이시여, 맙소사! 저 녀석이 어찌나 세게 걷어차는지."

정말 그랬다! 그 아이는 인생 최고로 즐거운 시간을 보내고 있는 것처럼 보였다. 동굴에서 야영하는 재미에 자신이 포로라는 사실도 잊어버렸다. 녀석은 즉시 내게 첩자 뱀눈이라는 이름을 붙여 주고, 출정을 나간 자기 용사들이 돌아오면 해가 뜰 때 내가 화형에 처해질 것이라고 선언했다.

그러고 나서 우리는 저녁을 먹었는데, 녀석이 입에 베이컨과 빵, 고기 국물을 잔뜩 밀어 넣은 채 떠들기 시작했다. 녀석이 저녁 식사를 하며 주절거린 말들은 대강 다음과 같았다.

"이거 정말 마음에 드는데. 전에는 한 번도 야영을 해 본 적이 없어. 그렇지만 애완용 주머니쥐를 길러 본 적은 있어. 지난번 생일에 아홉 살이 됐어. 학교 가는 건 정말 싫어. 쥐들이 지미 탤벗의 숙모네 점박이 암탉이 낳은 달걀 열여섯 개를 다 먹어 치웠어. 이 숲에 진짜 인디언들이 있어? 고기 국물 좀 더 줘. 나무들이 움직여서 바람이 부는 거야? 우리 집에 강아지가 다섯 마리 있었어. 코가 왜 그렇게 빨개, 행크 아저씨? 우리

---

21) 본명은 윌리엄 프레더릭 코디로, 1883년 서부 모험을 소재로 한 화려한 쇼를 만들어 성공을 거뒀다.
22) 미국 인디언 아파치족의 추장. 백인과 싸우며 격렬한 전투를 지휘하다가 패배하고 붙잡혔다.

아버지는 돈이 많아. 별은 뜨거워? 토요일에 내가 에드 워커를 두 번 후려쳤어. 난 여자 애들이 싫어. 끈이 없으면 두꺼비를 잡을 수 없어. 황소도 시끄럽게 울까? 오렌지는 왜 둥글어? 이 동굴에 잠잘 침대가 있어? 에이머스 머리는 발가락이 여섯 개나 있어. 앵무새는 말을 할 수 있지만 원숭이나 물고기는 못 해. 열둘이 되려면 몇 개나 더 있어야 해?"

녀석은 몇 분마다 자신이 성가신 일을 맡은 인디언이라는 것을 기억해 내고는 막대기 총을 집어 든 뒤 동굴 입구까지 발끝으로 살금살금 걸어가 증오스러운 흰둥이 정찰병들이 있는지 살펴보았다. 녀석은 이따금 인디언식 함성을 내질러 덫 사냥꾼 행크 영감을 몸서리치게 만들곤 했다. 그 아이는 처음부터 빌을 공포에 떨게 만들었던 것이다.

"붉은 추장." 내가 꼬마에게 말을 걸었다. "집에 돌아가고 싶어?"

"에이, 뭐하러?" 녀석이 말했다. "집은 하나도 재미없는걸. 난 학교 가는 게 너무 싫어. 야영하는 게 좋단 말이야. 날 집에 다시 데려가려는 건 아니겠지, 뱀눈 아저씨?"

"당장은 아니야." 내가 말했다. "얼마 동안은 여기 이 동굴에서 지낼 거야."

"좋았어!" 녀석이 말했다. "그거 괜찮은걸. 이제까지 이렇게 재미있는 일은 처음이야."

우리는 11시쯤 잠자리에 들었다. 넓은 담요와 누비이불을 펼쳐 바닥에 깔고 붉은 추장을 우리 둘 사이에 눕혔다. 녀석이 달아날 것이라는 걱정은 하지 않았다. 녀석이 벌떡 일어나 자기 총을 집어 들고는 나와 빌의 귀에 대고 "쉿! 이봐." 하고 날카로운 소리를 질러 대는 통에 우리는 세 시간 동안이나 잠들 수 없었다. 작은 나뭇가지가 탁 하고 부러지거나 나뭇잎이 바스락거리는 소리가 아이의 상상 속에서는 금방 무법자 무리가 살그머니 다가오는 것을 알려 주는 소리로 들렸기 때문이다. 마침내 나는 힘겹게 잠이 들었지만 포악한 붉은 머리 해적에게 납치돼 나무에 사슬로 꽁꽁 묶이는 꿈에 시달렸다.

동틀 무렵 나는 빌이 질러 대는 끔찍한 비명에 잠이 깼다. 그것은 남자의 발성 기관에서 나오리라고 기대할 수 있는 종류의 고함이나 울부짖음, 외침, 함성, 날카로운 소리가 아니었다. 여자들이 유령이나 애벌레를 보고 내지르는 것 같은, 그저 꼴사납고 소름 끼치고 굴욕적인 비명이었다. 동틀 녘 동굴에서 건장하고 흉포하며 뚱뚱한 사내가 억제하지 못하고 내지르는 비명을 듣는 건 정말 끔찍한 일이다.

나는 무슨 일인지 알아보려고 벌떡 일어났다. 붉은 추장이 빌의 가슴팍을 타고 앉아 한 손으로 그의 머리털을 휘감아 쥐고 있었다. 다른 손에는 우리가 베이컨을 자를 때 사용한 날카로운 단검을 들고 있었다. 녀석은 전날 저녁 빌에게 내린 선고대로 빌의 머리 가죽을 벗기려고 부지런히 애쓰고 있었다.

나는 꼬마에게서 단검을 빼앗고 녀석을 다시 한 번 자리에 눕혔다. 하지만 바로 그 순간부터 빌은 완전히 기가 질려 버렸다. 그는 자기 자리에 눕기는 했지만 아이가 우리와 함께 있는 동안 결코 다시는 눈을 붙이고 자려 하지 않았다. 나는 얼마 동안 깜박깜박 졸았지만 동이 터 오자 해가 뜰 때 나를 화형에 처하겠다던 붉은 추장의 말이 떠올랐다. 불안하거나 겁이 나지는 않았지만 일어나 앉아서 담배 파이프에 불을 붙이고 바위에 등을 기댔다.

"뭐하러 이렇게 일찍 일어났나, 샘?" 빌이 물었다.

"나 말이야?" 내가 말했다. "아, 어깨가 좀 아파서 말이야. 일어나 앉아 있으면 어깨가 좀 편해질까 해서 그러지."

"자네는 거짓말쟁이야!" 빌이 말했다. "자네는 겁이 난 거라고. 자넨 동틀 녘에 화형당하기로 돼 있었잖아. 녀석이 진짜 그렇게 할까 봐 두려웠던 거지. 녀석은 성냥만 찾으면 그렇게 하려고 할걸. 끔찍하지 않아, 샘? 자네 생각에는 저런 꼬마 도깨비를 집으로 돌아오게 하려고 돈을 지불할 사람이 있을 것 같은가?"

"물론이지." 내가 대답했다. "저런 말썽쟁이야말로 부모들이 애지중지하는 법이라고. 이제 자네하고 추장은 일어나서 아침 식사를 준비하도록 해. 그동안 나는 산꼭대기에 올라가서 정찰을 좀 할 테니까."

나는 얕은 산의 정상에 올라가 주변 지역을 재빨리 훑어보았다. 서밋 마을 쪽에서 큰 낫과 쇠스랑으로 무장한 건장한 농부들이 악랄한 유괴범들을 찾아 시골 지역을 뒤지고 돌아다니는 모습을 볼 수 있기를 기대했다. 하지만 내가 본 것은 한 남자가 짙은 갈색 노새를 데리고 쟁기질을 하는 평화로운 풍경뿐이었다. 개울 바닥을 훑는 사람은 아무도 없었다. 넋이 나간 부모에게 아무 소식도 없다는 기별을 전하러 사방으로 급히 돌아다니는 심부름꾼도 전혀 없었다. 내 눈앞에 펼쳐진 것은 앨라배마 주 서밋 마을 인근의 외양에 깊이 배어 있는 나른한 졸음에 빠진 목가적 분위기뿐이었다. "아마 늑대들이 우리에서 부드러운 새끼 양을 물어 갔다는 사실이 아직 발각되지 않았나 보군. 신이시여, 늑대들을 도우소서!" 나는 그렇게 중얼거리고 아침을 먹으러 산을 내려갔다.

내가 동굴에 이르렀을 때 빌은 동굴 한쪽 벽에 등을 붙인 채 거칠게 숨을 씨근거리고 있었고, 아이는 야자열매 반만 한 바윗돌을 그에게 내던지겠다고 위협하고 있었다.

"저 녀석이 시뻘겋게 단 삶은 감자를 내 등에 집어넣었어." 빌이 설명했다. "그러더니 그걸 발로 으깼다고. 그래서 내가 녀석의 귀싸대기를 때렸지. 자네 총 있어, 샘?"

나는 아이에게서 돌을 빼앗고 둘의 싸움을 일시적이나마 진정시켰다. "복수하고 말겠어." 꼬마가 빌에게 말했다. "붉은 추장을 때리고 대가를 치르지 않은 사람은 지금까지 아무도 없었어. 조심하는 게 좋을걸!"

아침 식사 후 꼬마는 주머니에서 끈으로 둘둘 만 가죽 조각을 꺼내더니 끈을 풀면서 동굴 밖으로 나갔다.

"저 녀석 이번엔 무슨 일이지?" 빌이 걱정스럽게 말했다. "도망치는 건 아니겠지, 그렇지, 샘?"

"그건 걱정하지 마." 내가 말했다. "저 녀석은 집에 있는 걸 그다지 좋아하지 않는 것 같으니까. 그런데 몸값에 대해서는 뭔가 계획을 마련해야겠어. 저 녀석이 실종됐다고 서밋에서 별다른 소동이 일어난 것 같지는 않아. 하지만 어쩌면 사람들이 저 녀석이 사라진 걸 아직 모를 수도 있어. 식구들은 녀석이 제인 숙모네 아니면 다른 이웃집에서 하룻밤 보낸다고 생각할 수도 있을 거야. 어쨌든 오늘은 녀석이 없어진 걸 알게 되겠지. 우리는 오늘 밤 저 녀석 아버지에게 아이를 돌려주는 대가로 2000달러를 요구하는 전갈을 보내야 해."

바로 그때 우리는 다윗이 전사 골리앗을 넘어뜨릴 때 질렀을 법한 인디언식 함성을 들었다. 붉은 추장이 주머니에서 꺼낸 것은 바로 돌팔매 끈이었고, 녀석은 그것을 자기 머리 위에서 빙빙 돌리고 있었다.

나는 재빨리 몸을 피했지만 쿵 하는 육중한 소리와 동시에 빌이 내는 한숨 소리 같은 것이 들렸는데, 안장을 벗길 때 말이 내는 소리와 비슷했다. 달걀만 한 검은 돌멩이가 빌의 왼쪽 귀 바로 뒤쪽에 맞았던 것이다. 힘이 완전히 풀려 버린 빌은 설거지를 하려고 모닥불에 얹어 끓이던 뜨거운 물이 담긴 프라이팬 위로 철퍼덕 쓰러져 버렸다. 나는 그를 끌어내서 삼십 분 동안이나 그의 머리에 찬물을 부어 주었다.

이윽고 빌이 일어나 앉아서 자기 귀 뒤를 만져 보더니 이렇게 말했다. "샘, 내가 성경에서 제일 좋아하는 인물이 누군지 알아?"

"걱정하지 마." 내가 말했다. "금방 정신이 들 거야."

"헤롯 왕[23]이야." 그가 말했다. "나만 혼자 여기 남겨 두고 가 버리진 않을 거지, 그렇지, 샘?"

---

23) 기원전 37~기원전 4년에 재위한 유대의 왕. 어린 예수 그리스도를 죽이려고 베들레헴의 2세 이하 모든 남자아이를 죽이라는 명령을 내렸다.

나는 밖으로 나가서 아이를 붙잡아 녀석의 주근깨들이 덜 걱덜걱 소리를 낼 정도로 힘껏 흔들었다.

"얌전하게 굴지 않으면 네 녀석을 당장 집으로 데려다줄 테다." 내가 말했다. "자, 말 잘 들을 거야, 안 들을 거야?"

"그냥 장난 좀 친 건데." 녀석이 시무룩해져서 말했다. "행크 아저씨를 다치게 하려던 건 아니었어. 그런데 행크 아저씨가 왜 나를 때린 거야? 얌전히 있을게, 뱀눈 아저씨. 날 집에 보내지만 않으면. 그리고 오늘은 비밀 정찰병 놀이를 하게 해 주면 말이야."

"난 그 놀이가 뭔지도 몰라." 내가 말했다. "그건 너랑 빌 아저씨가 결정할 일이야. 빌 아저씨가 오늘 네 놀이 친구란 다. 나는 일이 있어서 잠시 나가 봐야 해. 자, 이제 들어가서 아저씨랑 화해해라. 아저씨한테 다치게 해서 미안하다고 얘기해. 안 그러면 당장 집으로 보내 버릴 거니까."

나는 녀석과 빌을 악수시키고 나서 빌을 한쪽으로 데려갔고, 동굴에서 4킬로미터 정도 떨어진 포플러그로브라는 작은 마을에 가서 서밋 마을이 이 유괴 사건을 어떻게 생각하고 있는지 힘닿는 데까지 알아보겠다고 말했다. 또 그날로 도싯 영감에게 단호한 편지를 보내 몸값을 요구하고 지불 방법을 지시해 주는 편이 가장 좋을 것이라고 나는 생각했다.

"자네도 알지, 샘?" 빌이 말했다. "나는 지진이나 불이나 홍수가 나도, 포커 게임을 할 때도, 다이너마이트 폭발이나 경찰 습격이나 열차 강도 때도, 태풍이 불어도 눈 하나 깜짝 않고 자네 곁을 지켰어. 우리가 저 두 발 달린 폭죽 같은 꼬마 녀석을 유괴하기 전까지 난 한 번도 겁을 먹은 적이 없어. 그런데 저 녀석은 날 미치게 만들어. 나를 저 녀석이랑 둘이 오래 남 겨 두지는 않을 거지, 그렇지, 샘?"

"오후쯤이면 돌아올 거야." 내가 말했다. "내가 돌아올 때 까지 아이를 재미있게 해 주면서 얌전히 있게 만들어. 이제 도 싯 영감에게 보낼 편지를 쓰자."

빌과 내가 종이와 연필을 가져다 편지를 쓰느라 애쓰는 동 안 붉은 추장은 담요로 몸을 둘둘 만 채 뽐내듯이 왔다 갔다 하며 동굴 입구를 감시했다. 빌이 몸값을 2000달러가 아니라 1500달러로 하자고 눈물을 글썽이며 내게 애원했다. "내가 부 모의 사랑이라는 그 유명한 도덕적 관점을 깎아내리려는 건 아 니야. 그렇지만 우리는 사람이랑 거래를 하는 건데, 주근깨가 난 살쾡이 같은 20킬로그램짜리 살덩어리 때문에 2000달러를 기꺼이 포기할 사람은 세상에 없다고 봐. 나라면 1500달러에 운을 걸어 보겠어. 차액은 내가 부담해도 좋아."

그래서 내가 빌을 안심시키기 위해 그 제안을 받아들였고, 우리는 힘을 합쳐 다음과 같은 편지를 작성했다.

에버니저 도싯 씨에게

우리는 당신의 아들을 서밋에서 멀리 떨어진 곳에 숨겨 두고 있다. 당신이나 그 어떤 능력 있는 형사가 아이를 찾으려 시도 한다 해도 헛수고일 것이다. 단언하건대 당신이 아이를 되찾을 수 있는 유일한 조건은 이것이다. 우리는 아이를 돌려주는 대 신 고액권으로 1500달러를 요구하는 바이다. 답장을 보낼 때와 마찬가지로 아래에 설명해 놓은 것과 같은 장소, 같은 상자 안에 오늘 밤 자정까지 돈을 넣어 놓아라. 이 조건에 동의한다면 오늘 밤 8시 30분에 서면으로 작성한 답장을 심부름꾼 한 명에게 들려 보내라. 포플러그로브로 가는 길에 있는 아울이란 시내를 건너면 오른편 밀밭 울타리 가까이에 커다란 나무 세 그루가 100미터 정도 간격으로 서 있다. 그중 세 번째 나무 맞은편 울타리 기둥 밑에 두꺼운 판지로 된 작은 상자가 있을 것이다.

심부름꾼은 그 상자에 답장을 넣는 즉시 서밋으로 돌아가야 할 것이다.

만약 어떤 속임수를 쓰려고 한다거나 위에 언급한 우리의 요구를 따르지 않는다면 당신은 아들의 얼굴을 다시는 볼 수 없을 것이다.

요구한 대로 돈을 지불한다면 아이는 세 시간 내에 무사히 돌아가게 될 것이다. 이 조건은 최후통첩이며, 만약 이 조건에 응하지 않는다면 더 이상의 연락은 없을 것이다.

흉악한 두 남자

나는 편지에 도싯네 주소를 쓰고 그것을 주머니에 넣었다. 내가 막 출발하려 할 때 아이가 내게 오더니 이렇게 말했다.

"뱀눈 아저씨, 아저씨가 없는 동안 비밀 정찰병 놀이 해도 된다고 그랬지?"

"그럼, 해도 되지." 내가 말했다. "빌 아저씨가 너랑 놀아 줄 거야. 그런데 대체 그게 어떤 놀이니?"

"내가 비밀 정찰병이야." 붉은 추장이 말했다. "개척민들에게 인디언들이 몰려오고 있다고 경고해 주기 위해 말을 타고 마을 울타리까지 달려가야 해. 인디언 역할은 이제 싫증 났어. 나는 비밀 정찰병이 되고 싶어."

"알았어." 내가 말했다. "내가 듣기에는 별문제 없을 것 같구나. 빌 아저씨가 네가 그 성가신 야만인들을 물리치는 걸 도와줄 거야."

"나는 뭘 해야 하는 거지?" 빌이 꼬마를 의심스럽다는 듯이 쳐다보며 물었다.

"아저씨는 말이야." 비밀 정찰병이 말했다. "손이랑 무릎을 땅에 대고 엎드려. 말도 없이 내가 뭘 타고 울타리까지 갈 수 있겠어?"

"계속 녀석의 관심을 끄는 게 좋을 거야." 내가 말했다 "우리 계획대로 일이 진행될 때까진 말이지. 긴장 풀라고."

빌이 네 발로 엎드렸고, 그의 눈에는 덫에 걸린 토끼 같은 표정이 서렸다.

"울타리까지는 거리가 얼마나 되니, 꼬마야?" 그가 쉰 목소리로 물었다.

"150킬로미터야." 비밀 정찰병이 대답했다. "그러니까 제시간에 거기 도착하려면 서둘러야 해. 워, 가자!"

비밀 정찰병이 빌의 등에 펄쩍 올라타더니 발뒤꿈치로 그의 옆구리를 찼다.

"제발 부탁이야." 빌이 말했다. "되도록 빨리 돌아와 줘, 샘. 몸값을 1000달러 넘게 요구하지 말걸 그랬어. 야, 그만 차. 안 그러면 일어나서 네 녀석을 마구 패 줄 거야."

나는 걸어서 포플러그로브 마을까지 간 뒤 우체국 겸 가게에 빈둥거리고 앉아서 물건을 거래하러 온 시골뜨기들과 이야기를 나눴다. 수염이 텁수룩한 남자가 에버니저 도싯 영감의 아들이 길을 잃거나 유괴를 당하거나 해서 서밋 마을이 홀딱 뒤집혔다는 소식을 들었다고 했다. 그것이 바로 내가 알고 싶은 바였다. 나는 담배를 조금 사고 태연하게 동부콩 값에 대해 이야기하다가 편지를 슬쩍 우체통에 넣고 그곳에서 빠져나왔다. 우체국장이 우편배달부가 서밋으로 가는 우편물을 가지러 한 시간 내로 들를 것이라고 했다.

동굴로 돌아가 보니 빌과 꼬마가 보이지 않았다. 동굴 근처를 뒤져 보고 위험을 무릅쓰고 요들송도 한두 곡 불러 봤지만 아무 반응이 없었다.

그래서 담배 파이프에 불을 붙이고 이끼 긴 비탈에 앉아 새로운 상황이 전개되기를 기다렸다.

삼십 분쯤 지나자 덤불이 부스럭거리는 소리가 들리더니 빌이 비틀거리며 동굴 앞에 있는 작은 빈터에 나타났다. 그 뒤에서 꼬마가 만면에 미소를 띠고 정찰병처럼 살금살금 걸음을 옮기고 있었다. 빌이 멈춰 서더니 모자를 벗고 붉은 손수건으로 얼굴을 닦았다. 꼬마가 그의 3미터 정도 뒤에 멈춰 섰다.

"샘." 빌이 말했다. "자네가 나를 배신자라고 생각할 수도 있을 거야. 그렇지만 나도 어쩔 수가 없었어. 내가 남자다운 면도 있고 내 한 몸 지킬 줄도 아는 어엿한 성인이지만 자부심이고 우월감이고 다 소용없을 때가 있는 법이야. 아이는 가 버렸어. 내가 집으로 보내 버렸지. 다 끝났어." 빌이 계속 지껄였다. "옛날에는 자기들이 누리는 엄청난 부당 이득을 포기하느니 차라리 죽음을 택하는 순교자들이 있었지. 그런데 그 사람들은 아무도 내가 겪은 것 같은 초자연적 고문을 당해 본 적이 없을 거야. 나도 우리가 합의한 약탈 실행 규칙을 충실하게 지키려고 애썼지만 결국 한계가 왔어."

"도대체 무슨 일이야, 빌?" 내가 그에게 물었다.

"난 녀석을 태우고 달렸어." 빌이 말했다. "울타리까지 1센티미터도 빠짐없이 꼬박 150킬로미터를 말일세. 그리고 나서 개척민들이 구출되자 나한테 귀리를 준다더군. 귀리 대신 모래를 줬는데 입에 맞을 리가 없지. 그리고 나서는 한 시간 동안이나 어째서 구멍 속에 아무것도 없는지, 길이 어떻게 양방향으로 나 있는지, 풀은 왜 초록색인지 따위를 녀석에게 설명해 줘야 했어. 정말이지, 샘, 인간이 견딜 수 있는 건 딱 거기까지야. 난 녀석의 옷깃을 틀어쥐고 산 아래로 끌고 갔어. 가는 내내 녀석이 내 정강이를 마구 걷어차서 온통 검푸르게 멍이 들었고, 엄지손가락이랑 손도 두세 차례 물어서 소독을 해야 할 판이야.

그렇지만 녀석은 이제 가 버렸어. 집으로 갔다고." 빌이 말을 이었다. "내가 녀석에게 서밋으로 가는 길을 알려 주고는 한 방에 3미터는 서밋에 가까워질 정도로 시원하게 걷어차서 보내 버렸어. 몸값을 받아 낼 기회를 놓치게 만든 건 미안해. 하지만 그렇게 하거나 이 빌 드리스콜이 정신 병원에 가거나 둘 중 하나였단 말이야."

빌은 헐떡이며 숨을 몰아쉬고 있었지만 장밋빛으로 달아오른 그의 얼굴에는 이루 말할 수 없는 평온과 점차 커지는 만족이 서려 있었다.

"빌." 내가 말했다. "자네 집안에 혹시 심장병 내력은 없겠지, 그렇지?"

"없어." 빌이 말했다. "말라리아랑 우발적 사고 말고 만성 질환은 전혀 없지. 왜?"

"그럼 뒤로 좀 돌아서 봐." 내가 말했다. "자네 뒤를 한번 보라고."

빌은 돌아서서 아이를 보더니 얼굴이 새하얗게 질려서 땅바닥에 털썩 주저앉았다. 그러고는 풀과 작은 나뭇가지를 마구 잡이로 잡아 뜯기 시작했다. 나는 빌의 정신 상태가 걱정스러웠다. 한 시간쯤 지나서 나는 그에게 곧 모든 일이 내 계획대로 될 테고, 도싯 영감이 우리 제안에 동의하면 몸값을 받아서 자정에는 떠나게 될 것이라고 말했다. 그러자 빌도 기운을 내고 꼬마에게 희미하게나마 미소를 지어 보인 다음 몸이 나아지는 대로 러일 전쟁 놀이에서 러시아 병사 역할을 맡겠다는 약속까지 해 주었다.

내게는 붙잡힐 위험 없이 몸값을 받아 낼 묘안이 있었는데, 상대가 전문적인 유괴범들마저 깜박 속아 넘어갈 만한 계략을 쓴다 해도 아무 문제가 없을 터였다. 처음에는 답장, 나중에는 돈까지 아래에 놓아두기로 돼 있는 나무는 도로 울타리 가까이에 있는 데다 사방은 넓고 텅 빈 들판이었다. 만약 경찰들이 누가 편지를 가지러 오는지 지켜보려 한다면, 들판을 가로질러 오거나 도로로 오는 사람을 멀리서도 볼 수 있었다. 하지만 그럴 일은 절대 없다! 나는 8시 30분에 그 나무 위쪽에 청개구리처럼 잘 숨어서 심부름꾼이 도착하기를 기다리고 있었던 것이다.

정확히 제시간에 어중간한 나이의 사내 녀석이 자전거를 타고 길을 따라 올라와 울타리 기둥밑동에 있는 판지 상자를 찾아 거기에 접은 종이 한 장을 찔러 넣더니 다시 서밋 쪽으로 페달을 밟으며 돌아갔다.

나는 한 시간쯤 기다리고 나서 아무 문제가 없다고 결론을 내렸다. 나무에서 미끄러져 내려와 편지를 확보한 다음 울타리를 따라 살금살금 걸어서 숲까지 갔다. 그리고 다시 삼십 분이 걸려서 동굴로 돌아갔다. 나는 편지를 펼친 다음 랜턴 가까이 다가가 빌에게 그것을 읽어 주었다. 그것은 알아보기 어려운 필체로 씌어 있었는데 요점은 이런 것이었다.

흉악한 두 남자 분께

두 신사 양반, 오늘 우편으로 내 아들을 돌려주는 대가로 당신들이 요구하는 몸값이 적힌 편지를 받아 보았소. 내 생각에는 당신들의 요구가 조금 과한 것 같더군. 그래서 이번에는 내가 당신들에게 역으로 제안을 하나 하겠소. 내 생각으로는 두 분이 받아들일 거라 믿소만. 당신들이 조니를 집으로 데려와 내게 현금으로 250달러를 지불한다면 내 기꺼이 아이를 당신들에게서 떼어 놓는 데 동의하겠소. 그런데 밤에 오는 게 좋을 거요. 왜냐하면 이웃 사람들은 아직 그 아이가 길을 잃었다고 믿고 있는데, 누군가가 아이를 데리고 돌아오는 것을 보면 그 사람들이 무슨 짓을 할지는 나도 책임질 수 없으니 말이오.

존경하는 마음을 담아

에버니저 도싯

"펜잰스의 해적[24] 같은 놈." 내가 말했다. "정말이지 뻔뻔스럽기가……."

하지만 빌을 힐끗 보고는 멈칫하며 입을 다물게 되었다. 그의 눈에는 내가 일찍이 말 못 하는 사람이나 말할 줄 아는 짐승 같은 놈의 얼굴에서 보지 못한 간절한 눈빛이 서려 있었다.

"샘." 그가 말했다. "그래도 250달러면 괜찮지 않아? 우리도 그 정도 돈은 있잖아. 이 꼬마 녀석이랑 하룻밤만 더 지내면 나는 정신 병원에 가게 될 거야. 도싯 씨는 타고난 신사일 뿐 아니라 우리에게 이렇게 관대한 제안을 하는 걸 보니 씀씀이도 정말 후한 분인 것 같아. 이런 기회를 흘려보내지는 않을 거지, 그렇지?"

"사실대로 말하면 말이야, 빌." 내가 말했다. "이 어린 새끼 양이 내 신경도 계속 건드렸어. 녀석을 집으로 데려다주고 몸값을 지불한 다음 여기서 빠져나가자고."

우리는 그날 밤 녀석을 집으로 데려갔다. 아버지가 녀석을 위해 은으로 장식한 총과 모카신[25] 한 켤레를 사 두었고 이튿

---

24) 윌리엄 길버트의 대본으로 아서 설리번이 작곡한 오페레타 「펜잰스의 해적」의 등장인물.
25) 밑이 평평한 노루 가죽 신.

날에는 우리와 함께 곰 사냥을 하러 갈 것이라고 꾄 다음에야 간신히 데려갈 수 있었다.

우리가 에버니저의 현관문을 두드린 것은 정각 12시였다. 원래 계획대로라면 내가 나무 아래 상자에서 1500달러를 끄집어냈어야 할 바로 그 시각에 빌이 250달러를 세어 도싯 씨의 손에 건네주었다.

꼬마는 우리가 자기를 집에 남겨 두고 떠나려 한다는 사실을 알자 증기 오르간[26] 같은 소리로 악을 쓰기 시작하더니 빌의 다리에 거머리처럼 꽉 달라붙었다. 녀석의 아버지가 구멍이 잔뜩 뚫린 반창고를 떼듯 천천히 아이를 떼어 냈다.

"아이를 얼마나 붙들고 있을 수 있나요?" 빌이 물었다.

"나도 예전처럼 힘이 세지는 않다오." 도싯 영감이 말했다. "하지만 내 생각에 십 분은 보장해 드릴 수 있을 거요."

"충분해요." 빌이 말했다. "저는 십 분이면 중부와 남부, 중서부의 여러 주들을 지나 캐나다 국경까지 잽싸게 달려갈 수 있어요."

날은 캄캄했고 빌은 뚱뚱한 데다 달리기 실력도 나와 비슷했지만 나는 서밋에서 족히 2킬로미터는 벗어나고 나서야 빌을 따라잡을 수 있었다.

---

26) 증기나 압축 공기로 소리를 내는 악기로, 증기 기관차와 비슷한 소리를 낸다.

이십 년 후에

　담당 구역을 순찰 중인 경찰관이 위풍당당한 모습으로 큰
길을 걸어 올라가고 있었다. 이런 위풍당당한 태도는 습관적
인 것이지 딱히 과시하기 위한 것은 아니었다. 주변에 그를 눈
여겨볼 사람도 거의 없었으니 말이다. 시간은 아직 밤 10시도
되지 않았지만 비를 머금은 차가운 돌풍 탓에 거리에는 인적
이 드물었다.

　건장한 체구에 다소 뽐내는 듯한 걸음걸이의 이 경찰관은
길을 가면서 문단속을 잘했는지 살펴보기도 하고 복잡하고
능수능란한 동작으로 곤봉을 휘두르거나 가끔씩 평온한 거리
에 경계의 눈빛을 보내기도 하면서 진정한 평화의 수호자다
운 멋진 모습을 보였다. 그 근처는 사람들이 일찍 자고 일찍
일어나는 곳이었다. 이따금 담배 가게나 밤샘 영업을 하는 간
이식당의 불빛이 보였지만, 상업 지구에 있는 대부분의 영업

장은 이미 한참 전에 문을 닫았다.

어느 블록의 중간쯤에 이르렀을 때 경찰관이 갑자기 걸음을 늦췄다. 한 남자가 불도 붙이지 않은 시가를 입에 문 채 어두운 철물점 출입구에 기대서 있었던 것이다. 경찰관이 다가가자 그 남자가 황급히 목청을 높였다.

"아무 일 없습니다, 경관님." 그가 안심하라는 듯 말했다. "그저 친구를 기다리고 있는 겁니다. 이십 년 전에 한 약속이지요. 조금 이상한 소리처럼 들리시겠죠? 좋아요. 경관님께서 진위를 정확하게 확인하고 싶으시다면 제가 다 설명해 드리겠습니다. 이십 년 전에 이 가게가 있는 자리에 레스토랑이 하나 있었지요. 빅 조 브래디 레스토랑이라는 데였어요."

"오 년 전까지만 해도 있었습니다." 경찰관이 말했다. "그러다 그만 헐려 버렸죠."

그 순간 출입구에 서 있던 남자가 성냥을 그어 시가에 불을 붙였다. 불빛이 예리한 눈매의 창백하고 각진 얼굴과 오른쪽 눈썹 옆에 난 작고 흰 흉터를 비췄다. 그는 특이하게 세공된 커다란 다이아몬드 넥타이핀을 꽂고 있었다.

"이십 년 전 오늘 밤이었어요." 그 남자가 말했다. "저는 바로 이 자리에 있던 빅 조 브래디 레스토랑에서 지미 웰스와 저녁을 먹었습니다. 제 제일 친한 친구이자 세상에서 가장 멋진 녀석이었지요. 그 친구와 저는 여기 뉴욕에서 친형제처럼 함께 자랐습니다. 저는 열여덟 살이고 지미는 스무 살이었는데, 이튿날 아침이면 저는 한밑천 잡으러 서부로 떠나기로 돼 있었어요. 그렇지만 누구라도 지미를 뉴욕에서 끌어낼 수는 없었습니다. 이 세상에 살 만한 데가 뉴욕밖에 없는 줄 아는 친구였으니까요. 어쨌든 그날 밤 우리는 그날 그 시간부터 정확히 이십 년 후에 이 자리에서 다시 만나기로 약속했습니다. 우리가 어떤 상황에 처해 있든 얼마나 먼 거리를 와야 하든 말이지요. 이십 년 뒤면 우리가 어떤 식으로든 운명을 개척하고 재산도 모으리라고 생각했던 거지요."

"꽤나 흥미로운 이야기군요." 경찰관이 말했다. "그런데 제가 보기엔 만남의 간격이 좀 긴 것 같긴 하군요. 이곳을 떠난 후에 친구 분 소식은 듣지 못했나요?"

"들었죠. 한동안은 편지를 주고받았으니까요." 상대편이 말했다. "하지만 한두 해쯤 지나자 서로 소식이 끊겨 버렸습니다. 아시다시피 서부란 데가 워낙 넓으니까요. 게다가 제가 좀 분주하게 사방팔방 쉼 없이 돌아다녔어야 말이지요. 그래도 지미가 살아 있다면 저를 만나러 여기 오리라는 건 알고 있습니다. 그는 늘 세상 누구보다 진실하고 믿을 만한 친구였으니까요. 절대 잊어버리지 않을 겁니다. 오늘 밤 이 문 앞에 서 있으려고 1600킬로미터 가깝게 달려왔지만, 옛 친구만 나타난다면 충분히 그럴 가치가 있습니다."

친구를 기다리는 남자가 뚜껑에 자잘한 다이아몬드가 여러 개 박힌 멋진 회중시계를 꺼냈다.

"10시까지 삼 분 남았군요." 그가 알려 주었다. "저희가 이 자리에 있던 레스토랑 문 앞에서 헤어진 시간이 정확히 10시였습니다."

"서부에서 일이 꽤 잘 풀리신 모양입니다, 그렇죠?" 경찰관이 물었다.

"물론이지요! 지미가 제 반만큼이라도 잘 풀렸다면 좋겠습니다. 그런데 그 친구는 워낙 느리더라도 성실하게 노력하자는 주의였지요. 좋은 녀석이긴 했지만 말입니다. 저는 한몫 차지하기 위해 약삭빠르기 그지없는 재주꾼들과 겨뤄야 했어요. 뉴욕에서는 모든 사람이 천편일률적이 돼 버려요. 아무래도 사람이 면도날처럼 아슬아슬한 고비를 맛보게 되는 곳은 서부랍니다."

경찰관이 곤봉을 빙빙 내두르며 두어 발짝 움직였다.

"저는 이만 가 봐야겠습니다. 친구분이 꼭 오시길 바랍니다. 약속대로 정각까지만 기다리실 건가요?"

"그럴 리가요!" 상대편이 말했다. "적어도 삼십 분은 더 기다려 줘야지요. 지미가 이 세상에 살아만 있다면 그때까지는 여기에 꼭 올 겁니다. 안녕히 가십시오, 경관님."

"좋은 밤 보내십시오, 선생님." 경찰관이 작별 인사를 하더니 문단속을 잘했는지 살피며 순찰을 계속했다.

이제는 차가운 가랑비가 부슬부슬 내리고 가끔씩 휙 불던 바람도 끊임없이 불어 대는 세찬 바람으로 변해 있었다. 그 구역을 지나가던 몇 안 되는 행인들도 외투 깃을 세우고 주머니에 손을 찔러 넣은 채 침울한 표정으로 말없이 갈 길을 서둘렀다. 그리고 철물점 출입구에서는 젊은 시절 친구와의 어리석을 만큼 불확실한 약속을 지키기 위해 1600킬로미터를 달려온 남자가 시가를 피우며 여전히 기다리고 있었다.

이십 분쯤 기다렸을 때 긴 외투를 입은 키 큰 남자가 옷깃을 귀까지 세운 채 거리 맞은편에서 급하게 길을 건넜다. 그가 기다리는 남자에게 곧장 다가갔다.

"자넨가, 밥?" 그가 미심쩍다는 듯 물었다.

"자넨가, 지미 웰스?" 입구에 서 있던 남자가 외쳤다.

"아니, 이럴 수가!" 방금 도착한 사람이 자기 손으로 상대방의 두 손을 움켜쥐며 소리쳤다. "밥, 틀림없이 자네로군. 자네가 여전히 살아만 있다면 여기에서 자네를 보게 될 거라고 확신했네. 자, 자, 이거 참! 이십 년은 참 긴 세월이야. 예전 그 레스토랑은 없어졌다네, 밥. 아직 남아 있어서 우리가 다시 한 번 거기서 함께 저녁 식사를 할 수 있다면 좋을 텐데 말이지. 그건 그렇고, 이 친구야, 서부는 어떻던가?"

"최고였지. 내가 바라기만 하면 뭐든 내 것이 되더군. 자넨 참 많이 변했군, 지미. 자네 키가 이렇게 큰지 몰랐는데 내 생각보다도 육칠 센티미터는 커 보이는군."

"아, 스무 살 이후에 조금 더 자랐네."

"뉴욕에서는 잘 지내는 건가, 지미?"

"제법 잘 지내는 셈이지. 시청에서 일하고 있어. 자, 이리 오게, 밥. 내가 잘 아는 곳으로 가서 옛날이야기나 마음껏 나눠 보세."

두 남자는 팔짱을 끼고 나란히 거리를 걸어 올라가기 시작했다. 서부에서 온 남자가 성공했다는 자부심에 한껏 부풀어 그간의 인생 역정을 간추려 말하기 시작했다. 상대방은 얼굴을 외투 깃에 파묻어 가린 채 흥미롭다는 듯 귀를 기울였다.

모퉁이에 전깃불을 환하게 밝힌 약국이 있었다. 이 눈부신

빛 속으로 들어서자 두 사람은 동시에 고개를 돌려 상대방의
얼굴을 뚫어지게 바라보았다.

서부에서 온 남자가 갑자기 멈춰 서더니 팔짱을 풀었다.

"당신은 지미 웰스가 아니야." 그가 느닷없이 매섭게 쏴붙
였다. "이십 년이 긴 세월이지만 한 사람의 코를 매부리코에
서 들창코로 바꿀 만큼은 아니지."

"하지만 그 세월이 가끔 선한 사람을 악한 사람으로 바꾸기
는 하지." 키 큰 남자가 말했다. "자네는 십 분 전에 이미 체포
되었네, '미꾸라지' 밥. 시카고 경찰에서 자네가 이쪽에 들를
지 모른다고 생각하고 우리한테 전보를 보냈어. 자네랑 얘기
를 좀 하고 싶다던데. 얌전히 가는 거지? 그러는 게 좋을 거야.
자, 경찰서로 가기 전에 자네한테 전해 달라고 부탁받은 쪽지
가 여기 있는데. 여기 창가에서 읽으면 되겠군. 순찰 경관 웰
스가 전해 준 거야."

서부에서 온 남자가 건네받은 작은 종잇조각을 펼쳐 들었
다. 처음 읽기 시작할 때는 흔들리지 않던 그의 손이 다 읽어
갈 즈음에는 가볍게 떨렸다. 그 쪽지의 내용은 간단했다.

밥에게

나는 제시간에 약속 장소에 갔어. 자네가 시가에 불을 붙이
려고 성냥을 켜는 순간 시카고 경찰에서 수배 중인 남자의 얼굴
이 보이더군. 그래도 차마 내 손으로 자네를 체포할 수는 없었
어. 그래서 돌아가 사복 경찰에게 그 일을 부탁한 거라네.

지미

완벽한 개심

지미 밸런타인이 끈기 있게 구두 갑피를 꿰매고 있는 교도소 구둣방으로 간수가 찾아오더니 본부 사무실로 그를 호송해 갔다. 그곳에서 교도소장이 지미에게 사면장을 건네주었는데, 그날 아침 주지사가 서명한 것이었다. 지미는 다소 권태로운 기색으로 그것을 받아 들었다. 그는 사 년 형기 가운데 이미 십 개월 가까이 복역 중이었다. 처음에 그는 길어 봐야 삼 개월 정도를 예상했다. 지미 밸런타인처럼 바깥에 친구가 많은 사람이 '감방'에 들어가면 머리 한 번 깎을 새도 없이 나가게 마련이다.

"자, 밸런타인." 교도소장이 말했다. "아침이 되면 자네는 출소할 거야. 마음을 다잡고 어엿한 사내가 되어 보게. 자네는 근본부터 나쁜 친구는 아니야. 금고 터는 일은 그만두고 제대로 살아야지."

"저요?" 지미가 어이없다는 듯 말했다. "아니, 제 평생 금고라고는 털어 본 적이 없는데요."

"그래, 그렇겠지." 교도소장이 껄껄 웃었다. "물론 없겠지. 그럼 어디 보자. 그렇다면 어째서 스프링필드 건으로 들어온 거지? 어떤 고매한 상류층 인사의 평판을 떨어뜨릴까 두려워 알리바이를 댈 수 없었던 건가? 아니면 그저 자네한테 앙심을 품은 비열한 늙은 배심원 때문이었나? 자네 같은 무고한 희생자들은 언제나 둘 중 하나거든."

"저요?" 지미가 여전히 완강하게 결백을 주장했다. "아니, 소장님, 제 평생 스프링필드에는 가 본 적도 없습니다!"

"이 친구 데려가게, 크로닌." 교도소장이 미소 지으며 말했다. "출소할 때 입을 옷 좀 챙겨 주고. 아침 7시에 감방에서 내보내서 대기실로 가게 해. 내 충고 새겨듣는 게 좋을 걸세, 밸런타인."

이튿날 아침 7시 15분에 지미는 교도소장실 안 대기실에 서 있었다. 그는 국가가 강제 투숙객을 풀어 줄 때 제공하는, 몸에 전혀 맞지 않는 기성품 양복과 뻣뻣하고 삐걱거리는 구두를 착용했다.

그가 선량한 시민으로 갱생하고 번영하기를 기대하면서 직원이 사법 당국에서 제공하는 기차표 한 장과 5달러짜리 지폐 한 장을 건네주었다. 교도소장이 그에게 시가를 한 대 건네며 악수를 청했다. '수인번호' 9762 밸런타인은 '주지사 사면' 명단에 이름을 올렸고, 제임스 밸런타인 씨는 쏟아지는 햇살 속으로 걸어 나왔다.

새들의 노랫소리와 손짓하는 푸른 나무들, 풍겨 오는 꽃향기 따위는 무시한 채 지미는 곧장 식당으로 향했다. 거기서 그는 구운 닭고기와 백포도주 한 병, 뒤이어 교도소장이 건넸던 것보다 한 등급 더 좋은 시가로 자유라는 기쁨의 달콤한 첫맛을 누렸다. 식당에서 나간 그는 유유히 기차역으로 갔다. 출입문 옆에 앉아 있는 맹인의 모자에 25센트짜리 동전 하나를 던져 넣고 기차에 올라탔다. 세 시간 뒤 그는 주 경계 근처에 있는 작은 마을에 내렸다. 그는 마이크 돌런의 카페로 가서 카운터 안쪽에 혼자 있던 마이크와 악수를 나눴다.

"좀 더 일찍 성사시키지 못해서 미안하네, 지미, 이 친구야." 마이크가 말했다. "하지만 스프링필드 쪽에서 강력하게 항의하는 바람에 하마터면 주지사가 손을 들 뻔했거든. 기분은 어때?"

"좋아." 지미가 말했다. "내 열쇠 가지고 있나?"

그는 열쇠를 받아서 위층으로 올라가 뒤쪽에 있는 방의 문을 열었다. 모든 것이 그가 떠날 때와 똑같았다. 마룻바닥에는 아직도 벤 프라이스의 옷깃 단추가 그대로 있었다. 사람들이 지미를 체포하려고 덮쳤을 때 그 유명한 형사의 셔츠 깃에서 뜯겨 나온 것이었다.

지미는 벽에서 접이식 침대를 끄집어 내린 다음 벽의 널빤지 한 장을 밀어 넣고는 그 속에서 먼지로 뒤덮인 여행 가방을 꺼냈다. 그는 가방을 열어 동부에서 가장 훌륭한 금고털이 도구 세트를 애정 어린 눈빛으로 바라보았다. 그것은 특별히 담금질한 강철로 만든 완벽한 세트였다. 최신형 드릴과 천공기, 꺾쇠와 천공기용 끝날, 쇠 지렛대, 쇠 집게, 나사송곳 그리고 지미가 손수 고안한 두세 가지 새로운 도구들이 있었다. 그는 그 도구들에 자부심을 가졌다. 그와 같은 전문가들을 위해 그런 종류의 물건을 만들어 주는 곳에서 900달러가 넘게 지불하고 만든 것이었다.

삼십 분 후에 지미는 아래층으로 내려가 카페를 가로질렀다. 그는 이제 몸에 잘 맞는 세련된 옷을 차려입고 먼지를 말끔히 털어 낸 여행 가방을 들고 있었다.

"일거리라도 생긴 건가?" 마이크 돌런이 다정하게 물었다.

"나 말이야?" 지미가 어리둥절해하는 어조로 말했다. "무슨 말인지 모르겠는걸. 나는 뉴욕 쇼트 스냅 비스킷 크래커와 소맥분 합작 회사의 외판원인데."

마이크가 이 말을 듣고 얼마나 재미있어했던지 지미는 그 자리에서 즉시 우유 섞은 소다수를 한 잔 받아 마셔야 했다. 그는 '도수 높은' 술에는 일절 손도 대지 않았다.

'수인번호' 9762 밸런타인이 석방된 지 일주일 후에 인디애나 주 리치먼드에서 범인에 대한 일말의 단서조차 남지 않은 감쪽같은 솜씨의 금고털이 사건이 일어났다. 탈취당한 돈은 전부 해서 800달러 남짓이었다. 두 주 뒤에는 로건스포트에서 특허받은 개량형 도난 방지 금고가 치즈처럼 뚫려서 1500달러에 달하는 거금이 털렸다. 유가 증권과 은화는 고스란히 남아 있었다. 그 사건이 강력 범죄 전담 형사들의 관심을 끌기 시작했다. 그러고 나서 제퍼슨 시에 있는 구식 은행 금고가 활화산처럼 활동을 개시해 5000달러에 달하는 지폐를 분화구

밖으로 분출했다. 이제는 손실액의 수위가 너무 높아져 벤 프라이스급의 일솜씨를 가진 사람이 이 일을 맡을 필요가 생겼다. 수사 기록들을 비교해 본 결과 금고털이 수법에서 두드러진 유사점이 드러났다. 벤 프라이스가 도난 현장을 조사하고 나서 이렇게 말했다.

"저건 멋쟁이 짐 밸런타인이 자필로 서명한 거나 마찬가지입니다. 놈이 다시 일을 시작했군요. 저 번호식 자물쇠가 달린 손잡이를 좀 보세요. 비 오는 날 무 뽑듯 손쉽게 비틀어 뽑았군요. 이런 일을 할 수 있는 쇠 집게는 오직 놈에게만 있지요. 게다가 저 자물쇠 회전판들에 구멍이 얼마나 깔끔하게 났는지도 보세요! 지미는 절대 구멍을 하나 이상 뚫는 법이 없어요. 좋습니다, 제가 밸런타인 씨를 잡아야 할 것 같군요. 다음 번에는 형기 단축이나 사면 같은 어리석은 일 따위 없이 응분의 대가를 치르게 될 겁니다."

벤 프라이스는 지미의 버릇을 낱낱이 알았다. 스프링필드 사건을 자세히 조사하면서 알게 된 것들이었다. 장거리 이동, 재빠른 도주, 단독 범행, 상류층 취향…… 이런 방법들 덕분에 밸런타인 씨는 인과응보의 사슬에서 성공적으로 벗어난 범죄자로 유명세를 떨치게 되었다. 벤 프라이스가 이 미꾸라지 같은 금고털이범의 흔적을 찾는 일에 착수했다는 소식이 퍼지자 도난 방지 금고를 소유한 사람들은 좀 더 안도했다.

어느 날 오후 지미 밸런타인이 여행 가방을 들고 우편 마차에서 내렸다. 그가 내린 엘모어는 아칸소 주의 검은 참나무 지역을 지나는 철로에서 8킬로미터쯤 떨어진 작은 마을이었다.

지미는 갓 귀향한 건장한 대학 4학년생 같은 모습으로 넓은 보도를 걸어 호텔로 향했다.

젊은 아가씨 한 명이 길을 건너와 모퉁이에서 그의 옆을 지나치더니 '엘모어 은행'이라는 간판이 걸린 문으로 들어갔다. 마주친 그녀의 두 눈을 들여다본 순간 지미 밸런타인은 본래의 자신을 망각한 채 딴사람이 되어 버렸다. 그녀가 눈을 내리깔고 볼을 살짝 붉혔다. 지미 같은 스타일과 외모를 가진 젊은이는 엘모어에 드물었다.

지미는 은행 주주라도 되는 양 은행 계단에서 빈둥거리던 한 소년의 목덜미를 붙잡고 이따금 10센트짜리 동전을 쥐여주며 마을에 대해 질문해 대기 시작했다. 잠시 후에 그 젊은 아가씨가 나오더니 여행 가방을 든 젊은 남자 따위는 알 바 아니라는 듯 도도한 표정으로 제 갈 길을 가 버렸다.

"저 젊은 아가씨가 폴리 심슨 양 아니던가?" 지미가 그럴듯한 꾀를 내어 물었다.

"아닌데요." 소년이 말했다. "저 아가씨는 애너벨 애덤스예요. 이 은행이 저 여자 아빠 거거든요. 엘모어에는 무슨 일로 왔어요? 그 시곗줄 금이에요? 나는 불도그를 한 마리 사고 싶은데. 동전 더 없어요?"

지미는 플랜터스 호텔로 가서 숙박부에 랠프 D. 스펜서라고 기재한 다음 방을 얻었다. 그러고 나서 접수대에 몸을 기댄 채 직원에게 자신의 방문 목적을 밝혔다. 그는 사업을 시작할 장소를 물색하기 위해 엘모어에 왔다고 말했다. 요즘 이 마을에서 구두 사업은 어떤가? 줄곧 구두 사업을 염두에 두고 있었는데. 가능성이 있을까?

직원은 지미의 옷차림과 태도에서 좋은 인상을 받았다. 그 자신 역시 어설프게 멋을 내는 엘모어의 젊은이들 사이에서는 꽤나 유행의 본보기 같은 존재였다. 하지만 이제 그는 자신에게 부족한 점이 있다는 것을 깨달았다. 그는 지미처럼 Y 자형으로 넥타이 매는 방법을 알아내려 애쓰면서 성의껏 정보를 제공해 주었다.

그렇다, 구두 분야는 틀림없이 충분히 가능성이 있다. 이곳에 구두 전문점은 하나도 없다. 포목점이나 잡화점에서 구두까지 함께 취급할 따름이다. 모든 분야의 사업이 상당히 잘되고 있다. 스펜서 씨도 엘모어에 자리를 잡기로 결정하면 좋을 것이다. 여기는 살기에 쾌적한 마을이고 사람들도 무척 사교적임을 알게 되실 것이다.

스펜서 씨는 이 마을에 며칠간 머무르면서 상황을 살펴볼 생각이라고 했다. 아니, 사환은 부를 필요 없다. 여행 가방은 직접 들고 올라가겠다. 좀 무거워서.

지미 밸런타인의 잿더미, 그러니까 피할 수 없는 사랑의 불길에 기습당해 남겨진 잿더미에서 새로 태어난 불사조 랠프 스펜서 씨는 엘모어에 남아 성공을 거뒀다. 그는 구두 가게를 열었고 연달아 흡족한 거래를 성사시켰다.

그는 사교적으로도 성공을 거뒀고, 많은 친구를 사귀었다. 게다가 마음속 깊이 간직한 소원도 성취했다. 애너벨 애덤스 양을 만나 그녀의 매력에 점점 단단히 사로잡혔다.

그해가 다 갈 무렵 랠프 스펜서의 상황은 이랬다. 그는 지역

사회의 신망을 얻었고 구두 가게는 번창했으며 애너벨과는 약혼을 해 두 주 후면 결혼식을 올릴 예정이었다. 묵묵하고 근면한 전형적인 시골 은행가인 애덤스 씨는 스펜서의 됨됨이를 인정했다. 그에 대한 애너벨의 자부심은 거의 그에 대한 애정과 맞먹을 정도였다. 그는 애덤스 씨의 집뿐 아니라 애너벨의 결혼한 언니의 집에서도 이미 한 가족이 된 것처럼 마음 편히 지냈다.

어느 날 지미는 자기 방에 앉아 다음과 같은 편지를 써서 세인트루이스에 있는 오랜 친구의 안전한 주소로 보냈다.

그리운 옛 친구에게

다음 주 수요일 밤 9시에 리틀록에 있는 설리번네로 와 주면 좋겠어. 자네가 나를 위해 사소한 일 몇 가지를 처리해 주었으면 하네. 그리고 자네에게 내 도구 세트를 선물하고 싶기도 하고. 자네 마음에도 쏙 들 거라고 장담하지. 1000달러를 줘도 똑같이 복제할 수는 없을 거야. 저기, 빌리, 나는 예전 일을 그만뒀어. 일 년쯤 됐지. 멋진 가게를 하나 차렸다네. 지금은 정직하게 살고 있고, 앞으로 두 주 후면 세상에서 가장 매력적인 아가씨와 결혼한다네. 빌리, 이것이야말로 내게 남은 유일한 삶이야, 올바른 삶 말일세. 앞으로는 100만 달러를 준대도 다른 사람 돈에는 1달러도 손대지 않을 걸세. 결혼하면 다 처분하고 서부로갈 거야. 거기서라면 예전에 저지른 일들에 발목 잡힐 위험이 없을 테니까. 정말이지 빌리, 그녀는 천사야. 나를 굳게 믿어 준다네. 나는 온 세상을 다 준대도 다시는 부정직한 일은 저지르지 않을 걸세. 부디 설리번네로 와 주길 바라네. 자네를 꼭 만나야겠으니까. 도구도 함께 가져가겠네.

옛 친구
지미

지미가 이 편지를 쓴 후 월요일 밤에 벤 프라이스가 대여 마차를 타고 엘모어로 슬며시 들어왔다. 그는 평소처럼 소리 소문 없이 마을을 돌아다니다가 마침내 원하던 것을 찾아냈다. 스펜서의 구두 가게 맞은편에 있는 약국에서 그는 랠프 D. 스펜서의 얼굴을 똑똑히 보았다.

"은행가의 딸과 결혼한다고, 그런가, 지미?" 벤이 조용히 혼잣말을 중얼거렸다. "글쎄, 과연 그렇게 될까?"

이튿날 아침 지미는 애덤스 씨 집에서 아침을 먹었다. 그는 그날 결혼식 예복을 주문하고 애너벨에게 줄 멋진 선물을 사기 위해 리틀록으로 갈 예정이었다. 엘모어에 온 이래 처음으로 마을을 떠나는 것이었다. 마지막으로 전문적인 '작업'을 한 지 이미 일 년도 더 지났기에 마을 밖으로 나가는 모험을 감행해도 안전할 것 같았다.

아침 식사 후에 온 가족이 시내로 나갔다. 애덤스 씨, 애너벨, 지미, 애너벨의 결혼한 언니와 언니의 다섯 살, 아홉 살 난 어린 두 딸이 함께였다. 그들은 지미가 여전히 묵고 있는 호텔에 잠시 들렀고, 지미가 자기 방으로 달려 올라가 여행 가방을 가져왔다. 그러고 나서 다 함께 은행으로 향했다. 은행 앞에는 지미를 기차역까지 태워다 주기로 한 돌프 깁슨과 그의 마차가 서 있었다.

　모두 함께 무늬를 조각한 높은 참나무 난간을 지나 안쪽에 있는 은행 업무실로 들어갔다. 지미도 함께였는데, 애덤스 씨의 장래 사윗감은 어디에서나 환영받았기 때문이다. 직원들은 애너벨 양과 결혼하기로 한 잘생기고 싹싹한 젊은이에게 인사받는 것을 좋아했다. 지미는 여행 가방을 내려놓았다. 가슴속에 행복과 생생한 젊음이 보글보글 거품처럼 차오른 애너벨이 지미의 모자를 쓰더니 가방을 집어 들었다. "나도 훌륭한 출장 판매원이 될 것 같지 않아요?" 애너벨이 말했다. "어머나! 랠프, 이거 엄청 무겁네요. 꼭 금덩이라도 가득 들어 있는 것 같아요."

　"니켈 도금한 구둣주걱이 잔뜩 들어 있어서요." 지미가 침착하게 말했다. "반품할 거예요. 직접 들고 가면 화물 운송비를 아낄 수 있을 것 같아서요. 나도 점점 엄청난 실속파가 돼 가고 있다니까요."

　엘모어 은행은 바로 얼마 전에 금고실을 새로 만든 참이었다. 애덤스 씨는 그것이 몹시 자랑스러워서 모두 직접 와서 봐야 한다고 고집했다. 금고실은 작았지만 새로 특허를 받은 문이 달려 있었다. 그것은 손잡이 하나로 단단한 강철 빗장 세 개를 단번에 지를 수 있는 데다 시한장치가 부착된 자물쇠가 달려 있었다. 애덤스 씨가 기쁜 얼굴로 스펜서 씨에게 작동법을 설명해 주었다. 스펜서 씨가 보인 관심은 예의 바른 것이기는 했지만 지적 열의에 찬 것은 아니었다. 두 아이 메이와 애거서는 번쩍이는 금속과 이상하게 생긴 시계와 손잡이를 보며 즐거워했다.

일행이 그러고 있을 때 벤 프라이스가 슬며시 들어와 난간에 팔꿈치를 괴고 그 너머로 안에서 벌어지는 일들을 무심히 바라보았다. 그는 창구 직원에게 은행에 볼일은 없고 그저 아는 사람을 기다리고 있다고 말했다.

갑자기 여자들이 하나둘 비명을 지르며 소동이 일어났다. 어른들이 한눈을 파는 사이 장난기가 발동한 아홉 살 소녀 메이가 애거서를 금고실에 가두었던 것이다. 그러고 나서 메이는 애덤스 씨가 보여 준 대로 빗장을 지르고 손잡이의 번호판을 돌려 버렸다.

늙은 은행가가 재빨리 손잡이에 달려들어 한동안 힘껏 잡아 당겼다. "문이 열리질 않아." 그가 신음하듯 말했다. "시한 장치를 감지도 않았고 번호판도 설정해 놓지 않았는데."

애거서의 어머니가 다시 한 번 발작적으로 비명을 질렀다.

"조용!" 애덤스 씨가 덜덜 떨리는 손을 들어 올리며 말했다. "모두 잠시만 조용히 해. 애거서!" 그가 한껏 소리 높여 불렀다. "내 말 좀 들어 보렴." 이어진 침묵 속에서 어두운 금고실에 갇힌 아이가 공포에 사로잡혀 미친 듯이 질러 대는 희미한 비명 소리만 간신히 들려왔다.

"금쪽같은 내 새끼!" 어머니가 흐느꼈다. "죽을 만큼 무서울 거예요! 문 좀 열어 줘요! 그렇지, 부숴 버려요! 당신네 남자분들 뭐라도 좀 해 볼 수 없어요?"

"리틀록에나 가야 저 문을 열 사람이 있을 거야." 애덤스 씨가 떨리는 목소리로 말했다. "오, 하느님! 스펜서, 어떻게 해야 하지? 저 애는, 애거서는 저 안에서 오래 버티지 못할 거야. 공기가 부족하고 더구나 겁에 질려서 경기를 일으킬 텐데."

애거서의 어머니는 이제 미친 것처럼 두 손으로 금고실 문을 두드려 댔다. 누군가가 무턱대고 다이너마이트를 써 보자는 말을 꺼냈다. 애너벨이 지미를 향해 돌아섰다. 그녀의 큰 눈에는 극심한 고통이 가득했지만 아직 포기한 것은 아니었다. 여자들에겐 자신이 숭배하는 남자의 능력으로 절대 할 수 없는 일이란 세상에 없는 듯 보이기도 하는 법이다.

"어떻게 좀 해 볼 수 없을까요, 랠프……. 뭐라도 시도해 보면 안 될까요?"

그가 입술과 예리한 두 눈에 기묘하고 부드러운 미소를 띠고 그녀를 바라보았다.

"애너벨, 당신이 달고 있는 장미를 내게 주겠어요? 부탁해요." 그가 말했다.

그녀는 제대로 들었는지 의아해하면서도 드레스 가슴께에 핀으로 꽂은 꽃봉오리를 떼어 그에게 쥐여 주었다. 지미는 그것을 조끼 주머니에 밀어 넣더니 외투를 벗어 던지고 셔츠 소매를 걷어 올렸다. 그 동작과 동시에 랠프 D. 스펜서는 사라지고 지미 밸런타인이 대신 나타났다.

"모두 문에서 비키세요." 그가 짤막하게 명령했다.

그가 여행 가방을 탁자에 올리고 활짝 열어 펼쳐 놓았다. 그 순간부터 다른 사람들의 존재는 전혀 의식하지 않는 것처럼 보였다. 그는 번쩍이는 기묘한 도구들을 재빠르게 가지런히 늘어놓으며 작업을 할 때면 늘 그랬듯 나직하게 휘파람을 불었다. 다른 사람들은 마법에 걸린 듯 숨죽인 채 꼼짝 않고 그를 지켜보았다.

일 분 만에 지미의 자랑거리인 드릴이 강철 문을 부드럽게 뚫었다. 십 분 후에는 지미가 자신의 금고털이 기록을 경신하면서 빗장을 모두 풀고 문을 열었다. 애거서는 쓰러지기 일보 직전이었지만 결국 안전하게 어머니의 품에 안겼다.

지미 밸런타인은 외투를 걸치고 난간을 지나 은행 현관을 향해 걸어갔다. 걸어가면서 한때 알고 지내던 목소리가 멀리서 "랠프!" 하고 부르는 것을 들은 것 같다고 생각했지만 결코 머뭇거리지 않았다.

문 앞에서 덩치 큰 남자가 그의 앞을 가로막았다.

"안녕하세요, 벤!" 지미가 여전히 묘한 미소를 띠고 말했다. "끝내 찾아냈군요. 해냈어요. 자, 갑시다. 이제는 아무래도 상관없습니다."

그러자 벤 프라이스가 조금 이상하게 행동했다.

"잘못 보신 것 같습니다, 스펜서 씨." 그가 말했다. "저는 당신이 누군지 모르겠는데요. 마차가 스펜서 씨를 기다리고 있네요, 아닌가요?"

그런 다음 벤 프라이스는 돌아서서 유유히 거리를 걸어 내려갔다.

황금의 신과 사랑의 신

한때 록월 유레카 비누 회사의 생산자이자 소유주였던 앤서니 록월 노인은 5번가에 위치한 저택 서재에서 창밖을 내다보며 활짝 웃었다. 그의 집 오른편에 사는 이웃이자 귀족적인 사교계 인사 G. 밴 슈일라이트 서포크존스가 대기 중인 자동차를 타러 나와 비누 궁전 정면에 있는 이탈리아 르네상스 양식의 조각상을 바라보며 늘 그러듯 오만불손하게 코를 찡그렸다.

"하는 일도 없이 조각상처럼 거드름만 피우는 늙은이!" 전직 비누 왕이 자기 생각을 밝혔다. "냉혈한 네셀로데[27] 같은 늙은이, 조심하지 않으면 이든 박물관[28]에서 네놈을 데려갈

---

27) 러시아의 외교관 카를 바실리예비치 그라프 네셀로데.
28) 1884년 개관한 뉴욕 맨해튼 소재 밀랍 인형 박물관으로 1915년 폐관했다.

거야. 내년 여름에는 이 집을 빨강, 하양, 파랑[29]으로 칠해 버려야지. 저 네덜란드 놈의 콧대가 더 높아지는지 어디 한번 봐야겠어."

그런 다음 벨을 좋아하지 않는 앤서니 록월은 서재 문가로 가서 "마이크!" 하고 소리쳤다. 한때 캔자스 대초원의 창공을 산산이 부술 듯 울리던 그 목소리 그대로였다.

"가서 아들아이한테 전하게." 부름에 달려온 하인에게 앤서니가 말했다. "외출하기 전에 여기 들르라고 말이야."

아들 록월이 서재에 들어서자 노인은 신문을 치우더니 크고 매끈하고 혈색 좋은 얼굴에 다정하면서도 엄격한 표정을 띤 채 아들을 쳐다보며 한 손으로는 풍성한 흰머리를 헝클어뜨리고 다른 손으로는 주머니 속 열쇠를 달가닥거렸다.

"리처드." 앤서니 록월이 말문을 열었다. "네가 쓰는 비누는 얼마나 하니?"

대학을 마치고 집에 돌아온 지 고작 여섯 달밖에 되지 않은 리처드는 순간 깜짝 놀랐다. 그에게 아버지는 파티에 처음 온 소녀처럼 불확실성으로 가득한 존재여서 아직은 어떤 인물인지 제대로 파악하지 못하고 있었다.

"열두 개에 6달러 정도였던 것 같아요, 아버지."

"그럼 네 옷은?"

"제 생각엔 60달러 정도예요. 보통은요."

"너는 신사다." 앤서니가 단호하게 말했다. "듣자 하니 요

---

29) 네덜란드의 국기의 위, 중간, 아래를 구성하는 세 가지 색.

즘 한다하는 집 젊은 녀석들은 비누 열두 개에 24달러나 쓰고, 옷값으로도 100마르크[30]가 넘게 쓴다더구나. 너도 누구 못지 않게 쓸 만큼 돈이 있는데, 품위를 지키면서도 잘 절제하고 있구나. 나는 지금도 구식 유레카 비누를 쓴단다. 감상적인 이유도 있지만 그게 가장 순수하게 만들어진 비누이기 때문이야. 비누 한 장에 10센트 조금 넘게 주고 사는 건 질 낮은 향과 상표를 사는 셈이지. 하지만 50센트 정도면 너희 같은 세대나 지위나 처지에 있는 젊은이에게는 아주 괜찮은 편이란다. 내가 말했듯이 너는 신사야. 흔히들 말하기를 신사 하나를 만들려면 3대가 걸린다고 하더구나. 그렇지만 사람들이 틀렸어. 돈만 있으면 그런 일도 비누 기름처럼 매끄럽게 이뤄지지. 돈이 널 신사로 만들었잖니. 게다가 나도 거의 신사나 다름없게 만들었고. 물론 나야 불손하고 까다롭고 예의 없기가 거의 우리 집 양옆에 사는 두 네덜란드 신사분들하고 다를 게 없지만 말이다. 그 양반들은 내가 자기네 사이에 있는 집을 사들이는 바람에 밤잠을 설치겠지."

"돈으로 안 되는 일도 있어요." 아들 록월이 약간 우울하게 말했다.

"저런, 그런 소리 하지 마라." 앤서니 노인이 어리둥절하다는 듯 말했다. "나는 돈이면 뭐든 된다는 데 내 돈을 걸겠다. 돈으로 살 수 없는 것이 있는지 백과사전의 Y 항목까지 죽 찾아본 적이 있는데, 다음 주에는 부록까지 살펴봐야겠구나. 대

---

30) 독일의 예전 화폐 단위.

세를 거스르는 일이 된다 해도 나는 돈의 편에 서야겠다. 돈으로 살 수 없는 게 있으면 어디 한번 말해 보렴."

"우선 배타적인 사교계에는 돈으로 들어갈 수 없어요." 리처드가 약간 맺힌 것이 있는 듯 대답했다.

"저런! 안 된다고?" 앤서니가 돈이라는 악의 근원을 옹호하며 벽력같이 소리쳤다. "어디 말해 보렴. 애스터 1세[31]에게 3등 선실 표 값을 치를 돈이 없었더라면 네가 말한 그 배타적 사교계라는 게 존재할 수나 있겠는지."

리처드가 한숨을 내쉬었다.

"그게 바로 내가 하려는 얘기다." 노인이 기세를 누그러뜨리며 말했다. "너를 부른 이유가 바로 그거야. 너한테 무슨 문제가 있는 것 같더구나, 애야. 내가 눈치챈 지도 벌써 두 주가 돼 간다. 말해 보렴. 나는 스물네 시간 안에 1100만 달러를 현금으로 손에 쥘 수 있단다. 게다가 부동산도 있지. 네 마음이 무기력한 게 문제라면 석탄을 가득 싣고 바하마로 갈 준비를 마친 채 정박 중인 램블러호가 이틀 뒤면 출항할 게다."

"잘못 짚으신 건 아닙니다, 아버지. 완전히 엉뚱하게 넘겨 짚으신 건 아니에요."

"아, 그래!" 앤서니가 날카롭게 말했다. "그 아가씨 이름이 뭐냐?"

리처드가 서재를 서성거리기 시작했다. 투박하고 나이는

---

31) 독일 태생으로 미국 독립 전쟁 후 이주한 사업가 존 제이콥 애스터. 모피 무역으로 재산을 축적해 미국 최초의 백만장자가 되었다.

들었어도 그의 아버지는 속내를 털어놓기에 충분할 만큼 믿음직하고 인정 넘치는 사람이었다.

"한번 직접 물어보는 게 어떻겠니?" 앤서니 노인이 다그치듯 말했다. "흔쾌히 응낙할 수도 있어. 넌 돈도 있고 인물도 좋고 점잖은 젊은이야. 손도 깨끗하지. 유레카 비누를 쓰진 않으니까. 대학도 나왔고. 아가씨한테 그건 중요하지 않겠지만."

"기회조차 없었어요." 리처드가 말했다.

"그럼 만들어라." 앤서니가 말했다. "공원 산책에 데려가거나 교외에 나가 같이 밀짚 수레 타기³²⁾라도 해 보렴. 아니면 교회에서 집까지 바래다주거나. 기회라니! 별거 아니란다!"

"물방앗간처럼 돌아가는 사교계라는 곳을 잘 모르셔서 하시는 말씀이에요, 아버지. 그곳에서 그녀는 물레방아를 돌리는 물줄기의 일부 같은 존재라고요. 며칠 전부터 일분일초마다 일정이 꽉 차 있어요. 저는 정말이지 그녀를 놓치고 싶지 않아요. 그랬다간 이 도시가 영원히 참나무 늪지같이 느껴질 거예요. 그런데 편지는 못 쓰겠어요. 그럴 수가 없어요."

"쯧쯧!" 노인이 말했다. "내 돈을 다 쏟아부어도 그 아가씨가 네게 한두 시간쯤 내 주게 하는 것조차 어림없다는 거냐?"

"지금까지 너무 미루기만 했어요. 그녀는 모레 정오에 이 년 체류 예정으로 유럽으로 떠날 거예요. 내일 저녁에 아주 잠깐 단둘이 만나기는 해요. 지금 라치몬트에 있는 숙모님 댁에

---

32) 당시 유행하던 도시 사람들의 소풍 방식으로, 농장 짐수레에 밀짚을 깔고 교외 지역을 돌며 소풍을 즐겼다.

있거든요. 제가 거기에 갈 수는 없지만 내일 저녁 8시 30분 기차로 그랜드 센트럴 역에 도착하는데, 마차로 마중 와도 좋다고 했어요. 저희는 브로드웨이를 거쳐 월랙 극장으로 전속력으로 가야 해요. 그녀의 어머니와 칸막이 좌석에서 함께 관람할 일행이 로비에서 그녀를 기다리고 있을 거예요. 아버지 생각에는 그런 상황에서 고작 육 분, 팔 분 정도밖에 안 되는 시간 동안 제 고백을 귀담아들어 줄 것 같으세요? 그러지 않을 거예요. 극장에서나 아니면 그 후에라도 제게 무슨 기회가 있을까요? 절대 없을 거예요. 아니요, 아버지, 이건 아버지 돈으로도 풀 수 없게 엉망진창으로 꼬인 문제예요. 돈으로는 시간을 단 일 분도 살 수 없어요. 그럴 수만 있다면 부자들이 더 오래 살겠지요. 랜트리 양이 배에 타기 전에 얘기를 나눠 볼 희망은 전혀 없어요."

"좋다, 리처드, 애야." 앤서니 노인이 쾌활하게 말했다. "이제 클럽에 가 보렴. 네 마음이 무기력한 게 문제는 아니라니 다행이구나. 하지만 가끔은 위대한 황금의 신의 신전에 가서 향을 피우는 걸 잊지 마라. 돈으로는 시간을 살 수 없다고 했지? 물론 영겁의 시간을 돈으로 사서 집까지 포장 배달시킬 수는 없겠지만 시간 할아버지[33]가 금광 지대를 돌아다니다 발뒤꿈치에 꽤 심하게 멍이 드는 걸 본 적은 있단다."

그날 밤 온화하고 다정다감하며 주름지고 버릇처럼 한숨을

---

33) 시간을 의인화한 존재로, 대머리에 긴 수염을 기르고, 손에 큰 낫과 모래시계를 든 노인의 모습이다.

내쉬며 부에 짓눌려 사는 리처드의 고모 엘런이 석간신문을 읽는 오빠 앤서니를 찾아와 두 연인의 고통을 화제로 이야기를 나눴다.

"리처드가 다 털어놨어." 오빠 앤서니가 하품하며 말했다. "내 은행 계좌를 마음대로 써도 좋다고 말해 줬지. 그랬더니 돈을 깎아내리더군. 돈은 아무 도움이 안 된다는 거야. 사교계의 규칙은 억만장자가 떼로 덤벼도 한 치도 바꿀 수가 없다고 하더군."

"아, 앤서니 오빠." 엘런이 한숨을 내쉬었다. "돈 얘기는 이제 그만했으면 해. 진정한 사랑이 관련된 문제에서 재산은 아무것도 아니야. 사랑은 세상 무엇보다 강하다고. 리처드가 조금만 더 일찍 말했더라면! 그 아가씨가 우리 리처드를 거절했을 리가 없을 텐데. 하지만 이제는 너무 늦어 버린 것 같아. 말을 해 볼 기회조차 없을 테니. 오빠의 전 재산으로도 아들에게 행복을 안겨 줄 수는 없어."

이튿날 저녁 8시에 엘런 고모가 좀이 슨 보석함에서 고풍스러운 금반지를 꺼내 리처드에게 건네주었다.

"오늘 밤에 이걸 끼렴, 얘야." 그녀가 간절히 말했다. "네 엄마가 내게 준 거란다. 사랑할 때 행운을 가져다주는 반지라고 했어. 네가 사랑하는 사람을 찾으면 주라고 부탁했지."

아들 록월은 반지를 경건하게 받아 들고 새끼손가락에 끼워 보려 했다. 반지는 둘째 마디에 막혀 더 이상 들어가지 않았다. 그는 반지를 빼서 남자들이 으레 하듯 조끼 주머니에 넣었다. 그런 다음 전화로 마차를 불렀다.

8시 32분 기차역에서 그는 혼잡하게 움직이는 군중 가운데서 랜트리 양을 찾아냈다.

"어머니랑 다른 일행을 기다리게 해선 안 돼요." 그녀가 말했다.

"월랙 극장까지 최대한 빨리 갑시다!" 리처드가 충성스럽게 말했다.

그들은 브로드웨이를 향해 42번가를 질주하기 시작했고, 해 질 녘의 부드러운 초원에서 아침의 바위 언덕으로 이어지는 백색 불빛이 총총한 거리로 접어들었다.

34번가에서 아들 리처드가 급히 마차 덮개를 밀어 올리며 마부에게 멈춰 달라고 했다.

"방금 반지를 떨어뜨려서요." 그가 사과하며 마차에서 내려섰다. "어머니 반지라서 절대 잃어버리면 안 되거든요. 나 때문에 늦지는 않을 거예요. 어디 떨어졌는지 봤거든요."

그는 일 분도 지나지 않아 반지를 가지고 마차로 돌아왔다.

하지만 그사이에 시내 횡단 전차가 마차 정면을 가로막고 서 있었다. 마부가 왼편으로 빠져나가려 애썼지만 이번에는 짐을 잔뜩 실은 짐마차가 앞을 가로막았다. 오른편으로 가 보려 하자 그 자리에 세워 두면 안 되는 가구 운반 마차가 서 있어서 물러날 수밖에 없었다. 마부는 뒤로 빠져나가려다가 고삐를 놓더니 욕을 내뱉었다. 마차와 말들이 엉망으로 뒤엉켜 꼼짝없이 갇혀 버렸던 것이다.

대도시에서 가끔씩 불시에 발생해 모든 상거래와 활동을 정지시켜 버리는 도로 마비 상황이 벌어졌다.

"어째서 안 가는 거죠?" 랜트리 양이 조바심치며 말했다. "늦겠어요."

리처드가 마차에서 일어나 주변을 둘러보았다. 그의 눈에 짐마차와 무개 화차, 승합 마차, 유개 화차, 전차가 브로드웨이와 6번가, 34번가가 교차하는 널찍한 공간을 일시에 가득 메운 채 꽉 막혀 있는 모습이 들어왔다. 허리가 26인치인 처녀가 22인치짜리 속옷에 몸을 욱여넣으려 하는 듯한 모양새였다. 그런데도 여전히 사방에서 차량들이 계속 덜컥거리며 전속력으로 하나의 수렴점을 향해 달려와 멋대로 뻗어 있는 혼란 속으로 스스로 몸을 내던지고 있었다. 마차 바퀴들끼리 맞물려 움직이지 못하게 되면서 이 아우성에 마부들의 욕설까지 더해졌다. 맨해튼의 모든 차량이 그 주변으로만 몰려와 꽉 막히는 것 같았다. 보도에 늘어선 수천 명의 구경꾼 가운데 뉴욕에서 제일 오래 산 사람조차 이런 대규모 도로 마비를 본 적은 없었을 것이다.

"정말 미안해요." 리처드가 자리에 다시 앉으며 말했다. "꼼짝없이 갇혀 버린 것 같아요. 이 정도 난장판이면 한 시간 안에 풀리긴 어렵겠어요. 내 잘못이에요. 내가 반지를 떨어뜨리지만 않았다면 우리가……."

"반지 좀 보여 주세요." 랜트리 양이 말했다. "어쩔 수 없는 일이라면 신경 쓰지 않을래요. 어차피 극장에 가 봐야 지루하기만 한걸요."

그날 밤 11시에 누군가가 앤서니 록월의 방문을 똑똑 두드렸다.

"들어와요." 앤서니가 소리쳤다. 그는 붉은색 실내복을 입고 해적이 등장하는 모험담을 읽고 있었다.

그 누군가는 바로 엘런이었는데, 그녀는 마치 실수로 지상에 남겨진 백발의 천사처럼 보였다.

"그 아이들이 약혼했대, 앤서니 오빠." 그녀가 상냥하게 말했다. "그 아가씨가 우리 리처드랑 결혼하겠다고 약속했대. 극장으로 가는 길에 극심한 도로 정체가 일어나서 거기서 빠져나가는 데 두 시간이나 걸렸다지 뭐야.

아, 앤서니 오빠, 다시는 돈의 힘을 자랑하지 마. 진정한 사랑의 작은 표상, 대가를 바라지 않는 끝없는 애정을 상징하는 작은 반지가 바로 우리 리처드에게 행복을 찾아 주었으니까. 그 애가 그걸 길에 떨어뜨려서 주우러 나갔다 오는 사이에 거리가 꽉 막혀 버린 거야. 그래서 마차가 오도 가도 못하는 동안 그 애가 사랑을 고백해 아가씨의 마음을 얻었고. 진정한 사랑에 비하면 돈은 아무것도 아니야, 앤서니 오빠."

"잘됐군." 앤서니 노인이 말했다. "그 녀석이 원하던 걸 얻었다니 나도 기쁘구나. 녀석한테도 이 문제에는 아낌없이 돈을 쓸 거라고 이미 말했거든."

"그런데 앤서니 오빠, 오빠 돈으로 뭘 했다는 거야?"

"엘런." 앤서니 록월이 말했다. "지금 이 책에서 주인공 해적이 궁지에 빠졌어. 방금 전에 배에 구멍이 났는데도 이 녀석은 지나칠 정도로 돈의 가치를 높게 평가하는 놈이라 배가 그냥 가라앉게 내버려 두지 못하거든. 이 대목을 마저 읽게 해 주면 좋겠는데."

이 이야기는 여기서 끝나야 맞을 것이다. 나도 이 책을 읽는 독자 여러분만큼이나 진심으로 그러기를 바란다. 하지만 우리는 진실을 찾아 우물 밑바닥까지 내려가 봐야 한다.

이튿날 손이 붉고 목에는 푸른색 물방울무늬 넥타이를 맨 켈리라는 남자가 앤서니 록월의 집에 찾아와서 곧장 서재로 안내받았다.

"그래." 앤서니가 수표책에 손을 뻗으며 말했다. "좋은 거래였어. 어디 보자. 자네가 받아 간 게 현금 5000달러였지."

"제 주머니에서 300달러가 더 나갔습니다." 켈리가 말했다. "예상 금액을 넘길 수밖에 없었어요. 짐마차랑 승합 마차는 대체로 5달러씩이지만 무개 화차랑 쌍두마차는 대부분 10달러까지 올려 불렀어요. 전차 운전사들도 10달러씩 요구했고, 어떤 짐마차는 20달러나 달랬습니다. 경찰관들이 제일 애를 먹였어요. 두 사람한테는 50달러나 줬고, 나머지도 20달러, 25달러씩은 줬습니다. 어쨌든 멋지게 해내지 않았습니까, 록월 씨? 윌리엄 A. 브래디[34]가 그 대규모 교통마비 장면을 직접 보지 못해서 다행이지요. 그걸 봤으면 질투심에 그 사람 심장이 터져 버렸을 거예요. 예행연습 한 번 없이 해냈으니 말입니다! 다들 한 치의 오차도 없이 제시간에 도착했다니까요. 족히 두 시간 동안은 뱀 한 마리조차 그릴리 동상[35]까지도 빠져나갈 수 없었을 겁니다."

---

34) 배우로 출발해 극장 경영과 연극 제작까지 했다.
35) 이 이야기에서 교통마비가 빚어진 교차로 옆 공원에 세워져 있다.

"1300달러라. 자, 여기 있네, 켈리." 그 자리에서 수표를 써 주며 앤서니가 말했다. "원래 약속한 1000달러에 자네가 쓴 300달러. 자네는 돈을 싫어하지 않겠지, 켈리?"

"저요?" 켈리가 말했다. "가난을 만들어 낸 놈을 만나면 세게 갈겨 주고 싶은데요."

문을 나서려던 켈리를 앤서니가 불러 세워 물었다.

"자네 혹시 그 난리통에 벌거벗고 화살을 쏘면서 돌아다니는 뚱뚱한 남자아이 못 봤나?"

"뭐라고요? 아니요." 켈리가 어리둥절해하며 말했다. "못 봤습니다. 말씀하신 것 같은 녀석이 있었다면 제가 가기도 전에 경찰이 먼저 잡아갔을걸요."

"그 작은 장난꾸러기 녀석이 바로 와서 도와줄 리 없다는 건 알고 있었어." 앤서니가 싱긋 웃었다. "잘 가게, 켈리."

마녀의 빵

마사 미챔 양은 길모퉁이에서 (세 계단만 올라가서 문을 열면 종이 딸랑딸랑 울리는) 작은 빵집을 운영했다.

마사 양은 마흔 살이었고, 예금 통장에는 2000달러가 들어 있었으며, 의치 두 개와 동정심 많은 따뜻한 마음을 가지고 있었다. 결혼할 가능성이 마사 양에게 훨씬 못 미쳤던 사람들도 다 결혼을 했다.

그녀는 일주일에 두세 번씩 찾아오는 어느 단골손님에게 관심을 가지기 시작했다. 그 남자는 안경을 쓰고 갈색 턱수염을 정성스럽게 손질해 끝을 뾰족하게 다듬은 중년 남자였다.

그가 사용하는 영어에는 강한 독일어 억양이 섞여 있었다. 그의 옷은 낡아서 여기저기 기운 자국이 있는 데다 꾸깃꾸깃하고 헐렁했다. 하지만 그는 말쑥해 보였고 예절도 깍듯했다.

그는 늘 오래 묵어 딱딱한 빵 두 덩어리를 샀다. 신선한 빵은 한 덩어리에 5센트였다. 딱딱하게 굳은 빵은 두 덩어리에 5센트였다. 그는 딱딱하게 굳은 빵 말고 다른 것을 달라고 한 적이 없었다.

언젠가 마사 양은 그의 손가락에 적갈색 얼룩이 묻은 것을 보았다. 그 순간 그녀는 그 남자가 무척 가난한 화가라고 확신했다. 아마 그는 다락방에 살면서 그곳에서 그림을 그리고 딱딱한 빵을 먹으며 마사 양의 빵집에 있는 온갖 맛있는 것들을 떠올릴 것이 분명했다.

마사 양은 두툼한 고기 조각과 말랑말랑한 둥근 빵, 잼, 차를 앞에 두고 앉아 있을 때면 종종 한숨을 쉬면서 그 점잖은 화가가 찬바람이 새어 들어오는 다락방에서 말라 굳은 빵을 먹는 대신 자신과 이 맛있는 식사를 함께 할 수 있기를 바라곤 했다. 앞서 말했듯이 마사 양은 동정심 많은 따뜻한 마음을 지니고 있었다.

그의 직업에 관한 자신의 이론을 검증해 보기 위해 그녀는 어느 날 자신의 방에서 할인할 때 산 그림 한 점을 가져가 빵집 계산대 뒤편 선반에 기대어 세워 놓았다.

그것은 베네치아를 그린 풍경화였다. 눈부신 대리석 궁전(그림에 그렇게 적혀 있었다.)이 전경에, 더 정확히 말하면 물 앞에 서 있었다. 나머지 공간에서는 (손을 물에 담궈 물살을 가르는 숙녀가 탄) 곤돌라와 구름, 하늘 그리고 풍부한 명암 대조 기법이 눈에 띄었다. 화가라면 이 그림에 관심을 가지지 않을 리 없었다.

이틀 후에 그 손님이 찾아왔다.

"묵은 빵 두 덩어리 부탁합니다. 멋진 그림을 가지고 계시네요, 부인." 그녀가 빵을 포장하는 동안 그가 말했다.

"그래요?" 마사 양이 자신의 잔꾀가 성공한 것을 몹시 기뻐하며 말했다. "저는 (안 돼, '예술가'라는 말을 이렇게 빨리 꺼낼 수는 없어.) 예술을 좋아해요." 그녀가 잽싸게 바꿔 말했다. "물론 그림도 좋아하고요. 보시기에 좋은 그림 같은가요?"

"저 궁전은 데생이 잘된 편은 아니군요. 원근감이 사실적이지 않아요. 안녕히 계십시오, 부인."

그가 빵을 집어 들고 인사하더니 서둘러 나갔다.

맞아, 저 사람은 화가가 분명해. 마사 양은 그림을 다시 자기 방으로 가져갔다.

안경 너머 그의 두 눈이 얼마나 부드럽고 친절하게 빛났던가! 그 이마는 또 얼마나 훤하던지! 한눈에 원근법을 평가할 수 있는 사람이 딱딱하게 묵은 빵이나 먹다니! 하지만 흔히 천재들은 인정받기 전에는 고생하며 발버둥 치기 마련이지.

만약 저 천재가 예금 2000달러와 빵집, 동정심 많은 따뜻한 마음씨의 후원을 받는다면 예술과 원근법에 얼마나 좋은 일일까. 하지만 이건 다 몽상일 뿐이야, 마사.

이제 그는 빵집에 올 때면 진열장을 사이에 두고 잠시 동안 마사와 이야기를 나누곤 했다. 그는 마사 양이 건네는 기운을 북돋는 말들을 간절히 바라는 것 같았다.

그는 계속 딱딱하게 묵은 빵을 사 갔다. 한 번도 케이크나 파이, 맛있는 샐리런[36]을 사 간 적이 없었다.

---

36) 구워서 바로 먹는 달고 가벼운 머핀의 일종.

그녀는 그가 점점 더 여위고 의기소침해지는 것처럼 보이기 시작한다고 생각했다. 그녀의 마음은 그가 사 가는 변변찮은 빵 외에 무언가 먹을 만한 좋은 것을 보태 주고 싶어 못 견딜 지경이었다. 하지만 그런 행동을 할 용기를 내지는 못했다. 감히 그를 모욕할 수는 없었던 것이다. 그녀는 예술가들의 자존심에 대해 잘 알았다.

마사 양은 파란색 물방울무늬 실크 블라우스를 입고 계산대 뒤에 서기 시작했다. 뒷방에서 마르멜로[37] 씨앗과 붕사를 섞어 수수께끼 같은 혼합물을 조제했다. 수많은 사람들이 맑은 안색을 위해 그것을 사용한다.

어느 날 그 손님이 평소처럼 들어와 진열장에 5센트짜리 동전을 내려놓으면서 묵은 빵을 달라고 했다. 마사 양이 빵을 집어 담으려 할 때 빵빵거리는 경적 소리와 땡땡거리는 종소리를 요란하게 울리면서 육중한 소방차가 지나갔다.

누구나 그러듯이 손님이 서둘러 문 앞으로 가 밖을 내다보았다. 그 순간 마사 양의 머리에 느닷없이 기발한 생각이 떠올랐고 그녀는 그 기회를 놓치지 않았다.

계산대 뒤편 선반 맨 아래 칸에 우유 장수가 십 분 전에 두고 간 신선한 버터 450그램이 있었다. 마사 양은 딱딱하게 굳은 빵 두 덩어리에 빵 칼로 깊게 칼집을 낸 다음 버터를 듬뿍 넣고 표 나지 않게 빵을 다시 꾹 눌러 붙였다.

손님이 다시 돌아왔을 때 그녀는 빵을 종이로 싸서 끈으로

---

37) 모과 비슷한 열매로, 마멀레이드나 설탕 조림 등을 만드는 데 사용한다.

묶고 있었다.

유난히 기분 좋게 이야기를 나눈 다음 그가 돌아가자 마사 양은 혼자 슬며시 미소 지었다. 가벼운 두근거림마저 느꼈다.

너무 대담한 행동이었을까? 그가 불쾌해하진 않을까? 물론 그럴 리 없다. 음식은 말이 없는 법이었다. 버터가 미혼 여성답지 않은 뻔뻔스러움의 상징은 아니었다.

그날 그녀는 오랜 시간 동안 그 문제를 생각하고 또 생각했다. 그녀는 그가 자신의 작은 속임수를 발견하는 장면을 상상해 보았다.

그가 붓과 팔레트를 내려놓을 것이다. 이젤에는 작업 중인 그림이 세워져 있는데, 나무랄 데 없는 원근법으로 그려져 있을 것이다.

그가 마른 빵과 물로 점심을 차릴 것이다. 그리고 그가 빵 한 덩어리를 자르는 순간, 아!

마사 양은 얼굴을 붉혔다. 그가 빵을 먹으면서 거기에 버터를 넣은 손길을 떠올릴까? 그가 혹시……

현관 종이 사납게 쨍그랑거렸다. 누군가가 요란스러운 소리를 내며 들어왔다.

마사 양은 서둘러 달려 나갔다. 두 남자가 서 있었다. 한 사람은 담배 파이프를 입에 물고 있는 젊은 남자로 그녀가 전에는 한 번도 본 적이 없는 사람이었다. 다른 한 사람은 바로 그 화가였다.

그의 얼굴은 시뻘겠고 모자는 뒤통수에 걸리게 젖혀져 있었으며 머리는 마구 헝클어져 있었다. 그가 두 주먹을 불끈 움켜쥐고 마사 양을 향해 사납게 흔들어 댔다. 마사 양을 향해서 말이다.

"둠코프!"[38] 그가 고래고래 악을 썼다. 그러고 나서 계속 독일어로 "타우젠돈페르!" 아니면 그 비슷한 말도 했다.

젊은 남자가 그를 끌어내려 애썼다. "그냥은 못 가!" 그가 화난 목소리로 고함쳤다. "저 여자한테 한마디 하기 전에는."

그가 마사 양의 계산대를 큰 북처럼 쾅쾅 내리쳤다.

"당신이 날 망쳐 놨어." 그가 안경 너머 푸른 눈을 이글거리며 소리 질렀다. "이 말은 꼭 해 줘야겠어. 주제도 모르고 참견해 대는 이 늙은 고양이야!"

마사 양은 맥없이 선반에 몸을 기대서 파란색 물방울무늬 실크 블라우스 위로 한 손을 얹었다. 젊은 남자가 동행의 옷깃을 움켜잡았다.

"이리 오세요." 그가 말했다. "할 만큼 했잖아요." 그러고 나서 그가 성난 남자를 문밖 거리로 끌어다 놓고 돌아왔다.

"이게 대체 웬 소란인지 아셔야 할 것 같아서요, 부인." 젊은 남자가 말했다. "저분 성함은 블룸베르거예요. 건축 설계 도면을 그리는 제도사지요. 저는 저분과 같은 사무실에서 일하고 있어요.

저분은 새 시청 설계 도면을 그리느라 석 달 동안 열심히 작업했어요. 공모전 수상이 걸려 있었거든요. 어제 막 도면 잉크 작업을 끝내셨어요. 아시겠지만 제도사들은 항상 처음에는

---

38) '바보, 어리석은 사람'이라는 뜻의 독일어.

연필로 도면을 그려요. 그러다 잉크 작업을 끝내고 나면 딱딱하게 굳은 빵 부스러기를 문질러서 연필 선을 지워 버리지요. 그게 고무지우개보다 낫거든요.

블룸베르거 씨는 줄곧 여기서 빵을 사셨어요. 그런데 오늘……. 글쎄, 아시겠지만 부인, 원래는 버터가 없는…… 어쨌든 블룸베르거 씨의 설계 도면은 이제 아무짝에도 쓸모가 없어졌답니다. 조각조각 잘라서 기차에서 파는 샌드위치 포장지로나 쓰면 모를까요."

마사 양은 뒷방으로 들어갔다. 그녀는 파란색 물방울무늬 실크 블라우스를 예전에 입던 낡은 갈색 모직 옷으로 갈아입었다. 그러고 나서 창밖에 있는 쓰레기통에 마르멜로 씨앗과 붕사 혼합물을 쏟아 버렸다.

하그레이브스의 기만극

모빌[39] 출신인 펜들턴 탤벗 소령과 그의 딸 리디아 탤벗 양이 워싱턴으로 거처를 옮기게 되었을 때 그들은 가장 조용한 대로변에서도 50미터나 더 들어가 있는 집을 숙소로 정했다. 그 집은 높다란 흰색 기둥 여러 개가 현관 지붕을 떠받치고 있는 구식 벽돌 건물이었다. 뜰에는 위풍당당한 개아카시아와 느릅나무 여러 그루가 그늘을 드리웠고 제철을 맞은 개오동나무 한 그루가 풀밭 위로 분홍색과 흰색의 꽃비를 흩뿌렸다. 키가 큰 회양목이 울타리와 산책길을 따라 줄지어 서 있었다. 바로 이 집의 이런 남부 스타일과 외관이 탤벗 부녀의 눈에 들었다.

그들은 사생활이 보장되는 이 쾌적한 하숙집에 탤벗 소령이 쓸 서재와 함께 방 몇 개를 빌렸다. 탤벗 소령은 '앨라배마

39) 미국 남동부 앨라배마 주의 항구 도시.

주 군대와 의회, 법조계에 얽힌 일화와 회고담'이라는 책의 마지막 몇 장을 덧붙여 쓰고 있었다.

탤벗 소령은 진짜 구식 남부 사람이었다. 그의 눈에 현재라는 시대는 흥미로울 것도 빼어날 것도 없었다. 그의 정신은 남북 전쟁 이전에 머물러 있었는데, 그 시절 탤벗가는 수천 헥타르에 이르는 고급 면화밭과 그것을 경작할 노예들을 소유했다. 그 시절 탤벗가의 대저택은 후한 손님 접대의 현장으로, 남부 귀족 사회의 손님들을 끌어모았다. 오랜 자부심과 명예로운 양심, 고풍스럽고 격식을 차리는 정중한 태도, (여러분이 짐작하듯) 옷차림에 이르기까지 그의 모든 것이 그 시절에서 비롯되었다.

그런 옷들은 최근 오십 년 동안은 분명 한 번도 만들어진 적이 없었다. 소령은 키가 컸는데도 그가 절이라고 부르는 멋지고 고풍스러운 무릎 꿇는 자세를 선보일 때마다 그의 프록코트[40] 자락이 마룻바닥을 쓸었다. 남부 출신 국회 의원들의 프록코트와 챙이 넓은 모자에 놀라 뒷걸음질 치는 일 따위는 이미 오래전에 그만둔 워싱턴에서조차 그 옷은 놀라움의 대상이었다. 하숙인 중 한 사람이 그의 옷차림에 '파더 허버드'[41]라는 이름을 붙였는데, 이 옷은 확실히 허리가 높고 옷자락이 넓게 펼쳐졌다.

하지만 가슴 부분이 넓게 주름 잡힌 데다 올까지 풀린 셔츠

---

40) 과거 남자들이 입던 긴 코트로, 요즘은 특별한 의식 때만 입는다.
41) 옷자락이 길고 느슨한 여성용 가운을 '머더 허버드'라고 부르는 점에 빗댄 표현.

와 리본 매듭이 항상 한쪽으로 기울어져 있는 작은 검은색 끈 넥타이까지 포함한 그 모든 이상한 옷차림에도 소령은 바드먼 부인이 엄선한 하숙집 사람들에게 미소와 호감의 대상이었다. 이따금 젊은 백화점 직원 몇몇이 그들 표현대로 하면 "그를 낚아서" 그가 가장 소중하게 여기는 화제, 즉 그가 무엇보다 사랑하는 남부의 전통과 역사에 대한 이야기를 꺼내게 만들곤 했다. 이야기를 할 때마다 그는 '일화와 회고담'을 아낌없이 인용했다. 하지만 그들은 소령이 자신들의 의도를 알아채지 못하도록 상당한 주의를 기울였는데, 예순여덟이라는 나이에도 그가 통찰력 있는 회색 눈으로 뚫어져라 바라보면 그들 중 가장 대담한 사람조차 마음이 불편해졌기 때문이다.

리디아 양은 키 작고 통통한 서른다섯 살 노처녀로, 말끔하게 빗어 당겨 틀어 올린 머리 때문에 더 나이 들어 보였다. 구식이기는 그녀도 마찬가지였다. 하지만 소령이 그러듯이 남북 전쟁 이전 시대의 영광을 주변에 뿜어내지는 않았다. 그녀에게는 근검절약이라는 상식이 있었다. 집안의 재정을 관리하거나 누구건 청구서를 들고 찾아오는 사람을 만나는 것은 바로 그녀였다. 소령은 하숙비 청구서와 세탁비 청구서 따위를 한심하고 성가신 것으로 여겼다. 그런 것들은 너무나 끈질기고 너무나 빈번하게 계속 날아들었다. 소령은 궁금했다. 왜 그런 것들을 모아 두었다가 형편이 좋을 때, 말하자면 '일화와 회고담'이 출간되고 원고료를 지불받은 다음에 한꺼번에 지불할 수 없는 것일까? 리디아 양은 침착하게 바느질을 계속하면서 말하곤 했다. "돈이 있는 동안은 지금처럼 계속 내기로 해요.

나중에는 어차피 한꺼번에 모아서 낼 수밖에 없을 거예요.”

바드먼 부인네 하숙인들은 거의 백화점 점원이나 상인이어서 낮 동안에는 대부분 집에 없었다. 하지만 아침부터 밤까지 많은 시간을 집에서 보내는 사람이 한 명 있었다. 이 사람은 헨리 홉킨스 하그레이브스(이 집 사람들은 모두 그의 이름을 줄여 부르지 않았다.)라는 이름의 젊은이로 인기 있는 보드빌[42] 극장에서 일했다. 보드빌이 지난 몇 년간 꽤 점잖은 수준으로 올라선 데다 하그레이브스 씨는 겸손하고 예의 바른 사람이어서 바드먼 부인은 자신의 하숙인 명단에 그를 올리는 데 아무런 결격 사유도 발견할 수 없었다.

극장에서 하그레이브스는 다양한 지방의 사투리를 구사할 수 있는 희극 배우로 이름났고, 레퍼토리도 다양해 독일인, 아일랜드인, 스웨덴인, 흑인 역할을 전문으로 했다. 하지만 하그레이브스 씨는 포부가 더 커서 가끔씩 정통 희극에서 성공을 거두고 싶다는 원대한 꿈을 털어놓곤 했다.

이 젊은이는 탤벗 소령에게 큰 호감을 품은 것 같았다. 그 신사가 남부에서의 추억을 회고하기 시작하거나 여러 일화 중 가장 생생한 내용을 되풀이할 때마다 하그레이브스는 늘 그 옆에서 누구보다 주의 깊게 귀담아들었다.

한동안 소령은 내심 그를 ‘딴따라’라고 부르면서 그의 접근을 탐탁지 않게 여기는 기색을 보였다. 하지만 얼마 지나지 않아 이 젊은이의 서글서글한 태도와 자신이 하는 이야기에 대

---

42) 일종의 버라이어티 연예 쇼로 무언극, 묘기, 노래, 춤, 요술 등을 포함한다.

한 의심할 여지 없이 깊은 공감이 소령의 마음을 완전히 사로 잡았다.

두 사람은 곧 오랜 친구 같은 사이가 되었다. 소령은 날마다 오후에 일정 시간을 할애해 그에게 자기 책의 원고를 읽어 주었다. 일화를 들려줄 때마다 하그레이브스는 언제나 적절한 대목에서 정확하게 웃음을 터트렸다. 몹시 감동한 소령은 어느 날 리디아 양에게 하그레이브스라는 젊은이는 옛 남부의 체제에 대해 뛰어난 이해력과 만족할 만한 존경심을 가지고 있다고 단언하기에 이르렀다. 탤벗 소령이 기분이 내켜 옛 시절에 대해 이야기하기 시작하면 하그레이브스 씨는 넋을 놓고 귀 기울여 들었다.

과거에 대해 이야기하는 나이 든 사람들이 대체로 그러듯 소령도 사소한 내용까지 구구절절 늘어놓기를 좋아했다. 옛 남부 대농장주들의 거의 왕족이나 다름없던 화려한 시절을 설명할 때 그는 자신의 말구종이던 흑인의 이름이나 어떤 사소한 사건이 일어난 정확한 날짜나 그해에 수확된 면화 꾸러미의 개수가 떠오를 때까지 잠깐 이야기를 멈추곤 했다. 그래도 하그레이브스는 결코 조바심치거나 흥미를 잃는 법이 없었다. 도리어 그는 그 시절의 삶과 관련된 다양한 주제에 대해 먼저 나서서 이것저것 질문을 던졌고, 언제나 즉각적인 답변을 이끌어 냈다.

여우 사냥, 주머니쥐로 만든 야식, 흑인 거주지의 호다운[43]

---

43) 경쾌한 춤을 추는 사교 파티 또는 경쾌한 춤 자체를 의미한다.

댄스파티와 흑인 민요, 사방 80킬로미터까지 초대장을 돌린 대농장 저택 홀에서의 연회, 상류 사회 이웃들 간에 이따금 발생하던 불화, 후에 사우스캐롤라이나 주의 스웨이트 가문 사람과 결혼한 키티 차머스를 둘러싼 래스본 컬버트슨과 소령 간의 결투, 모빌 만에서 엄청난 돈을 두고 벌어진 개인 요트 경주, 늙은 노예들의 기묘한 믿음과 심한 낭비벽, 충성심, 이 모든 것이 소령과 하그레이브스 두 사람이 단숨에 몇 시간씩 몰두한 주제였다.

때로는 밤에 이 젊은이가 극장에서 자기 차례를 끝내고 돌아와 위층 자기 방으로 올라가려 할 때 소령이 자신의 서재 문 앞에 나타나 그를 장난스럽게 손짓해 부르곤 했다. 하그레이브스가 들어가 보면 작은 탁자에는 마개 달린 유리 술병과 설탕 그릇, 과일, 신선한 초록색 박하 다발이 차려져 있었다.

"불현듯 생각이 났다네." 소령이 늘 그러듯 격식을 차리면서 말을 꺼냈다. "어쩌면 자네가 그, 자네가 종사하는 그곳에서의 직무가 너무도 고돼서 저 시인[44]이 '지친 자연의 달콤한 회복제'라고 썼을 때 마음에 품고 있었을 그것을, 다시 말해 우리 남부의 줄렙[45]을 음미해 보고 싶은 마음이 하그레이브스 군 자네에게 생겼을 수도 있지 않을까 하고 말일세."

하그레이브스에게는 줄렙을 만드는 소령을 지켜보는 것이

---

44) 영국 시인 에드워드 영. "지친 자연의 달콤한 회복제"는 그의 시집 『밤의 상념』에 있는 구절이다.
45) 19세기 미국 남부에서 만들기 시작한, 위스키에 설탕, 박하 등을 넣어 만드는 칵테일의 한 종류.

매혹적인 일이었다. 그 일을 시작하는 순간 소령은 예술가들과 어깨를 나란히 하는 경지에 올라섰고, 모든 절차를 어김없이 밟아 나갔다. 박하를 짓이길 때의 섬세함, 재료의 양을 어림할 때의 더없는 정확성, 그 혼합물이 든 잔 가장자리를 진녹색 잎 장식과 그에 대비되는 선명한 진홍색 과일로 마무리하는 세심한 배려라니! 게다가 엄선한 귀리 짚 빨대를 짤랑 소리라도 날 만큼 바닥 깊숙이 찔러 넣고 나서 잔을 권할 때의 친절하고 기품 있는 태도까지!

워싱턴에서 지낸 지 넉 달쯤 된 어느 날 아침 리디아 양은 돈이 거의 바닥났다는 것을 알아챘다. '일화와 회고담'이 완성되었지만 출판업자들은 앨라배마 주의 감각과 재치를 모아 놓은 이 보석 같은 책에 선뜻 덤벼들지 않았다. 모빌에 있는 그들 소유의 작은 집에서 나오던 임대료가 두 달이나 밀려 있었다. 이달 치 하숙비의 지불 기일이 사흘 뒤였다. 리디아 양은 아버지를 불러 이 문제를 상의했다.

"돈이 바닥났다고?" 그가 놀란 표정으로 말했다. "이렇게 얼마 안 되는 돈 때문에 자꾸 시달리다니 정말 성가시기 짝이 없구나. 정말이지 나는……."

소령이 주머니를 뒤졌다. 고작 2달러짜리 지폐 한 장이 나오자 조끼 주머니에 도로 집어넣었다.

"당장 이 일을 처리해야겠구나, 리디아." 그가 말했다. "우산 좀 가져다 다오. 당장 시내에 나가 봐야겠다. 우리 선거구 출신 의원인 풀검 장군이 며칠 전에 내 책이 빨리 출판될 수 있게 손써 주겠다고 장담했거든. 당장 그분 호텔로 가서 일이 어떻게 되었는지 알아봐야겠구나.”

리디아 양은 서글픈 미소를 희미하게 지으며 소령이 '파더 허버드'의 단추를 잠그고 늘 그러듯 문 앞에서 잠시 멈춰 서서 깊숙이 몸을 굽혀 절한 다음 떠나는 모습을 지켜보았다.

그는 그날 저녁 날이 저문 다음에야 돌아왔다. 풀검 의원은 소령의 원고를 읽어 본 출판업자와 이미 만난 것으로 보였다. 그 업자가 일화라든가 기타 내용에서 절반 정도를 신중하게 덜어 내서 그 책 전반을 시종일관 물들인 지역적, 계급적 편견을 걷어 낸다면 출판을 고려해 볼 수도 있을 것 같다고 했다는 것이다.

소령은 분노로 하얗게 질려 있었지만 리디아 양이 함께 자리하자 관례적 예의범절에 따라 평정을 되찾았다.

“돈이 꼭 필요해요.” 리디아 양이 콧잔등을 살짝 찌푸리며 말했다. “아까 그 2달러라도 주세요. 오늘 밤 랠프 숙부께 돈을 좀 보내 달라고 전보를 쳐야겠어요.”

소령이 조끼 윗주머니에서 작은 봉투 하나를 꺼내 탁자 위로 던지며 조심스럽게 말을 꺼냈다.

“어쩌면 분별없는 짓이었던 것 같다만 워낙 얼마 안 되는 돈이라 오늘 밤 극장표를 사 버리고 말았구나. 새로 올리는 전쟁극이야, 리디아. 내 생각에는 이 극의 워싱턴 초연을 직접 보면 너도 기뻐할 것 같았거든. 이 극에서는 남부가 매우 공정하게 다뤄진다고 들었다. 실토하자면 내가 이 공연을 꼭 보고 싶기도 했고.”

리디아 양은 자포자기한 나머지 잠자코 두 손을 들었다.

어차피 표 값을 치렀으니 내친김에 사용하는 편이 나을 것 같았다. 그래서 그날 저녁 두 사람은 극장에 앉아 경쾌한 전주곡을 들었고, 리디아 양조차 이 시간만은 온갖 골칫거리를 옆으로 제쳐 두자고 마음먹었다. 그 괴상한 코트에 티 하나 없는 리넨 셔츠를 단추를 끝까지 채운 부분만 드러나도록 입고 흰머리를 매끄럽게 말듯이 빗어 올린 소령은 참으로 세련되고 기품 있어 보였다. 「목련꽃」의 1막이 올라가자 전형적인 남부 대농장의 풍경이 펼쳐졌다. 소령은 무심코 일말의 호기심을 드러냈다.

"어머나, 이것 좀 보세요!" 리디아 양이 소령의 팔을 슬쩍 찌르고 자기 프로그램을 가리키며 감탄하듯 외쳤다.

소령은 안경을 쓰고 등장인물 배역 소개 부분 가운데 그녀가 가리키는 대목을 읽었다.

웹스터 캘훈 대령 역: H. 홉킨스 하그레이브스.

"우리 하숙집 하그레이브스 씨예요." 리디아 양이 말했다. "그 사람이 말하던 '정통극'이라는 데 드디어 출연하게 된 게 틀림없어요. 잘돼서 기쁘네요."

2막이 돼서야 비로소 웹스터 캘훈 대령이 무대에 등장했다. 그가 등장하는 순간 탈벗 소령은 주위에 다 들릴 만큼 크게 콧방귀를 뀌며 눈을 부릅뜬 채 그를 노려보았고, 그의 몸은 얼어붙기라도 한 것처럼 굳어 버렸다. 리디아 양은 작고 모호한 신음을 흘리며 손에 쥔 프로그램을 구겨 버렸다. 캘훈 대령이 마치 한 깍지에서 나온 완두콩처럼 탤벗 소령과 매우 흡사했던 것이다. 끝이 곱슬곱슬한 길고 성긴 하얀 머리카락, 귀족적인 매부리코, 가슴 부분이 넓게 주름 잡히고 올이 풀린 셔츠, 리본 매듭이 한쪽으로 기울어져 있는 작은 검은색 끈 넥타이까지 거의 똑같이 따라 했다. 그러고 나서 이 모방의 대미를 장식하기 위해 그는 유일무이하다고 여겨지던 소령의 코트와 쌍둥이처럼 꼭 닮은 코트를 입었던 것이다. 옷깃이 높고 헐렁하며 허리선이 높고 옷자락이 풍성하게 펼쳐지며 앞쪽이 뒤쪽보다 30센티미터는 더 길게 늘어지는 이 옷이 다른 원본을 본떠 만든 것일 리가 없었다. 그때부터 소령과 리디아 양은 넋이 빠진 채 앉아서 오만한 탤벗을 흉내 낸 가짜가, 나중에 소령이 표현한 바에 따르면 "타락한 무대의 중상모략으로 가득 찬 진창 속에서 욕되게 끌려다니는" 모습을 구경했다.

하그레이브스 씨는 주어진 기회를 잘 활용했다. 그는 소령의 독특한 말투, 액센트, 억양 하나하나와 점잔 빼는 구식 예법을 완벽하게 포착해 그 모든 것을 무대용으로 적절히 과장했다. 그가, 소령이 모든 인사법 가운데 최고봉이라고 기꺼이 믿는 그 놀라운 절을 하는 순간에는 별안간 사방의 관객으로부터 열렬한 박수갈채가 쏟아졌다.

리디아 양은 감히 아버지 쪽을 흘긋 쳐다볼 엄두도 내지 못한 채 꼼짝 않고 앉아 있었다. 이따금 그녀는 그러면 안 된다는 것을 알면서도 완전히 억누를 수 없는 웃음을 감추기라도 하려는 것처럼 아버지 옆에 놓았던 손을 들어 뺨에 얹곤 했다.

하그레이브스의 파렴치한 모방은 3막에서 절정에 달했다.

그것은 캘훈 대령이 자신의 '사실(私室)'에서 이웃 대농장주 몇 명을 접대하는 장면이었다.

무대 중앙에 놓인 탁자 앞에 서서 친구들에게 에워싸인 채 그가 「목련꽃」의 가장 유명하고 비할 바 없이 독특하며 두서없는 독백을 읊으면서 파티를 위해 줄렙을 솜씨 좋게 만들어 보였다.

탤벗 소령은 가장 좋아하는 이야기들이 원래와 다르게 각색되고, 자신의 지론과 취미가 윤색되거나 부풀려지고, '일화와 회고담'의 꿈이 과장되고 왜곡되어 전달되는 것을 가만히 앉아서 얼굴만 하얗게 질린 채 들었다. 그가 특히 좋아하는 이야기인 래스본 컬버트슨과의 결투 이야기도 빠지지 않았는데, 소령 자신이 가미한 것보다 한결 많은 열정, 자아도취, 예술적 기품이 함께 전달되었다.

그 독백은 줄렙을 만드는 기술에 관한 기발하고 유쾌하며 재치 있는 짧은 강의와 이해를 돕고자 곁들인 시범으로 끝맺었다. 이 부분에서도 탤벗 소령의 섬세하지만 허세 넘치는 지식 체계가 향기로운 이파리를 섬세하게 다루는 법부터("신사 여러분, 1그레인[46]의 1000분의 1만큼만 지나쳐도 압력이 너무 과해져 하늘이 내린 이 식물에서는 향기 대신 쓴맛이 우러나게 됩니다.") 귀리 짚 빨대를 세심하게 고르는 법에 이르기까지 털끝만큼의 착오도 없이 재현되었다.

그 장면이 끝나자 관객이 우레와 같은 환호성을 올렸다. 이

---

46) 아주 적은 양을 나타내는 무게의 단위로, 1그레인은 약 0.0648그램.

전형적인 인물을 재현한 연기가 너무나 정확하고 너무나 믿을 만하고 철저했기 때문에 정작 연극의 주역들은 잊히고 말았다. 여러 번 거듭된 앙코르 끝에 하그레이브스가 막 앞으로 나와서 절을 했는데, 다소 소년 같은 그의 얼굴은 성공의 기쁨으로 환하게 달아올라 있었다.

마침내 리디아 양이 고개를 돌려 소령을 바라보았다. 그의 얇은 두 콧방울이 물고기 아가미처럼 씰룩거리고 있었다. 그가 일어서려고 떨리는 두 손으로 의자 팔걸이를 짚었다.

"가자, 리디아." 그가 목멘 소리로 말했다. "이건 정말이지 끔찍한…… 신성모독이로구나."

그가 일어서기 전에 그녀가 그를 다시 자리에 끌어 앉혔다.

"끝까지 남아 있다가 나가야 해요." 그녀가 단호하게 말했다. "코트의 실물을 보여 줘서 모조품을 광고해 주고 싶으신 거예요?" 그래서 두 사람은 끝까지 자리에 남아 있었다.

하그레이브스는 그날 밤 거둔 성공으로 늦게까지 붙잡혀 있었는지 이튿날 아침 식탁에도 점심 식탁에도 모습을 나타내지 않았다.

오후 3시쯤에야 그가 텔벗 소령의 서재 문을 두드렸다. 소령이 문을 열자 하그레이브스가 두 손 가득 조간신문을 들고 들어왔다. 그는 승리감에 도취된 나머지 소령의 태도가 평소와 다르다는 사실을 전혀 눈치채지 못했다.

"지난밤 저에 대한 평가가 호평 일색입니다, 소령님." 그가 의기양양하게 말을 꺼냈다. "제가 기회를 잡았을 뿐 아니라 제 생각에는 점수도 좀 딴 것 같습니다. 여기 《포스트》는 이렇게 썼군요.

'터무니없는 호언장담, 유별난 복장, 예스러운 말투, 가문에 대한 케케묵은 자부심, 진실로 친절한 마음씨, 괴팍한 명예심, 사랑스러운 단순함을 특징으로 지닌 이 구시대 남부 대령을 창조하고 재현해 낸 그의 연기는 현재 상연 중인 모든 연극에 등장하는 인물 배역에 대한 묘사 중 가장 뛰어나다. 캘훈 대령이 입은 코트는 그 자체로 비범한 재능의 결과물이나 다름없다. 하그레이브스 씨가 관객을 사로잡았다.'

첫 공연에 대한 평이에요. 소령님, 어떻게 생각하세요?"

"영광스럽게도 나는 지난밤 당신의 그 놀랄 만한 연기를 직접 보았습니다, 선생." 소령의 목소리가 불길할 정도로 냉랭하게 울렸다.

하그레이브스가 당혹스러운 표정을 지었다.

"거기 계셨다고요? 저는 전혀 몰랐습니다. 소령님께서 한 번이라도…… 소령님께서 연극을 좋아하시는 줄은 몰랐습니다. 그러니까 제 말은, 탤벗 소령님, 언짢게 생각하지 말아 주세요." 그가 솔직하게 큰 소리로 말했다. "제가 그 역할을 완성해 내는 데 소령님께 엄청나게 큰 도움을 받았다는 점은 저도 인정합니다. 하지만 그건, 아시다시피 전형적인 인물일 뿐이에요. 특정한 개인이 아니에요. 공연을 본 관객들도 그렇게 받아들였고요. 그 극장을 후원하는 분들 가운데 절반은 남부 출신이에요. 그분들도 그걸 제대로 알아봤어요."

"하그레이브스 씨." 소령이 여전히 서서 말했다. "당신은 내게 용서할 수 없는 모욕을 주었습니다. 나를 흉내 내서 웃음

거리로 만들었고, 나의 신뢰를 비열하게 배반했으며, 나의 환대를 악용했습니다. 당신이 신사도가 무엇인지, 당연한 도리가 무엇인지 그 개념을 조금이라도 안다고 생각했다면 내 비록 늙었지만 당장 결투를 신청했을 겁니다. 이 방에서 썩 나가주기 바랍니다, 선생."

배우는 약간 당황한 것처럼 보였고, 노신사가 한 말의 의미를 온전히 이해하지 못한 것 같았다.

"불쾌하셨다니 진심으로 죄송합니다." 그가 안타깝다는 듯이 말했다. "여기 북부 사람들은 소령님 같은 남부 사람들과 다른 방식으로 세상을 봅니다. 제가 아는 사람들 중에는 자기를 본뜬 인물을 무대에 올려 대중이 자신을 알아볼 수만 있게 된다면 극장 지분의 절반이라도 기꺼이 사들일 사람이 여럿 있습니다."

"그 사람들은 앨라배마 주 출신이 아니니까요, 선생." 소령이 도도하게 말했다.

"어쩌면 그럴 수도 있겠지요. 제 기억력은 퍽 좋습니다, 소령님. 소령님 책에서 몇 구절 인용해 보겠습니다. 어느 연회에서…… 제 생각엔 밀리지빌에서 열렸던 것 같은데…… 축배 제의를 받고 그에 대한 답례로 이런 말씀을 하셨던 적이 있지요. 출판할 책에도 실을 작정이셨고요.

'북부 사람은 감정이 자신의 상업적 이익으로 환산될 가능성이 있는 경우를 제외하고는 그 어떤 감수성이나 온정도 가지지 않는다. 자신이나 사랑하는 사람들의 명예에 어떠한 비난이 가해져도 그로 인해 금전적 손실이라는 결과만 초래되지 않는다면 분노하지 않고 묵인할 것이다. 자선을 후하게 베풀지만 반드시 나팔을 울려 떠들썩하게 선전하고 놋쇠 판에 순서대로 새겨 넣는다.'

이런 묘사가 지난밤 소령님께서 보신 캘훈 대령에 대한 묘사보다 공정하다고 생각하십니까?"

"내가 서술한 내용은 근거가 없지 않습니다." 소령이 얼굴을 찌푸리며 말했다. "대중 앞에서 연설할 때는 어느 정도 과장…… 아니, 표현의 자유라는 게 허용되어야 하는 법이고요."

"그렇다면 대중 앞에서 연기를 할 때도 마찬가지지요." 하그레이브스가 응수했다.

"요점은 그게 아닙니다." 소령은 한 치도 물러서려 하지 않았다. "그건 한 개인을 희화화한 것이었습니다. 나는 이 사실을 절대 묵과할 수 없습니다, 선생."

"탤벗 소령님." 하그레이브스가 애교 섞인 미소를 지으며 말했다. "저를 이해해 주시면 좋겠습니다. 소령님을 모욕할 의도는 꿈에도 없었다는 점을 알아주셨으면 합니다. 제 일을 할 때 저는 누구의 인생도 다 제 것으로 만들 수 있습니다. 저는 제가 원하는 것, 할 수 있는 것을 취해 무대 위에서 재현합니다. 자, 소령님만 동의하신다면 그 얘기는 이쯤 해 두지요. 제가 소령님을 뵈러 온 건 다른 일 때문이었습니다. 지난 몇 달간 저희는 아주 좋은 친구 사이로 지냈습니다. 그래서 감히 소령님을 한 번 더 불쾌하게 만들지 모를 위험까지 감수하려고 합니다. 소령님께서 돈 때문에 몹시 어려운 상황인 걸 압니다. 제가 어떻게 알게 됐는지는 신경 쓰지 마십시오. 하숙집이란 그런 일이 비밀로 지켜질 수 있는 곳이 아니니까요. 소령님께서 곤경에서 벗어나시도록 도와드릴 수 있게 해 주십시오. 저 자신도 가끔 그런 상황에 놓인 적이 있었습니다. 이번 시즌 내내 제법 상당한 봉급을 받은 데다 돈도 얼마간 모아 두었습니다. 원하신다면 200달러 정도…… 아니, 그 이상이라도 기꺼이…… 형편이 나아지실 때까지…….”

“그만!” 소령이 앞쪽으로 팔을 뻗으며 명령하듯 말했다. “결국 내 책에 쓴 말은 거짓이 아니었던 셈이군. 당신은 돈이라는 연고가 명예에 난 상처를 모조리 치료해 줄 거라고 생각하나 봅니다. 나는 어떤 경우에도 잘 알지 못하는 사람에게 돈을 빌리지 않습니다. 특히 당신이라면 선생, 우리가 방금 논한 상황을 두고 재정적으로 타협을 보려는 당신의 그 모욕적 제안을 고려하느니 차라리 그 전에 굶어 죽고 말겠습니다. 다시 한 번 간청하는데 제발 이 방에서 나가 주기 바랍니다.”

하그레이브스는 더는 아무 말도 하지 않고 방을 나갔다. 게다가 그날로 그 집을 떠나 바드먼 부인이 저녁 식탁에서 설명한 바에 따르면 「목련꽃」의 일주일 공연이 예약돼 있는 시내 극장 근처로 이사했다.

탤벗 소령과 리디아 양은 위태로운 상황에 처해 있었다. 워싱턴에는 소령이 양심에 거리낌 없이 돈을 빌려 달라고 요청할 사람이 아무도 없었다. 리디아 양이 랠프 숙부에게 편지를 썼지만 쪼들리는 형편에 그가 도움을 줄 수 있을지는 의심스러웠다. 소령은 하숙비가 밀리는 것에 대해 꽤 당황한 말투로 “임차료 체납”과 “송금 지연”을 언급하면서 바드먼 부인에게 변명의 말을 늘어놓을 수밖에 없었다.

구원은 전혀 예상하지 못한 곳에서 찾아왔다.

어느 날 오후 늦게 현관 담당 하녀가 방으로 올라와 어떤 늙은 흑인 남자가 탤벗 소령을 만나고 싶어 한다고 알렸다. 소령은 그 남자를 서재로 올려 보내 달라고 했다. 잠시 후 늙은 흑인이 손에 모자를 든 채 문간에 나타나 한쪽 발을 어설프게 뒤로 빼며 절을 했다. 그는 헐렁한 검은색 정장을 꽤 점잖게 차려입고 있었다. 그의 크고 결이 거친 구두는 난로 닦는 광택제를 연상시키는 금속성 광채를 띠었다. 그의 텁수룩한 곱슬머리는 회색, 아니, 거의 흰색이었다. 중년을 넘긴 흑인의 나이는 어림짐작하기 어려운 법이다. 이 사람은 어쩌면 탤벗 소령만큼이나 여러 해를 살아왔을지 몰랐다.

"저를 모르실 거구만요, 펜들턴 나리." 이것이 그가 한 첫마디였다.

그 친근한 옛날식 인사에 소령은 일어나서 앞으로 다가갔다. 의심의 여지 없이 그 옛날 대농장의 흑인 노예였던 사람이었다. 하지만 그들은 이미 사방으로 뿔뿔이 흩어졌고, 탤벗 소령은 그 사람의 목소리도 얼굴도 기억해 낼 수 없었다.

"내 생각에도 그렇네." 그가 다정하게 말했다. "자네가 내가 기억할 수 있게 도와주지 않는다면 말이야."

"신디네 모스를 기억하지 못하십니까요, 펜들턴 나리? 전쟁 직후에 떠났습죠."

"잠시만 기다려 보게." 소령이 손가락 끝으로 이마를 문지르며 말했다. 그는 저 소중한 지난날과 관련된 것이라면 무엇이든 기억해 내는 것을 좋아했다. "신디네 모스라." 그는 곰곰이 생각했다. "자네는 말에 둘러싸여 일했지. 망아지를 길들이느라. 그래, 이제 기억나는군. 남부가 항복한 다음 이름을 만들었는데…… 거들지 말고 내버려 두게…… 미첼이었지, 그리고 서부로 갔어…… 네브래스카 주였지."

"맞습니다요, 맞아요." 노인이 기쁨으로 얼굴을 활짝 펴며 이를 드러내고 웃었다. "바로 그놈입니다. 거기예요. 뉴브래스카요. 그게 접니다. 모스 미첼요. 지금은 다들 저를 엉클 모스 미첼 영감이라고 부릅지요. 나리의 아버님이신 예전 주인 어르신께서 제가 떠날 때 새로 시작할 수 있게 노새 새끼 한 쌍을 딸려 보내 주셨습니다요. 그 노새 새끼들 기억나십니까요, 펜들턴 나리?"

"노새 새끼에 대한 기억은 떠오르지 않는 것 같네." 소령이 말했다. "자네도 알겠지만 나는 전쟁 첫해에 결혼해서 폴린스비에 있는 예전 집에 살았으니 말이야. 아무튼 앉게, 좀 앉아, 엉클 모스. 자넬 보니 기쁘군. 그동안 하는 일마다 잘 풀렸기를 바라네만."

엉클 모스가 의자에 앉고는 조심스럽게 모자를 의자 옆 마루에 내려놓았다.

"그럼은입쇼. 최근에 제가 이름깨나 날렸습죠. 처음에 뉴브래스카에 도착했을 때 사람들이 그놈의 노새 새끼를 구경하느라고 제 주변에 몰려들었습죠. 뉴브래스카에서는 그런 노새는 구경도 못 해 봤다고 하던걸요. 그 노새들을 300달러나 받고 팔았습죠. 그럼은입쇼. 300달러였어요.

그리고 나서는 대장간을 열고 돈을 좀 벌어서 땅을 좀 샀구만요. 저랑 마누라랑 자식 일곱 놈을 키웠는데 죽은 놈 두 녀석 빼곤 다들 잘 자랐습죠. 그런데 사 년 전에 철도가 들어오더니만 이놈 땅에 떡하니 마을이 생기지 뭡니까요, 펜들턴 나리. 엉클 모스는 지금 현금, 땅, 나머지 자산이랑 다 해서 재산이 1만 1000달러는 될 겁니다요."

"듣던 중 반가운 소식일세." 소령이 진심으로 말했다. "반가운 소식이고말고."

"그런데 나리 댁 그 작은 애기씨 말입니다요, 펜들턴 나리, 나리께서 리디아 양이라고 이름 붙인 애기씨요. 그 애기씨도 이제 몰라볼 정도로 자라셨겠구만요."

소령이 문 앞으로 걸어가서 딸을 불렀다. "리디아, 얘야, 이리 좀 와 보겠니?"

완전히 다 자란 리디아 양이 다소 걱정스러운 표정으로 자기 방에서 건너왔다.

"이것 보세요! 제가 뭐라고 말씀드렸어유? 저는 그 애기씨가 이렇게 근사한 어른으로 자랄 줄 알았습니다요. 엉클 모스를 몰라보시겠어요, 애기씨?"

"이쪽은 신디 아줌마네 모스란다, 리디아." 소령이 설명했다. "네가 두 살 때 서니미드를 떠나 서부로 갔지."

"글쎄요." 리디아 양이 말했다. "그 나이였는데 제가 아저씨를 기억하길 기대하시는 건 아니겠죠, 엉클 모스. 게다가 아저씨가 말씀하셨듯이 저는 '근사한 어른'으로 자랐답니다. 다행히도 이미 오래전에요. 기억은 나지 않지만 어쨌든 뵙게 돼서 반가워요."

그것은 진심이었다. 그리고 반갑기는 소령도 마찬가지였다. 살아 움직이고 실체가 분명한 어떤 존재가 찾아와 그들을 행복했던 과거와 연결해 주었던 것이다. 세 사람은 자리에 앉아 옛 시절에 대해 이야기를 나눴다. 소령과 엉클 모스는 대농장 시절의 갖가지 일들을 돌이켜 보면서 서로의 기억을 고쳐 주거나 거들어 주었다.

소령이 노인에게 집에서 이렇게 멀리 떨어진 곳까지 무슨 일로 왔느냐고 물었다.

"엉클 모스는 대표 위원입죠." 그가 설명했다. "이 도시에서 열리는 침례교 정기 총회에 파견되었답니다. 남들한테 설교 한번 해 본 적 없지만 교회에서 장로인 데다 제 여행 경비 정도는 스스로 댈 만하니까 저를 보낸 거예요."

"그럼 우리가 워싱턴에 있다는 건 어떻게 아셨나요?" 리디아 양이 물었다.

"제가 묵는 호텔에 모빌 출신 흑인 종업원이 하나 있습죠. 그 친구 말이 어느 날 아침 펜들턴 나리께서 여기, 이 집에서 나오시는 걸 봤다고 하더라구요. 제가 여기 온 건……."

엉클 모스가 주머니에 손을 넣으며 말을 이었다. "고향분들을 만나 뵙고 싶었던 것 말고도…… 펜들턴 나리께 진 빚을 갚기 위해섭니다요."

"나한테 빚을 져?" 소령이 놀라서 말했다.

"그럼은입죠. 그 300달러 말입니다요." 그가 소령에게 돌돌 만 지폐 뭉치를 건넸다. "제가 떠날 때 예전 주인 어르신이 말씀하셨습니다요. '저 나귀 새끼들을 데려가거라, 모스. 나중에 형편이 피면 그때 갚아.' 암요, 꼭 그렇게 말씀하셨습죠. 전쟁 탓에 주인어른 본인도 가난해지셨는데도요. 주인어른께서 오래전에 돌아가셨으니 그 돈은 펜들턴 나리께서 물려받으신 거죠. 300달러 말이에요. 엉클 모스는 이제 그 빚을 갚을 능력이 충분히 있습죠. 철도 회사에 제 땅을 팔 때 노새 값을 따로 떼어 두었어요. 돈을 세 보세요, 펜들턴 나리. 그게 제가 노새를 판 값이지요. 그럼은요."

탤벗 소령의 눈에 눈물이 차올랐다. 그가 엉클 모스의 손을 잡으면서 다른 손을 그의 어깨에 얹었다.

"친애하는 충직한 옛 종이여." 그가 떨리는 목소리로 말했다. "자네한테 말 못 할 게 뭐고 거리낄 게 뭐가 있겠나. '펜들턴 나리'는 일주일 전에 마지막 1달러까지 다 써 버렸다네. 우리는 이 돈을 받을 걸세. 엉클 모스, 어떤 면에서 이건 일종의 빚을 갚는 일이면서 동시에 옛 남부 체제에 대한 충성과 헌신의 징표이기도 하니까 말일세. 리디아, 얘야, 그 돈을 받으렴. 돈 관리에는 나보다 네가 나으니 말이다."

"받으세요, 애기씨." 엉클 모스가 말했다. "이건 두 분 겁니다. 탤벗가의 돈이라구요."

엉클 모스가 돌아간 후에 리디아 양은 한참을 울었다. 기쁨의 눈물이었다. 그리고 소령은 얼굴을 한쪽 구석으로 향한 채 사기 파이프로 화산이 터지듯 연기를 뿜어 댔다.

그날 이후 탤벗 부녀는 평화와 안정을 되찾았다. 리디아 양의 얼굴에서는 근심스러운 표정이 사라졌다. 소령은 새 프록

코트를 입고 나타났는데, 그 모습은 마치 그의 황금기에 대한 추억을 고스란히 재현해 놓은 밀랍 인형처럼 보였다. '일화와 회고담'의 원고를 읽어 본 다른 출판업자가 가장 인상적인 부분을 약간만 손질해서 어조를 누그러뜨리면 전도유망하고 잘 팔리는 책을 만들 수 있으리라는 의견을 내놓았다. 결국 전반적으로 상황이 편해졌고 이미 배달된 축복보다 한결 달콤하기 마련인 희망의 기운마저 감돌았다.

그들에게 행운 한 조각이 찾아온 지 일주일쯤 지난 어느 날 하녀가 리디아 양의 방으로 편지를 한 통 가져다주었다. 겉에 찍힌 소인을 보니 뉴욕에서 부친 것이었다. 그곳에 아는 사람이 아무도 없었기에 리디아 양은 가벼운 두근거림을 느끼며 탁자 앞에 앉아 가위로 편지를 열었다. 편지의 내용은 다음과 같았다.

친애하는 탤벗 양께

제게 찾아온 행운에 대해 아시면 함께 기뻐해 주실 것이라 생각하고 몇 자 적습니다. 뉴욕의 한 레퍼토리 극단[47]으로부터 주급 200달러에 「목련꽃」의 캘훈 대령 역할을 해 달라는 제의를 받고 받아들였습니다.

또 한 가지 말씀드리고 싶은 것이 있습니다. 제 생각에 탤벗 소령님께는 말씀드리지 않으시는 편이 좋을 것 같습니다. 저는 제가 그 역을 연구할 때 소령님께 큰 도움을 받았다는 점, 또 그

---

47) 한 극장에 전속되어 한 시즌에 몇 편의 연극을 공연하는 극단.

로 인해 그분께서 크게 불쾌해하셨다는 점에 대해 뭔가 꼭 보답을 해 드리고 싶었습니다. 소령님께서는 거절하셨지만 어쨌든 저는 결국 보답을 했습니다. 300달러 정도는 수월하게 마련할 수 있었습니다.

행운을 빌며
H. 홉킨스 하그레이브스

추신: 제 엉클 모스 연기가 어땠나요?

탤벗 소령이 복도를 지나가다 리디아 양의 방문이 열려 있는 것을 보고 걸음을 멈췄다.

"오늘 아침에 우편물 온 거 없니, 리디아?" 그가 물었다.

리디아 양은 편지를 드레스 주름 아래로 살짝 밀어 넣었다.

"《모빌 크로니클》이 왔던데요." 그녀가 얼른 말했다. "아버지 서재 탁자에 올려놓았어요."

가구 딸린 셋방

로어웨스트사이드[48]의 붉은 벽돌 지구에 사는 수많은 주민들은 시간 자체만큼이나 잠시도 쉬지 못하고 정처 없이 떠도는 덧없는 신세이다. 자기 집은 없지만 그들에게는 수백 곳이 넘는 거주지가 있다. 그들은 한 곳의 가구 딸린 셋방에서 다른 곳의 가구 딸린 셋방으로 빠르게 옮겨 다니는 영원한 뜨내기들이다. 일정한 거주지가 없는 뜨내기이자 정신적인 뜨내기 말이다. 그들은 「즐거운 나의 집(Home, Sweet Home)」을 재즈풍으로 부르고, 라레스 에트 페나테스[49]를 단단한 종이 상자 하나에 넣어 가지고 다닌다. 그들에게 포도 덩굴이란 챙 넓은 모자를 휘감아 장식하는 것일 뿐이고, 고무나무가 무화과나

---

48) 미국 뉴욕 맨해튼 서쪽 지역. 브로드웨이와 센트럴파크가 자리하고 있다.
49) 세간살이나 가보, 각종 가재도구, 가정의 수호신 등을 의미하는 라틴어.

무인 셈이다.[50]

따라서 수천 명의 거주자가 머물렀던 이 지구의 수많은 집들에 수천 가지 이야기가 존재하는 것은 당연한데, 대개는 분명 따분한 이야기이다. 하지만 정처 없이 떠도는 이 모든 뜨내기들이 남긴 흔적 가운데서 유령 한둘 발견되지 않는다면 그 또한 이상한 일일 것이다.

어느 날 저녁 해가 진 후 한 젊은 남자가 다 쓰러져 가는 붉은 저택들 사이를 돌아다니며 집집마다 초인종을 울렸다. 열두 번째 집 앞에서 얄팍한 손가방을 계단에 내려놓고 모자의 리본 띠와 이마의 먼지를 훔쳤다. 멀리 저택 깊숙한 곳 어딘가에서 초인종 소리가 희미하게 들려왔다.

그가 초인종을 울린 열두 번째 저택 현관으로 관리인 여자가 나왔다. 그에게 단단한 나무 열매를 껍데기만 남도록 다 먹어 치우고 이제는 텅 빈 그 속을 먹음직한 세입자로 채워 넣으려 하는 배부른 해충을 떠올리게 하는 여자였다.

그가 셋방이 있는지 물었다.

"들어오세요." 관리인 여자가 말했다. 목구멍 안쪽에서 올라오는 소리였는데, 마치 목구멍 안쪽을 털가죽으로 덧댄 것처럼 들렸다. "3층 뒷방이 일주일 전부터 비어 있어요. 한번 둘러보시겠어요?"

젊은 남자는 그녀를 따라 계단을 올라갔다. 출처를 알 수 없

---

50) "각기 포도나무 아래와 무화과나무 아래서 안연히 살았더라."라는 성경 구절에 빗댄 표현.

는 희미한 불빛이 그늘진 복도를 다소나마 밝혀 주었다. 그들은 베틀조차 자기가 짰다는 사실을 부인할 법한 계단 카펫을 소리 없이 밟았다. 카펫은 식물이 되어 버린 것 같았다. 햇빛이 들지 않는 공기 속에서 무성하게 자라는 지의류나 계단 군데군데 솟아나 유기체처럼 발밑에서 끈적이며 번식하는 이끼로 퇴화해 버린 것 같았다. 계단 모퉁이마다 빈 벽감이 있었다. 어쩌면 한때는 거기에도 화분이 놓여 있었을 것이다. 그랬다면 아마 이 탁하고 썩은 내 나는 공기 속에서 말라 죽었을 것이다. 거기에 성인들의 조각상이 세워져 있었을지도 모른다. 그랬다면 도깨비와 악마가 어둠 속으로 끌고 가 저 아래 가구 딸린 구덩이의 사악한 심연으로 던져 버렸을 것이라고 상상하기는 어렵지 않았다.

"이 방이에요." 관리인 여자가 털가죽을 덧댄 목에서 나는 듯한 소리로 말했다. "좋은 방이지요. 비어 있는 일이 별로 없어요. 지난여름에는 아주 점잖은 사람들이 살았어요. 아무 말썽도 없었고, 방세도 선불로 때맞춰 지불했지요. 수도는 복도 끝에 있어요. 스푸라울스 양과 무니 씨가 이 방에서 석 달을 살았더랬지요. 그 사람들은 보드빌 단막극 배우로 일했어요. 브레타 스푸라울스 양 이름은 아마 들어 봤을 수도 있겠네요. 참, 그건 무대에서 쓰는 예명일 뿐이었지. 저기 화장대 위에 결혼 증명서를 넣은 액자가 걸려 있었어요. 가스는 여기 있고, 보다시피 벽장도 공간이 넓어요. 다들 좋아하는 방이지요. 오래 비어 있는 법이 없어요."

"여기에 극단 관계자들이 많이 살고 있나요?" 젊은 남자가 물었다.

"들락날락하지요. 세입자 상당수가 극장 관계자예요. 그럼요, 신사 양반, 여기는 극장 지구인걸요. 배우들은 어디서고 오래 머무는 법이 없어요. 나는 내 몫을 버는 거지요. 그래요. 그 사람들은 들락날락한답니다."

그는 그 방을 쓰기로 계약하면서 일주일 치를 선불로 지급했다. 지쳐 있어서 곧장 방을 쓰고 싶다고 말하고 돈을 세어 건넸다. 부인이 방 안에 모든 것이, 심지어 수건과 세면대까지 구비되어 있다고 말했다. 부인이 물러가려 할 때 그가 이미 천 번쯤 되풀이한, 혀끝을 맴도는 질문을 또다시 던졌다.

"저, 배슈너 양이라고, 젊은 여자분인데, 혹시 엘로이즈 배슈너 양이라고, 세입자 중에 그런 이름 가진 분 기억나시나요? 아마 극장에서 노래를 했을 거예요. 살결이 희고 중키에 날씬하고 머리는 붉은 기가 도는 금발이에요. 왼쪽 눈썹 옆에 검은 사마귀가 있고요."

"아니요, 그런 이름은 기억에 없어요. 극장 사람들은 방을 옮기는 것만큼이나 이름도 자주 바꾸는걸요. 그 사람들은 늘 들락날락해서요. 그런 이름은 떠오르지 않네요."

아니요. 언제나 아니라는 대답뿐이다. 다섯 달에 걸친 끊임없는 질문과 어김없이 이어지는 부정적 대답. 수많은 시간을 들여 낮에는 매니저와 대리인, 학교, 합창 무용단에 묻고 다니고, 밤에는 유명 배우들만 출연하는 극장부터 너무나 천박해서 간절히 바라면서도 차마 그녀를 찾게 될까 두렵기까지 한 뮤직홀에 이르기까지 온갖 곳을 돌아다니며 관객들에게 물어

보았다. 그녀를 몹시 사랑했기에 찾기 위해 갖은 애를 다 썼다. 그녀가 집을 나간 후로 사방이 물길로 둘러싸인 이 거대한 도시가 어딘가에 그녀를 품고 있을 것이라고 확신했다. 하지만 이 도시는 모래 알갱이들이 쉼 없이 움직여 대는 밑바닥 없는 거대한 모래 늪 같아서 오늘은 저 위에 있던 알갱이가 내일이면 늪 바닥 진흙 속에 파묻혀 버리는 곳이었다.

가구 딸린 셋방은 열렬한 거짓 환대로 새 손님을 맞이했다. 매춘부의 형식적인 미소처럼 서둘러 해치우는 의무적인 환영 인사였다. 거짓 위안은 썩은 가구들, 다 해진 양단 덮개를 씌운 소파와 의자 두 개, 두 창문 사이에 걸린 30센티미터 폭의 큰 싸구려 거울, 금박 액자 한두 개와 구석에 있는 놋쇠 침대 틀에 반사되는 어슴푸레한 빛에서 찾아왔다.

손님이 기운 없이 의자에 비스듬히 기댔고, 그사이 그 방은 마치 바벨탑에 있는 방이라도 되는 양 언어의 혼란에 빠져 그에게 여러 세입자들에 대해 말해 주려 애썼다.

파도가 높게 소용돌이치는 바다 같은 때 묻은 바닥 매트 위에 화려한 꽃이 핀 직사각형의 작은 열대 섬 같은 알록달록한 깔개가 놓여 있었다. 화사한 벽지 위에는 집 없는 사람을 따라 이 집 저 집 떠도는 「위그노교도 연인들」, 「첫 말다툼」, 「결혼 피로연」, 「샘 가의 프시케」 같은 그림이 걸려 있었다. 벽난로 선반의 품위 있고 소박한 윤곽선은 불명예스럽게도 아마존을 배경으로 한 무용극에서 사용하는 어깨띠처럼 삐딱하게 늘어진 당돌한 휘장에 가려 있었다. 그 위에는 이 방에 난파했던 사람들이 운 좋게 새 항구로 항해를 떠날 때 던져 버리고 간 황량한 표류 화물들이 있었다. 싸구려 꽃병 한두 개, 여배우 사진들, 약병, 흘리고 간 카드놀이용 카드 몇 장.

암호가 한 글자씩 밝혀지듯이 이 가구 딸린 셋방에 줄지어 살다 간 손님들이 남긴 작은 흔적들이 하나하나 의미를 드러냈다. 화장대 앞 깔개의 올이 다 해진 부분은 줄지어 지나간 그 무리 가운데 아름다운 여자들이 여럿 있었음을 알려 주었다. 벽에 찍힌 여러 개의 작은 지문은 햇빛과 바람을 찾아 여길 더듬어 나가고 싶어 한 어린 죄수들이 있었음을 증명해 주었다. 터져 버린 폭탄의 희미한 흔적같이 번득이는 얼룩은 유리잔이나 병이 내던져져 벽에 부딪혀 깨지면서 내용물이 함께 터져 나온 현장을 직접 증언해 주었다. 창문 사이 큰 거울에는 '마리'라는 이름이 다이아몬드로 삐뚤빼뚤 새겨져 있었다. 이 가구 딸린 셋방에 연달아 거주하던 세입자들이 분노에 차서, 어쩌면 이 방의 번쩍이는 냉기에 참을 수 없어서 울화를 터뜨린 것 같았다. 가구는 여기저기 이가 빠지고 흠이 나 있었다. 용수철이 여기저기 튀어나와 모양이 일그러진 소파는 기괴한 발작을 일으키다 도살당한 끔찍한 괴물처럼 보였다. 소란 중에 더욱 강력한 어떤 힘이 가해진 대리석 벽난로 선반은 쪼개져 큰 틈이 나 있었다. 바닥 널빤지 하나하나가 각각의 개별적 고통에서 비롯된 듯한 특별한 호소와 비명을 간직하고 있었다. 이 모든 악의와 손상이 잠시나마 그곳을 자기 집이라 부르던 사람들에 의해 가해졌다는 것은 좀처럼 믿기 어려운 일이었다. 어쩌면 그들의 분노가 타오르게 한 것은 기만당했지만 여전히 맹목적으로 살아 꿈틀거리는 내 집에 대한 본능,

위선적인 가정의 신에게 터뜨린 격노였을지 모른다. 모름지기 사람은 오두막이라도 내 것이라면 쓸고 꾸미고 아끼는 법이다.

젊은 세입자가 의자에 기대 이런 생각들이 마음속에 부드럽게 줄지어 흘러가도록 내버려 두는 동안 방 안으로 여기저기 셋방 가구에서 나는 소리와 냄새가 흘러 들어왔다. 어느 방에선가 참지 못하고 킥킥거리는 부주의한 웃음소리가 들렸고 다른 방에서는 혼자서 줄줄 읊어 대는 잔소리, 주사위 던지는 소리, 자장가, 희미한 울음소리가 들렸다. 위층에서는 밴조[51]를 힘차게 켜 댔다. 어딘가에서 문들이 쾅쾅거리며 닫혔고, 고가 철도를 지나는 열차들이 간헐적으로 굉음을 냈다. 고양이 한 마리가 뒤뜰 울타리 위에서 구슬프게 울부짖었다. 이윽고 그는 집 안 공기를 들이마셨다. 냄새라기보다 축축한 맛 같았다. 리놀륨에서 나는 지독한 악취와 흰 곰팡이가 피고 다 썩은 나무 냄새가 뒤섞여 지하 저장고에서 나는 것 같은 차갑고 퀴퀴한 악취가 났다.

그가 쉬고 있는데 별안간 방 안 가득 강하고 달콤한 목서초[52] 향기가 들어찼다. 그 향기는 획 부는 한 줄기 바람에 실려 너무도 선명하고 향기롭고 강력하게 불어와 마치 살아 있는 방문객인 것 같았다. 남자는 누가 부르는 소리를 듣기라도 한 것처럼 "무슨 일이야, 자기?"라고 외치면서 벌떡 일어나 뒤돌아보았다. 진한 향기가 다가와 그를 에워쌌다. 그가 향기를 잡으

---

51) 미국 민속 음악이나 재즈에 쓰는 목이 길고 몸통이 둥근 현악기.
52) 북아프리카 원산의 향료 식물.

려 두 팔을 뻗는 순간 그의 모든 감각이 혼란스럽게 뒤섞였다. 어떤 향기가 이토록 단호하게 사람을 부를 수 있을까? 그것은 분명 어떤 소리였을 것이다. 하지만 지난날 그를 건드리고 어루만지던 그 소리는 아니었던 것일까?

"그녀가 이 방에 머물렀던 거야." 남자가 소리치며 벌떡 일어나 방에서 증거를 찾아내려 했다. 그는 그녀의 소유였거나 그녀가 손댄 적이 있는 물건은 아무리 작아도 알아볼 수 있었기 때문이다. 그를 감싸는 이 목서초 향기, 그녀가 몹시 사랑해서 자기만의 독특한 향기로 만든…… 어디서 온 것일까?

방은 대충 정리되어 있었다. 얇은 화장대 덮개 위에는 머리핀이 여섯 개 정도 흩어져 있었다. 여자들의 친구인 그것들은 눈에 잘 띄지 않는 데다 구별하기도 어려워 이 여성용 물품이 무수한 용도 중 어떤 방법으로 어느 시점에 사용되었는지는 알 길이 없었다. 주인의 신원을 파악할 단서가 전혀 없다는 점을 깨닫고 그는 이것들을 무시해 버렸다. 화장대 서랍을 칸칸이 뒤지다 누군가가 버린 작고 다 해진 손수건을 발견했다. 그는 그것을 얼굴에 대 보았다. 그것에서 외설스럽고 건방진 헬리오트로프 향이 배어 나오자 바닥에 내던졌다. 다른 서랍에서는 짝이 맞지 않는 단추 몇 개, 극장 프로그램, 전당포 명함, 잃어버리고 간 마시멜로 두 개, 꿈 풀이 책 한 권을 찾았다. 마지막 서랍에서 여성용 검은 공단 머리 장식 리본이 나오자 그는 잠시 얼음 같은 침착함과 불같은 흥분 사이에서 망설였다. 하지만 검은 공단 머리 장식 리본 역시 여자들이 쓰는 새침하고 개성 없고 흔한 장신구라서 아무것도 알려 주지 않기 마련이다.

그러고 나서 그는 냄새를 따라가는 사냥개처럼 휘젓고 다니며 벽면을 훑고 기는 자세로 불룩 튀어나온 매트 모서리마다 주의 깊게 살펴보고 벽난로 선반과 탁자들, 커튼과 장식용 벽걸이 천, 술주정뱅이처럼 구석에 처박혀 있는 캐비닛까지 샅샅이 뒤져 확실한 흔적을 찾으려 했다. 하지만 그는 그녀가 바로 옆과 주변, 맞은편, 안, 위에서 그에게 매달려 구애하며 보다 섬세한 감각으로 그를 너무나도 사무치게 불러 그의 무딘 감각으로도 그녀의 부름을 알아차릴 수 있었던 것이라는 사실은 눈치채지 못했다. 그가 다시 한 번 큰 소리로 대답했다. "그래, 자기!" 그리고 몸을 돌리며 눈을 부릅뜨고 허공을 뚫어져라 보았다. 그로서는 아직 목서초 향기에서 어떤 형태나 색깔, 사랑, 앞으로 뻗은 두 팔을 분간해 낼 수 없었기 때문이다. 오, 하느님! 이 향기가 어디서 왔고, 대체 언제부터 향기가 사람을 부르는 목소리를 낸 것입니까? 이렇게 그는 방 안을 더듬고 다녔다.

갈라진 틈과 구석진 곳을 모두 뒤적여 코르크 마개와 담배를 조금 찾아냈다. 그는 약간의 경멸을 느끼며 그것들을 지나쳤다. 하지만 매트가 접힌 자리에서 반쯤 피운 시가 꽁초를 찾았을 때는 생생하고 신랄한 욕설을 내뱉으며 뒤꿈치로 그것을 밟아 뭉갰다. 그는 이 끝에서 저 끝까지 방을 샅샅이 조사했다. 그는 많은 떠돌이 세입자들의 음울하고 보잘것없는 작은 기념물들을 찾아냈다. 하지만 그가 찾는, 그곳에 머물렀을지 모르는, 영혼이 그곳을 맴돌고 있는 것 같은 그녀의 흔적은 전혀 찾을 수 없었다.

그때 그는 관리인 여자를 떠올렸다.

그는 유령이 출몰하는 그 방을 나와 아래층으로 내려가 문틈으로 빛이 새어 나오는 문으로 다가갔다. 방문을 두드리자 관리인 여자가 나왔다. 그는 최선을 다해 흥분을 억눌렀다.

"제가 오기 전에 제 방에 산 사람이 누구인지 알려 주실 수 있나요, 부인?" 그가 애원하듯 물었다.

"그럼요, 젊은 양반. 다시 말씀드리고말고요. 말씀드렸듯이 스프라울스와 무니였어요. 극장에서 쓰는 예명은 브레타 스프라울스 양이었지만 그 여자는 실제로 무니 부인이었죠. 저희 집은 점잖은 사람들이 묵는 곳으로 잘 알려져 있답니다. 결혼 증명서를 액자에 넣어서 벽에 못을 박고 걸어 뒀⋯⋯."

"스프라울스 양은 어떤 여자분이었나요? ⋯⋯그러니까 생김새가요."

"글쎄요, 검은 머리에 키는 작고 뚱뚱하고 웃기게 생긴 얼굴이었죠. 그 사람들은 지난주 화요일에 나갔어요."

"그럼 그분들이 살기 전에는요?"

"짐마차로 화물을 운반하는 독신 남자분이었어요. 일주일치 방세를 안 내고 가 버렸지요. 그 전에는 크라우더 부인이 애 둘을 데리고 넉 달 동안 머물렀어요. 그리고 그 전에는 도일 씨라는 노인이었는데, 아들들이 방세를 대신 냈죠. 그분은 여섯 달간 그 방에 묵었어요. 그게 일 년 전인데, 그 이상은 저도 기억이 안 나네요."

그는 그녀에게 감사 인사를 하고 자기 방으로 기어가듯 느릿느릿 돌아갔다. 방은 죽은 듯 잠잠했다. 그 방에 생기를 불어넣던 영적 존재는 사라졌다. 목서초 향기는 떠나 버렸다. 그 대신 남은 것은 곰팡이 핀 가구와 환기되지 않은 공기에서 나는 오래 묵어 퀴퀴한 냄새뿐이었다.

희망이 사그라지면서 믿음도 고갈되었다. 그는 가만히 앉아서 살랑거리는 노란 가스등 불빛을 물끄러미 바라보았다. 잠시 후 그는 침대로 걸어가 침대보를 길게 조각조각 찢기 시작했다. 칼날로 그 조각들을 모든 창문과 문 틈마다 밀어 넣었고 꾹꾹 눌렀다. 모든 것이 가지런하고 완전하게 정리되자 그는 등을 끄고 가스를 최대치로 틀어 놓은 다음 기꺼이 침대에 몸을 뉘었다.

* * *

맥쿨 부인이 맥주를 대접하기로 한 밤이었다. 그래서 그녀는 건물을 관리하는 부인들끼리 모여서 어울리는, 벌레가 좀처럼 죽지 않는 지하 은신처 중 한 곳으로 맥주를 가져가 퍼디 부인과 함께 앉았다.

"오늘 저녁 우리 3층 뒷방에 새로 세를 놓았어요." 퍼디 부인이 미세한 거품이 동그랗게 이는 잔을 앞에 두고 말했다. "젊은 남자 세입자예요. 두 시간 전에 자러 올라갔어요."

"어머, 정말이에요, 퍼디 부인?" 맥쿨 부인이 몹시 감탄하며 말했다. "그런 방을 세놓다니 정말 대단하세요. 그런데 그 사람한테 얘기했어요?" 그녀가 끝에 가서는 비밀이라도 있는 듯 쉰 목소리로 소곤거렸다.

"방마다 가구를 들인 건 세를 놓기 위해서잖아요." 유독 털 가죽을 많이 덧댄 것 같은 목소리로 퍼디 부인이 말했다. "그 사람한테는 아무 얘기 안 했어요, 맥쿨 부인."

"맞는 말이에요, 부인. 우리는 세를 놓아서 먹고살아야 하니까요. 정말 대단한 사업 감각을 가지고 계시네요, 부인. 그 방 침대에서 누가 자살했다는 소리를 들으면 사람들은 대부분 세 들기를 질색할 거예요."

"말씀하셨다시피 우리도 먹고살아야 하니까요." 퍼디 부인이 말했다.

"그럼요, 부인, 맞는 말이에요. 꼭 일주일 전에 제가 3층 뒷방 치우는 걸 도와드렸지요. 그렇게 가냘프고 귀엽게 생긴 어린 여자가 가스로 자살을 하다니. 참 작고 예쁜 얼굴이었다니까요, 퍼디 부인."

"말씀처럼 그런대로 잘난 인물이라고 할 만은 했죠." 퍼디 부인이 동의하면서도 꼬투리를 잡았다. "왼쪽 눈썹 옆에 사마귀만 없었다면요. 한 잔 더 드세요, 맥쿨 부인."

추수 감사절의 두 신사

우리 미국인들의 날이 있다. 자수성가하지 못한 우리 모든 미국인이 고향 집으로 돌아가 소다 비스킷을 먹고 낡은 펌프가 예전보다 훨씬 현관에 가까이 있는 듯 보인다며 놀라 어리둥절해하는 날이 있다. 그날에 축복 있으라. 그날은 루스벨트 대통령이 우리에게 마련해 준 날이다.[53] 우리는 청교도들에 대해 이런저런 이야기를 듣지만 그들이 누구인지는 기억하지도 못한다. 그들이 다시 상륙하려 한다면 어쨌든 우리가 그들을 몰아낼 수 있다는 쪽에 돈을 걸어도 좋다. 플리머스록[54]이

---

53) 시어도어 루스벨트 대통령(재임 1901~1909)을 말하는 것으로, 이 시기에는 해마다, 지역마다 추수 감사절 날짜를 별도로 정해서 지냈다.
54) 미국 매사추세츠 주 플리머스에 있는 바위로, 1620년 청교도들이 제일 처음 상륙한 장소인 플리머스 만을 기념하는 사적과 매사추세츠 주 원산의 닭 품종을 칭하는 말이다. 여기서는 두 가지가 중의적으로 사용되었다.

라고? 글쎄, 그건 좀 익숙하게 들리는걸. 칠면조 업체들이 연합을 형성해 독점적으로 일거리를 긁어모으면서 우리 중 상당수는 어쩔 수 없이 닭을 선택해야 하는 신세로 전락했다. 그렇지만 워싱턴 정가의 누군가가 그들에게 추수 감사절 날짜 선포에 관해 사전 정보를 유출하고 있다.

크랜베리가 재배되는 습지 동쪽에 있는 대도시 뉴욕에서는 추수 감사절이 아예 제도화되어 있다. 11월의 마지막 목요일은 이 도시가 일 년 중 유일하게 선착장 건너에 있는 미국의 나머지 지역들을 인식하는 날이다. 그날은 순수하게 미국적인 날이다. 그렇다, 오로지 미국만의 기념일이다.

이제 하려는 이야기는 대서양 이쪽에 있는 우리에게도, 우리의 적극성과 모험심 덕분에 영국의 전통보다 훨씬 빠른 속도로 자리 잡아 가는 전통이 있음을 증명하기 위한 것이다.

스터피 피트는 유니언스퀘어 동쪽 입구로 들어가면 분수 맞은편 산책로에서 오른쪽 세 번째에 있는 벤치에 자리를 잡고 앉았다. 지난 구 년 동안 추수 감사절마다 그는 1시 정각에 그곳에 자리를 잡았다. 매번 그렇게 한 것은 그때마다 그에게 어떤 일이 일어났기 때문이다. 조끼를 입은 가슴은 물론 동시에 반대편에 있는 등마저 부풀어 오르게 만드는, 찰스 디킨스의 소설에나 나올 법한 일이 말이다.

하지만 오늘 스터피 피트가 이 연례 행사장에 나타난 것은 자선가들이 생각하는 것처럼 긴 간격으로 뜨문뜨문 가난한 사람들을 괴롭히는 연례적 허기 때문이라기보다 차라리 습관 때문인 것 같았다.

분명히 피트는 배가 고프지 않았다. 그는 방금 진수성찬을 먹고 오는 길이라 간신히 숨 쉬고 거동할 정도의 힘밖에 남아 있지 않을 정도로 배가 불렀다. 두 눈은 고기 국물이 배어 퉁퉁 분 가면에 접착제로 깊숙이 눌러 붙인 시들시들한 구스베리 같았다. 그는 쌕쌕거리며 밭은 숨을 쉬었다. 상원 의원의 것처럼 솟아오른 지방 덩어리는 세워 올린 외투 깃과 어울리는 멋진 한 쌍이 되기를 거부하는 듯했다. 일주일 전에 친절한 구세군 병사가 옷에 꿰매 준 단추들이 팝콘처럼 튀어 날아가 주변 땅바닥으로 흩어졌다. 그는 셔츠 앞자락이 찢어져 가슴팍까지 훤히 드러날 정도로 남루한 차림새였는데도 고운 눈송이를 실은 11월의 산들바람조차 그저 그를 시원하게 식혀 주는 고마운 존재일 뿐이었다. 그가 대접받은 엄청나게 자비로운 만찬에서 생산된 열량으로 과잉 충전되었기 때문이었다. 굴로 시작해 건포도가 든 푸딩으로 끝난 그 만찬에는 그 밖에도 (그가 보기에는) 세상 모든 칠면조구이와 감자구이, 닭고기 샐러드, 호박파이, 아이스크림이 포함되어 있는 것 같았다. 이런 이유로 그는 만찬을 즐긴 자의 거만한 태도로 과식한 몸을 이끌고 자리에 앉아 세상을 응시했던 것이다.

그 식사는 생각지도 못한 것이었다. 그는 5번가 초입의 커다란 붉은 벽돌 저택 앞을 지나가고 있었다. 그 저택에는 오래된 가문 출신으로 전통을 존중하는 나이 든 귀부인 두 사람이 살고 있었다. 그들은 심지어 뉴욕의 존재마저 부정했으며, 추수 감사절은 오로지 워싱턴스퀘어를 위해서만 선포된 것이라 믿었다. 그들의 전통적 습관 중 하나가 하인 한 사람을 뒷문에 세워 놓고 정오가 지난 후에 처음 지나가는 허기진 나그네를 불러들여 마지막 코스까지 온전히 만찬을 대접하는 것이었다. 스터피 피트는 공원으로 가는 길에 우연히 그 앞을 지나다가 얼떨결에 집사들에게 끌려 들어가 그 성채의 관습을 지켜내게 되었다.

한동안 정면만 뚫어져라 바라보던 스터피 피트는 십 분 정도 흐르자 비로소 다른 쪽으로 시선을 돌려 바라보고 싶다는 욕구를 자각했다. 그가 엄청나게 애를 쓰며 고개를 천천히 왼쪽으로 돌렸다. 바로 그때 그의 눈이 두려움으로 툭 튀어나왔고, 숨이 막혔고, 짧은 두 다리 끝에 신겨 있는 징 박은 구두가 덜덜 떨리며 자갈 위에서 부스럭거렸다.

노신사가 4번가를 가로질러 그가 앉아 있는 벤치를 향해 다가오고 있었기 때문이다.

지난 구 년 동안 추수 감사절마다 노신사는 그곳에 와서 그 벤치에 앉은 스터피 피트를 만났다. 그것은 노신사가 전통으로 삼으려 애쓰는 일이었다. 지난 구 년 동안 추수 감사절마다 그는 그곳에서 스터피를 만났고, 그를 레스토랑으로 데려가 그가 성대한 만찬을 먹는 모습을 지켜보았다. 영국에서는 사람들이 그런 일을 무심결에 한다. 하지만 이곳은 신생 국가이므로 구 년이면 꽤 괜찮은 편이다. 철저한 애국자인 노신사는 자신을 미국 전통의 개척자라고 여겼다. 전통을 고풍스럽게 만들려면 한 가지 일을 절대 잊지 않고 오랫동안 꾸준히 해야 한다. 산업 재해 보상 보험에서 매주 10센트씩 수거해 가는 것이나 거리를 청소하는 것처럼 말이다.

노신사는 자신이 확립하고자 하는 제도를 향해 곧장 위엄 있게 다가갔다. 엄밀히 말해 해마다 스터피 피트에게 식사를 대접하는 일은 영국의 대헌장[55]이나 아침 식사에 곁들이는 잼 문제처럼 국가적인 일이 전혀 아니었다. 하지만 그것은 일종의 발판이었다. 거의 봉건적이라고 할 만했다. 그것은 적어도 뉴욕, 아니, 미국에서 관습을 확립하는 일이 불가능하지 않다는 사실을 보여 주었다.

노인은 마르고 키가 컸으며 나이는 예순이었다. 그의 옷차림은 온통 검은색이었고, 콧등에서 자꾸 미끄러져 내리는 구식 안경을 썼다. 작년보다 흰머리가 많아지고 머리숱은 더 적어졌다. 그리고 T 자형 손잡이가 달린 크고 울퉁불퉁한 지팡이에 더 자주 기대는 것 같았다.

그의 고정 후원자가 다가오자 스터피는 여주인을 따라가던 지나치게 뚱뚱한 퍼그가 털을 곤두세우는 떠돌이 개와 마주칠 때처럼 숨을 쌕쌕 몰아쉬며 몸을 부들부들 떨었다. 그럴 수만 있다면 그는 달아나 버렸을 것이다. 하지만 산투스두몽[56]이 가진 역량을 모두 발휘했대도 그를 벤치에서 떼어 낼 수는 없었을 것이다. 두 나이 든 귀부인의 하인들이 자신들의 임무를 너무 잘 수행한 탓이었다.

"안녕하세요?" 노신사가 말했다. "또 한 해의 우여곡절 끝

---

55) 1215년 영국 귀족들이 존 왕에게 서명하도록 강요한 영국 국민의 법적, 정치적 권리 확인서로, 흔히 영국 현대 법의 기초로 여겨진다.
56) 브라질 태생으로 프랑스에서 활약한 비행기 조종사, 설계자, 건조자 아우베르투 산투스두몽.

에 무사히 살아남아 이 아름다운 세상에서 건강하게 돌아다니고 계신 것을 보니 기쁘군요. 그 축복 한 가지만으로도 추수 감사절이 선포된 것은 우리 두 사람 모두에게 참 잘된 일입니다. 나와 함께 간다면 육체를 정신에 어울리게 만들어 줄 만찬을 대접하지요."

노신사는 매번 똑같이 말했다. 구 년 동안 추수 감사절마다 말 자체가 거의 관습이 될 지경이었다. 독립선언서 말고는 그것에 비교될 만한 것이 없었다. 전에는 이 말들이 항상 스터피의 귀에 음악처럼 들렸다. 그러나 이제 그는 눈물겨운 고통이 서린 얼굴을 들어 노신사의 얼굴을 쳐다보았다. 고운 눈송이가 땀이 뻘뻘 흐르는 그의 이마에 내려앉자 거의 지글지글 끓듯 녹아 버렸다. 하지만 노신사는 약간 떨면서 바람을 등지고 돌아섰다.

스터피는 노신사가 어째서 약간 슬픈 말투로 그 말을 하는지 늘 궁금했다. 노신사가 매번 자기 일을 계승할 아들이 있으면 좋겠다고 생각했기 때문임을 스터피는 알지 못했다. 그가 세상에서 사라진 뒤에도 그곳에 찾아올 아들, 스터피의 뒤를 이은 사람 앞에서 자부심을 가지고 단호하게 "아버지를 추모하기 위해"라고 말할 아들이 있다면. 그러면 그것은 하나의 관례가 될 터였다.

하지만 노인에게는 친척조차 없었다. 그는 공원 동쪽의 조용한 거리에 있는 유서 깊은 가문의 퇴락한 적갈색 석조 주택에 방을 몇 개 빌려 살고 있었다. 겨울이면 그는 납작한 여행 가방만 한 작은 온실에서 푸크시아 꽃을 키웠다. 봄이면 부활절 가두 행진에 참여했다. 여름이면 뉴저지 주의 구릉 지대에 있는 농장 주택에서 지내면서 고리버들 안락의자에 앉아 언젠가 발견하길 바라는, 학명이 오르니톱테라 암프리시우스인 나비에 대해 이야기하곤 했다. 가을이면 스터피에게 만찬을 대접했다. 이러한 것들이 노신사가 하는 일이었다.

스터피 피트는 삼십 초 동안 그를 올려다보며 자기 연민에 빠진 채 속수무책으로 비지땀을 흘렸다. 노신사의 눈이 자선의 기쁨으로 밝게 빛났다. 그의 얼굴에는 해마다 주름이 늘었지만 그의 작고 검은 넥타이는 변함없이 멋진 나비넥타이였고, 그가 쓰는 리넨 제품은 새하얗고 고상했으며, 희끗희끗한 콧수염은 양 끝이 기품 있게 말려 있었다. 그때 스터피가 완두콩이 냄비에서 부글부글 끓는 것 같은 소리를 냈다. 무언가를 말하려 했던 것이다. 노신사는 전에도 그런 소리를 아홉 번이나 들었기 때문에 당연히 그것을 스터피의 판에 박힌 수락의 말로 해석했다.

"고맙습니다, 선생님. 함께 가겠습니다. 정말 감사합니다. 저는 몹시 배가 고픕니다, 선생님."

과식으로 혼수상태에 빠질 지경이면서도 스터피는 머릿속에 계속 떠오르는, 자신이 어떤 관례의 토대라는 확신을 떨쳐 낼 수가 없었다. 그의 추수 감사절 식욕은 이제 그 자신만의 것이 아니었다. 그것은 현행 공소 시효법에 따라서는 아닐지라도 모든 기존 관습의 신성한 권리에 따라 그것을 선점한 노신사에게 속해 있었다. 진실로 미국은 자유로운 나라이다. 하지만 전통을 확립하려면 누군가는 되풀이되는 소수, 그러니까 순환 소수가 되어야 한다. 영웅이라고 모두 강철과 황금을 휘두르지는 않는다. 여기 오로지 서투르게 은도금된 철과 주석으로 만든 무기만 휘두르는 영웅을 보라.

노신사는 자신의 연례적 피후견인을 데리고 남쪽에 있는 레스토랑으로 가서 언제나 잔치를 벌이는 테이블로 향했다. 사람들이 그들을 알아보았다.

"저 영감님 또 오시네." 어느 웨이터가 말했다. "해마다 추수 감사절에 똑같은 부랑자한테 밥을 사 주시더라고."

노신사는 그을린 진주 같은 빛이 나는 테이블 앞에 앉아 미래로 이어질 오랜 전통을 위한 자신의 주춧돌과 마주했다. 웨이터들이 테이블에 명절 음식을 산더미처럼 쌓아 올렸다. 그러자 스터피는 배고픔의 표현이라고 오해받은 한숨을 내쉬면서 나이프와 포크를 들고 자신이 쓸 불멸의 월계관을 스스로 자르며 만들어 갔다.

그보다 용맹스럽게 줄줄이 늘어선 적들의 진지를 뚫고 진격한 영웅은 일찍이 없었다. 칠면조 고기와 두꺼운 양고기, 수프, 채소, 파이가 테이블에 놓이기 무섭게 그의 앞에서 사라졌다. 레스토랑에 들어설 때 이미 거의 한계까지 두둑하게 배를 채운 상태였기에 음식 냄새만 맡아도 신사로서의 체면을 잃을 정도였지만 그는 진정한 기사처럼 정신을 집중했다. 그는 노신사의 얼굴에서 자선을 베푸는 사람의 행복한 표정을 보았다. 푸크시아와 오르니톱테라 암프리시우스조차 그 정도로 행복한 표정을 안겨 준 적은 없었다. 그리고 스터피는 그 표정이 사그라지게 만들 만큼 무정한 사람이 아니었다.

한 시간 후 스터피는 전투에서 승리하고 의자에 기대앉았다. "고맙습니다, 선생님." 그는 구멍 난 증기 파이프처럼 숨을 헐떡였다. "푸짐한 식사를 마련해 주셔서 정말 감사합니다." 그러고 나서 스터피는 멍한 눈으로 힘겹게 자리에서 일어나 주방을 향해 걷기 시작했다. 웨이터 한 사람이 그를 팽이처럼 돌려 세워 문으로 가는 길을 알려 주었다. 노신사는 은화로 1달러 30센트를 조심스럽게 하나씩 세며 건넸고, 웨이터에게는 15센트를 남겼다.

그들은 해마다 그랬던 것처럼 문 앞에서 헤어졌고, 노신사는 남쪽으로, 스터피는 북쪽으로 향했다.

스터피는 첫 번째 모퉁이를 돌더니 잠시 가만히 서 있었다. 곧이어 올빼미가 깃털을 부풀리듯이 입고 있는 누더기를 부풀리는 것 같더니 일사병에 걸린 말처럼 보도 위로 쓰러졌다.

구급차가 왔을 때 젊은 의사와 운전사는 그의 체중에 대해 나직하게 욕설을 내뱉었다. 죄수 호송차로 옮겨 태우는 것을 정당화해 줄 위스키 냄새는 전혀 나지 않았기에 스터피와 두 끼의 성찬은 병원으로 향했다. 병원에서는 그를 침대에 눕힌 다음 문제의 가능성을 찾을 기회를 잡기 위해 가장 기본적인 진찰 도구만 들고 어떤 이상한 질병에 걸리지 않았는지 검사하기 시작했다.

그런데 저런! 한 시간 후에 다른 구급차가 노신사를 싣고 왔다. 병원 사람들은 그를 다른 침대에 눕히고 맹장염이라는 진단을 내렸다. 그가 병원비를 충분히 감당할 수 있을 것처럼 보였기 때문이다.

하지만 곧 젊은 의사 한 사람이 자기 마음에 드는 눈을 가진 젊은 간호사를 만나 두 환자에 대해 이야기를 나눴다.

"저쪽에 있는 멋있는 노신사 말인데요." 그가 말했다. "믿기 어렵겠지만 거의 아사 직전이나 다름없는 상태예요. 자존심 강한 오래된 집안 출신인 것 같아요. 저분 말이 사흘 동안이나 아무것도 먹지 못했다더군요."

백작과 결혼식 손님

어느 날 저녁 앤디 도너번이 2번가에 있는 하숙집으로 저녁을 먹으러 돌아갔을 때 스콧 부인이 콘웨이 양이라는 젊은 아가씨를 새로운 하숙인이라며 소개해 주었다. 콘웨이 양은 몸집이 작은 데다 별로 눈에 띄는 구석이 없었다. 그녀는 수수하고 우중충한 갈색 드레스를 입고 별로 내키지 않는다는 얼굴로 자기 접시에만 관심을 쏟고 있었다. 그러다가 조심스럽게 눈꺼풀을 들어 올려 재판관처럼 명쾌한 시선으로 도너번 씨를 흘긋 보더니 공손하게 그의 이름을 웅얼거리고 나서 다시 양고기 접시로 관심을 돌렸다. 도너번 씨도 그에게 사교적, 사업적, 정치적으로 빠르게 성공 가도를 달릴 수 있게 해 준 품위 있는 태도와 환한 미소로 고개 숙여 인사한 다음 우중충한 갈색 드레스를 입은 이 아가씨를 관심 대상 목록에서 지워 버렸다.

두 주 후 앤디가 현관 계단에 앉아 시가를 즐길 때였다. 그는 등 뒤 계단 위쪽에서 들리는 부드럽게 바스락거리는 소리에 고개를 돌렸다. 그러고 나서는 고개를 돌린 채 그대로 멈춰버렸다.

콘웨이 양이 막 문 밖으로 나오고 있었다. 그녀는 칠흑같이 검은 크레이프 드……[57] 크레이프 드…… 뭐라던가 하는 드레스, 아무튼 그런 얇고 검은 드레스를 입고 있었다. 모자 역시 검은색이었는데, 그 모자에서 늘어진 거미줄처럼 얇게 비치는 흑단같이 검은 베일이 바람에 나부꼈다. 그녀가 계단 꼭대기에 멈춰 서서 검은색 실크 장갑을 꼈다. 그녀의 옷차림 어디에도 흰색이나 다른 색은 한 점도 없었다. 흐트러짐 하나 없이 팽팽하게 잡아당긴 풍성한 금발 머리는 그녀의 목덜미 부근에서 매끄럽게 빛나는 하나의 매듭으로 묶여 있었다. 그녀의 얼굴은 예쁘다기보다 평범한 편이었지만 지금은 호소력 있는 슬픔과 애수의 빛을 담고 길 건너편 집들 위의 하늘을 가만히 바라보는 커다란 회색 눈 덕에 환하게 빛나면서 거의 아름다워 보일 지경이었다.

여자들이여, 이 아이디어를 기억해 두라. 온통 검은색, 그러니까 그것도 이왕이면 크레이프 드…… 그래, 크레이프 드 신으로, 바로 그것이다. 온통 검은색 옷차림에 슬픔에 잠겨 아득히 먼 곳을 보는 듯한 표정으로 검은 베일 아래 머리카락을 빛

---

57) '부드럽고 얇은 실크 크레이프'를 뜻하는 '크레이프 드 신'을 언급하려던 것이며, 크레이프는 작은 주름이나 선이 두드러져 표면이 오돌토돌한 얇고 가벼운 직물이다.

내며(물론 금발이어야 한다.) 비록 자신의 청춘이 이제 막 삼단 뛰기로 인생의 문턱을 넘으려던 순간 꺾여 버렸어도 공원에서 산책 한 번만 하면 기분이 한결 나아질 것 같은 표정을 지어라. 그리고 명심할 것은 절호의 순간에 때마침 문 밖으로 나가는 것이다. 아, 이렇게만 하면 언제나 남자들의 마음을 사로잡을 수 있을 것이다. 하지만 지금 상복에 대해 이런 식으로 지껄이다니 참 고약한 일이기는 하다. 나야말로 얼마나 냉소적인 인간인지, 그렇지 않은가?

도너번 씨는 불현듯 콘웨이 양을 관심 대상 목록에 다시 올렸다. 그는 아직도 팔 분은 더 피울 수 있는 3과 2분의 1센티미터쯤 남은 시가를 던져 버리고 나서 몸의 무게 중심을 재빨리 목 짧은 에나멜가죽 구두 쪽으로 옮겼다.

"맑고 상쾌한 저녁입니다, 콘웨이 양." 그가 말했다. 만약 기상청에서 자신만만한 그의 말투를 들었더라면 당장 흰색 정사각형 신호기를 올려 깃대에 못 박아 버렸을 것이다.

"이런 날씨를 즐길 만한 심정인 사람들에게는 그렇겠네요, 도너번 씨." 콘웨이 양이 한숨을 내쉬며 말했다.

도너번 씨는 마음속으로 화창한 날씨를 저주했다. 무정한 날씨 같으니! 차라리 콘웨이 양의 기분에 어울리게 우박이 쏟아지고 바람이 휘몰아치고 눈이 내렸어야 했다.

"혹시 친척 중에 어느 분이…… 그러니까 콘웨이 양께서 큰일을 당하신 게 아니기를 바랍니다만?" 도너번 씨가 과감하게 말했다.

"죽음이 제 권리를 주장하기는 했어요." 콘웨이 양이 머뭇거리며 말했다. "친척은 아니고…… 아니, 아니에요. 제 슬픔을 함께해 달라고 당신께 강요할 수는 없어요, 도너번 씨."

"강요라고요?" 도너번 씨가 이의를 제기했다. "저런, 그럴 리가요, 콘웨이 양. 저는 오히려 기쁘게, 아니, 그러니까 유감스럽게…… 아무튼 제 말은 콘웨이 양의 심정에 저보다 진실되게 공감할 수 있는 사람은 없으리라는 겁니다."

콘웨이 양이 살포시 미소를 머금었다. 그런데 아! 그 미소 띤 모습이 차분한 표정을 지을 때보다 오히려 슬퍼 보였다.

"웃어라, 그러면 세상이 그대와 함께 웃으리라. 울어라, 그러면 세상이 그대를 보고 웃으리라."[58] 그녀가 시구절을 인용했다. "저는 그렇게 배웠답니다, 도너번 씨. 저는 이 도시에 친구도 없고 아는 사람 한 명 없어요. 하지만 당신은 내내 제게 친절을 베풀어 주셨지요. 정말 감사드립니다."

그는 지금까지 식탁에서 그녀에게 후추를 두 번 건네준 적이 있었다.

"뉴욕에서 혼자 지낸다는 건 힘든 일이에요. 그건 틀림없어요." 도너번 씨가 말했다. "하지만 이 오래된 작은 도시는 일단 마음을 열고 친해지면 그 친절에 한도가 없답니다. 콘웨이 양, 가령 공원에서 잠시 산책이라도 하신다면…… 울적한 기분을 조금이나마 떨쳐 버릴 수 있지 않을까요? 허락만 하신다면 제가……."

---

58) 미국의 작가이자 시인 엘라 휠러 윌콕스의 시 「고독」 중 "웃어라, 그러면 세상이 그대와 함께 웃으리라/ 울어라, 그러면 그대는 혼자 울게 되리라."라는 구절을 변형한 것이다.

"고맙습니다, 도너번 씨. 마음에 온통 우울한 기분만 그득한 사람과 동행해도 괜찮으시다면 기꺼이 그 제안을 받아들이겠어요."

그들은 한때는 하느님께 선택받은 사람들만 바람을 쐬던, 철책을 두른 오래된 도심 공원의 열린 문으로 들어가 산책한 다음 한적한 벤치를 찾았다.

젊은 시절의 슬픔과 노년의 슬픔 사이에는 이런 차이가 있다. 젊은 시절의 짐은 다른 사람과 나누면 그만큼 가벼워진다. 그런데 노년에는 나눠 주고 또 나눠 줘도 슬픔이 항상 그대로 남아 있다.

"그 사람은 제 약혼자였어요." 한 시간이 지난 후에 콘웨이 양이 털어놓았다. "내년 봄에 결혼할 예정이었지요. 제가 당신을 속인다고 생각하지는 말아 주세요, 도너번 씨. 하지만 그 사람은 진짜 백작이었어요. 이탈리아에 영지와 성을 가지고 있었답니다. 페르난도 마치라는 이름의 백작이었지요. 저는 그보다 기품 있는 사람을 본 적이 없어요. 아버지는 당연히 반대하셨고, 한번은 둘이 도망치기도 했지만 뒤따라온 아버지께 잡혀서 도로 끌려갔답니다. 저는 정말이지 아버지와 페르난도가 결투라도 하는 줄 알았어요. 아버지는 마차 대여업을 하세요. 그러니까 저기, 포키프시[59]에서요.

결국에는 아버지가 마음을 바꾸셨고 내년 봄에 결혼해도 좋다고 허락하셨어요. 페르난도는 아버지께 자기 작위와 재

---

[59] 미국 뉴욕 주 동남부의 허드슨 강에 면한 도시.

산을 증명하는 서류들을 보여 드리고 나서 우리가 살 성을 수리해 두려고 이탈리아로 건너갔어요. 아버지는 자존심이 무척 강하셔서 페르난도가 제 혼수 준비금으로 몇천 달러를 주겠다고 하자 그 사람을 심하게 꾸짖으셨지요. 그 사람한테서 반지건 뭐건 아무 선물도 못 받게 하셨다니까요. 페르난도가 배를 타고 떠난 후에 저는 이 도시로 와서 사탕 가게에 계산 담당 직원으로 취직했답니다.

그런데 사흘 전에 이탈리아에서 편지가 한 통 왔어요. 포키프시로 보낸 걸 다시 저한테 보낸 건데, 페르난도가 곤돌라 사고로 죽었다고 씌어 있더군요.

그게 바로 제가 지금 상복을 입은 이유랍니다. 도너번 씨, 제 심장은 영원히 그 사람 무덤에 함께 묻혀 있을 거예요. 도너번 씨, 제가 함께하기에 좋은 친구가 못 된다는 걸 알지만 지금은 그 누구에게도 전혀 관심을 가질 수가 없어요. 저는 미소 띤 얼굴로 도너번 씨를 즐겁게 해 주는 친구들과 갖가지 흥겨운 일들로부터 도너번 씨를 떼어 놓고 싶은 마음이 없답니다. 아마 도너번 씨도 이제는 집으로 돌아가는 편이 낫겠다고 생각하시겠지요?"

자, 여자들이여, 만약 젊은 남자가 곡괭이와 삽을 찾으러 허겁지겁 뛰쳐나가는 모습을 보고 싶다면 여러분의 심장이 어떤 다른 사내의 무덤 속에 있다고 말하라. 젊은 남자들은 천성적으로 무덤 도굴꾼이다. 아무 미망인에게나 물어보라. 크레이프 드 신으로 만든 상복을 입고 눈물 흘리는 천사들에게 없어진 그 장기를 찾아 돌려주기 위해 남자들은 반드시 뭐라도 해 보려 들게 마련이다. 그러니 어떻게 되든 죽은 남자만 불쌍한 법이다.

"정말 애석한 일이군요." 도너번 씨가 부드럽게 말했다. "하지만 천만에요, 아직은 우리 두 사람 다 집에 돌아가지 않을 겁니다. 그리고 다시는 이 도시에 친구가 없다는 말은 하지 마세요, 콘웨이 양. 정말 애석한 일이군요. 그런데 제가 콘웨이 양의 친구라는 점은 믿어 주시면 좋겠습니다. 그리고 진심으로 애석해 한다는 것도요."

"이 로켓[60]에 그 사람 사진이 있어요." 콘웨이 양이 손수건으로 눈물을 닦고 말했다. "누구에게도 보여 준 적이 없지만 도너번 씨께는 보여 드릴게요. 도너번 씨가 제 진정한 친구라고 믿으니까요."

도너번 씨는 콘웨이 양이 로켓을 열고 보여 준 사진을 한참 동안 상당한 관심을 가지고 응시했다. 마치니 백작의 얼굴은 관심을 끌 만했다. 매끈하고 지적이고 생기 넘치는, 거의 미남이라고 할 만한 얼굴, 그러니까 동료들 사이에서 지도자 역할을 할 만한 강인하고 유쾌한 남자의 얼굴이었다.

"제 방에는 액자에 넣은 더 큰 사진도 있어요." 콘웨이 양이 말했다. "집에 돌아가면 그것도 보여 드릴게요. 페르난도를 떠올리게 해 주는 물건이라고는 이 사진들이 전부랍니다. 하지만 그 사람은 언제나 제 마음속에 있을 거예요. 그것만은 분명해요."

---

60) 사진이나 머리카락, 기념품 따위를 넣어 목걸이 등에 다는 작은 금속 갑.

도너번 씨는 미묘한 과제에 맞닥뜨렸다. 콘웨이 양의 마음 속에서 저 불운한 백작을 밀어내고 그 자리를 차지하는 일이었다. 그녀를 찬미하는 마음이 이 일을 해내겠다는 그의 결심을 굳혀 주었다. 하지만 이 시도의 중요성이 그의 정신을 짓누르는 것 같지는 않았다. 동정심 많으면서도 쾌활한 친구가 그가 맡으려 하는 역할이었다. 그는 그 역할을 아주 성공적으로 해내서 그 후로 삼십 분 동안 두 사람은 아이스크림 두 접시를 사이에 두고 애수 어린 분위기로 대화를 계속 이어 나갔다. 비록 아직 콘웨이 양의 커다란 회색 눈에서 슬픔이 잦아드는 기미는 없었지만 말이다.

그날 저녁 현관 앞 복도에서 헤어지기 전에 그녀가 위층으로 올라가 흰 실크 스카프로 소중하게 감싼 사진 액자를 가지고 내려왔다. 도너번 씨가 뜻 모를 눈빛으로 그 사진을 이모저모 살펴보았다.

"이탈리아로 떠나던 날 밤에 그 사람이 이걸 줬답니다." 콘웨이 양이 말했다. "로켓에 넣은 사진은 제가 이걸로 만든 거예요."

"잘생긴 분이군요." 도너번 씨가 진심으로 말했다. "그런데 콘웨이 양, 다음 일요일 오후에 코니아일랜드에 당신을 모시고 가는 기쁨을 제게 허락해 주실 수 있을까요?"

한 달 뒤 두 사람은 스콧 부인과 다른 하숙생들에게 자신들이 약혼했다는 소식을 알렸다. 그러는 동안에도 콘웨이 양은 계속 검은 옷을 입었다.

약혼 발표 일주일 후에 두 사람은 도심 공원의 지난번 그 벤치에 다시 앉았다. 팔랑거리는 나뭇잎들 때문에 달빛 아래 두 사람은 마치 흐릿한 활동사진의 한 장면처럼 보였다. 하지만 도너번은 온종일 우울하고 정신이 딴 데 팔린 듯한 표정을 짓고 있었다. 더구나 오늘 밤 그는 지나치게 말이 없어서 그의 애인의 입술은 사랑에 빠진 심장이 제기하는 질문을 더 이상 억누를 수 없었다.

"도대체 무슨 일이죠, 앤디? 오늘 밤은 지나치게 심각하고 시무룩해 보여요."

"아무 일도 아니에요, 매기."

"나도 다 알아요. 내가 모를 줄 알아요? 여태껏 한 번도 이런 적 없었잖아요. 도대체 무슨 일이죠?"

"진짜 아무 일도 아니라니까요, 매기."

"아니, 뭔가가 있다니까요. 나도 알고 싶어요. 틀림없이 다른 여자를 생각하고 있는 거겠죠. 알았어요. 그렇게 좋다면 그 여자한테 가 버리지그래요? 제발 당신 팔 좀 나한테서 치워 줄래요?"

"그렇다면 말해 줄게요." 앤디가 사려 깊게 말문을 열었다. "하지만 당신이 정확하게 이해하기는 어려울 거예요. 마이크 설리번이라고 들어 본 적 있어요? 모두들 '빅 마이크' 설리번 이라고 부르는 사람인데."

"아니요, 못 들어 봤어요." 매기가 말했다. "더구나 지금 당신이 이렇게 행동하는 게 그 사람 때문이라면 듣고 싶지도 않아요. 도대체 그 사람이 누군데요?"

"뉴욕 최고의 거물이에요." 앤디가 거의 숭배하는 어조로 말했다. "태머니 협회[61]든 정계에서 오래된 다른 단체든 간에 끌어들여서 자기가 원하는 일이면 뭐든 할 수 있는 사람이에요. 키는 1킬로미터쯤 솟아 있고 가슴은 이스트 강만큼이나 넓은 사람이지요. 빅 마이크한테 불리한 이야기를 한마디라도 하면 이 초 만에 100만 명쯤은 먹살을 잡겠다고 몰려들걸요. 요전에 그 사람이 고국을 방문했는데, 왕들도 놀라서 토끼처럼 구멍으로 도망쳤다지요. 아마.

아무튼 바로 그 빅 마이크가 내 친구거든요. 나야 그의 영향권 안에서 별 힘도 없는 사람이지만 마이크는 다른 거물을 상대할 때나 우리처럼 보잘것없고 가난한 사람을 상대할 때나 한결같이 좋은 친구거든요. 오늘 바워리가[62]에서 그 사람을 만났는데, 그 사람이 어떻게 했는지 알아요? 나한테 다가와 악수를 하더니 이렇게 말하더군요. '앤디, 자네를 계속 지켜봤네. 자기 영역에서 상당히 잘해 내고 있더군. 자네가 자랑스러워. 뭘 마시겠나?' 그 사람은 시가를 피우고, 난 하이볼[63]을 한 잔 마셨지요. 내가 두 주 뒤에 결혼한다고 했더니 이러는 거예요. '앤디, 청첩장을 보내 주게. 기억해 뒀다가 자네 결혼식에 참석할 테니.' 빅 마이크가 그렇게 말했는데, 그 사람은 자기

---

61) 1789년 조직된, 뉴욕 태머니 홀을 본거지로 하는 민주당의 정치 단체. 시정을 좌지우지했기 때문에 종종 뉴욕 시정의 부패나 정치적 타락, 보스 정치라는 의미로 사용되기도 한다.
62) 미국 뉴욕 맨해튼의 큰 거리. 싸구려 술집, 호텔, 방랑자들이 모여 있는 곳으로 유명하다.
63) 위스키나 브랜디 같은 독한 술에 소다수 등을 섞고 얼음을 넣은 음료.

가 말한 건 항상 실천하는 사람이란 말이에요.

매기, 당신은 아마 이해하지 못하겠지만 나는 우리 결혼식에 마이크 설리번이 참석할 수만 있다면 내 손목 하나는 잘라 버릴 수도 있어요. 그날은 내 인생에서 가장 자랑스러운 날이 될 거예요. 그 사람이 어떤 남자의 결혼식에 참석한다면 그 신랑은 한평생을 보장받게 되는 셈이에요. 자, 내가 오늘 밤 기분이 좋지 않은 이유가 바로 이거예요."

"그분이 그렇게 중요한 분이라면 초대하면 되잖아요?" 매기가 부드럽게 말했다.

"그럴 수 없는 이유가 한 가지 있어요." 앤디가 서글프게 말했다. "그 사람이 그 자리에 참석해서는 안 되는 이유가요. 그게 뭔지는 묻지 말아 줘요. 말할 수 없으니까."

"아, 전 상관없어요." 매기가 말했다. "그게 뭐든 정치하고 연관된 거겠죠. 하지만 그게 당신이 나한테 웃어 주지 않을 이유가 될 수는 없잖아요."

"매기." 앤디가 곧이어 말했다. "내가 당신한테 소중한가요? 당신의 그 사람…… 그러니까 마치니 백작만큼 말이오."

그가 한참 동안 기다렸지만 매기는 대답하지 않았다. 그러더니 그녀가 갑자기 그의 어깨에 기대 울기 시작했다. 그의 팔을 꼭 붙잡고 크레이프 드 신으로 만든 상복을 눈물로 적시면서 흐느낌에 어깨를 들썩거리기 시작했던 것이다.

"자, 자, 진정해요!" 앤디가 자기 문제는 잠시 잊고 그녀를 달랬다. "도대체 지금 왜 이러는 거예요?"

"앤디." 매기가 흐느끼며 말했다. "당신에게 줄곧 거짓말을 했어요. 아마 당신은 절대 나랑 결혼하지 않을 거예요. 더 이상 나를 사랑하지도 않을 거고요. 하지만 말해야 할 것 같아요. 앤디, 애초에 백작 같은 건 새끼손톱만큼도 없었어요. 제 평생 애인이 있었던 적도 없고요. 하지만 다른 여자들은 모두 애인이 있고 다들 애인 얘기를 해 댔죠. 그러면 남자들이 그 여자들한테 오히려 더 끌리는 것 같았어요. 게다가 앤디, 난 검은색 옷을 입으면 썩 괜찮아 보여요. 당신도 그렇다는 걸 알 거예요. 그래서 사진 가게에 가서 그 사진을 사고 로켓에 넣을 작은 사진도 만들었어요. 그리고 백작이며 그가 죽었다는 이야기며 모든 걸 꾸며 낸 거예요. 그래야 검은 옷을 입을 수 있었으니까요. 거짓말쟁이를 사랑할 사람은 아무도 없으니 이제 앤디 당신도 나를 떨쳐 낼 테고, 그러면 난 수치심 때문에 죽을 거예요. 그래도 내가 좋아한 사람은 당신 말고 아무도 없었어요. 이게 다예요."

하지만 밀쳐지기는커녕 그녀는 앤디의 팔이 자신을 더 바싹 끌어안는 것을 느꼈다. 고개를 든 그녀는 그의 얼굴이 환하게 미소 짓고 있는 것을 보았다.

"나를…… 나를 용서할 수 있어요, 앤디?"

"물론이에요." 앤디가 말했다. "그건 다 괜찮아요. 백작 따위는 이제 무덤으로 돌려보냅시다. 당신이 모든 문제를 해결했어요, 매기. 당신이 결혼식 날 전까지는 털어놓기를 바라고 있었어요. 이 개구쟁이 아가씨야!"

"앤디." 매기가 자신이 용서받았다는 확신을 분명히 얻은 후에 다소 수줍은 듯 미소를 지으며 말했다. "백작에 대한 애기를 모조리 믿었어요?"

"설마, 그렇게 많이 믿지는 않았어요." 앤디가 시가 상자로 손을 뻗으며 말했다. "당신이 로켓에 보관하고 있는 사진이 바로 빅 마이크 설리번의 사진이거든요."

아이키 쇼엔스타인의 사랑의 묘약

블루라이트 약국은 시내 중심의 바워리가와 1번가 사이, 두 도로 간 거리가 가장 짧은 곳에 있다. 블루라이트 약국에서는 약국이 온갖 잡화와 향수, 아이스크림소다 같은 것을 파는 곳이라고는 생각하지 않는다. 그곳에서는 진통제를 달라고 하면 사탕을 주는 일 따위는 없을 것이다.

블루라이트 약국은 현대식 약국의 노동력 절감 수단을 경멸한다. 그곳에서는 여전히 아편을 직접 불린 다음 아편제와 진통제를 걸러 낸다. 지금도 알약은 높은 조제대 안쪽에서 직접 만든다. 조제판 위에 펼쳐진 약은 주걱으로 쪼개져 엄지와 검지로 둥글려지고, 산화 마그네슘 가루가 뿌려진 다음 두껍고 동그란 작은 알약 통에 들어간다. 약국이 있는 길모퉁이에는 해진 옷을 걸치고 신나게 뛰어놀다가도 약국에 비치된 기침약이나 진정 시럽이 필요해지곤 하는 아이들이 많았다.

아이키 쇼엔스타인은 블루라이트 약국의 야간 근무 담당자로, 단골 고객들과는 친구로 지냈다. 요컨대 블루라이트 약국은 이스트사이드[64]에 있는데, 이 지역의 약국 분위기는 냉랭한 편이 아니다. 늘 그렇듯 약제사는 상담사이자 고해 신부, 자문 역, 유능하고 자발적인 전도자이자 조언자여서, 학식이 높이 평가받고, 신비스러운 지혜가 존중받는다. 정작 그가 조제한 약은 입 근처에 가 보지도 못한 채 배수로에 쏟아져 내리는 경우가 잦지만 말이다. 그러므로 아이키의 안경을 걸친 원뿔형 코와 지식의 무게에 짓눌려 구부정한 마른 몸은 블루라이트 약국 인근에 잘 알려져 있었고, 그의 조언과 관심을 요구하는 경우도 많았다.

아이키는 약국에서 두 블록 떨어진 리들 부인의 집에서 하숙을 했는데, 아침 식사도 제공되는 곳이었다. 리들 부인에게는 로지라는 딸이 있었다. 짐작하고도 남을 일이니 돌려 말할 필요도 없을 텐데, 아이키는 로지를 흠모했다. 그녀는 그의 머릿속을 온통 그녀에 대한 생각으로 물들였다. 그녀는 화학적으로 순수하고 약품 조제 원리에 한 치도 어긋나지 않는 복합 추출물이었다. 약품 해설서에 그녀에 필적할 만한 것은 전혀 없었다. 하지만 아이키는 소심했기에 그의 소망은 머뭇거림과 두려움이라는 용매에 녹지 않은 채 남아 있었다. 계산대 안쪽에 있을 때 그는 우월한 존재였고, 자신의 전문 지식과 가치를 침착하게 의식했다. 그렇지만 밖에서 그는 우유부단하고

---

64) 미국 뉴욕 맨해튼의 동부 지구.

반쯤 장님이나 다름없는 시력에 전차 운전사들에게 욕을 먹는 굼뜬 사람인 데다 치수도 잘 맞지 않는 옷은 온갖 화학 약품과 알로에 소코트리나나 쥐오줌풀로 만든 암모니아 진정제 냄새로 얼룩져 있었다.

아이키가 연고라면(이 얼마나 멋진 비유인가!) 청크 맥고완은 그것에 빠진 파리였다.

맥고완 역시 로지가 던지는 빛나는 미소를 잡으려 애쓰고 있었다. 하지만 그는 아이키처럼 멀리서 기다리는 외야수 타입이 아니어서 그녀의 미소를 주저하지 않고 바로 잡아 버렸다. 동시에 그는 아이키의 친구이자 단골 고객이기도 해서 바워리가에서 유쾌한 저녁 시간을 보낸 후에는 종종 블루라이트 약국에 들러 멍든 곳에 요오드를 바르거나 베인 상처에 반창고를 붙이곤 했다.

어느 날 오후 맥고완이 여느 때처럼 슬며시 태평하게 들어와 둥근 의자에 앉았다. 잘생기고 말끔하게 면도한 데다 건장하면서도 굳센 의지와 온화한 면모까지 지닌 모습이었다.

"아이키." 그가 말문을 열었다. 그의 친구는 막자사발을 가져와 맞은편에 앉아 안식향을 빻고 있었다. "잘 들어 봐. 나한테 필요한 약이 자네한테 있다면 그걸 내게 줬으면 싶어."

아이키는 맥고완의 얼굴에 평소처럼 싸움의 흔적이 있는지 뚫어져라 쳐다보았지만 아무것도 찾을 수 없었다.

"외투를 벗어 봐." 그가 지시했다. "내 생각에 자넨 갈비뼈 근처를 칼에 찔린 것 같은데. 내가 벌써 여러 번 말했잖아. 그 라틴계 놈들이 자네를 해칠 거라고."

맥고완이 미소 지으며 말했다. "그놈들이 아니야. 라틴계 놈들이 아니라고. 하지만 다친 부위에 대해서는 자네가 더할 나위 없이 정확하게 진단을 내렸어. 외투 속 갈비뼈 부근이긴 하니까. 이봐! 아이키, 로지랑 나는 오늘 밤 도망쳐서 결혼식을 올릴 거야."

아이키의 왼쪽 집게손가락이 구부러지면서 막자사발 가장자리를 꽉 잡았다. 막자로 손가락을 세게 내리치기까지 했지만 그는 아무것도 느끼지 못했다. 그사이 맥고완의 미소가 서서히 희미해지며 당혹감이 섞인 의기소침한 표정으로 변했다.

"그러니까." 그가 말을 이었다. "그녀가 그때까지 생각을 바꾸지 않는다면 말이야. 우리는 벌써 두 주 전부터 이 탈출 계획을 세웠어. 그녀는 낮 동안에는 그러자고 하다가도 저녁이 되면 안 되겠다고 하기도 해. 아무튼 일단은 오늘 밤으로 합의를 봤고, 로지도 이번에는 꼬박 이틀째 결심이 확고한 상태야. 하지만 아직 다섯 시간이나 남아서 정작 떠나야 할 순간에는 나를 바람맞히지 않을까 겁이 나."

"약이 필요하다고 했는데." 아이키가 말했다.

맥고완은 초조하고 무척 지쳐 보였는데, 평상시 그의 모습과는 정반대였다. 그가 특허 의약품 연감을 둘둘 말더니 쓸데없이 조심스레 손가락에 끼워 넣었다.

"100만 달러를 준대도 두 배로 불리한 이 조건 때문에 오늘 밤 출발 계획을 그르칠 수는 없어." 그가 말했다. "벌써 할렘가에 작은 아파트도 준비해 뒀어. 탁자에는 국화도 놓아두었고, 주전자도 물을 붓고 끓이기만 하면 돼. 게다가 우리를 위해 목사님이 9시 30분에 집에서 대기하고 계시기로 했어. 잘될 수밖에 없는 일이라고. 로지가 또다시 마음만 바꾸지 않는다면!" 맥고완이 말을 멈췄다. 불신이 그의 마음을 좀먹었다.

"그런데 나는 아직 모르겠는데." 아이키가 퉁명스럽게 말했다. "자네가 무슨 생각으로 약 얘기를 한 건지, 또 내가 무얼 할 수 있다는 건지 말이야."

"리들 씨는 나를 조금도 맘에 들어 하지 않아." 불안에 떠는 구혼자가 말을 이으며 자신의 주장을 어떻게든 정리해 보려 안간힘을 썼다. "그분이 일주일 동안이나 로지가 나랑은 집 밖으로 한 발짝도 못 나가게 하고 있어. 하숙생을 한 명 잃게 되는 일만 아니라면 그분들은 벌써 오래전에 나를 내쫓았을 거야. 나는 일주일에 20달러를 버니까 그녀는 이 청크 맥고완과 도망치더라도 절대 후회할 일은 없을 거야."

"미안하지만 청크, 이제 곧 찾으러 올 처방 약을 만들어야 해." 아이키가 말했다.

"이봐." 갑자기 고개를 번쩍 쳐들며 맥고완이 말했다. "이 보라고, 아이키, 약이 좀 없겠어? 가루약 같은 거라도 말이야. 먹이면 여자가 더 좋아하게 만드는 약 말이야."

아이키의 코 아래 있는 입술이 더 많은 것을 깨달은 우월한 사람의 냉소로 일그러졌지만 그가 대답할 틈도 없이 맥고완이 말을 이었다.

"팀 레이시가 그러는데, 전에 외곽 지역에 사는 어느 의사한테 얻은 약을 소다수에 타서 여자에게 먹인 적이 있대. 그랬더니 바로 그 순간부터 팀을 최고로 잘난 사람으로 여기고 다른 사람들은 모두 하찮은 사람 취급했다고 하더라고. 두 사람은 채 두 주가 지나기 전에 결혼했어."

힘세고 단순한 사람, 그것이 청크 맥고완이었다. 그러나 아이키보다 사람 보는 눈이 조금 더 있는 이라면 맥고완의 뼈대는 튼튼하지만 사실 그것을 매달고 있는 끈은 무척이나 섬세하다는 사실을 알아차렸을 것이다. 그는 마치 적의 영토를 침략하기 직전의 뛰어난 장군처럼 실패를 초래할 가능성이 있는 모든 지점에 대해 대비책을 마련해 두려는 것이었다.

"내 생각에는 말이야." 청크가 희망을 가지고 말을 이었다. "오늘 저녁 식사 때 로지에게 그런 가루약을 먹이면 그녀도 약 기운 덕에 용기를 낼 테고, 도망치기로 한 약속을 어기는 일도 없을 것 같아. 그녀를 끌어내리려고 노새까지 동원할 필요는 없겠지만 야구로 치면 여자들은 베이스를 알아서 달리기보다는 코치를 받는 것을 더 잘한다 이 말이지. 그 약이 두 시간쯤만 효과가 있다면 일이 다 잘 풀릴 거야."

"이 얼빠진 도주 계획은 언제 실행하기로 돼 있지?" 아이키가 물었다.

"9시." 맥고완이 말했다. "저녁 식사는 7시야. 로지는 8시에 두통이 난다면서 자러 들어가기로 돼 있고, 9시에 파벤자노 영감님이 자기 집 뒤뜰로 나를 들여보내 줄 거야. 그 집 뒤뜰과 리들 씨네 집 사이를 막고 있는 울타리 판자가 하나 떨어져 있거든. 로지 방 창문 아래로 가서 그녀가 비상 사다리로 내려오도록 도와줄 거야. 목사님이랑 한 약속 때문에 서둘러야 하거든. 신호가 떨어질 때 로지가 망설이지만 않으면 정말 식은 죽 먹기지. 그런 가루약 좀 만들어 줄 수 있겠어, 아이키?"

아이키 쇼엔스타인이 천천히 코를 문지르며 말했다.

"청크, 그런 건 약제사가 무척이나 신중하게 만들어야 하는 종류의 약이야. 내가 아는 사람들 중에서도 그런 가루약을 믿고 맡길 수 있는 건 오로지 자네뿐이야. 어쨌든 자네한테 약을 만들어 줄 테니 그 약을 먹고 나서 로지가 자네를 어떻게 생각하게 되는지 두고 보라고."

아이키가 조제대 안쪽으로 갔다. 그곳에서 그는 한 알당 4분의 1그레인의 모르핀이 들어 있는 가용성 정제 두 알을 빻았다. 거기에 유당을 약간 첨가해 부피를 늘린 다음 그 혼합물을 하얀 종이에 넣어 솜씨 좋게 접었다. 이 가루약은 어른이 복용하면 아무 탈 없이 여러 시간 푹 자게 만드는 것이었다. 그는 이것을 청크 맥고완에게 건네면서 가능하면 액체에 타서 주라고 알려 주었고, 뒤뜰의 로킨바[65]로부터 진심 어린 감사 인사를 받았다.

아이키가 이렇게 이상야릇한 행동을 한 이유는 이후에 그가 한 일을 자세히 보면 분명해진다. 그는 리들 씨에게 전갈을 보내 로지를 데리고 달아나려는 맥고완의 계획을 폭로했다. 리들 씨는 체구가 당당하며 안색이 붉고 성미가 급한 사람이었다.

"정말 고맙네." 그가 아이키에게 짤막하게 말했다. "이 게

---

65) 월터 스콧의 서사적 설화시 『마미온』의 주인공으로, 다른 남자와 결혼하려는 연인을 결혼식장에서 납치한다. 보통 로맨틱한 구혼자를 이르는 말로 사용된다.

으른 아일랜드 놈팡이 같으니! 내 방이 로지 방 바로 위야. 저녁 식사 후에 곧장 그리 올라가서 엽총에 총알을 장전하고 기다릴 거야. 그놈이 우리 뒤뜰에 들어오면 결혼식 마차 대신 구급차를 타고 가게 될걸."

로지는 오랜 시간 깊은 잠에 빠진 채 모르페우스[66]의 손아귀에 붙들려 있을 테고, 피에 굶주린 부모는 미리 경고받아 무장한 채 기다리고 있을 테니 아이키는 이번에야말로 자신의 연적이 파멸을 눈앞에 두고 있는 셈이라고 생각했다.

그는 밤새도록 블루라이트 약국에서 근무하면서 비극적인 소식을 기다렸지만 끝내 아무 소식도 없었다.

이튿날 아침 8시에 주간 근무 담당자가 도착하자마자 아이키는 결과를 알아보기 위해 리들 부인 집으로 가려 했다. 그런데 이런! 그가 약국을 한 걸음 나서자마자 지나가던 전차에서 다름 아닌 청크 맥고완이 불쑥 뛰어내려 그의 손을 덥석 움켜잡았다. 청크 맥고완의 얼굴은 승자의 미소가 가득한 채 기쁨으로 상기돼 있었다.

"성공했어." 행복에 겨운 듯 청크가 싱글벙글 웃으며 말했다. "로지는 1초도 늦지 않고 제때 비상 사다리로 내려왔고, 우리는 9시 30분 15초에 간신히 목사님 댁에 도착했어. 로지는 지금 아파트에 있어. 오늘 아침에 푸른색 실내복을 입고 달걀 요리를 만들어 줬어. 아! 내가 얼마나 운 좋은 놈인지! 언제 꼭 우리 집에 들러서 같이 식사 한번 하자, 아이키. 나는 다리

---

66) 그리스 신화에 나오는 꿈의 신.

근처에 직장을 구해서 지금 거기로 가는 길이야."

"그…… 그…… 약은?" 아이키가 더듬거리며 말했다.

"아! 자네가 나한테 준 약!" 청크가 더욱 활짝 웃으며 말했다. "그게, 이렇게 된 거야. 어젯밤 리들 씨네 집 저녁 식탁에 앉아서 로지를 바라보다가 이런 생각이 들었어. '청크, 네가 그녀를 얻고 싶으면 정정당당하게 얻어야 해. 그녀처럼 순수한 사람한테 괜한 속임수를 쓰려고 해선 안 돼.' 그래서 주머니에 자네가 준 약 봉지를 그냥 가지고 있었어. 그런데 그 순간 거기 있던 다른 사람이 눈에 들어온 거야. 속으로 생각했지. 이분이야말로 장래 사윗감에게 마땅히 가져야 할 애정이 없는 분이라고. 그래서 기회를 봐서 리들 씨 커피에 그 가루약을 탔어. 이제 어떻게 된 일인지 알겠지?"

매디슨스퀘어의 아라비안나이트

광장 부근 아파트에 머물러 있던 카슨 차머스에게 집사 필립스가 저녁 우편물을 가져다주었다. 일상적인 편지들 옆에 똑같이 외국 소인이 찍힌 우편물 두 개가 나란히 놓여 있었다.

도착한 꾸러미 두 개 중 하나에는 어떤 여자의 사진이 들어 있었다. 다른 하나에는 장황하게 계속 이어지는 편지가 들어 있었다. 차머스는 그 편지에 빠져 한참 동안 매달려 있었다. 다른 여자가 보낸 그 편지에는 사진 속 여자에 관해 달콤한 꿀을 바른 독가시처럼 날카롭게 비난하는 말들이 담겨 있고 빈정거리는 말들이 새털처럼 수북했다.

이윽고 차머스는 그 편지를 갈기갈기 찢은 다음 값비싼 양탄자 위를 구멍이라도 낼 듯한 기세로 이리저리 성큼성큼 돌아다녔다. 정글의 야수가 우리에 갇히면 이렇게 행동하는 것처럼 이미 결혼이라는 새장에 갇힌 남자가 의혹의 밀림 같은 집에 머물게 돼도 이렇게 행동하는 것이다.

얼마 지나지 않아 안절부절못하던 기분이 가라앉았다. 그 양탄자는 마법 양탄자가 아니었다. 혹시 5미터 정도라면 그가 타고 날아갈 수 있을지 몰라도 5000킬로미터나 가야 한다면 전혀 도와줄 능력이 없을 것이 분명했다.

필립스가 나타났다. 그는 결코 기척을 내면서 들어오는 법이 없었다. 늘 온몸에 기름을 바른 램프의 요정처럼 느닷없이 나타났다.

"저녁 식사는 여기서 드시겠습니까, 아니면 밖에서 드시겠습니까?" 그가 물었다.

"여기서 먹겠네." 차머스가 말했다. "삼십 분 후에." 그는 침울한 표정으로 텅 빈 거리에 울리는 바람의 신의 트롬본 연주 같은 1월의 거센 바람 소리에 귀를 기울였다.

"기다리게." 그가 방에서 나가려던 램프의 요정을 불러 세웠다. "집에 오면서 광장 끝을 가로지르다 보니 수많은 사람들이 줄을 서 있더군. 그리고 어떤 사람이 뭔가를 밟고 올라서서 떠들어 대고 있었어. 그 사람들이 어째서 줄을 서 있는 거지? 또 무슨 이유로 거기 있는 건가?"

"그 사람들은 노숙자입니다." 필립스가 대답했다. "상자에 올라선 남자가 그 사람들이 밤에 잘 수 있는 임시 거처를 마련해 주려고 하는 겁니다. 사람들이 몰려들어 얘기를 듣고 나서 그 남자에게 돈을 줍니다. 그러면 그 돈으로 가능한 한 많은 사람들을 간이 숙소에 보내 주지요. 바로 그 때문에 사람들이 줄을 서 있는 거랍니다. 거기 도착한 순서대로 숙소로 보내 주니까요."

"그렇군. 저녁 식사가 차려질 때까지 그중 한 사람을 여기로 데려오게. 나와 저녁 식사를 할 수 있도록 말일세." 차머스가 말했다.

"도대체 어, 어, 어떤 사람을……." 필립스가 집사 일을 시작하고 처음으로 말을 더듬었다.

"아무나 되는대로 고르게." 차머스가 말했다. "술 취하지 않은 적당히 맑은 정신에 어느 정도 청결하기만 하다면 반대할 이유가 없겠지. 그 정도면 됐네."

카슨 차머스가 칼리프[67] 역할을 하는 것은 흔치 않은 일이었다. 하지만 그날 밤 그의 울적한 기분은 기존의 상투적인 수단들로는 해소할 길이 없을 것 같았다. 자유분방하고 터무니없는 어떤 것, 정신을 몽롱하게 할 만한 아라비아식의 어떤 것으로 기분을 북돋워야 했다.

정확히 삼십 분 후에 필립스는 램프의 노예처럼 임무를 모두 완수했다. 아래층 식당에서 웨이터들이 맛있는 냄새가 나는 저녁 식사를 재빨리 날라 왔다. 두 자리가 마련된 저녁 식탁에서 분홍색 갓을 씌운 촛불이 기분 좋게 빛나고 있었다.

그리고 지금 필립스는 마치 추기경을 안내하거나 도둑을 책임지고 잡고 있기라도 한 것처럼, 잠자리를 구걸하기 위해 줄 서 있는 사람들 중에서 데려온 손님을 날아갈 듯 사뿐하게 모시고 들어왔다. 그 손님은 온몸을 부들부들 떨고 있었다.

---

67) 과거 이슬람교 국가 지배자의 호칭.

보통 그런 사람을 조난자라고 부른다. 그런 비유를 여기에 그대로 적용한다면 지금 이 남자는 특히 화재로 인해 불행해진 낙오자일 것이다. 심지어 아직도 꺼지지 않고 깜박거리는 불이 표류하는 선체를 태워 빛을 내고 있었다. 필립스의 고집에 따라 의식이라도 치르듯 방금 전에 얼굴과 손을 깨끗이 씻었는데도 촛불 빛 속에 서 있는 그의 모습은 마치 그 아파트의 품위 있는 가구에 난 일종의 흠집 같았다. 얼굴은 환자처럼 창백한 데다 아일랜드 사냥개의 털 같은 갈색의 짧고 억센 수염이 거의 눈가에 닿을 정도로 온 얼굴을 뒤덮고 있었다. 필립스의 빗질로도 그의 연갈색 머리카락을 통제하지 못했는데, 길게 엉겨 붙은 데다 늘 쓰고 있는 다 해진 모자에 눌려 머리에 딱 달라붙었기 때문이다. 그의 두 눈은 괴롭히는 사람들 때문에 구석으로 몰린 사나운 들개의 눈에서 보이는 것 같은 절망적이고 교활한 반항의 빛으로 가득 차 있었다. 허름한 외투는 턱 밑까지 단단히 단추가 잠겨 있었지만 이를 상쇄하기라도 하려는 듯 옷깃의 2분의 1센티미터 정도가 그 위로 삐죽 삐져나와 있었다. 차머스가 둥근 저녁 식탁을 사이에 두고 의자에서 일어섰을 때 그 남자의 태도에는 당황하는 기색이 전혀 없었다.

"괜찮으시다면 당신과 함께 저녁 식사를 하는 기쁨을 제게 허락해 주시기 바랍니다." 집주인이 말했다.

"제 이름은 플러머라고 합니다." 큰길에서 불려온 손님이 거칠고 공격적인 어조로 말했다. "당신이 저와 같다면 아마 함께 식사할 상대방의 이름쯤은 알고 싶어 할 것 같아서요."

"지금 막 말씀드리려던 참입니다." 차머스가 다소 허둥대며 말을 이었다. "제 이름은 차머스라고 합니다. 자, 이제 자리에 앉으실까요?"

플러머는 흐트러진 차림새로 무릎을 구부려 필립스가 그 아래로 의자를 밀어 주기를 기다렸다. 그의 태도에서는 전에 다른 사람이 시중드는 식탁에 앉아 본 적이 있는 듯한 구석이 엿보였다. 필립스가 올리브를 곁들인 안초비 요리를 식탁에 차려 놓았다.

"근사하군요!" 플러머가 날카롭게 외쳤다. "코스별로 다 나오겠네요. 좋습니다. 유쾌한 바그다드의 지배자시여! 이쑤시개가 나올 때까지 제가 당신의 셰에라자드가 돼 드리지요. 당신은 제 인생에 된서리가 내린 후로 제가 처음 맞닥뜨린 진정한 동양의 멋을 아는 칼리프십니다. 이렇게 운이 좋을 수가! 저는 대열의 마흔세 번째에 서 있었어요. 몇 번째인지 다 세어 보자마자 당신이 보내신 반가운 사절이 와서 저를 이 연회로 초대했지요. 제가 오늘 밤 침대를 차지할 가능성은 다음번 대통령에 당선될 가능성만큼이나 낮았습니다. 제 슬픈 인생 이야기를 어떤 식으로 들려 드릴까요, 알라시드[68] 님? 요리가 나올 때마다 한 편씩 들려 드릴까요, 아니면 식후에 담배와 커피를 즐기면서 한꺼번에 들려 드릴까요?"

"지금 이 상황이 당신에게는 난생처음 겪는 신기한 일은 아닌 것 같군요." 차머스가 미소 지으며 말했다.

---

68) 『아라비안나이트』의 등장인물이기도 한 5대 칼리프 하룬 알라시드.

"예언자의 턱수염에 걸고 맹세합니다! 아니고말고요." 손님이 대답했다. "바그다드가 벼룩으로 들끓는 것만큼이나 뉴욕도 인색한 하룬 알라시드로 들끓지요. 저는 이미 스무 번이나 제 머리를 겨눈 풍족한 식사라는 권총에 제 이야기를 강탈당했습니다. 누구든 이 뉴욕에서 공짜로 뭔가를 주는 사람이 있나 한번 찾아보세요! 그런 사람들에게 호기심과 자선이라는 두 단어를 구성하는 기본 원칙은 똑같단 말입니다. 그들 대부분은 대가로 10센트짜리 은화와 싸구려 중국요리를 주려고 할 겁니다. 그리고 일부는 무려 최상급 소고기 등심까지 내놓으면서 칼리프 노릇을 할 거예요. 하지만 그들은 한 사람도 빠짐없이 당신 옆에 지키고 서서 자서전은 물론이고 주석과 부록, 심지어 출판되지 않은 미완성 원고까지 모조리 강제로 뜯어내려고 할 겁니다. 아, 이 오래된 작은 바그다드라는 지하철역에서 저를 향해 다가오는 식사 제공자들을 보면 어떻게 해야 할지 저는 잘 알아요. 이마로 아스팔트를 세 번 정도 들이받고 나서 저녁 식사 때 지껄일 이야기를 꾸며 낼 준비를 하는 거죠. 저는 먹을 것 때문에 사람들 앞에서 노래를 불러야 했던 토미 터커[69]의 후손이 분명합니다."

"저는 당신 인생 이야기를 해 달라는 게 아닙니다." 차머스가 말했다. "솔직히 말해 사람을 보내 함께 저녁 식사를 할 낯선 사람을 데려오도록 충동질한 건 종잡을 수 없는 일시적인

---

69) 영국 전래 동요 「꼬마 토미 터커(Little Tommy Tucker)」의 주인공. "꼬마 토미 터커가/ 저녁 식사를 위해 노래하네./ 그에게 무엇을 줄까?/ 버터 바른 하얀 빵."이라는 구절이 있다.

기분 같은 거였습니다. 확실히 말씀드리는데 제 호기심에 시달릴 일은 없을 겁니다."

"아, 그런 말씀 마세요!" 손님이 열정적으로 수프에 달려들며 탄성을 내질렀다. "저는 그런 거엔 눈곱만큼도 신경 쓰지 않아요. 저는 칼리프께서 어디에 가시든 볼 수 있는 보통의 동양 잡지나 마찬가지지요. 이미 펼쳐진 적이 있는 붉은색 표지와 낱장들 같은 사람이에요. 사실 잠자리를 구하려고 줄을 서는 우리 같은 사람들에게는 이런 종류의 일에 관해 조합에서 정해 놓은 일종의 요금 같은 게 있어요. 가던 걸음을 멈추고 우리가 어쩌다가 이렇게 폭삭 망했는지 알고 싶어 하는 사람은 항상 있기 마련이거든요. 보통 샌드위치와 맥주 한 잔을 주는 사람들에게는 술 때문에 그렇게 됐다고 말합니다. 소금에 절인 소고기와 양배추 볶음, 커피 한 잔을 내놓는 사람한테는 무자비한 집주인과 반년에 걸친 입원 생활, 실직에 대한 이야기를 해 주지요. 소고기 등심 스테이크와 숙박비로 쓸 25센트짜리 은화를 주는 사람한테는 갑작스러운 파산과 서서히 닥쳐온 몰락에 얽힌 월가의 비극 한 편을 들려줍니다. 그런데 오늘 같은 진수성찬은 저한테도 처음 있는 일이라 맞춤한 이야기가 없군요. 차머스 씨, 만약 듣고 싶으시다면 진짜 제 이야기를 들려 드리겠습니다. 전부 꾸며 낸 것보다도 믿기 어려운 이야기일 겁니다."

한 시간 후에 이 아라비아 손님은 만족스러운 한숨을 내쉬며 편안하게 몸을 기대고 앉아 있었다. 그러는 동안 필립스가 커피와 시가를 가져다 놓고 식탁을 치웠다.

"혹시 셰라드 플러머라는 이름을 들어 보셨습니까?" 그가 묘한 미소를 지으며 물었다.

"기억이 나는군요." 차머스가 말했다. "아마 화가지요. 몇 년 전쯤 꽤 이름을 날렸고요."

"오 년 전이지요." 손님이 말했다. "그 직후 그 사람은 납덩어리처럼 가라앉아 버렸어요. 제가 바로 그 셰라드 플러머랍니다! 제가 마지막으로 그린 초상화는 2000달러에 팔렸어요. 그 후로는 공짜로 초상화를 그려 준대도 모델을 하겠다는 사람을 찾을 수 없었습니다."

"뭐가 문제였나요?" 차머스는 궁금증을 참을 수 없었다.

"이상한 얘기죠." 플러머가 침울하게 대답했다. "저 자신도 전혀 알 수 없었어요. 한동안은 코르크 마개처럼 둥실둥실 떠다니는 기분이었지요. 상류층 사람들 틈을 비집고 들어가 사방에서 작품을 의뢰받았으니까요. 신문에서는 저를 사교계 공식 화가라고 불렀답니다. 그러더니 이상한 일이 벌어지기 시작했어요. 제가 그림을 완성할 때마다 그것을 보러 온 사람들이 기분 나쁜 듯 서로를 바라보며 속닥거렸어요.

저도 곧 문제가 뭔지 알아차렸죠. 제게 초상화 모델의 얼굴에 숨겨져 있던 원래 성격을 끄집어내는 재주가 있었던 거예요. 그냥 본 대로 그린 것뿐이라 어떻게 그럴 수 있는지는 저도 알 수 없었어요. 하지만 그 재주 때문에 제게 무슨 일이 일어났는지는 잘 압니다. 몇몇 초상화 모델은 겁을 먹고 몹시 화를 내면서 초상화를 인수하는 것조차 거부했습니다. 한번은 아주 아름답고 사교계에서 인기 있는 귀부인의 초상화를 그린 적이 있었어요. 완성된 그림을 보던 남편의 얼굴에 기묘한 표정이 떠오르더니 바로 그다음 주에 이혼 소송을 제기했지요.

제 앞에서 포즈를 취한 유명한 은행가의 경우도 기억이 납니다. 그 사람의 초상화가 제 작업실에 걸려 있을 때 마침 그의 지인이 찾아왔다가 그 그림을 보더니 이러더군요. '아, 저런! 이 친구의 표정이 정말 저렇습니까?' 저는 그에게 그 그림을 최대한 실물에 가깝게 그렸다고 말했습니다. 그랬더니 '전에는 이 친구의 눈에서 저런 표정을 본 적이 없었어요.'라고 말하더군요. 그러고는 '시내에 들러서 은행 계좌를 다른 데로 옮겨야겠군요.'라면서 진짜로 급하게 시내로 갔지만 이미 은행 계좌도 그 은행가도 사라져 버린 후였어요.

사람들이 저를 업계에서 몰아내는 데는 그리 오랜 시간이 걸리지 않았습니다. 사람은 누구나 자신의 부족한 부분이 초상화에 드러나기를 원하지 않는 법입니다. 얼굴에는 미소를 짓거나 찡그리면서 상대를 속일 수 있지만 그림으로는 그럴 수 없으니까요. 그 후로 주문을 한 건도 받을 수 없었고, 저도 체념할 수밖에 없었습니다. 한동안은 신문 삽화가나 석판화가로도 일해 봤지만 그런 곳에서도 똑같은 문제에 휘말렸습니다. 사진을 보고 그려도 사진에서는 보이지 않던 성격이나 표정이 색칠도 하지 않은 제 그림에는 드러났어요. 물론 그런 특징은 본인이 원래 가지고 있는 거였겠지만요. 손님들, 특히 여자분들이 격렬하게 항의하는 통에 한 군데서 길게 일할 수 없었습니다. 그러다 보니 위안을 찾아 지친 제 머리를 오랜 친구인 술의 가슴에 기대 쉬기 시작한 겁니다. 그리고 얼마 안 있어 공짜 잠자리를 얻으려는 대열에 합류하고, 가난한 사람들에게 주는 공짜 음식을 먹으려고 지어낸 이야기나 떠들고 다니게 됐습니다. 아, 이런 있는 그대로의 진실한 이야기는 따분하신가요, 칼리프? 원하신다면 월가의 재앙 이야기로 방향을 틀 수 있습니다. 다만 그런 이야기에는 눈물 한 방울쯤은 필요한 법인데 이렇게 훌륭한 만찬을 들고 억지로 눈물을 짜내기가 쉽지는 않을 것 같네요."

"아니요, 됐습니다." 차머스가 진심을 담아 말했다. "충분히 흥미진진한 이야기로군요. 당신이 그린 초상화는 모조리 불쾌한 특징만 드러냈나요? 아니면 당신의 기묘한 붓이 안긴 시련에 고통받지 않은 사람이 조금이라도 있었나요?"

"조금이라고요? 있었지요." 플러머가 대답했다. "대부분의 아이들과 꽤 많은 여자들, 적지 않은 남자들이 있었지요. 아시다시피 세상에 나쁜 사람만 있는 건 아니니까요. 모델이 되는 사람에게 문제가 없으면 제 그림에도 문제가 없었습니다. 말씀드린 것처럼 왜 그런지는 설명하지 못하지만 사실대로 말씀드린 겁니다."

차머스의 필기용 탁자에는 그날 그가 외국에서 받은 사진이 놓여 있었다. 십 분 후에 플러머는 차머스의 의뢰를 받아 파스텔로 사진 속 여자를 스케치하고 있었다. 한 시간이 지나자 화가가 자리에서 일어나 피곤한 듯 기지개를 켰다.

"다 됐습니다." 그가 하품을 하며 말했다. "너무 오래 걸려 죄송합니다. 흥미로운 작업이었습니다. 어이쿠! 그런데 몹시 피곤하군요. 아시다시피 지난밤에는 잠잘 데를 얻지 못했거든요. 자, 이제는 푹 자러 가 봐야겠습니다, 칼리프시여!"

차머스가 그와 문까지 함께 가서 지폐 몇 장을 그의 손에 슬며시 쥐여 주었다.

"아! 운명에 포함된 거면 뭐든 기꺼이 받아 가겠습니다." 플러머가 말했다. "고맙습니다. 그리고 훌륭한 만찬도 감사드립니다. 오늘 밤에는 깃털 침대에 누워 자면서 바그다드에 관한 꿈을 꿀 겁니다. 아침에 일어나 한바탕 꿈이었다는 걸 알게 되는 일만 없다면 좋으련만. 안녕히 계십시오. 그 누구보다 훌륭하신 칼리프 님!"

차머스는 다시 한 번 초조하게 양탄자 위를 서성거렸다. 하지만 그의 맥박은 그 방이 허용하는 한 파스텔 스케치가 놓인 탁자에서 먼 곳에서 울리고 있었다. 두세 번 그 옆으로 다가가려 했지만 실패했다. 진갈색과 금색, 갈색 같은 색채를 얼핏 볼 수 있었지만 그의 두려움이 만들어 낸 장벽 탓에 가까이 다가갈 수 없었다. 그는 자리에 앉아 마음을 가라앉히려 애썼다. 그러다가 벌떡 일어나 벨을 울려 필립스를 불렀다.

"이 건물에 젊은 화가가 한 사람 살고 있을 걸세." 그가 말했다. "라인만 씨든가 하는 이름이던데. 그 사람 아파트가 어디인지 아나?"

"꼭대기 층, 건물 정면 쪽입니다." 필립스가 말했다.

"올라가서 잠시 뒤에 이리로 와 줄 수 있는지 물어보게."

라인만이 곧바로 내려왔다. 차머스가 자기소개를 한 다음 이렇게 말했다.

"라인만 씨, 저기 보이는 탁자 위에 작은 파스텔 스케치 한 장이 있을 겁니다. 그 그림의 예술적 가치나 초상화로서 어떤지에 대해 당신의 의견을 말씀해 주시면 감사하겠습니다."

젊은 화가가 탁자로 다가가 스케치를 집어 들었다. 차머스는 몸을 반쯤 돌려 외면한 채 의자 등받이에 몸을 기댔다.

"당신…… 생각엔…… 그 그림이…… 어떻습니까?" 그가 천천히 물었다.

"이 데생은 아무리 칭찬해도 부족할 정도군요." 그가 말했다. "이건 거장의 작품입니다. 대담하고 섬세한 데다 진정성이 담겨 있어요. 조금 당황스러울 정도입니다. 지난 몇 년간 이렇게 훌륭한 파스텔화는 엇비슷한 수준으로도 본 적이 없습니다."

"그 얼굴은…… 그러니까 그 모델…… 그러니까 실물에 대해서는 뭐라고 하시겠습니까?"

"이 얼굴은 그야말로 천사의 얼굴입니다." 라인만이 말했다. "누구신지 여쭤 봐도……."

"제 아내입니다." 몸을 홱 돌려 놀란 화가에게 덤벼들듯 달려든 차머스가 그의 손을 움켜잡고 등을 세게 두드리면서 큰 소리로 대답했다. "아내는 지금 유럽 여행 중입니다. 자, 그 스케치를 가져가 당신 일생을 건 역작으로 그려 주시기 바랍니다. 수고비에 대해서는 제게 맡겨 두세요."

바쁜 주식 중개인의 로맨스

주식 중개인 하비 맥스웰이 9시 30분에 젊은 여자 속기사와 함께 사무실로 힘차게 걸어 들어왔을 때 그의 비서 피처의 표정 없는 얼굴에 가벼운 호기심과 놀라움이 서렸다. 맥스웰은 "안녕, 피처."라는 기운찬 말과 함께 뛰어넘을 작정인 양 단숨에 책상으로 돌진해 그를 기다리는 엄청난 편지와 전보 더미로 뛰어들었다.

젊은 여자는 일 년 전부터 맥스웰의 속기사로 일했다. 그녀는 대다수의 속기사들과는 전혀 다른 방식으로 아름다웠다. 그녀는 유혹적으로 빗어 올리는 화려한 앞머리를 하지 않았다. 그녀는 목걸이나 팔찌, 목걸이용 로켓도 착용하지 않았다. 막 오찬 초대를 받아들이려는 듯한 분위기를 띠지도 않았다. 옷은 회색으로 수수했지만 그녀의 몸에 점잖게 딱 맞아떨어졌다. 그녀의 단정한 검은색 터번 모자에는 마코앵무새의 금녹색 날개가 달려 있었다. 오늘 아침 그녀는 은은하고 수줍게 빛났다. 두 눈은 꿈꾸듯 빛났고, 두 뺨은 진짜 복숭앗빛에 추억에 물든 표정은 행복 자체였다.

피처는 계속 가벼운 호기심을 느끼면서 오늘 아침 그녀의 태도가 변한 것을 알아차렸다. 그녀가 자기 책상이 있는 안쪽 방으로 곧장 가는 대신 바깥 사무실에서 머뭇거리며 서성였다. 한번은 맥스웰이 그녀의 존재를 알아차릴 만큼 그의 책상 가까이 다가가기도 했다.

책상 앞에 앉아 있는 그 기계는 더 이상 남자가 아니었다. 그 기계는 바로 윙윙거리는 바퀴와 튀어 오르는 용수철에 의해 분주하게 움직이는 뉴욕의 주식 중개인이었다.

"어, 무슨 일이지? 볼일이라도?" 맥스웰이 날카롭게 물었다. 그의 정신없는 책상 위에는 개봉된 우편물이 극장 무대 위의 눈 더미처럼 쌓여 있었다. 냉담하고 무뚝뚝한 그의 예리한 회색 눈이 반쯤 조바심하며 그녀를 향해 번뜩였다.

"아무것도 아니에요." 속기사가 대답한 후 살며시 미소 지으며 물러갔다.

"피처 씨." 그녀가 비서에게 말을 걸었다. "맥스웰 씨께서 어제 속기사를 새로 뽑는 일에 대해 무슨 말씀을 하셨나요?"

"그러셨습니다." 피처가 대답했다. "새로 속기사를 구하라고 하셨어요. 어제 오후에 소개소에 연락해 오늘 아침에 후보자를 몇 명 보내 달라고 해 뒀습니다. 지금이 9시 45분인데 아직까지는 깃털 달린 챙 넓은 모자 하나, 파인애플 껌 한 조각 눈에 띄지 않네요."

"그럼 저는 평소처럼 일하겠습니다." 젊은 여자가 말했다. "저를 대신할 분이 오실 때까지는요." 그리고 그녀는 곧장 자기 책상으로 가서 금녹색 마코앵무새 날개가 달린 검은색 터번 모자를 익숙한 자리에 걸었다.

한창 업무에 파묻혀 눈코 뜰 새 없는 맨해튼 주식 중개인이라는 구경거리를 볼 기회를 가지지 못한 사람이라면 인류학을 연구할 때 불리한 입장에 놓이게 된다. 시인은 "영광스러운 인생의 붐비는 시간"을 노래한다.[70] 주식 중개인의 시간은 붐비는 것은 물론이고, 일분일초가 차량 가죽 손잡이마다 매달려 있고 역 앞뒤 승강장까지 꽉 메우고 있는 셈이다.

게다가 오늘은 하비 맥스웰이 특히 바쁜 날이었다. 전신 수신기가 증권 시세가 표시된 테이프를 발작적으로 덜커덕거리며 뱉어 감아 놓기 시작했고, 책상 전화기가 끊임없이 공격적으로 울려 댔다. 사람들이 사무실로 모여들기 시작해 난간 너머 그를 향해 유쾌하거나 날카롭거나 심술궂게 혹은 흥분해서 외쳐 댔다. 배달 사환들이 메시지와 전보를 가지고 계속 들락날락했다. 사무실 직원들은 폭풍을 만난 선원들처럼 이리저리 뛰어 돌아다녔다. 심지어 평소 굳어 있는 피처의 얼굴에도 활기라고 할 만한 표정이 떠올랐다.

거래소에는 허리케인과 산사태, 눈보라, 빙하, 화산 같은 온갖 일이 발생했고, 이런 자연재해들이 주식 중개인의 사무실

---

70) 영국 군인이자 시인 토머스 오스버트 모던트의 시 「부름」의 일부로, 월터 스콧이 『묘지기 노인』에서 인용한 후 오랜 세월 스콧의 작품으로 오인받았다.

에서도 규모만 축소된 채 그대로 재현되었다. 맥스웰은 의자를 한껏 벽으로 붙이고 발끝으로 춤을 추는 무용수처럼 업무를 처리했다. 전신 수신기에서 전화기로, 책상에서 문으로 숙달된 어릿광대처럼 민첩하게 뛰어다녔다.

이렇게 스트레스의 영향력이 점차 커져 가던 어느 순간 주식 중개인은 불현듯 앞머리를 높게 말아 올리고 그 위로 타조 깃털과 벨벳으로 만든 덮개를 나부끼는 금발 머리와 인조 물개 가죽 드레스, 은색 하트가 달린 끝이 거의 바닥에 닿을 듯한, 히커리[71] 열매만큼 커다란 구슬로 엮은 목걸이를 알아차렸다. 이런 장신구를 걸친 침착한 젊은 여자 한 사람이 서 있고 그 옆에서 피처가 그녀를 소개하려 했다.

"속기사 소개소에서 추천한 분입니다." 피처가 말했다.

맥스웰이 두 손에 종이와 주식 시세 테이프를 잔뜩 들고 반쯤 돌아앉았다.

"어디에 추천을 해?" 그가 얼굴을 찡그리며 물었다.

"속기사 자리 말입니다." 피처가 말했다. "어제 저한테 소개소에 연락해 오늘 아침에 한 사람 보내게 하라고 말씀하셨는데요."

"제정신이 아닌 게로군, 피처." 맥스웰이 말했다. "내가 왜 자네한테 그런 지시를 내렸겠나? 레슬리 양이 지난 일 년간 근무하면서 충분히 만족스럽게 해내고 있는데. 본인이 원하는 한 그 자리는 계속 레슬리 양 차지야. 죄송합니다만 저희

---

71) 북미가 원산지인 호두나뭇과의 나무.

사무소에는 빈자리가 없습니다. 소개소에 연락해 그 의뢰는 취소하게, 피처. 더는 여기로 사람들 불러들이지 말고."

분노한 여자가 사무소를 떠날 때 은색 하트가 기세 좋게 흔들리며 사무실 가구마다 부딪쳤다. 피처는 기회를 틈타 회계 직원에게 '영감'이 하루하루 건망증이 심해져서 자꾸 깜박깜박하는 것 같다고 말했다.

업무가 밀려드는 속도가 점점 맹렬하게 빨라졌다. 거래소 객장에서는 사람들이 맥스웰의 고객들이 큰돈을 투자한 여섯 종목의 주식을 맹렬하게 공격하고 있었다. 매수와 매도 주문이 날아다니는 제비 떼만큼 빠르게 오갔다. 맥스웰 본인이 소유한 주식도 일부 위험에 처했고, 그는 최고 출력으로 돌아가는 섬세하고 강력한 기계처럼 일했다. 최대 장력으로 팽팽하게 긴장한 채 적절한 지시와 결단으로 최대한 빠르고 정확하게 망설임 없이 밀고 나가면서 시계태엽 장치처럼 즉각적이고 신속하게 행동에 옮겼다. 주식과 채권, 대출과 저당, 증거금과 담보물이 있는 곳, 이곳이 바로 금융의 세계였고, 인간의 세계나 자연의 세계는 끼어들 여지가 없었다.

점심시간이 가까워지면서 소란이 잠시 잠잠해졌다.

맥스웰은 두 손 가득 전보와 메모를 들고 오른쪽 귀에는 만년필을 꽂고 이마 위로는 어수선하게 머리카락을 늘어뜨린 채 책상 옆에 서 있었다. 그 옆 창문이 열려 있었는데, 사랑스러운 관리인인 봄의 여신이 잠에서 깨어난 대지의 통풍 조절 장치를 통해 약간의 온기를 불어넣었기 때문이다.

그리고 떠돌아다니던, 어쩌면 길을 잃고 헤매던 향기, 섬세하고 달콤한 라일락 향기가 그 창문으로 들어와 잠시 동안 그를 꼼짝 못 하게 사로잡았다. 그 향기는 레슬리 양의 것이었기 때문이다. 그녀 본인의, 오로지 그녀만의 향기였다.

그 향기가 그로 하여금 그녀를 눈앞에서 직접 만질 수 있을 것처럼 생생하게 떠올리게 했다. 갑자기 금융의 세계가 줄어들어 작은 얼룩이 돼 버렸다. 게다가 그녀는 바로 옆방에, 고작 스무 걸음 떨어진 곳에 있었다.

"정말이야, 지금 당장 해야겠어." 맥스웰이 나직하게 외쳤다. "당장 물어봐야겠어. 왜 진작 그러지 않았을까?"

그가 공을 잡으려 애쓰는 유격수처럼 서두르면서 안쪽 사무실로 단숨에 달려가 속기사의 책상으로 돌진했다.

그녀가 미소를 머금고 그를 올려다보았다. 그녀의 뺨에 연한 분홍빛이 슬며시 퍼졌고, 두 눈은 상냥하고 솔직했다. 맥스웰이 한쪽 팔꿈치를 그녀의 책상에 기댔다. 여전히 두 손에는 펄럭이는 종이 다발을 움켜쥐고 귀에는 펜을 꽂고 있었다.

"레슬리 양." 그가 다급하게 말했다. "내가 잠깐밖에는 짬이 없어요. 그 잠깐 동안 하고 싶은 얘기가 있어요. 내 아내가 돼 주겠어요? 내게는 당신과 평범하게 연애할 시간은 없었지만 당신을 정말 사랑해요. 제발 빨리 대답해 줘요. 녀석들이 유니언 퍼시픽[72]을 흠씬 두드려 대고 있거든요."

"어머나, 무슨 말을 하는 거예요?" 젊은 여자가 외쳤다. 그녀가 일어나 둥근 눈으로 그를 뚫어져라 쳐다보았다.

---

72) 유니언 퍼시픽 철도. 1862년 설립된 미국의 철도 회사.

"이해가 안 돼요?" 맥스웰이 애태우며 말했다. "당신이 나랑 결혼해 주면 좋겠다니까요. 당신을 사랑해요, 레슬리 양. 당신에게 이 말을 하고 싶어서 일이 조금 느슨해지자마자 짬을 냈어요. 또 날 찾느라 전화통이 울려 대네요. 잠깐만 기다리라고 해 줘, 피처. 어때요, 레슬리 양?"

속기사는 아주 기이하게 행동했다. 처음에 그녀는 너무 놀라 옴짝달싹 못 하는 것 같았다. 그러다 곧 의아해하던 눈으로 눈물을 흘리고는 밝게 미소 지으며 한쪽 팔로 주식 중개인의 목 주위를 부드럽게 감싸 안았다.

"이제 알겠네요." 그녀가 다정하게 말했다. "일로 머리가 꽉 차서 잠시 동안 다른 일은 모두 잊어버렸군요. 처음에는 너무 놀라서 무서울 정도였어요. 기억 안 나요, 하비? 우리 어제 저녁 8시에 '모퉁이 옆 작은 교회'[73]에서 결혼했잖아요."

---

73) 미국 맨해튼 소재 영국 성공회 소속의 현성용(顯聖容) 교회.

물레방아가 있는 예배당

레이크랜즈는 유행을 따르는 최신 여름 휴양지 안내 책자
에는 실려 있지 않다. 이곳은 클린치 강[74]의 작은 지류를 따라
뻗어 나간 컴벌랜드 산맥[75]의 야트막한 벼랑 위에 자리 잡고
있다. 엄밀히 따지면 레이크랜즈는 쓸쓸한 협궤 철로 변을 따
라 스물네 가구가량이 모여 자리 잡고 있는 평온한 마을을 말
한다. 이곳은 소나무 숲에서 길을 잃은 철로가 두렵고 외로워
서 레이크랜즈로 뛰어든 것인지, 아니면 길을 잃은 레이크랜
즈가 집으로 데려다줄 열차를 기다리며 철로 주변에 옹기종
기 모여 있는 것인지 사람들에게 궁금증을 불러일으키는 마
을이다.

---

74) 미국 버지니아 주와 테네시 주를 지나가는 강.
75) 미국 켄터키 주와 테네시 주에 걸쳐 있는 산맥.

어째서 레이크랜즈라는 이름이 붙었는지에 대해서도 궁금해진다. 주변에 호수가 있는 것도 아니고 근처 토지는 딱히 거론할 가치도 없을 만큼 척박하니 말이다.

마을에서 800미터쯤 떨어진 곳에 '독수리 집'이라는 크고 널찍한 오래된 저택이 있다. 조사이어 랭킨이 적은 비용으로 산 공기를 쐬고 싶어 하는 방문객들에게 숙박 시설로 제공하는 곳이다. 독수리 집은 딱 유쾌할 만큼만 엉성하게 관리되고 있다. 이곳에는 현대적인 개량 설비 대신 고풍스러운 물건이 가득하고, 모든 것이 마치 자기 집처럼 편안하게 방치되고 기분 좋게 흐트러져 있다. 그러면서도 깨끗한 방과 맛 좋고 풍성한 식사가 늘 마련되어 있다. 이제 나머지는 손님 자신과 소나무 숲의 몫이다. 자연이 약수와 포도 덩굴 그네, 크로케[76]용 잔디밭을 제공해 준다. 심지어 크로케용 기둥 문조차 나무로 되어 있다. 감사해야 할 예술이라고는 일주일에 두 번 벌어지는 통나무 별채의 댄스파티에서 연주되는 바이올린과 기타 소리뿐이었다.

독수리 집의 단골손님들은 그저 즐기기 위해서만이 아니라 꼭 필요해서 휴양을 하러 오는 사람들이다. 그들은 몹시 바쁜 사람들로, 비유하자면 일 년 내내 톱니바퀴가 제대로 돌아가게 하려면 두 주에 한 번씩 태엽을 감아 줘야 하는 시계 같은 사람들이다. 그들 가운데는 아랫마을에서 온 학생들이나 이

---

76) 지면에 기둥 문 아홉 개를 세우고 나무로 만든 공을 나무망치로 때려 두 기둥 사이로 통과시켜 되돌아오는 속도를 겨루는 경기. 오늘날의 게이트볼과 비슷하다.

따금 찾아오는 화가, 구릉 지대의 고대 단층을 연구하는 데 빠진 지질학자도 찾아볼 수 있다. 몇몇 조용한 가족이 그곳에서 여름마다 시간을 보내고 레이크랜즈에서 '여선생'으로 통하는 부지런한 여성 자선 단체 회원 한두 명이 종종 지친 몸으로 찾아온다.

독수리 집에서 400미터 정도 떨어진 곳에 독수리 집 측이 안내 책자를 발행한다면 손님들에게 '흥미로운 볼거리'로 소개될 만한 곳이 하나 있었다. 이것은 더 이상은 방앗간으로 사용되지 않는 무척 오래된 방앗간이었다. 조사이어 랭킨의 말을 빌리면 그것은 "미국에서 상사식 물레방아[77]가 있는 유일한 예배당이자 전 세계에서 벤치형 신자석과 파이프 오르간이 있는 유일한 방앗간"이었다. 독수리 집 손님들은 안식일마다 이 오래된 방앗간 예배당에 가서 깨끗이 죄사함받은 기독교도란 시련과 고난이라는 맷돌에 갈리고 체에 걸러져 쓸모 있어진 밀가루 같은 존재라는 목사의 설교를 들었다.

해마다 가을이 시작될 무렵이면 독수리 집에 에이브럼 스트롱이라는 사람이 찾아와 모두에게 존경받고 사랑받는 손님으로 잠시 머물곤 했다. 레이크랜즈에서 그는 '에이브럼 신부님'이라고 불렸다. 머리가 새하얗고 얼굴은 혈색 좋고 무척 강인하면서도 친절해 보이고 웃음소리는 매우 명랑한 데다 검은색 옷을 입고 챙 넓은 모자를 쓴 그의 모습이 꼭 성직자처럼

---

77) 일종의 수직 물레방아로, 물이 위쪽에서 물레방아의 바퀴 판에 지속적으로 떨어지면서 동력을 얻는 구조이다.

보였기 때문이다. 심지어 새로 온 손님들도 사나흘 정도만 친분을 쌓으면 그를 이 친근한 호칭으로 불렀다.[78]

에이브럼 신부는 먼 곳에서 레이크랜즈로 찾아왔다. 그는 북서부의 시끌벅적한 대도시에 살면서 그곳에 있는 제분 공장 몇 개를 소유했다. 신자용 좌석과 오르간이 있는 조그만 방앗간이 아니라 개미가 개밋둑 주위를 맴도는 것처럼 화물 열차들이 온종일 주위를 기어 다니는 산처럼 거대하고 보기 흉한 제분 공장이었다. 그럼 이제부터는 에이브럼 신부와 예배당이 된 방앗간에 관한 이야기를 듣게 될 것이다. 두 이야기가 결국 하나로 엮이기 때문이다.

예배당이 아직 방앗간이던 시절에 스트롱 씨는 바로 그 방앗간 주인이었다. 세상 어디에도 그보다 쾌활하고 밀가루투성이에 분주하고 행복한 방앗간 주인은 없었다. 그는 길 하나를 사이에 두고 방앗간 건너편에 있는 조그만 오두막집에서 살았다. 그는 일손이 느린 편이었지만 방앗삯은 싸서 산사람들이 몇 킬로미터나 되는 멀고 험한 산길을 지치도록 달려 그의 방앗간으로 곡식을 싣고 왔다.

방앗간 주인의 삶에서 가장 큰 기쁨은 그의 어린 딸 아글라이아였다. 그 이름은 이제 막 걸음마를 배우기 시작한 금빛 머리카락을 가진 아이에게는 너무 거창했지만[79] 산사람들은 울림이 좋고 위풍당당한 이름을 좋아하기 마련이다. 아이 어머

---

78) 영어 'father'에는 가톨릭 '신부'라는 의미와 '아버지'라는 의미가 있다.
79) 아글라이아는 그리스 신화에 나오는 미의 세 여신 중 하나인 빛의 여신의 이름이다.

니가 책을 읽으면서 우연히 발견해 나중에 아이에게 이 이름을 붙였던 것이다. 그런데 아글라이아 자신은 아기 때부터 평상시만은 그 이름을 대놓고 거부하며 스스로를 '덤스'라고 부르기를 고집했다. 방앗간 주인과 그의 아내는 여러 차례 아글라이아를 달래서 그 이상한 이름의 출처를 알아내려 애썼지만 허사였다. 결국 두 사람은 한 가지 가설을 세우기에 이르렀다. 오두막집 뒤편 조그만 정원에 로도덴드론[80] 꽃밭이 있었는데 아이는 유난할 정도로 이 꽃밭을 좋아하고 흥미로워했다. 그래서 부부는 딸아이가 어쩌면 '덤스'라는 이름에서 자신이 제일 좋아하는 꽃의 어려운 이름과 어딘지 비슷한 점을 발견했을지 모르겠다고 생각하기에 이르렀다.

아글라이아가 네 살일 무렵 딸과 아버지는 매일 오후에 방앗간에서 작은 의식을 치르곤 했는데, 날씨가 허락하는 한 결코 거른 적이 없었다. 저녁 식사가 준비되면 어머니는 딸아이의 머리를 빗기고 깨끗한 앞치마를 입힌 다음 길 건너 방앗간으로 보내 아버지를 집으로 모셔오게 했다. 방앗간 주인은 딸이 방앗간 문으로 다가오는 모습을 보면 온통 하얗게 밀가루를 뒤집어쓴 채 문 앞으로 나와 손을 흔들며 그 지방에서 옛날부터 전해져 잘 알려진 방앗간 일꾼의 노래를 불렀다. 그 노래는 대강 다음과 같았다.

물레방아가 빙글 돌아가고

---

80) 진달랫과의 식물로, 만병초라고도 불린다.

곡식이 잘게 빻아지니

가루투성이 방앗간 일꾼은 즐겁다네.

온종일 노래를 부르며

꼬마 귀염둥이를 생각하면

일도 즐거운 놀이 같다네.

곧이어 아글라이아가 웃음을 터뜨리며 달려와 이렇게 외치곤 했다.

"아빠, 덤스를 집에 데려다줘요." 그러면 방앗간 주인은 딸아이를 빙글 돌려 한쪽 어깨에 태운 다음 방앗간 일꾼의 노래를 부르면서 저녁 식사를 하러 집으로 위풍당당하게 걸어갔다. 매일 저녁 이런 장면이 펼쳐지곤 했다.

그러던 어느 날 네 번째 생일이 지나고 고작 일주일 후에 아글라이아가 사라져 버렸다. 마지막으로 목격되었을 때 아이는 오두막집 앞 길가에서 들꽃을 따고 있었다. 잠시 후 어머니가 아이가 너무 멀리 가서 길을 잃지는 않았는지 확인하러 나가 보니 아이는 이미 사라지고 없었다.

물론 아이를 찾기 위해 온갖 노력을 기울였다. 이웃 사람들도 모여들어 숲이며 산속을 사방 몇 킬로미터씩 샅샅이 뒤졌다. 물레방아용 도랑 바닥이며 둑 아래 먼 곳까지 계곡 바닥을 구석구석 모조리 훑었다. 하지만 아이의 흔적을 전혀 찾을 수 없었다. 그 일이 있기 하루 이틀 전에 집 근처 숲에서 떠돌이 가족이 야영을 했다. 사람들은 그들이 아이를 훔쳐 갔을지 모른다고 추측했다. 하지만 막상 그들의 마차를 따라잡아 수색

해 보아도 아이는 발견되지 않았다.

그 후로도 방앗간 주인은 이 년 가까이 그 방앗간을 지켰다. 이윽고 딸아이를 찾을 수 있으리라는 모든 희망이 사라져 버렸다. 부부는 북서부 지방으로 이사했다. 몇 년 지나지 않아 그는 북서부의 제분업 거점 도시 한 곳에서 현대적 제분 공장을 소유하게 되었다. 스트롱 부인은 아글라이아를 잃어버린 충격에서 끝내 헤어나지 못했고, 결국 스트롱 씨는 물레방앗간을 떠난 지 이 년 만에 홀로 남겨진 채 슬픔을 견뎌야 하는 처지가 되었다.

에이브럼 스트롱은 사업이 번창하자 레이크랜즈와 오래된 물레방앗간을 찾아갔다. 그곳 풍경이 그를 슬픔에 빠지게 했지만 그는 강인한 사람이었기에 언제나 쾌활하고 친절하게 행동했다. 그가 그 오래된 물레방앗간을 예배당으로 개조할 생각을 떠올린 것이 바로 그 무렵이었다. 레이크랜즈 사람들은 너무 가난해서 예배당 하나 지을 수 없었고 훨씬 가난한 산사람들도 그들을 도와줄 여력이 없었다. 그래서 인근 30킬로미터 이내에 예배를 드릴 장소가 하나도 없었다.

방앗간 주인은 되도록 물레방앗간의 외관은 바꾸지 않았다. 커다란 상사식 물레바퀴도 있던 자리에 그대로 두었다. 예배당을 찾는 젊은 사람들은 물레바퀴의 서서히 썩어 가는 무른 나무에 자신들의 이름 머리글자를 새기곤 했다. 둑 일부가 허물어져 산골짜기의 맑은 물이 바위투성이 계곡 바닥을 찰랑거리며 막힘없이 흘러갔다. 반면 물레방앗간 내부는 크게 바뀌었다. 굴대와 맷돌, 벨트, 도르래 등은 물론 모두 치워 버렸다. 통로를 사이에 두고 벤치를 두 줄로 놓았으며 안쪽 끝에는 한 단쯤 높인 설교단과 강대상을 설치했다. 2층 삼면에는 좌석이 놓인 회랑을 만들고 내부 계단으로 올라갈 수 있게 했다. 그리고 2층 회랑에는 오르간, 그것도 진짜 파이프 오르간을 놓았는데, 이것은 이 오래된 물레방앗간 예배당에 모이는 신도들의 자랑거리였다. 오르간 연주자는 피비 서머스 양이었다. 레이크랜즈의 소년들은 주일 예배 때마다 번갈아 가며 그녀를 위해 오르간에 펌프로 공기를 넣어 주는 일을 자랑스럽게 맡았다. 설교자는 밴브리지 목사였는데, 매주 예배 시간마다 빠짐없이 다람쥐 계곡에서 늙은 백마를 타고 내려왔다. 그리고 이 모든 비용을 에이브럼 스트롱이 댔다. 그는 목사에게 일 년에 500달러, 피비 양에게는 200달러를 지급했다.

이렇게 해서 오래된 물레방앗간이 아글라이아를 추모하기 위해 그녀가 살았던 마을 사람들을 위한 축복의 장소로 바뀌었다. 아이의 짧은 생애가 대다수 사람들의 칠십 평생보다 훨씬 바람직한 결실을 맺었던 것이다. 그런데 에이브럼 스트롱은 딸아이를 추모하기 위한 기념사업을 하나 더 시작했다.

북서부에 있는 그의 제분 공장들에서 '아글라이아'라는 상표의 밀가루를 출시했는데, 더할 나위 없이 단단하고 질 좋은 밀로만 만들었다. 사람들은 곧 아글라이아 밀가루가 두 가지 가격으로 팔린다는 것을 알아차렸다. 하나는 시장 최고가이고 다른 하나는 무료였다.

사람들을 곤궁한 처지에 빠뜨리는 화재나 홍수, 토네이도, 파업, 기근 같은 재난이 발생한 곳이면 어디로든 '무료' 아글라이아 밀가루가 아낌없이 신속하게 운반되었다. 이 밀가루는 조심스럽고 신중하게 배분되면서도 넉넉하게 지급되었고 굶주린 사람들은 그 대가로 한 푼도 지불할 필요가 없었다. 도시 빈민가에 끔찍한 대형 화재가 발생할 때면 제일 먼저 현장에 도착하는 것은 소방서장의 마차이고 그다음이 아글라이아 밀가루를 실은 짐마차이고 그다음에야 비로소 소방차가 도착한다는 말까지 나돌았다.

이렇듯 이것은 아글라이아를 위한 에이브럼 스트롱의 또 다른 기념사업이었다. 어쩌면 시인은 이것이 아름다움을 찬양하기 위한 이야깃거리로는 지나치게 실리적이라고 여길지 모르겠다. 하지만 어떤 사람들은 사랑과 자선이라는 임무를 띠고 날듯이 운반되어 가는 이 순수하고 하얗고 신선한 밀가루가 잃어버린 아이의 영혼에 비유되면서 아이에 대한 기억을 더욱 돋보이게 해 줄 수 있다는 발상이 다정하면서 섬세하다고 여길 수도 있을 것이다.

어느 해에 컴벌랜드 지방에 힘겨운 시기가 닥쳤다. 어느 곳에서나 곡물 수확량이 적었고, 그 밖의 현지 농산물은 아예 수확할 것이 없을 정도였다. 산에도 큰 물난리가 나서 엄청난 재산 손실을 입었다. 심지어 숲 속 사냥감마저 부쩍 귀해져 사냥꾼들이 식구들 먹여 살리기도 어려울 지경이었다. 특히 레이크랜즈 일대에서 고통이 극심했다.

에이브럼 스트롱은 이 소식을 듣자마자 신속하게 전갈을 보냈고, 작은 협궤 열차들이 그곳에 아글라이아 밀가루를 내려놓기 시작했다. 이 방앗간 주인의 지시로 오래된 방앗간 예배당 회랑에 밀가루를 쌓아 두었다가 예배당에 오는 사람은 누구라도 한 포대씩 집으로 가져갈 수 있게 했다.

그로부터 이 주 후 에이브럼 스트롱이 해마다 그랬듯 독수리 집을 찾아와 다시 한 번 '에이브럼 신부'가 되었다.

그해 여름 독수리 집에는 평소보다 손님이 적었다. 그 손님들 가운데 로즈 체스터가 있었다. 체스터 양은 애틀랜타에서 왔는데 그곳의 어느 백화점에서 일했다. 이번이 그녀 평생에 첫 휴가 여행이었다. 백화점 지배인의 부인이 언젠가 독수리 집에서 여름을 보낸 적이 있었다. 평소 로즈를 아끼던 부인이 그녀에게 석 주간의 휴가 동안 그곳에 가 보라고 권했다. 지배인의 부인은 그녀에게 랭킨 부인 앞으로 보내는 소개 편지까지 써서 주었고, 랭킨 부인이 기꺼이 그녀를 맞아 책임지고 돌봐 주었다.

체스터 양은 그리 튼튼한 편이 아니었다. 그녀는 갓 스물이었지만 실내에서 주로 생활하는 탓에 창백하고 연약했다. 하지만 레이크랜즈에 머문 지 일주일 만에 놀랍도록 밝고 활기찬 모습으로 변했다. 때는 바야흐로 컴벌랜드 지방의 아름다움이 절정에 달하는 9월 초순이었다. 산의 나무들은 점점 눈부시게 단풍이 들어 갔고, 공기를 들이쉬면 마치 샴페인을 마시는 것 같았으며, 밤에는 독수리 집의 포근한 담요 밑에 폭 파묻혀 있고 싶을 만큼 기분 좋게 시원했다.

에이브럼 신부와 체스터 양은 아주 친한 친구가 되었다. 늙은 방앗간 주인은 랭킨 부인으로부터 체스터 양의 사연을 듣자 곧 세상을 혼자 힘으로 헤쳐 나가는 이 가냘프고 외로운 아가씨에게 관심을 가지게 되었다.

체스터 양은 산간 지방에 처음 온 터였다. 여러 해 동안 따뜻한 평야 지대인 애틀랜타에서 살아온 그녀는 컴벌랜드 지방의 장엄하고 다채로운 모습에서 큰 기쁨을 느꼈다. 그녀는 그곳에 머무는 매 순간을 실컷 즐기겠다고 굳게 다짐했다. 그녀는 얼마 안 되는 저금으로 휴가 예산을 아주 면밀하게 세워 두었기 때문에 직장으로 돌아갈 때 몇 푼 안 되는 돈이 얼마나 남아 있을지도 모두 알았다. 동전 한 닢까지 말이다.

체스터 양은 에이브럼 신부라는 친구이자 동행을 얻었다는 점에서는 운이 좋았다. 그는 레이크랜즈 근처의 산길과 산봉우리, 산비탈을 모조리 알았다. 그를 통해 그녀는 어둑어둑하고 경사진 소나무 숲길의 장엄한 아름다움과 풀 한 포기 나지 않은 험한 바위산의 위엄, 수정처럼 맑고 상쾌한 아침, 알 수 없는 슬픔에 휩싸인 꿈결 같은 황금빛 오후를 잘 알게 되었다. 그러면서 그녀의 건강이 날로 좋아지고 기분도 차츰 밝아졌다. 그녀의 웃음은 여성스러우면서도 에이브럼 신부의 그 유명한 웃음만큼이나 다정하고 쾌활했다. 두 사람 모두 타고난 낙관주의자였고 온화하고 밝은 얼굴로 세상 사람들을 대하는 방법을 알았다.

어느 날 체스터 양이 다른 손님에게 에이브럼 신부의 잃어버린 딸 이야기를 듣게 되었다. 그녀는 곧장 뛰쳐나가 약수터 근처 제일 좋아하는 통나무 벤치에 앉아 있는 그를 찾아냈다. 그는 자신의 어린 친구가 그의 손에 자기 손을 살며시 밀어 넣고 눈에 눈물을 글썽이며 바라보자 깜짝 놀랐다.

"아, 에이브럼 신부님." 그녀가 말했다. "정말 슬픈 일이에요! 오늘에야 신부님의 어린 따님 이야기를 알게 됐어요. 언젠가 꼭 따님을 찾으실 거예요. 아, 정말 그러시길 빌어요."

방앗간 주인이 그 말에 바로 힘차게 미소 지으며 그녀를 내려다보았다.

"고마워요, 로즈 양." 그가 평소처럼 쾌활한 어조로 말했다. "그렇지만 아글라이아를 찾으리라는 기대는 하지 않아요. 처음 얼마 동안은 나도 그 아이가 부랑자에게 납치라도 당해서 어딘가에 여전히 살아만 있기를 바랐어요. 하지만 이제 그런 기대는 버렸어요. 딸아이는 물에 빠져 죽은 게 틀림없다고 생각해요."

"그런 의문들 때문에 얼마나 견디기 힘드셨을지 알 것 같아요." 체스터 양이 말했다. "그런데도 그렇게 유쾌하게 흔쾌한 마음으로 다른 사람들의 걱정거리를 덜어 주려 하시다니. 신부님은 정말 훌륭한 분이세요!"

"로즈 양이야말로 정말 훌륭한 아가씨군요!" 방앗간 주인이 그녀를 흉내 내며 미소 지었다. "아가씨보다 남들 생각을 해 주는 사람이 어디 있겠어요?"

체스터 양은 문득 즉흥적인 기분에 사로잡힌 것 같았다.

"아, 에이브럼 신부님." 그녀가 소리쳤다. "제가 신부님 따님으로 밝혀진다면 정말 멋지지 않을까요? 낭만적이지 않나요? 제가 딸이면 좋겠다고 생각하지 않으세요?"

"정말 그랬으면 좋겠어요." 방앗간 주인이 진심으로 말했다. "아글라이아가 살아 있다면 그 애가 꼭 아가씨 같은 젊은 여성으로 자라 준다면 더 바랄 게 없을 거예요. 어쩌면 아가씨가 아글라이아인지도 모르지요." 그도 그녀의 장난스러운 분위기에 동참하면서 말을 이었다. "우리가 방앗간에 살던 때가 기억나지는 않아요?"

체스터 양은 즉시 진지한 생각에 빠져들었다. 그녀가 아련한 빛을 띤 커다란 눈으로 멀리 떨어진 무언가를 가만히 응시했다. 에이브럼 신부는 그녀가 이렇게 금방 다시 진지해지는 것이 재미있었다. 그녀는 다시 입을 열기까지 꽤 오랜 시간을 이렇게 앉아 있었다.

"아니요." 그녀가 긴 한숨을 내쉬며 마침내 이야기했다. "물레방앗간에 대해서는 아무 기억도 없어요. 신부님의 그 재미있는 작은 예배당을 보기 전에는 물레방앗간을 본 적도 없는 것 같아요. 만약 제가 신부님의 어린 따님이라면 그걸 기억하고 있을 거예요, 그렇지 않아요? 정말 안타까워요, 에이브럼 신부님."

"나도 그런걸요." 에이브럼 신부가 그녀를 달래며 말했다. "하지만 로즈 양, 내 딸이라는 기억은 없다 해도 다른 누군가의 딸이라는 건 분명히 생각해 낼 수 있겠지요. 당연히 부모님을 기억할 테니까요."

"아, 그럼요. 아주 똑똑히 기억하지요. 특히 아버지를요. 신부님하고는 조금도 닮지 않은 분이셨어요, 에이브럼 신부님. 아, 전 그저 제가 따님이라면 어떨까 상상해 본 것뿐이에요. 자, 이제 충분히 쉬셨어요. 오늘 오후에는 송어가 헤엄치는 걸 볼 수 있는 연못에 데려가 준다고 약속하셨잖아요. 전 송어를 본 적이 없단 말이에요."

어느 날 오후 늦게 에이브럼 신부는 혼자서 오래된 물레방앗간을 찾아갔다. 그는 종종 그곳에 가 앉아 있으면서 길 건너편 오두막집에 살던 시절을 떠올리곤 했다: 칼날같이 날카롭던 깊은 슬픔도 세월에 닳아 무뎌지더니 더 이상은 그 시절의 기억이 그리 고통스럽지 않게 되었다. 하지만 에이브럼 스트롱이 울적한 9월 오후에 덤스가 날마다 노란 곱슬머리를 휘날리며 뛰어들곤 한 자리에 앉아 있을 때면 레이크랜즈 사람들이 언제나 그의 얼굴에서 보던 미소는 사라지고 없었다.

방앗간 주인은 구불구불하고 가파른 길을 느릿느릿 걸어 올라갔다. 길가 바로 옆에 나무들이 빽빽하게 늘어서 있어 그는 모자를 손에 든 채 나무 그늘 아래를 걸었다. 그의 오른쪽에서 다람쥐들이 장난을 치며 낡은 울타리 가로대 위에서 뛰놀았다. 메추라기들이 밀밭 그루터기에서 새끼들을 불러 댔다. 낮게 걸린 태양이 서쪽으로 트여 있는 산골짜기를 온통 희미한 황금빛 물결로 채웠다. 9월 초순이었다! 해마다 돌아오는, 아글라이아가 사라진 그날이 채 며칠도 남지 않았다.

반쯤은 산담쟁이덩굴로 뒤덮인 오래된 상사식 물레바퀴는 나무들 사이로 스며드는 따사로운 햇살을 받아 드문드문 얼룩져 있었다. 길 건너편 오두막집은 여전히 제자리에 서 있었지만 다가오는 겨울에 사나운 산바람을 맞으면 틀림없이 무너져 내릴 것 같았다. 집이 나팔꽃과 조롱박덩굴로 온통 휘감기고 문짝은 경첩 하나에 간신히 매달려 있었다.

에이브럼 신부는 방앗간 문을 밀어 열고 조용히 안으로 들어갔다. 그러더니 깜짝 놀라 가만히 서 있었다. 안에서 누군가가 슬픔을 가누지 못하고 흐느껴 우는 소리가 들렸기 때문이다. 그는 주위를 살펴보다 두 손에 펼쳐 든 편지 위로 고개를 숙인 채 어두운 신도석에 앉아 있는 체스터 양을 발견했다.

에이브럼 신부가 그녀에게 다가가 힘센 두 손으로 그녀의 손을 꽉 잡았다. 그녀가 고개를 들어 바라보면서 그의 이름을 속삭이듯 부르더니 무언가 말을 이으려 했다.

"아직 그러지 마요, 로즈 양." 방앗간 주인이 다정하게 말했다. "아직 말하려고 애쓰지 마요. 마음이 울적할 때는 잠시라도 잠자코 제대로 우는 것만큼 좋은 게 없어요."

늙은 방앗간 주인은 스스로 너무 많은 슬픔을 겪은 터라 남들에게서 슬픔을 몰아내는 데 마치 마법사 같은 능력을 발휘하는 것처럼 보였다. 체스터 양의 흐느낌이 차츰 가라앉았다. 곧 그녀가 가장자리에 아무 장식도 없는 작은 손수건을 꺼내더니 에이브럼 신부의 커다란 손에 떨어진 두어 방울의 눈물을 닦아 냈다. 그러더니 고개를 들어 바라보면서 여전히 눈물이 글썽거리는 눈으로 미소를 지었다. 에이브럼 신부가 큰 슬픔 가운데서도 미소 지을 수 있는 것과 꼭 같이 체스터 양도 언제나 눈물이 마르기도 전에 미소 지을 수 있었다. 그런 면에서 두 사람은 꼭 닮았다.

방앗간 주인은 그녀에게 아무것도 묻지 않았지만 곧 체스터 양이 먼저 그에게 털어놓기 시작했다.

그것은 젊은 사람들에게는 매우 심각하고 중요해 보이지만 나이 든 사람들에게는 옛일을 추억하며 미소 짓게 만드는 흔하디흔한 이야기였다. 짐작하다시피 이야기의 주제는 사랑이었다. 애틀랜타에 선량하고 고결하기 그지없는 청년이 한 사람 있었다. 그는 체스터 양 또한 애틀랜타의, 아니, 그린란드에서 파타고니아에 이르기까지 세상 어느 곳의 그 누구보다 이러한 자질을 더 많이 소유한 사람이라는 사실을 알아냈다. 그녀가 에이브럼 신부에게 자신을 흐느껴 울게 만든 편지를 보여 주었다. 그것은 몹시 선량하고 고결한 청년들이 애용하는 연애편지 스타일을 따라 쓴 다소 과장되고 절박하지만 그러면서도 남자답고 다정한 편지였다. 그가 체스터 양에게 당장 결혼해 달라며 청혼했다. 그의 말에 따르면 그녀가 석 주간의 여행을 위해 출발한 순간부터 자기 삶을 도무지 견딜 수 없다는 것이었다. 그는 즉시 답변을 달라고 간청하면서 만약 호의적인 대답이라면 단언하건대 협궤 철도 따위는 개의치 않고 즉시 레이크랜즈로 날듯이 달려오겠다고 했다.

"자, 그런데 도대체 어디에 문제가 있다는 건가요?" 방앗간 주인이 편지를 읽고 나서 물었다.

"전 그 사람과 결혼할 수 없어요." 체스터 양이 말했다.

"그 사람과 결혼하고 싶은가요?" 에이브럼 신부가 물었다.

"그럼요. 그 사람을 사랑해요." 그녀가 대답했다. "하지만……." 그녀가 고개를 숙이며 다시 흐느껴 울기 시작했다.

"자, 진정해요, 로즈 양." 방앗간 주인이 말했다. "나를 믿고 털어놔 봐요. 꼬치꼬치 캐묻지는 않겠어요. 하지만 나를 믿어도 좋다고 생각하는데."

"믿고말고요." 아가씨가 말했다. "어째서 제가 랠프의 청혼을 거절해야 하는지 말씀드릴게요. 저는 참 보잘것없는 사람이에요. 심지어 이름도 없답니다. 제가 지금 사용하는 이름은 가짜예요. 랠프는 좋은 집안 사람이거든요. 제 온 마음을 다해 그 사람을 사랑하지만 절대 그 사람의 아내가 될 수 없어요."

"대체 무슨 소릴 하는 거예요?" 에이브럼 신부가 말했다. "부모님을 기억한다고 했잖아요. 어째서 이름이 없다고 말하는 건가요? 도무지 이해가 안 되는군요."

"부모님을 기억하기는 해요." 체스터 양이 말했다. "지나칠 정도로 잘 기억하지요. 제게 남아 있는 첫 기억은 어느 먼 남쪽 지방에서 살던 때의 일이에요. 저희는 이 도시에서 저 도시로, 이 주에서 저 주로 여러 번 이사를 다녔어요. 저는 목화를 따기도 했고 여기저기 공장에서 일한 적도 있어요. 먹을 것과 입을 것이 부족한 채로 지낼 때도 자주 있었어요. 어머니는 가끔씩 저한테 잘해 주셨지만 아버지는 언제나 무자비하게 저를 때리곤 했어요. 제 생각에는 두 분 다 게을러서 한곳에 정착하지 못하셨던 것 같아요.

애틀랜타 근처에 있는 강가의 어느 작은 마을에 살 때였어요. 어느 날 밤 두 분이 크게 싸우셨죠. 두 분이 서로 욕을 퍼붓고 조롱할 때, 바로 그때 알게 됐어요. 아, 에이브럼 신부님, 저는 제게 권리가…… 그러니까 아무 권리가 없다는 걸 그때 알게 됐어요. 모르시겠어요? 저는 이름을 가질 권리조차 없었던 거예요. 저는 아무도 아니었던 거라고요.

그날 밤 저는 집을 뛰쳐나왔어요. 애틀랜타까지 걸어가 일자리를 구했지요. 그리고 스스로에게 로즈 체스터라는 이름을 지어 주고 지금껏 혼자 힘으로 살아온 거예요. 이제 어째서 제가 랠프와 결혼할 수 없는지 아실 거예요. 아, 그 사람에게는 차마 이런 이유를 털어놓을 수 없어요."

그 순간 그녀에게 그 어떤 동정보다 효과적이고 그 어떤 연민보다 힘이 되어 준 것은 그녀의 불행을 대수롭지 않게 여기는 에이브럼 신부의 태도였다.

"이런, 이런, 그거 참! 그게 다예요?" 그가 말했다. "나 원 참! 난 무슨 심각한 문제라도 있는 줄 알았네요. 그 흠잡을 데 없다는 청년이 진짜 남자라면 아가씨의 집안 같은 건 눈곱만큼도 신경 쓰지 않을 거예요. 자, 로즈 양, 내 말을 믿어요. 그 청년이 사랑하는 건 바로 아가씨 자신이에요. 그러니까 방금 전에 나한테 털어놓은 것처럼 그 청년한테도 솔직하게 털어놓아요. 내 장담하는데 그러면 아마 아가씨 이야기를 들으면서 대수롭지 않게 웃어넘긴 다음 그 때문에 오히려 아가씨를 더 사랑하게 될 거예요."

"그 사람한테는 절대로 말할 수 없어요." 체스터 양이 말했다. "저는 그 사람은 물론이고 다른 누구하고도 결혼하지 않을 거예요. 제게는 그럴 권리가 없어요."

그때 두 사람의 눈에 햇빛이 비치는 길을 따라 몸을 흔들며 올라오는 긴 그림자가 들어왔다. 연이어 나란히 몸을 흔들며 올라오는 좀 더 짧은 그림자도 나타났다. 낯선 두 그림자가 곧장 예배당을 향해 다가왔다. 긴 그림자는 오르간 연주자인 피비 서머스 양의 것이었는데, 연습을 하러 오는 길이었다. 좀 더 짧은 그림자는 열두 살 난 토미 티그 때문에 생긴 것이었다. 그날은 토미가 피비 양을 위해 오르간에 펌프로 공기를 넣어 줄 차례였던 것이다. 토미는 맨발로 의기양양하게 길바닥의 먼지를 박차며 올라왔다.

라일락 무늬의 친츠[81] 드레스를 입고 양쪽 귀 뒤로 짧은 곱슬머리를 단정하게 늘어뜨린 피비 양이 에이브럼 신부에게는 몸을 깊이 숙여 정중하게 인사하고 체스터 양에게는 의례적으로 고개만 가볍게 숙여 인사했다. 그런 다음 피비 양과 그녀의 조수는 가파른 계단을 올라 오르간이 놓인 위층으로 갔다.

어둠이 몰려드는 아래층에서는 에이브럼 신부와 체스터 양이 여전히 자리를 지키고 있었다. 두 사람은 말이 없었다. 각자 자신만의 추억에 빠져 있느라 여념이 없는 것 같았다. 체스터 양은 한 손으로 턱을 괸 채 먼 곳을 응시하며 앉아 있었다. 에이브럼 신부는 바로 옆 신도석에 선 채 깊은 생각에 잠겨 문 밖의 길과 허물어져 가는 오두막집을 바라보았다.

갑자기 그는 주위 풍경이 거의 이십 년 전 과거로 돌아간 듯한 느낌을 받았다. 토미가 펌프로 열심히 공기를 집어넣는 동안 피비 양이 오르간에 들어간 공기의 양을 시험해 보려고 오르간의 가장 낮은 음 건반을 계속 누르고 있었기 때문이다. 에이브럼 신부에게 예배당은 더 이상 존재하지 않았다. 그 순간 그 작은 목조 건물을 뒤흔들며 낮게 울리는 진동 소리는 더 이상 오르간 소리가 아니라 방앗간의 온갖 기계들이 윙윙거리며 돌아가는 소리였다. 그는 그 옛날 상사식 물레방아가 돌아

---

81) 주로 꽃무늬가 날염된 광택 나는 면직물.

가고 있고, 자신은 다시 한 번 그 옛날 산골 물레방앗간의 밀가루를 뒤집어쓴 명랑한 방앗간 주인으로 돌아간 것이 분명하다고 느꼈다. 이제 곧 저녁이 다가오고 그러면 곧 아글라이아가 금빛 머리카락을 휘날리며 아장아장 길을 건너와 저녁 식사가 준비되었다며 그를 집으로 데려갈 터였다. 에이브럼 신부의 눈은 오두막집의 부서진 문에 못 박혀 있었다.

그런데 그때 또 하나의 기적이 일어났다. 머리 위 회랑에 밀가루 포대가 여러 줄로 길게 쌓여 있었다. 아마 쥐가 그중 하나에 달라붙어 구멍이라도 낸 모양이었다. 어쨌든 낮게 울리는 오르간 음의 강한 진동 때문에 회랑 바닥 틈새로 밀가루가 흘러내려 에이브럼 신부를 머리부터 발끝까지 하얀 가루로 덮어 버렸던 것이다. 그러자 늙은 방앗간 주인은 통로로 나가 두 팔을 흔들며 방앗간 일꾼의 노래를 부르기 시작했다.

물레방아가 빙글 돌아가고
곡식이 잘게 빻아지니
가루투성이 방앗간 일꾼은 즐겁다네.

그러자 나머지 기적이 마저 일어났다. 체스터 양이 신도석에서 앞으로 몸을 숙이더니 밀가루만큼 새하얀 얼굴로 눈이 휘둥그레진 채 백일몽을 꾸는 사람처럼 에이브럼 신부를 빤히 쳐다보았다. 그가 노래를 부르기 시작하자 그녀가 그를 향해 두 팔을 뻗으며 입술을 열어 꿈꾸는 듯한 목소리로 크게 외쳤다. "아빠, 덤스를 집에 데려다줘요!"

피비 양이 오르간의 저음 건반에서 손을 뗐다. 하지만 그녀는 임무를 훌륭하게 완수한 셈이었다. 그녀가 누른 음이 닫혀 있던 기억의 문을 두들겨 부쉈던 것이다. 에이브럼 신부는 잃어버렸던 아글라이아를 품에 꼭 끌어안았다.

레이크랜즈를 방문하면 그곳 사람들이 이 이야기를 더 자세히 들려줄 것이다. 다음 이야기가 어떻게 이어지는지, 9월 어느 날 집시처럼 방랑하는 떠돌이들이 아기의 예쁜 모습에 마음이 끌려 방앗간 주인의 딸을 훔쳐 간 후에 그녀가 얼마나 파란만장한 인생을 겪었는지 알려 줄 것이다. 그렇지만 먼저 독수리 집의 그늘진 현관에 편안하게 앉을 때까지는 기다려야 한다. 그러면 편한 자세로 느긋하게 이야기를 들을 수 있을 테니 말이다. 아무튼 지금은 피비 양이 누른 저음의 울림이 아직 부드럽게 이어지는 동안 이 이야기를 마무리하는 편이 가장 좋을 것 같다.

그런데 이 이야기에서 가장 멋진 장면은 에이브럼 신부와 그의 딸이 너무 기쁜 나머지 할 말조차 잊은 채 길게 땅거미진 길을 걸어 독수리 집으로 돌아가는 동안 벌어졌다고 할 수 있을 것 같다.

"아버지." 그녀가 다소 수줍은 듯 망설이며 말했다. "아버지는 돈이 많으세요?"

"돈이 많으냐고?" 방앗간 주인이 말했다. "글쎄다. 경우에 따라 다를 것 같구나. 네가 달이라든가 그만큼 비싼 걸 사고 싶은 것만 아니라면 많다고 할 수 있겠지."

"비용이 아주아주 많이 들겠죠?" 언제나 동전 한 푼까지 신중하게 셈하는 아글라이아가 물었다. "애틀랜타에 전보를 치려면 말이에요."

"아!" 에이브럼 신부가 조그맣게 한숨을 쉬며 말했다. "알겠구나. 랠프한테 이리 와 달라고 하고 싶은 게지."

아글라이아가 고개를 들어 그를 바라보며 애정 어린 미소를 지었다.

"그 사람한테 기다려 달라고 부탁하고 싶어서요." 그녀가 말했다. "이제 막 아버지를 만났잖아요. 그러니까 한동안은 아버지랑 둘이서만 지내고 싶어요. 그 사람한테는 기다려야 할 거라고 말하려고요."

뉴욕 사람의 탄생

　다른 무엇이라기보다 래글스는 시인이었다. 사람들은 그를 떠돌이라고 불렀지만 그것은 그가 철학자이자 예술가, 여행가, 동식물학자, 발견자이기도 하다는 것을 함축적으로 말해주는 방식일 뿐이었다. 아무튼 무엇보다도 그는 시인이었다. 평생 그는 시 한 줄 써 본 적 없었지만 한 편의 시 같은 삶을 살았다. 그의 인생이 글로 쓰이기만 했다면 그를 주인공으로 하는 『오디세이아』는 해학적인 한 편의 5행시가 되었을 것이다. 그래도 최초의 주장으로 돌아가 보면 역시 래글스는 시인이었다.

　래글스가 잉크와 종이를 놓고 씨름할 수밖에 없는 상황에 처했더라면 도시에 대해 노래하는 소네트야말로 그의 전문 분야였을 것이다. 여자들이 거울에 비친 자기 모습을 관찰하듯이, 어린아이들이 부서진 인형에서 삐져나온 접착제와 톱

밥을 관찰하듯이, 야생 동물에 관한 글을 쓰는 사람들이 동물원에 있는 우리를 관찰하듯이 래글스는 각양각색의 도시를 관찰했다. 래글스에게 도시는 벽돌과 회반죽으로 쌓아 올린 건물 더미나 일정 수의 사람들이 거주하는 장소만이 아니었다. 그에게 도시는 각각의 특색으로 뚜렷이 구별되는 영혼을 지닌 존재였고, 각각의 고유한 본질과 멋과 분위기를 지닌 독자적인 복합 생명체였다. 동서남북 3000킬로미터를 시적인 열정으로 떠돌아다니면서 래글스는 각각의 도시를 가슴에 담았다. 그는 흐르는 세월을 아랑곳하지 않으며 먼지가 자욱한 길을 터벅터벅 걷기도 하고, 기차 화물칸을 타고 당당하게 질주하기도 했다. 그러다 어느 도시의 심장부에 이르러 그 은밀한 고백에 귀 기울이고 나면 정처 없이 헤매다 다른 도시로 흘러들었다. 변덕쟁이 래글스! 하지만 그는 어쩌면 자신의 비평가적 심미안을 고용하고 품어 줄 도시라는 거대 기업을 아직만나지 못했을 뿐인지도 모른다.

옛 시인들에게 우리는 도시가 여성스러운 존재라는 점을 배웠다. 시인 래글스에게도 마찬가지였다. 그는 마음속에 자신이 구애한 각각의 도시를 상징하고 대표하는 모습에 대한구체적이고 분명한 생각을 품고 있었다.

시카고를 떠올릴 때면 커다란 깃털 장식과 파촐리 향수로치장한 패링턴 부인에 대한 기억이 그를 압도하는 것 같았다. 또 앞날을 기약하며 울려 퍼지던 아름다운 노래가 떠올라 그의 평온한 마음을 어지럽히는 것 같기도 했다. 하지만 래글스는 암울할 만큼 많은 양의 감자 샐러드와 생선 요리의 매력에 빠져 있는 이상적인 상황을 반복해서 꿈꾸다 결국 덜덜 떨리는 추위를 느끼며 잠에서 깨어나곤 했다.

시카고는 그에게 이런 식으로 영향을 미쳤다. 이런 표현이 어쩌면 막연하고 부정확할지 모른다. 그렇지만 그것은 래글스의 잘못이다. 그가 자신의 느낌을 시로 써서 기록해 두었다면 좋았을 것이다.

피츠버그를 생각하면 어느 기차역에서 독스타더 흑인 공연단[82]이 러시아어로 공연한 「오셀로」라는 감명 깊은 연극이 떠올랐다. 그래도 역시 피츠버그 하면 기품 있고 너그러운 귀부인이었다. 홍조 띤 얼굴로 실크 드레스에 하얀 염소 가죽 슬리퍼를 신고 설거지를 하면서 래글스에게는 활활 타오르는 벽난로 앞에 앉아 돼지 족발과 튀긴 감자를 곁들여 샴페인을 마시라고 말하는 가정적이고 친절한 여성 말이다.

뉴올리언스는 발코니에서 그를 그저 뚫어져라 내려다보기만 했다. 그는 우수에 잠겨 별처럼 빛나는 그녀의 두 눈과 가볍게 펄럭이는 부채를 볼 수 있었지만 그것이 다였다. 딱 한 번 그는 그녀와 얼굴을 마주했다. 어느 날 동틀 무렵 그녀가 붉은 벽돌이 깔린 보도를 물 한 양동이로 씻어 내고 있을 때였다. 그녀는 유쾌하게 웃으면서 노래를 흥얼거렸지만 래글스의 구두는 얼음처럼 차가운 물에 푹 젖어 버렸다. 아, 이렇게 가여운 일이!

---

82) 미국의 코미디언이자 가수, 보드빌 스타였던 루 독스타더가 조직한 공연단으로, 실제 흑인이 아니라 백인 연예인이 흑인으로 분장하고 노래, 춤, 연극 등의 공연을 했다.

보스턴은 시인 기질이 있는 래글스가 파악한 바로는 엉뚱하고 기묘한 도시였다. 그는 식은 차를 마신 것 같았고, 그 도시가 엄청나면서도 아직 널리 알려지지 않은 어떤 정신적 노력을 기울이라고 재촉하기 위해 그의 이마 둘레에 단단히 묶은 차가운 흰 천 같다는 생각이 들었다. 결국 그는 먹고살기 위해 삽을 들고 거리의 눈을 치웠고, 그 천 조각이 젖어 머리를 옥좼기 때문에 그것을 벗을 수 없었다.

이 무슨 애매하고 이해할 수 없는 소리냐고 할지도 모르겠다. 하지만 감사하는 마음으로 반감을 누그러뜨려야 한다. 이 모든 것이 시인의 환상이니까. 이런 내용이 쓰인 시를 우연히 발견했다고 상상해 보라.

어느 날 래글스는 맨해튼으로 가서 그 거대한 도시의 심장부를 에워싸고 공격했다. 그녀는 가장 거대한 도시였다. 그는 그녀가 열두 음 가운데 어떤 음을 내는지 알고 싶었다. 그녀를 맛보고 평가하고 분류하고 설명하고 이름 붙여 주고 싶었고, 앞서 그에게 각각의 은밀한 특징을 알려 준 다른 도시들과 함께 배열하고 싶었다. 그러면 여기서부터는 래글스의 말을 통역하는 것은 그만두고 그의 연대기를 쓰겠다.

어느 날 아침 래글스는 연락선에서 내려 세계를 내 집같이 여기는 사람 특유의 심드렁한 태도로 도시 한복판까지 걸어갔다. 그는 '정체불명의 사나이'라는 역할을 맡기 위해 신중하게 옷을 차려입었다. 세계 어느 나라나 인종, 계급, 집단, 조합, 정당, 볼링 협회도 그가 자기네 소속이라고 주장할 수는 없을 것 같았다. 그의 옷은 키는 다르지만 가슴둘레는 똑같은 여러

명의 시민에게 하나씩 따로 기증받은 것이었는데, 대륙 건너편 재단사가 주문자 본인이 직접 측정해 보낸 치수에 맞춰 제작한 다음 덤으로 얹어 주는 여행 가방과 멜빵, 실크 손수건, 진주 단추와 함께 기차 편으로 보내 주는 맞춤복보다 오히려 그의 체형에 편하게 잘 맞았다. 돈은 한 푼도 없었지만(시인이라면 그래야 하는 법이니까.) 은하계의 별 무리 속에서 새로운 별을 찾는 천문학자나 자기 만년필에서 갑자기 잉크가 퐁퐁 솟아나는 것을 본 사람이 느끼는 열정을 가지고 래글스는 이 거대한 도시를 이리저리 돌아다녔다.

늦은 오후에 와자지껄한 웃음소리와 아우성치는 소란에서 빠져나온 그의 얼굴에는 공포에 질려 말문이 막힌 듯한 표정이 서려 있었다. 그는 패배하고 얼떨떨하고 좌절했으며 겁을 먹었다. 다른 도시들은 그에게 읽을 만한 긴 안내서나 마찬가지였다. 속마음을 빨리 간파할 수 있는 시골 처녀 같기도 했다. "답과 함께 구독료를 보내 주세요."라는 말이 적힌 해결할 수 있는 글자 조합 수수께끼 같기도 했다. 또는 삼킬 만한 굴 칵테일 같기도 했다. 하지만 상점 밖에 서서 주머니에 손을 넣어 리본 판매대에서 일하고 받은 급료를 기운 없이 만지작거리고 있는 어느 연인에게 진열장에 전시된 4캐럿짜리 다이아몬드가 그렇듯이 이곳은 차갑고 눈부시게 번쩍거리고 말이 없고 현실성 없는 도시였다.

다른 도시들이 건네는 인사말을 그는 잘 알았다. 그것은 대개 소박한 친절이거나 서투르지만 인간이 베푸는 전 영역에 걸친 자선 행위, 친숙한 욕설, 수다스러울 정도의 호기심, 고

지식하든 무심하든 한눈에 드러나는 꾸밈없는 성격 등등이었다. 그런데 이 맨해튼이라는 도시는 그에게 아무런 실마리도 제공하지 않았다. 그곳은 그를 향해 벽을 둘러치고 있었다. 그 도시는 도도하게 흐르는 강물처럼 그를 지나쳐 거리 곳곳으로 흘러갔다. 그에게 눈길 한 번 주지 않았다. 말 한마디 거는 사람도 없었다. 그는 마음속으로 그의 어깨를 두드려 주던 피츠버그의 검댕 묻은 손을 그리워했다. 그의 귀에 울려 대던 시카고의 위협적이지만 허물없는 고함 소리도 그리워했다. 또 외알 안경 너머로 빤히 쳐다보던 보스턴의 창백하고 자비로운 시선과 심지어 루이스빌이나 세인트루이스의 느닷없지만 악의 없는 발길질까지 그리워했다.

많은 도시에서 성공을 거둔 구혼자였던 래글스가 브로드웨이에서는 사랑에 빠진 흔한 시골 젊은이처럼 숫기 없이 쭈뼛거렸다. 난생처음 그는 무시당하는 굴욕감을 뼈저리게 맛보았다. 그 순간 그는 눈부시고 변화무쌍하며 얼음처럼 차가운 이 도시를 완전히 실패한 공식 같은 것으로 치부해 버리려 했다. 그는 시인이었음에도 그 도시는 비유할 만한 빛깔이나 비교할 만한 특징이나 매끄럽게 깎아 놓은 표면에 난 흠집이나 모양과 구조를 관찰할 때 붙잡을 손잡이까지 어느 것 하나 그에게 내놓지 않았다. 그가 다른 도시에서는 대개 별것 아니라고 업신여기며 익숙하게 해낸 일들이었다. 이곳의 주택들은 방어용 총구까지 뚫어 놓은 끝없이 이어지는 성벽이었고, 사람들은 화려하지만 핏기 없는 유령들로, 냉정하고 이기적인 패거리를 이루고 있었다.

래글스의 영혼을 무지막지하게 짓누르고 시인다운 환상을 가로막는 것은 장난감에 흠뻑 배어 있는 도료처럼 사람들에게 흠뻑 배어 있는 듯한 절대적인 이기주의 정신이었다. 한 사람 한 사람이 다 혐오스럽고 건방진 자만심에 젖어 있는 괴물 같았다. 그들에게서 인간성은 이미 사라졌다. 그들은 어슬렁거리며 돌아다니는 돌멩이에 광택제를 바른 우상들이었다. 자신을 숭배하고, 동료 우상들의 숭배를 무의식적으로 몹시 갈망했다. 냉담하고 잔인하며 무자비하고 둔감하며 같은 틀에 찍혀 나온 듯 똑같은 모습을 한 그들은 어떤 기적 덕분에 움직이게 된 조각상처럼 분주히 제 갈 길만 갔다. 그러는 동안 그들의 영혼과 감각은 다루기 힘든 대리석 속에 각성하지 못한 채 누워 있었다.

차츰 래글스는 몇 가지 특정 유형을 알아차리게 되었다. 한 유형은 눈처럼 희고 짧은 수염을 기르고 분홍빛이 도는 주름 하나 없는 얼굴에 냉담하고 예리한 푸른 눈을 가졌으며, 상류층 젊은이 사이에 유행하는 옷차림을 한 나이가 지긋한 신사였다. 그는 이 도시의 부와 원숙미, 냉랭한 무관심의 화신 같았다. 또 한 유형은 키가 크고 아름답고 강판 조각처럼 윤곽이 뚜렷하고 여신 같고 차분하고 옛날 공주 같은 옷차림에 빙하에 반사된 햇빛처럼 쌀쌀맞고 푸른 눈을 가졌다. 그리고 한 유형은 이 꼭두각시들이 사는 도시의 부산물로, 딱 벌어진 몸집에 으스대며 걷는 위협적일 만큼 냉정한 사내였는데, 턱은 추수가 끝난 밀밭처럼 크고, 안색은 세례받은 아기 같고, 손가락마디는 프로 권투 선수 같았다. 이 유형은 담배 가게 간판에 기대서서 무례한 태도로 세상을 바라보았다.

시인은 감수성이 예민한 존재여서 래글스는 곧 판독할 수 없는 존재들에 둘러싸인 이 암울한 환경에서 부들부들 떨었다. 이 도시의 쌀쌀맞고 수수께끼 같고 반어적이고 판독하기 어렵고 부자연스럽고 무자비한 표정이 그를 의기소침하고 어리둥절하게 만들었다. 이 도시에는 심장이 없는 것일까? 장작더미, 뒷문간에 서서 얼굴을 찡그리는 주부들의 호통, 지방 특유의 무료 점심 식사를 대접한 술집 바텐더의 다정한 화풀이, 시골 순경의 상냥한 학대, 다른 천박하고 소란스럽고 거친 도시들의 발길질과 체포와 될 대로 돼라 식의 우연들이 이 꽁꽁 얼어 버릴 것 같은 무정함보다 훨씬 좋았다.

래글스는 용기를 내 사람들에게 자선 기부금을 베풀어 주기를 청했다. 사람들은 자신들이 그의 존재를 의식하고 있다는 증거로 눈 한 번 깜빡거리지 않은 채 부주의하고 무관심하게 그냥 지나쳐 갔다. 그 순간 그는 정중하지만 냉혹한 이 맨해튼이라는 도시에는 영혼이 없다고 혼잣말을 중얼거렸다. 또 이곳 주민들은 철사와 용수철로 움직이는 꼭두각시이고 이 광활한 황야에 사람은 자기밖에 없다고 중얼거렸다.

래글스는 길을 건너기 시작했다. 그때 한 줄기 거센 바람이 불고, 고함 소리와 윗윗 소리가 들리고, 쾅 하는 꿍음이 나면서 무언가가 그를 치더니 서 있던 곳에서 6미터 넘게 떨어진 곳까지 날아가 나동그라지게 만들었다. 그가 폭죽에 달린 막대기처럼 아래로 떨어질 때 이 지구와 모든 도시가 그로 인해 산산이 조각난 꿈으로 변했다.

래글스는 눈을 떴다. 먼저 어떤 향기가 그에게 자기 존재를 알렸다. 천국에서 가장 이른 봄에 피는 꽃의 향기인 것 같았다. 그러고 나서 떨어지는 꽃잎처럼 부드러운 손이 그의 이마를 짚었다. 그에게 몸을 숙이고 있는 것은 옷을 옛날 공주처럼 차려입은 한 여성이었는데, 지금 그녀의 푸른 눈은 인간적인 동정심으로 상냥하고 촉촉하게 젖어 있었다. 그의 머리 아래 보도에는 실크와 모피가 깔려 있었다. 래글스의 모자를 손에 들고 난폭 운전을 책망하는 웅변적인 말들을 격렬하게 쏟아 낸 탓에 얼굴이 한층 더 불그레해진 채 서 있는 사람은 이 도시의 부와 원숙미의 화신인 나이 지긋한 신사였다. 근처 카페에서 턱이 거대하고 안색이 아기 같은 이 도시의 부산물이 몹시 유쾌한 가능성을 암시하는 진홍색 액체를 한 잔 가득 들고 급하게 달려왔다.

"이봐, 이걸 좀 마셔 보라고." 래글스의 입술에 잔을 대 주며 부산물이 말했다.

많은 사람이 순식간에 주변으로 옹기종기 모여들었는데, 다들 깊이 염려하는 표정을 띠고 있었다. 으쓱하게 만들 만큼 멋진 경찰관 두 사람이 둘러선 사람들 사이로 비집고 들어와 넘쳐 나는 사마리아인[83]들을 밀어냈다. 검은색 숄을 두른 노부인이 큰 소리로 장뇌를 써 보라고 말했고, 신문팔이 소년은 진흙투성이 보도 위에 놓여 있던 래글스의 팔꿈치 밑으로 신

---

83) 「누가복음」 10장 30~37절에 등장하는 선한 사마리아인에서 비롯된 표현. 도둑에게 습격을 당한 행인을 도와주었다.

문지를 살짝 밀어 넣었다. 활기찬 젊은이가 공책을 들고 이름을 물었다.

종소리가 땡그랑하고 권위 있게 울리더니 군중 사이로 길을 트며 구급차가 나타났다. 침착한 의사가 사건의 한복판에 슬쩍 끼어들었다.

"여보세요, 기분이 어떤가요?" 의사가 상체를 선뜻 구부려 일을 시작하면서 물었다. 실크와 새틴에 감싸인 공주님이 향긋한 얇은 레이스로 래글스의 이마에 흐른 두어 방울의 피를 닦아 냈다.

"저요?" 래글스가 천사 같은 미소를 지으며 말했다. "괜찮은데요."

마침내 그는 이 새로운 도시의 심장을 발견했다.

사흘 후 병원 측에서 그에게 병상을 떠나 요양실로 가게 해주었다. 그가 그곳에 간 지 한 시간쯤 뒤에 간호사들은 싸우는 소리를 들었다. 조사해 보니 래글스가 동료 회복기 환자를 폭행해 다치게 한 것이었다. 그는 화물 열차 충돌 사고로 붕대를 감기 위해 이송된 건장한 단기 입원 환자였다.

"도대체 이게 다 무슨 일이죠?" 수간호사가 자초지종을 물었다.

"저놈이 우리 도시를 모욕했어요." 래글스가 말했다.

"무슨 도시요?" 간호사가 물었다.

"뉴욕 말이에요." 래글스가 대답했다.

도시의 패배

로버트 웜슬리의 갑작스러운 도시 습격으로 킬케니 전투[84]가 벌어졌다. 그가 얻은 부와 명성으로 보면 결국 그가 그 싸움의 승자로 살아남았다. 그러나 다른 한편으로는 도시가 그를 삼켜 버렸다. 도시가 그가 요구한 것을 모두 내주고 나서 그에게 도시의 낙인을 찍어 버렸던 것이다. 도시는 그를 스스로 인정하는 정형화된 틀에 맞춰 개조하고 깎고 다듬어 찍어 냈다. 도시는 그에게 사교계의 문을 열어 준 다음 그를 엄선된 반추 동물 무리와 함께 격식대로 바싹 자른 잔디밭에 가둬 놓았다. 그는 옷차림과 습관, 예의범절, 말투, 하루 일과, 편협성

---

84) '킬케니의 싸움 고양이'는 집요하게 끝장을 볼 때까지 싸우는 투사 같은 사람을 칭하는 표현으로, 아일랜드 속담에 나오는 고양이 두 마리에서 비롯되었다. 이 고양이들은 서로 꼬리만 남을 때까지 상대를 먹어 치우고 죽을 때까지 싸워 끝장을 봤다고 한다.

등 모든 면에서 통쾌하게도 그 대단한 맨해튼 신사라는 것이 매우 시시해 보이게 만들 정도의 매력적인 건방짐과 거슬릴 정도의 완벽함, 세련된 무신경함, 압도적일 만큼의 침착성을 습득했다.

뉴욕 주 북부 지방의 한 시골 마을에서는 대도시에서 성공한 이 젊은 변호사를 자기 지역이 배출한 인재라며 자랑스러워했다. 육 년 전 웜슬리 영감네 아들인 주근깨투성이 '밥'이 작은 농장에서의 안정적인 하루 세 끼 식사를 버리고 눈이 핑핑 돌게 바쁜 대도시 간이식당에서의 불규칙한 식사를 택했을 때 이 시골 사람들은 월귤나무 열매 물이 든 이 사이에 낀 밀짚을 빼내면서 시골 특유의 조롱 섞인 웃음을 날렸다. 그러나 육 년이 흐른 지금 로버트 웜슬리의 이름이 부각되지 않고서는 그 어떤 살인 재판이나 대형 마차로 여행하며 즐기는 파티, 자동차 사고, 코티용[85]도 완벽해질 수 없었다. 재단사들은 길을 가던 그를 불러 세우고 주름 하나 없이 매끄러운 그의 바지 재단 방식에서 새로운 유행을 알아내려 했다. 회원제 클럽에서 만난 상류 계급 친구들과 법원 소환장을 발부받은 가장 유서 깊은 가문의 구성원들은 기꺼이 그의 등을 가볍게 두드리며 그를 알파벳 세 자로 된 애칭[86]으로 불렀다.

그렇지만 로버트 웜슬리가 오른 성공이라는 마터호른[87]은

---

85) 네 사람이나 여덟 사람이 한 조가 되어 줄곧 상대를 바꾸면서 추는 프랑스식의 복잡한 사교춤 또는 소녀가 사교계에 소개되는 정식 대무도회.
86) 로버트의 애칭인 밥(Bob)을 의미한다.
87) 스위스와 이탈리아의 국경에 있는 페나인 알프스 산맥의 한 봉우리.

그가 앨리샤 밴 더 풀과 결혼하고야 비로소 높이가 제대로 측정되었다. 내가 마터호른을 예로 드는 것은 이 유서 깊은 가문의 딸이 꼭 그 봉우리처럼 도도하고 냉담하고 하얗고 접근하기 어려웠기 때문이다. 그녀 주위에 늘어선 (수많은 등반가들이 황량한 산길을 오르려 몸부림치는) 사교계의 다른 알프스 산봉우리들은 기껏해야 그녀의 무릎 높이에나 닿을 듯했다. 그녀는 차분하고 정숙하며 도도한 특유의 분위기에 감싸인 채 우뚝 솟아 있었다. 분수대에 들어가 첨벙거리지 않고 원숭이들에게 만찬을 제공하지도 않았으며, 애완견 품평회에 내보내기 위해 개를 기르지도 않았다. 그녀는 밴 더 풀 집안의 사람이었다. 분수대는 그녀를 위해 물을 뿜고자 만들어진 것이었고, 원숭이는 다른 사람들의 조상으로나 안성맞춤이었고, 그녀가 알기로 개들은 맹인과 파이프 담배를 피우는 불쾌한 작자들의 동반자로 창조된 생명체일 뿐이었다.

이것이 바로 로버트 웜슬리가 정복한 마터호른이었다. 산정상에 올라서는 사람은 가장 높이 솟은 산봉우리가 온통 구름과 눈으로 둘러싸여 있다는 점을 발견하게 될 뿐이라는 사실을 머리카락이 부자연스럽게 곱슬곱슬한 저 위대한 절름발이 시인[88]과 더불어 깨달았다 해도 그는 용감하게 미소 지으며 자신이 동상에 걸렸다는 사실을 감췄을 것이다. 그는 행운아였고, 스스로도 그 점을 알았다. 비록 그가 심장 부근을 얼리기 위해 상의 아래 아이스크림 제조기를 넣고 다니며 용감

---

88) 영국의 낭만파 시인 조지 고든 바이런.

한 스파르타 소년을 흉내 내기는 했지만 말이다.

해외로 짧은 신혼여행을 다녀온 후에 부부는 최상류층 사회라는 (너무나도 평온하고 차갑고 햇볕도 들지 않는) 고요한 저수지에 또렷한 잔물결을 일으켰다. 그들은 무너져 내린 영광의 공동묘지 격인 구시가지에 있는 고색창연하고 크고 음침한 붉은 벽돌 저택에서 손님을 접대했다. 로버트 웜슬리는 아내가 자랑스러웠다. 비록 한 손으로 손님들과 악수하는 동안에도 다른 손으로는 등산용 지팡이와 온도계를 꽉 쥐고 있었지만 말이다.

어느 날 앨리샤는 로버트의 어머니가 그에게 보낸 편지를 발견했다. 그것은 농작물과 어머니의 사랑, 갖가지 농장 소식이 가득 적혀 있는 순박한 편지였다. 그의 어머니는 돼지와 최근 태어난 붉은 송아지의 건강 상태를 순서대로 기록해 시시콜콜 알려 준 다음에는 로버트의 건강에 대해 물었다. 그것은 벌들의 일대기와 순무 이야기, 갓 낳은 달걀에 대한 찬가, 도외시된 부모와 말린 사과 값의 폭락 등으로 가득한 대지에서 직접, 고향 집에서 곧장 날아온 편지였다.

"왜 지금껏 내게는 어머님의 편지를 보여 주지 않았어요?" 앨리샤가 물었다. 그녀의 목소리에는 언제나 오페라 안경이나 티파니 보석상의 청구서, 도슨에서 포터마일까지 길을 따라 부드럽게 미끄러지듯 움직이는 수송용 썰매, 할머니의 샹들리에에 달린 프리즘이 짤랑거리는 소리, 수녀원 지붕에 쌓인 눈, 보석 허가를 거부하는 경찰관 등을 떠올리게 하는 무언가가 있었다. "당신 어머니께서 농장에 다녀가라고 우리를 초대하셨네요." 앨리샤가 말을 이었다. "농장은 한 번도 본 적이 없어요. 우리 한두 주 거기 가 봐요, 로버트."

"그러지." 로버트가 판결에 대해 의견 일치를 선언하는 연방 대법원 판사처럼 거드름을 피우며 말했다. "내가 당신에게 초대장을 보여 주지 않은 건 당신이 가고 싶어 하지 않을 것 같아서였어. 당신이 그렇게 결정했다니 무척 기쁘군."

"내가 직접 어머님께 답장을 쓰겠어요." 앨리샤가 의욕적인 기미를 어렴풋이 보이며 말했다. "펠리스에게 당장 제 여행 가방을 싸라고 하겠어요. 제 생각에는 일곱 개면 충분할 거예요. 어머님께서 손님 접대를 자주 하실 것 같지는 않은데. 하우스 파티[89]를 자주 여시나요?"

로버트는 자리에서 일어나 시골 지역을 대변하는 변호사로서 가방 일곱 개 중 여섯 개에 대해 이의를 제기했다. 그는 농장이 어떤 곳인지 정의하고, 그림 그리듯 생생하게 표현하고, 명료하게 밝히고, 의견을 말하고, 설명하려 노력했다. 그에게도 자신이 하는 말들이 낯설게 들렸다. 그는 자신이 얼마나 철저하게 도시화되었는지 그동안 실감하지 못했던 것이다.

일주일이 지난 후 그들은 도시에서 다섯 시간 거리에 있는 작은 시골 기차역에 내렸다. 활짝 웃는 얼굴에 우렁찬 목소리로 빈정거리기를 좋아하는 한 청년이 노새가 끄는 농사용 짐마차를 몰고 오더니 로버트를 거칠게 맞이했다.

"어이, 웜슬리 씨. 마침내 집으로 돌아오는 길을 찾아내셨

---

89) 시골 저택이나 별장에 손님들이 며칠씩 머물면서 계속되는 파티.

군, 그렇지? 안타깝게도 자동차를 가져올 수 없었어. 오늘 마침 아버지가 그걸 4헥타르의 클로버 밭뙈기를 가느라 쓰고 계시거든. 있잖아, 내가 야회복을 안 입고 마중 나온 건 형이 양해해 줘. 알잖아, 아직 6시도 안 됐다고."

"만나서 반갑구나, 톰." 로버트가 동생의 손을 꽉 잡으며 말했다. "그래, 마침내 길을 찾았어. 네가 '마침내'라고 할 만하지. 마지막으로 오고 이 년도 더 지났으니까. 하지만 이제부터는 더 자주 올 거야, 이 녀석아."

바로 그때 북극을 떠도는 유령처럼 여름의 열기 속에서도 서늘한 기운을 풍기며 얇은 모슬린 옷을 입고 나풀대는 양산을 쓴 북유럽의 눈 처녀처럼 새하얀 앨리샤가 기차역 모퉁이를 돌아 나왔고, 톰의 뻔뻔스러움은 자취를 감췄다. 그는 청바지를 입은 구경꾼이 되어 집으로 가는 길 내내 오로지 노새한테만 진짜 속마음을 털어놓았다.

그들은 마차를 타고 집으로 가고 있었다. 낮게 걸린 태양이 축복받은 밀밭 위로 금빛 물결을 아낌없이 퍼부었다. 도시는 까마득하게 멀리 있었다. 길은 조심성 없이 굴다 여름옷에서 떨어진 리본처럼 숲과 골짜기, 언덕을 끼고 돌며 구불구불 뻗어 나갔다. 바람이 히힝 하고 기분 좋게 울어 대는 망아지처럼 앞서 간 포이보스[90]의 군마들을 따라갔다.

이윽고 농장에 딸린 저택이 충실한 작은 숲 사이로 조금씩 보이기 시작했다. 그들은 한길에서 집까지 줄지어 선 호두나

---

90) 그리스 신화에 나오는 태양신 아폴론의 별칭.

무들의 호위를 받으며 길게 뻗어 있는 오솔길을 보았다. 그리고 들장미와 개울 바닥에 뿌리 내린 서늘하고 축축한 버드나무들의 냄새를 맡았다. 곧이어 대지가 내는 모든 목소리가 일제히 로버트 웜슬리의 영혼을 향해 말을 걸듯 노래하기 시작했다. 그 소리는 어둑하고 경사진 숲길에서 둔탁하게 흘러나오기도 하고, 바싹 마른 풀밭에서도 찍찍거리고 윙윙거렸으며, 여울의 잔물결에서 줄줄 울려 퍼지기도 했고, 어둑해지는 초원에서 들려오는 판[91]의 맑은 피리 소리에 실려 두둥실 퍼져 나가기도 했다. 허공에서 날벌레를 쫓는 쏙독새들도 가세했고, 느릿느릿 걷는 젖소의 목에 달린 방울이 소박한 반주를 곁들였다. 목소리들이 저마다 한결같이 이렇게 외쳐 댔다. "마침내 집으로 돌아오는 길을 찾았어, 그렇지?"

대지가 예전의 목소리로 그에게 말을 걸었다. 나뭇잎과 꽃봉오리와 만발한 꽃송이가 아무 근심 걱정 없던 어린 시절에 쓰던 오래전 말투로 그에게 이야기했다. 온갖 무생물, 익숙한 바위와 울타리, 출입문과 밭고랑과 지붕과 길모퉁이가 웅변적인 말솜씨는 물론 변신 능력까지 갖추고 있었다. 고향이 그에게 미소 지었고 그는 고향의 숨결을 느꼈다. 마치 순식간에 옛 연인에게 돌아가는 듯 마음이 이끌렸다. 도시는 까마득하게 멀리 있었다.

그 순간 이처럼 되살아난 어린 시절 시골에서의 기억들이 로버트 웜슬리를 별안간 덮치더니 꼼짝 못 하게 사로잡아 버

---

91) 그리스 신화에 나오는 숲, 들, 목양의 신.

렸다. 잇달아 그가 알아차린 한 가지 기묘한 사실은 곁에 앉아 있는 앨리샤가 불현듯 낯선 사람처럼 보인다는 것이었다. 그녀는 과거가 재현되는 이 순간에 속한 사람이 아니었다. 그녀가 이처럼 멀고 이처럼 흐릿하며 아득히 높은 곳에 있는 것처럼 느껴진 적은, 이처럼 실감할 수 없는 비현실적 존재로 느껴진 적은 전에는 한 번도 없었다. 하지만 동시에 그녀가 금방 부서질 듯 삐걱거리는 짐마차에서 그의 곁에 앉아 있는 이 순간보다 그녀에게 반한 적도 없었다. 그의 기분과 그녀의 환경은 농부의 양배추 밭과 마터호른만큼이나 어울리지 않았다.

그날 밤 환영 인사와 저녁 식사가 마무리되고 나서 잡종견 버프를 포함한 모든 가족이 집 앞 현관에 흩어져 자리를 잡았다. 앨리샤는 더할 나위 없이 아름다운 연회색 다회복을 입고 거드름을 피우지는 않았지만 잠자코 그늘진 곳에 앉아 있었다. 로버트의 어머니가 그녀에게 마멀레이드와 요통에 관해 쾌활하게 이야기했다. 톰은 계단 꼭대기에 걸터앉았고, 두 여동생 밀리와 팸은 맨 아래 계단을 차지하고 앉아 반딧불이를 잡으려 했다. 어머니는 버드나무 흔들의자를 차지했다. 아버지는 한쪽 팔걸이가 떨어진 커다란 안락의자에 앉아 있었다. 버프는 모든 사람의 길을 가로막으며 현관 한가운데 다리를 쭉 뻗고 누워 있었다. 해질 무렵 꼬마 요정과 장난꾸러기 요정들이 눈에 띄지 않게 살며시 다가와 로버트의 심장에 추억이라는 날카로운 창을 던졌다. 시골에 대한 무모한 열정이 그의 영혼에 들어찼다. 도시는 까마득하게 멀리 있었다.

아버지는 딱딱한 예의범절의 희생양이 되어 파이프 담배

도 없이 무거운 장화를 신은 채 앉아서 온몸을 뒤틀며 괴로워했다. 로버트가 큰 소리로 말했다. "아니, 아버지, 그러지 마세요!" 그가 파이프 담배를 가져다 불을 붙여 주었다. 그가 노인의 장화 한 짝을 꽉 붙잡더니 벗겨 냈다. 나머지 한 짝이 순식간에 스르르 벗겨지는 바람에 로버트 윔슬리 씨는 뒤로 벌러덩 자빠지며 버프를 덮친 다음 현관 아래로 함께 굴러 떨어졌다. 버프가 두려움에 떨며 컹컹 짖어 댔고, 톰이 야유하며 껄껄 웃어 댔다.

로버트가 외투와 조끼를 벗더니 라일락 나무에 거칠게 내던졌다.

"이리 나와 봐, 이 풋내기야." 그가 톰을 향해 소리쳤다. "네 녀석 등판에 풀씨를 잔뜩 묻혀 주마. 방금 네놈이 나를 '도시 촌놈'이라고 불렀겠다. 어디 이리 나와서 한번 까불어 봐."

톰이 그의 초대를 알아듣고 기꺼이 받아들였다. 그들은 마치 씨름판에 올라선 거인들처럼 '옆구리를 잡고' 풀밭에서 세 번이나 맞붙어 싸웠다. 톰은 이 저명한 변호사의 손에 걸려 두 번이나 풀밭에 입을 처박고 나동그라져야 했다. 두 사람은 차림새가 엉망으로 헝클어진 채 숨을 헐떡이면서도 여전히 자신의 싸움 실력을 떠벌리며 비틀비틀 걸어 현관으로 돌아갔다. 밀리가 도시 사람인 오빠의 자질에 대해 당돌하게 비난했다. 로버트가 그 즉시 징그러운 여치를 붙잡아 그녀를 향해 돌진했다. 그녀는 사람 형상을 한, 복수심에 불타는 운명의 모래시계에 쫓겨 비명을 지르며 오솔길로 달아났다. 두 사람은 400미터쯤 가다가 되돌아왔고, 밀리는 이기고 의기양양한 이

'도시 촌놈'에게 수없이 사과했다. 시골 생활에 푹 빠져 한껏 들뜬 그의 기분은 좀처럼 수그러들 줄 몰랐다.

"너희처럼 둔한 시골뜨기들은 외양간 한가득 있대도 다 해치울 수 있어." 그가 거들먹거리며 선언했다. "어디 한번 불도그든 일꾼이든 똘마니든 다 데려와 보시지."

그가 풀밭에서 공중제비를 몇 바퀴 돌아 톰이 부러움 섞인 빈정거림을 내뱉게 만들었다. 그러고 나서는 함성을 지르며 집 뒤쪽으로 쿵쾅쿵쾅 구르듯 달려가더니 세월에 시달려 늙어 버린 집안의 흑인 일꾼 엉클 아이크와 그가 연주할 밴조를 챙겨 돌아왔다. 그러더니 현관 바닥에 모래를 뿌리고 '빵 쟁반 위의 닭고기' 춤을 춘 다음 삼십 분이 넘도록 빠른 탭댄스를 솜씨 좋게 춰 댔다. 믿기 어려운 일이었지만 그는 미친 듯이 온갖 야단법석을 다 떨었다. 노래를 부르거나 한 사람만 빼고 모두 비명을 지르게 만든 갖가지 이야기를 하기도 했고, 그러다가 시골뜨기나 우스꽝스러운 굼벵이를 흉내 내기도 했다. 그때 그는 제정신이 아니었다. 그의 핏속에 되살아난 지난 시절에 대한 기억으로 제정신이 아니었던 것이다.

그의 야단법석이 도를 넘자 어머니가 그를 한 차례 부드럽게 나무라려 했다. 그때 앨리샤가 마치 무언가 말을 하려는 것처럼 몸을 움직였지만 결국 아무 말도 하지 않았다. 이 모든 일이 벌어지는 내내 그녀는 미동도 없이 앉아만 있었는데, 마치 인간은 절대 질문을 던질 수도 속마음을 읽어 낼 수도 없는 가냘프고 새하얀 정령 같았다.

이윽고 그녀가 피곤하다면서 그만 자기 방으로 올라가도

될지 양해를 구했다. 가는 길에 그녀는 로버트를 그냥 지나쳤다. 그는 저속한 희극의 등장인물처럼 헝클어진 머리카락과 붉게 달아오른 얼굴, 변명의 여지가 없을 만큼 엉망진창이 된 옷차림을 한 채 문간에 서 있었다. 인기 있는 클럽 회원이자 상류 사교계의 간판스타로, 티끌만 한 흠도 없던 로버트 웜슬리는 그 자리에 흔적조차 없었다. 그가 몇 가지 가재도구를 가지고 마술 묘기를 부렸는데, 이제 모조리 그에게 푹 빠져 버린 가족들은 숭배에 가까운 감탄의 눈길로 그를 지켜보았다.

앨리샤가 집 안으로 들어가는 순간 로버트는 흠칫 놀랐다. 그녀가 거기 있다는 사실을 잠시 깨끗이 잊고 있었던 것이다. 그녀는 그에게 눈길 한 번 주지 않고 위층으로 올라가 버렸다.

그 후로 소란스러운 장난은 점차 잦아들었다. 한 시간 정도 이야기를 나눈 다음 로버트도 위층으로 올라갔다.

그가 방으로 들어갔을 때 그녀는 창가에 서 있었다. 그녀는 그들이 현관에 있을 때 입은 옷차림 그대로였다. 방 밖에는 꽃이 잔뜩 핀 거대한 사과나무 한 그루가 창문을 꽉 채울 듯 서 있었다.

로버트가 한숨을 내쉬며 창가로 다가갔다. 그는 자신의 운명을 대면할 각오가 되어 있었다. 자신이 벼락출세한 천박한 놈이라고 이미 자인한 사람으로서 그는 말없이 새하얀 옷을 입고 인간의 모습을 한 저 정의의 여신이 내릴 판결을 이미 예감했다. 그는 밴 더 풀 집안의 사람들이 내리긋는 저 엄격한 한계선에 대해 잘 알았다. 그는 무례하게도 계곡에서 까불며 뛰어 돌아다닌 시골뜨기였으니, 깨끗하고 차갑고 새하얀 데다 꽁꽁 얼어 있는 저 마터호른 산봉우리로서는 그에게 눈살을 찌푸리지 않을 수 없을 터였다. 그의 행동이 그의 정체를 폭로한 셈이었다. 도시가 그에게 덧씌운 모든 품위와 몸가짐, 차림새가 시골에서 산들바람의 첫 숨결이 닿는 순간 꼭 맞지 않는 망토처럼 그로부터 벗겨져 나갔다. 그는 멍하니 임박한 유죄 선고를 기다렸다.

"로버트." 판사가 침착하고 냉정한 목소리로 말했다. "나는 내가 신사와 결혼했다고 생각했어요."

그렇다, 그 순간이 다가오고 있었다. 그런데 이 운명의 순간을 눈앞에 두고도 로버트 웜슬리는 어린 시절 창문 밖으로 나가 기어오르곤 한 사과나무 가지를 갈구하듯 바라보았다. 그는 지금도 똑같이 기어오를 수 있으리라고 믿었다. 그는 저 나무에 얼마나 많은 꽃송이가 피어 있는지 궁금했다. 수천만 송이쯤? 그런데 이때 다시 누군가가 말하는 소리가 들렸다.

"나는 내가 신사와 결혼했다고 생각했어요." 그 목소리가 계속 이어졌다. "그렇지만……."

어째서 그녀가 그의 곁에 다가와 이렇게 바싹 붙어 서 있는 것일까?

"그렇지만 이제 알았어요." 지금 앨리샤가 말하는 것인가? "내가 훨씬 훌륭한 사람과 결혼했다는 걸요. 진짜 남자 말이에요. 밥, 여보, 내게 키스해 주지 않겠어요?"

도시는 까마득하게 멀리 있었다.

1달러의 가치

어느 날 아침 리오그란데 강[92] 근처 국경 지대에 위치한 미합중국 지방 법원의 판사가 자기 우편물에서 다음과 같은 편지를 발견했다.

판사 양반에게

당신은 사 년 전에 나를 감옥에 집어넣으면서 일장 연설을 했지. 온갖 신랄한 말들을 쏴 대면서 나를 방울뱀이라고 불렀어. 그래, 어쩌면 난 방울뱀인지도 모르지. 어쨌든 당신은 지금 내가 시끄럽게 딸랑거리는 소리를 듣고 있는 셈이니까. 내가 감옥에 간 지 일 년 만에 내 딸이 죽었어. 사람들 말로는 가난과 수치심 때문이라더군. 당신한테도 딸이 하나 있지, 판사 양

---

92) 미국과 멕시코의 국경을 이루는 강.

반. 그래서 내가 당신도 딸을 잃는 심정이 어떤 건지 맛보게 해 줄 작정이야. 그리고 나를 기소한 그 지방 검사 놈도 꼭 물어 버리려고. 이제 나는 자유의 몸이야. 그래서 다시 방울뱀으로 돌아간 게 틀림없는 것 같아. 진짜 방울뱀이 된 것 같은 기분이야. 말은 많이 하지 않겠어. 하지만 이게 바로 내 꼬리 소리라고. 내가 언제 공격하나 두고 보시지.

존경하는 마음으로
방울뱀

더원트 판사는 그 편지를 서슴지 않고 한쪽으로 던져 버렸다. 그가 판결을 내린 악에 받친 인간들에게 그런 편지를 받는 일은 새로울 것이 없었다. 그는 전혀 겁먹지 않았다. 그렇지만 나중에 이 편지를 젊은 지방 검사 리틀필드에게 보여 주었다. 리틀필드의 이름도 협박 편지에 포함되었는데, 판사는 본인과 동료 사이의 문제에서는 한없이 고지식했기 때문이다.

리틀필드도 자신만 관련된 일이라면 편지 작성자의 꼬리 소리 따위에는 경멸 섞인 웃음 한 번으로 응수하고 말았을 것이다. 하지만 판사의 딸을 언급한 대목에 이르러서는 얼굴을 살짝 찡그렸다. 그는 낸시 더원트와 가을에 결혼식을 올릴 예정이었던 것이다.

리틀필드는 법원 서기에게 가서 그와 함께 공판 기록들을 살펴보았다. 그들은 편지를 보낸 사람이 사 년 전에 살인죄로 수감된 국경 지대의 무법자, 혼혈아 멕시코 샘일 것이라는 결론에 도달했다. 그러고 나서 곧 온갖 공무로 인해 그 문제는 그의 마음에서 밀려났고 복수심에 불타는 독사의 딸랑거리는 소리는 잊히고 말았다.

법정이 브라운스빌에서 개정 중이었다. 심리가 필요한 사건은 대부분 밀수나 화폐 위조, 우체국 강도, 국경 지대에서의 연방법 위반 등의 혐의에 관한 것이었다. 그중 한 사건은 라파엘 오르티스라는 젊은 멕시코인에 관한 것이었다. 그는 위조된 1달러짜리 은화를 유통시키려다 영리한 연방 보안관[93]에게 검거되었다. 그는 수많은 위법 행위를 저질렀다는 의심을 줄곧 받았지만 그를 옴짝달싹 못 하게 할 증거가 확보된 것은 이번이 처음이었다. 오르티스는 구치소에서 편안히 지내면서 갈색 담배를 피워 대며 재판을 기다리고 있었다. 연방 보안관 킬패트릭이 가짜 은화를 법원에 있는 지방 검사 사무실로 가져가 그에게 넘겨주었다. 연방 보안관과 평판 좋은 어느 약제사가 오르티스가 그 돈으로 약 한 병 값을 치렀다고 증언할 만반의 준비가 되어 있었다. 그 은화는 형편없는 위조품이었는데, 너무 무른 데다 광택도 거의 없고 거의 납으로만 만든 것이었다. 심리 일정표상 오르티스 사건의 공판이 열리기 전날 아침이었다. 지방 검사 자신도 공판을 준비하고 있었다.

"이 은화가 가짜라는 걸 입증하려고 굳이 비싼 돈 주고 전문가를 부를 필요는 전혀 없겠지요, 킬?" 리틀필드가 빙긋 웃으면서 은화를 탁자 위로 툭 던졌다. 그것이 연마제 덩어리만

---

93) 연방 법원의 법 집행이나 관련 업무를 취급하는 사법 경찰관.

큼이나 둔탁한 소리를 내며 떨어졌다.

"그 멕시코 놈은 이미 철창에 갇힌 거나 마찬가지예요." 연방 보안관이 권총집을 느슨하게 고쳐 차면서 말했다. "검사님이 그놈을 꼼짝 못 하게 잡은 겁니다. 만약 이번 한 번뿐이었다면 이 멕시코인들이 진짜 돈과 가짜 돈을 구분하지 못할 겁니다. 그렇지만 이 작고 누런 악당 놈은 위조 화폐 조직이랑 한통속인 게 뻔해요. 녀석이 속임수를 쓰다 잡힌 건 이번이 처음이지만요. 저 아래쪽 강둑에 있는 멕시코인들의 하칼[94] 마을에 저 녀석의 여자가 있어요. 하루는 녀석을 감시하다 그 여자를 보게 됐는데 꽃밭에 있는 붉은 암송아지만큼이나 예쁘더라고요."

리틀필드는 가짜 은화를 주머니에 아무렇게나 찔러 넣은 다음 그 사건과 관련된 서류들을 봉투에 집어넣었다. 바로 그때 성격은 사내아이만큼이나 솔직하고 쾌활하며 얼굴은 밝고 매력적인 사람이 문 앞에 나타났다. 방 안으로 들어온 사람은 낸시 더원트였다.

"오, 밥. 오늘 12시부터 내일까지는 휴정하는 거 아니었어요?" 그녀가 리틀필드에게 물었다.

"맞아요." 지방 검사가 대답했다. "그래서 나도 정말 기뻐요. 찾아볼 판례도 너무 많고, 게다가……."

"이런! 그거 정말 당신다운 말이네요. 당신이랑 아버지가 어째서 법률 책이나 판례 같은 걸로 변해 버리지 않는지 참 이

---

94) 기둥 사이를 진흙으로 메운 초가집.

상할 지경이라니까요! 오늘 오후에는 당신이 저를 물떼새 사냥에 데려가 주면 좋겠어요. 지금 롱프레리는 물떼새 천지예요. 제발 싫다고 하지 마요! 새로 산 12구경 해멀리스 총[95]을 시험해 보고 싶단 말이에요. 벌써 마차 대여소에 사람을 보내 사륜마차를 끌 플라이와 베스까지 빌려 두라고 했어요. 그 녀석들은 총소리가 나도 아주 잘 버티거든요. 당신이 틀림없이 갈 거라고 믿었어요.”

두 사람은 가을에 결혼할 예정이었다. 그래서 이즈음 그녀의 매력은 절정에 달해 있었다. 결국 물떼새가 송아지 가죽 표지의 법률 책을 물리치고 그날을, 아니, 더 정확히 말하면 그날 오후를 차지했다. 리틀필드는 서류를 치우기 시작했다.

그때 문을 두드리는 소리가 들렸다. 킬패트릭이 문을 열었다. 피부에 엷은 레몬 빛이 감도는 검은 눈의 아름다운 아가씨가 방 안으로 들어왔다. 그녀는 머리에 두른 검은색 숄로 목까지 감싸고 있었다.

그녀가 쉬지 않고 흐르는 애절하고 구슬픈 음악 같은 스페인어로 열변을 토하기 시작했다. 리틀필드는 스페인어를 알아듣지 못했다. 그래서 스페인어를 알아듣는 연방 보안관이 밀물처럼 거침없이 밀려드는 그녀의 말을 간간이 손을 들어 제지하면서 끊어서 통역해 주었다.

“리틀필드 검사님을 만나러 왔답니다. 이름은 호야 트레비냐스라고 하네요. 만나 뵈려는 용건은 저기…… 그러니까 자

95) 방아공이가 총열 속에 들어 있어 겉에서는 보이지 않는 총.

기가 그 라파엘 오르티스하고 관련이 있답니다. 자신이 그 남자의…… 그러니까 자기가 그 남자의 여자라는 겁니다. 이 여자 말이 그 남자는 죄가 없대요. 자기가 그 가짜 돈을 만들어서 남자한테 사용하라고 줬답니다. 이 여자 말은 하나도 믿으시면 안 돼요, 리틀필드 검사님. 멕시코 여자들은 다 이런 식이란 말입니다. 남자에게 빠지면 그 남자를 위해서는 거짓말, 도둑질, 심지어 살인까지 불사하거든요. 사랑에 빠진 여자 말은 절대 믿으시면 안 됩니다!"

"킬패트릭 씨!"

낸시 더원트가 격분하여 큰 소리로 항의하자 연방 보안관은 허둥거리며 자기 뜻은 그런 것이 아니었는데 말이 잘못 나왔다고 해명하느라 잠시 진땀을 뺐다. 그러고 나서 다시 통역을 이어 갔다.

"이 여자 말이 그 남자만 풀어 주면 자신이 기꺼이 대신 감옥에 들어가겠답니다. 자신이 열병에 걸려 앓아누웠는데 의사가 약을 쓰지 못하면 죽을 거라고 말했답니다. 그게 바로 남자가 약국에서 납으로 만든 가짜 돈을 쓴 이유라네요. 이 여자 말로는 그 덕에 자기 목숨을 건졌답니다. 이 라파엘이란 놈이 여자의 애인인 것 같긴 하네요. 이 정도면 된 것 같군요. 여자가 계속 사랑이니 하는 것들에 대해 떠들어 대고 있는데, 검사님은 그런 얘기는 듣고 싶지 않으실 테니까요."

이런 사연은 지방 검사에게는 무척 익숙했다.

"그녀에게 전해 줘요." 그가 말했다. "나로서는 어쩔 수 없다고요. 내일 아침 그 사건에 대한 심리가 시작되면 그 남자는 법정에서 싸워야 한다고요.”

낸시 더원트는 그렇게 냉정한 여자가 아니었다. 그녀가 동정 섞인 눈길로 호야 트레비냐스와 리틀필드를 번갈아 관심 있게 바라보았다. 연방 보안관이 지방 검사의 말을 여자에게 그대로 전했다. 여자가 나직한 목소리로 한두 마디 더 내뱉더니 얼굴 주위로 숄을 당겨 단단히 여미면서 방을 나갔다.

“저 여자가 뭐라고 했지요?” 지방 검사가 물었다.

“별말은 아니었어요.” 연방 보안관이 대답했다. “저 여자 말이 ‘만약 그 사람의 목숨이’ 어디 보자…… ‘시 라 비다 데 엘라 아 키엔 투 아마스’니까…… ‘만약 사랑하는 여자의 목숨이 위험에 처하면 라파엘 오르티스를 기억하세요.’라는데요.”

킬패트릭은 복도로 나가 보안관 사무실 쪽으로 어슬렁거리며 걸어갔다.

“당신이 해 줄 수 있는 일이 아무것도 없나요, 밥?” 낸시가 물었다. “기껏해야 1달러짜리 가짜 은화일 뿐인데 두 사람의 행복이 엉망이 돼 버리다니! 저 여자가 죽을 위험에 처해 목숨을 구하려고 그런 거라잖아요. 법은 동정심 따위는 알지도 못하는 건가요?”

“법률의 세계에는 그런 감정이 끼어들 여지가 없는 법이에요, 낸.” 리틀필드가 말했다. “특히 지방 검사가 임무를 수행할 때는 더 그렇고요. 검찰 측에서 징벌적인 구형을 하지는 않겠다고 약속할게요. 일단 공판에 회부되면 그 남자는 이미 유죄를 선고받은 거나 다름없어요. 증인들이 그 남자가 가짜 돈을 사용했다고 증언할 테니까요. 지금 내 주머니에 있는 ‘증거물 A'를 말이지요. 더구나 배심원단에 멕시코인은 한 사람도 없으니 배심원석을 나갈 필요도 없이 그 자리에서 다들 유죄에 표를 던질 거예요.”

그날 오후 물떼새 사냥은 순조로웠다. 사냥이 불러일으킨 흥분으로 라파엘 사건과 호야 트레비냐스의 슬픔은 완전히 잊혔다. 지방 검사와 낸시 더원트는 마차를 몰고 풀이 뒤덮인 평탄한 길을 달려 시내에서 5킬로미터 떨어진 곳까지 나갔다. 그런 다음 경사가 완만한 너른 초원을 가로질러 피에드라 샛강을 끼고 있는 울창한 숲 가장자리로 향했다. 이 샛강 너머에 물떼새들이 가장 좋아하는 서식지인 롱프레리가 있었다. 샛강이 가까워질 즈음 두 사람의 오른편에서 전속력으로 말을 달리는 소리가 들려왔다. 그리고 머리가 검고 얼굴이 거무스름한 남자가 그들 뒤에 바싹 붙어 오다가 갑자기 옆길로 방향을 튼 것처럼 숲을 향해 말을 모는 모습이 보였다.

“어디선가 저 사람을 본 적이 있는데.” 리틀필드가 말했다. 그는 사람의 얼굴을 잘 기억하는 편이었다. “하지만 누군지 정확하게 생각나지는 않네. 어느 목장 사람이 지름길로 집에 돌아가려나 보군.”

두 사람은 롱프레리에서 마차를 타고 한 시간 동안 사냥을 했다. 활발하고 야외 활동을 즐기는 서부 아가씨 낸시 더원트는 자신의 12구경 총에 만족했다. 그녀가 잡은 사냥감은 상대방의 기록보다 고작 네 마리 부족할 뿐이었다.

그들은 적당한 속도로 말을 몰아 집으로 향하기 시작했다. 피에드라 샛강이 100미터도 남지 않은 지점에 이르렀을 때 한 남자가 말을 타고 숲에서 나와 곧장 그들을 향해 달려왔다.

"아까 우연히 지나친 사람 같아요." 더원트 양이 말했다.

그들 사이의 거리가 줄어들자 지방 검사는 말을 타고 달려오는 남자에게서 시선을 떼지 않은 채 갑자기 말과 마차를 멈춰 세웠다. 그 순간 남자가 안장 옆 케이스에서 윈체스터 라이플총을 꺼내더니 한쪽 팔 위로 던져 올려 걸쳤다.

"이제 네놈이 누군지 알겠군, 멕시코 샘!" 리틀필드가 혼잣말로 낮게 으르렁거리듯 중얼거렸다. "그 점잖은 척하는 편지에서 요란하게 꼬리를 흔들던 게 바로 네놈이었구나."

멕시코 샘은 그들이 머뭇거릴 틈을 길게 주지 않았다. 그는 총기와 관련된 문제에서는 정확한 눈을 가지고 있었다. 드디어 라이플총의 사정거리에는 충분히 들어가지만 8구경 산탄총의 위협에서는 벗어나는 지점에 다다르자 그가 총구를 들더니 마차에 탄 두 사람을 겨눠 총을 쏘기 시작했다.

첫 번째 총알은 리틀필드와 더원트 양의 나란한 어깨 사이 좁은 틈으로 빠져나가 좌석 등받이에 박혔다. 다음 총알은 마차 흙받기와 리틀필드의 한쪽 바짓가랑이를 관통했다.

지방 검사가 황급히 낸시를 마차 밖 땅바닥으로 떠밀었다. 그녀는 얼굴이 하얗게 질렸지만 아무 질문도 하지 않았다. 그녀도 비상 상황에서는 쓸데없는 말싸움을 하지 않고 그 상황을 즉시 받아들이는 서부 개척자의 본능을 지니고 있었던 것이다. 두 사람은 계속 손에 총을 들고 있었다. 리틀필드가 좌석에 놓인 판지 상자에서 총알 몇 움큼을 허겁지겁 꺼내더니 양쪽 주머니에 잔뜩 쑤셔 넣었다.

"계속 말 뒤에 숨어 있어요, 낸." 그가 지시했다. "저놈은 전에 내가 감옥에 보낸 악당이에요. 앙갚음하려는 거지요. 놈은 저 정도 거리에서는 우리 총에 맞지 않을 걸 잘 아는 거예요."

"알았어요, 밥." 낸시가 침착하게 말했다. "난 무섭지 않아요. 하지만 당신도 너무 가까워요. 워, 베스, 자, 가만히 있어!"

그녀가 베스의 갈기를 쓰다듬어 주었다. 리틀필드는 사격 준비를 한 채 서서 그 무법자가 사정거리 안에 들어오기만을 기도했다.

하지만 멕시코 샘은 안전선을 따라 움직이면서 피의 복수를 감행하려 들었다. 그는 물떼새와는 전혀 다른 깃털을 가진 사냥감이었다. 그는 정확한 눈으로 새 사냥용 산탄이 닿을 수 있는 위험 범위 둘레에 가상의 원을 그린 다음 그 선을 따라서만 말을 달렸다. 그의 말이 오른쪽으로 돌았고, 그의 희생양인 두 사람이 엄폐물로 삼은 말의 가슴 부분을 돌아 안전한 쪽으로 자리를 옮기자 총알이 지방 검사의 모자를 관통했다. 그가 빙 돌다 딱 한 번 잘못 계산하는 바람에 원을 조금 넘어왔다. 그러자 리틀필드의 총이 불을 뿜었다. 멕시코 샘은 잽싸게 고개를 숙이며 아무 피해도 주지 않고 떨어져 내린 총알을 흘긋 보았다. 그러다 몇 발이 그의 말을 스치고 지나가자 말이 껑충거리며 즉시 안전선으로 물러났다.

무법자가 다시 총을 쐈다. 낸시 더원트가 외마디 비명을 질렀다. 리틀필드가 분노에 불타는 눈으로 뒤돌아보니 그녀의 뺨에 피가 흐르고 있었다.

"별로 다치지 않았어요, 밥. 파편에 맞은 것뿐이에요. 총알이 바퀴살에 맞은 것 같아요."

"이런!" 리틀필드가 신음했다. "큰 산탄 한 발만 있었으면!"

악당이 말을 멈춰 세운 다음 신중하게 조준했다. 그 순간 플라이가 히힝 하고 콧김을 내뿜더니 마구에 묶인 채 쓰러졌다. 목에 총을 맞았던 것이다. 물떼새를 쏘고 있다는 착각에서 깨어난 베스가 봇줄을 끊고 전속력으로 달아났다. 멕시코 샘이 쏜 총알이 이번에는 낸시 더윈트의 넉넉한 사냥용 재킷을 깨끗이 관통했다.

"엎드려요…… 엎드려!" 리틀필드가 날카롭게 말했다. "말에 바싹 붙어서…… 땅에 납작 엎드리란 말이에요…… 이렇게." 그가 쓰러진 플라이의 등 뒤 풀밭 위로 그녀를 거의 내던지다시피 했다. 아주 이상하게도 그 순간 그의 머릿속에 그 멕시코 여자의 말이 떠올랐다.

"만약 사랑하는 여자의 목숨이 위험에 처하면 라파엘 오르티스를 기억하세요."

리틀필드가 큰 소리로 외쳤다.

"말 등 너머로 저놈을 계속 쏴요, 낸! 최대한 빠르게! 녀석을 맞힐 순 없겠지만 내게 묘안이 있으니 그걸 시도하는 동안 잠시라도 녀석이 계속 총알을 피해 다니게 해 줘요."

낸시가 리틀필드를 흘깃 바라보니 그가 접이식 주머니칼을 꺼내 펼치고 있었다. 그녀는 곧 고개를 돌리고 그가 주문한 대로 적을 향해 쉬지 않고 빠르게 총을 쏴 댔다.

멕시코 샘은 그에게 아무 해도 미치지 않는 이 연속 사격이 멎기를 참을성 있게 기다렸다. 그에게 시간은 충분했다. 그러니 조금만 조심하면 피할 수 있는데 고작 새 사냥용 산탄에 눈을 맞을 위험을 무릅쓰고 싶지는 않았다. 그는 커다란 스테트슨[96] 모자가 얼굴을 다 가리도록 눌러쓴 다음 총성이 멈추기를 기다렸다.

그리고 나서 조금 더 가까이 다가간 다음 쓰러진 말 위로 보이는 희생양들을 주의 깊게 조준해 방아쇠를 당겼다. 목표물 중 누구도 움직이지 않았다. 그는 말을 재촉해 몇 걸음 더 가까이 다가갔다. 지방 검사가 한쪽 무릎을 세운 채 신중하게 산탄총을 겨누는 모습이 보였다. 멕시코 샘은 모자를 눌러쓰고 아무 해도 끼치지 못하는 작은 산탄들이 시끄러운 소리를 내기를 기다렸다.

리틀필드의 산탄총이 강력한 폭발음을 내며 불을 뿜었다. 멕시코 샘이 탄식하듯 숨을 내쉬며 온몸을 축 늘어뜨리더니 천천히 말에서 떨어졌다. 방울뱀의 죽음이었다.

이튿날 아침 10시에 법정이 열렸고, 미합중국 대 라파엘 오르티스 사건이 공판에 회부되었다. 한쪽 팔에 팔걸이 붕대를 한 지방 검사가 자리에서 일어서더니 판사에게 정중하게 말했다.

"존경하는 재판장님께서 허락하신다면 저는 본 사건에 대한 기소를 철회하고 싶습니다. 비록 피고의 유죄가 분명하다 해도 유죄 판결을 보장할 충분한 증거가 당국의 수중에 없습니다. 본 사건 성립의 근거가 되었던 위조 은화는 이제 증거로

---

96) 카우보이모자의 상표명.

사용할 수 없게 되었습니다. 그러므로 저는 본 사건의 기소 철회를 요청하는 바입니다."

정오 휴정 시간에 킬패트릭이 지방 검사 사무실로 어슬렁거리며 들어왔다.

"방금 내려가서 멕시코 샘 영감을 슬쩍 보고 왔어요." 연방 보안관이 말했다. "사람들이 놈의 입관 준비를 하고 있더군요. 그 멕시코 영감은 만만찮은 놈이었겠어요. 제 생각이지만요. 저 아래 있는 녀석들은 다들 검사님이 그놈을 뭘로 쐈는지 궁금해해요. 어떤 녀석들은 틀림없이 못이었을 거라고 하더군요. 저도 그놈 몸에 뚫린 것 같은 구멍을 낼 수 있는 총알을 장전한 총은 한 번도 본 적이 없어요."

"내가 놈을 쏜 총알은 말이에요." 지방 검사가 말했다. "바로 연방 보안관님이 가져다준 위조 은화 사건의 증거물 A였어요. 나한테는, 그리고 다른 누군가한테도 그게 가짜 돈인 게 참 행운이었죠! 총알 모양으로 아주 잘 잘리던걸요. 저기요, 킬. 하칼 마을에 가서 그 멕시코 아가씨가 어디 사는지 알아봐 줄 수 있을까요? 더원트 양이 알고 싶어 해서요."

1000달러

"1000달러입니다." 톨먼 변호사가 진지하고 엄숙하게 반복해서 말했다. "그리고 이게 그 돈입니다."

젊은 질리언이 얄팍한 50달러짜리 신권 뭉치를 만지작거리면서 누가 들어도 즐거운 것처럼 들리는 웃음소리를 냈다.

"정말 지독하게 처치 곤란한 액수로군요." 그가 변호사에게 쾌활하게 설명했다. "1만 달러였다면 한바탕 불꽃놀이로 끝장내 버리고 체면이나 세우면 됐겠지요. 차라리 50달러면 골치 아플 일이 적었을 것 같아요."

"숙부님 유언장 내용은 읽어 드렸으니 아실 겁니다." 톨먼 변호사가 건조하고 사무적인 어조로 말을 이었다. "세부 사항을 다 귀담아들으셨는지 몰라서 한 가지만 상기시켜 드리겠습니다. 질리언 씨는 1000달러를 다 쓰면 즉시 저희에게 와서 돈의 지출 방식을 설명해야 합니다. 유언장에 그렇게 명기돼 있습니다. 작고하신 질리언 씨의 소망을 그 정도는 들어주실 거라고 믿습니다."

"믿으셔도 좋습니다." 젊은 남자가 정중하게 말했다. "추가 비용이 들더라도 말입니다. 비서를 고용해야 할지도 모르겠는걸요. 제가 회계에 서툴러서요."

질리언은 소속 클럽으로 향했다. 그곳에서 그는 자신이 브라이슨 형이라고 부르는 사람을 찾아냈다. 브라이슨은 마흔 살로, 침착하고 세상사에서 한 걸음 물러나 있는 사람이었다. 한쪽 구석에서 책을 읽던 그가 질리언이 다가오는 것을 보자 한숨을 쉬며 책을 내려놓은 다음 안경을 벗었다.

"브라이슨 형, 정신 차려요." 질리언이 말했다. "재미있는 이야기가 있단 말입니다."

"당구실에 있는 다른 사람들한테나 얘기해 주면 좋겠군." 브라이슨이 말했다. "내가 자네 이야기를 얼마나 싫어하는지 알잖아."

"이번 건 평소보다 괜찮은 거예요." 질리언이 담배를 말면서 말했다. "더구나 기꺼이 알려 드리고 싶기도 하고. 이건 너무 슬프면서도 웃기는 이야기라서 당구공끼리 달가닥거리는 소리랑은 어울리지 않는단 말입니다. 돌아가신 숙부님의 해적 같은 법률 사무소에서 지금 막 돌아오는 길이에요. 숙부님이 나한테 딱 1000달러를 남기셨어요. 자, 사내대장부가 대체 1000달러로 뭘 할 수 있을까요?"

"고인이 되신 셉티머스 질리언 씨께는 재산이 50만 달러쯤 있는 줄 알았는데." 브라이슨이 꿀벌이 식초병에 가지는 만큼만 관심을 보이며 말했다.

"있었죠." 질리언이 기쁜 듯이 동의했다. "그게 바로 재미있어지기 시작하는 부분이죠. 숙부님은 그 많은 돈을 모조리 세균한테 남기셨어요. 그러니까 일부는 신종 간균을 찾아낸 사람한테 주고, 나머지는 다시 그걸 없애기 위한 병원을 세우는 데 준다니까요. 곁들여서 한두 가지 사소한 유증도 있긴 해요. 집사와 가정부는 인장 반지랑 10달러씩 받아요. 그리고 이 조카는 1000달러를 받지요."

"자네는 언제나 쓸 돈이 풍족했잖아." 브라이슨이 말했다.

"꽤 많았죠." 질리언이 말했다. "숙부님은 용돈에 관한 한 동화 속 요정 대모처럼 너그러우셨으니까요."

"다른 상속인은 없어?" 브라이슨이 물었다.

"없어요." 질리언이 담배를 보고 이맛살을 찌푸리면서 긴 쿠션 의자의 가죽 덮개를 거북한 듯 발로 찼다. "헤이든 양이라는 여자가 있어요. 숙부님 댁에 사는 숙부님의 피후견인이에요. 조용한 사람이지요. 음악을 좋아하고요. 운 나쁘게도 숙부님과 친구로 지낸 어느 분의 딸이에요. 깜빡하고 빼먹을 뻔했는데 지금 보니 그 여자도 인장 반지와 10달러라는 그 농담 같은 유증에 한몫 끼어 있네요. 차라리 나도 그랬으면 좋겠는데. 그랬다면 샴페인을 두 병 시키고 반지를 웨이터에게 팁으로 줘 버리고 나면 이 모든 일에서 손을 털 수 있었을 텐데. 잘난 체하면서 무례하게 굴지 마요, 브라이슨 형. 사내 녀석이 1000달러로 뭘 할 수 있을지 말 좀 해 봐요."

브라이슨이 안경을 닦으면서 빙그레 미소 지었다. 브라이슨이 미소 짓자 질리언은 그가 더욱 공격적으로 조롱할 작정임을 알아차렸다.

"1000달러는 많은 돈일 수도 있고 적은 돈일 수도 있어." 그가 말했다. "어떤 사람은 그걸로 집을 사서 행복한 가정을 꾸리고 록펠러를 비웃을 수 있지. 또 어떤 사람은 그걸로 아내를 남부로 보내 그녀의 생명을 구할 수 있고. 1000달러면 아기 백 명이 6월, 7월, 8월 석 달 동안 먹을 깨끗한 우유를 사서 그중 쉰 명의 생명을 구할 수 있어. 또 보안이 철통같은 미술관에서 내기 카드 도박을 하면서 삼십 분 정도 기분 전환을 할 수도 있고. 패기만만한 소년에게 교육의 기회를 마련해 줄 수도 있지. 코로[97]의 진품 한 점이 어제 경매에서 그 가격에 낙찰됐다는 얘기를 들었어. 뉴햄프셔 주의 어느 마을로 이사 가서 그걸로 한 이 년 정도 상당히 품위 있게 지낼 수도 있겠군. 그걸로 매디슨스퀘어 가든[98]을 하룻밤 빌려서 추정 상속인이라는 직업이 얼마나 불안정한지에 대해 청중에게 강연을 할 수도 있고 말이야."

"지금처럼 도덕적인 설교를 하려고 들지만 않으면 사람들이 좋아할 텐데요, 브라이슨 형." 질리언이 언제나처럼 침착하게 말했다. "제가 부탁한 건 1000달러로 뭘 할 수 있는지 알려 달라는 거잖아요."

"자네가?" 브라이슨이 부드럽게 웃으며 말했다. "그야, 바

---

97) 프랑스의 풍경화가 장 밥티스트 카미유 코로.
98) 미국 뉴욕 맨해튼에 있는 대규모 실내 스포츠 센터.

비 질리언, 논리적으로 사실상 자네가 할 수 있는 유일한 일이 있긴 하지. 가서 그 돈으로 로타 로리어 양에게 다이아몬드 목걸이 같은 거나 하나 사 준 다음 아이다호 주로 가서 거기 머무는 자체로 목장에 폐를 끼치며 사는 거야. 양 목장을 권하고 싶네만. 내가 양을 특히 싫어하거든."

"고마워요." 질리언이 자리에서 일어서며 말했다. "역시 믿을 만할 것 같았어요, 브라이슨 형. 바로 그거예요. 제대로 생각해 냈어요. 그 돈을 단번에 써 버리고 싶었거든요. 지출 보고서를 제출해야 하는데, 항목별로 조목조목 나눠 쓰기는 정말 싫으니까요."

질리언이 전화로 마차를 불러 마부에게 말했다.

"콜럼바인 극장 무대 입구로 갑시다."

로타 로리어 양은 자연의 일손을 거들기 위해 분첩으로 직접 얼굴을 단장하고 있었다. 그녀의 의상 담당자가 질리언의 이름을 꺼냈을 때는 관중이 빽빽이 들어찬 낮 공연에 불려 나갈 준비를 거의 끝낸 상태였다.

"들여보내." 로리어 양이 말했다. "자, 무슨 일이죠, 바비? 이 분 후에는 무대에 올라가야 해요."

"오른쪽 귀 옆에 머리가 몇 가닥 흘러나왔어." 질리언이 비판적으로 말을 꺼냈다. "그래. 그게 더 낫군. 내 볼일은 이 분도 안 걸릴 거야. 작은 목걸이 같은 거 하나 어때? 0이 세 개에 그 앞에 숫자 1이 붙는 것까지는 감당할 수 있어."

"아, 당신 말대로 해요." 로리어 양이 지저귀며 노래하듯 말했다. "오른쪽 장갑, 애덤스. 저, 바비, 요전 날 밤에 델라 스테이시가 걸고 있던 목걸이 봤어요? 티파니 보석상에서 2200달러에 샀대요. 하지만 물론…… 어깨띠를 좀 더 왼쪽으로 당겨봐, 애덤스."

"로리어 양, 곧 개막 합창입니다!" 호출 담당이 문밖에서 소리쳤다.

질리언은 마차가 기다리는 곳으로 천천히 걸어 나갔다. "만약 1000달러가 있다면 그걸로 뭘 하겠습니까?" 그가 마부에게 물었다.

"술집을 하나 열지요." 마부가 쉰 목소리로 즉시 대답했다. "두 손 가득 돈을 긁어모을 수 있을 만한 장소를 하나 압니다. 모퉁이에 있는 사 층짜리 벽돌 건물이죠. 생각도 다 해 놨어요. 2층에는 중국 음식점, 3층에는 손톱 관리 가게랑 해외 선교단, 4층에는 내기 당구장을 두는 거예요. 손님이 한도액을 올릴 생각이시라면……."

"아, 아닙니다." 질리언이 말했다. "그저 호기심에서 물어본 것뿐이에요. 요금은 시간 단위로 드릴 테니 세워 달라고 할 때까지 계속 가 주세요."

브로드웨이를 여덟 블록 더 달린 다음 질리언이 지팡이로 천장의 뚜껑 문을 쿡 찔러 마차를 세우고 밖으로 나갔다. 눈먼 남자가 보도에 의자를 놓고 앉아 연필을 팔고 있었다. 질리언이 그 앞으로 다가섰다.

"실례합니다." 그가 말했다. "괜찮다면 1000달러가 있으면 그걸로 뭘 할지 말씀해 주실 수 있을까요?"

"방금 멈춘 마차에서 내리신 분 맞지요?" 맹인이 물었다.

"맞습니다." 질리언이 말했다.

"당신이라면 괜찮겠군요." 연필 장수가 말했다. "대낮에 마차를 타고 다니는 분이니까요. 원하신다면 한번 보세요."

맹인이 외투 주머니에서 작은 수첩을 하나 꺼내 내밀었다. 질리언이 펼쳐 보니 그것은 은행 예금 통장이었다. 계좌 잔액이 1785달러라고 적혀 있었다.

질리언은 통장을 돌려주고 다시 마차에 올라탔다.

"잊은 게 있네요." 그가 말했다. "톨먼 앤드 샤프 법률 사무소로 가 주세요. 브로드웨이 ○○번지예요."

톨먼 변호사가 금테 안경 너머 두 눈에 미심쩍은 듯 냉담한 빛을 띠고 그를 바라보았다.

"죄송합니다만 한 가지 질문을 드려도 될까요?" 질리언이 쾌활하게 말했다. "무례하다고 여기실 질문은 아니기를 바랍니다. 숙부님께서 유언장에 헤이든 양 앞으로 반지와 10달러 외에 따로 남기신 게 있나요?"

"없습니다." 톨먼 씨가 말했다.

"대단히 고맙습니다, 선생님." 질리언은 그렇게 말한 다음 마차를 타러 나갔다. 그가 마부에게 고인이 된 숙부의 집 주소를 불러 주었다.

헤이든 양은 서재에서 편지를 쓰고 있었다. 그녀는 작고 가냘픈 몸에 검은 옷을 입었다. 그렇지만 눈만은 남다른 구석이 있었다. 질리언이 세상을 다 하찮게 여기는 듯한 태도로 표표히 걸어 들어갔다.

"방금 톨먼 씨 사무실에서 오는 길입니다." 그가 설명했다.

"여태껏 서류 뭉치들을 점검하고 있었다더군요. 그러다가 발견했다고……." 질리언은 적당한 법률 용어를 찾아 기억을 더듬었다. "그러니까 수정 조항이라든가 추가 조항이라든가 뭐 그런 게 유언장에 붙어 있는 걸 발견했답니다. 그 노인네가 곰곰이 생각해 보다가 마음이 너그러워졌던지 당신에게 1000달러를 주겠다는 유언을 남겼다는군요. 제가 이 길을 지나간다니까 톨먼 씨가 그 돈을 당신께 전해 달라고 부탁했어요. 여기 있습니다. 맞는지 세어 보시는 게 좋겠습니다." 질리언이 책상에 놓인 그녀의 손 옆에 돈을 내려놓았다.

헤이든 양은 안색이 창백해져서 "아!" 하더니 한 번 더 "아!" 하고 반복할 뿐이었다.

질리언이 몸을 반쯤 돌리고 창밖을 내다보았다.

"물론 제가 당신을 사랑한다는 건 알고 계시겠지요." 그가 나직한 목소리로 말했다.

"죄송해요." 헤이든 양이 돈을 집어 들면서 말했다.

"아무 소용 없나요?" 질리언이 거의 명랑하다고 해도 될 정도의 어조로 말했다.

"죄송해요." 그녀가 한 번 더 말했다.

"쪽지 한 장 써도 될까요?" 질리언이 미소를 띤 채 묻고는 서재의 커다란 책상에 앉았다. 그녀가 그에게 종이와 펜을 가져다주고 나서 자신의 작은 책상으로 돌아갔다.

질리언은 1000달러에 대한 지출 내역 보고서를 다음과 같이 작성했다.

집안의 골칫덩어리 로버트 질리언은 단언하건대 지상에서 가장 훌륭하고 가장 소중한 여인에게 빚진 영원한 행복에 대한 보답으로 1000달러를 지출하였음.

질리언은 작성한 글을 봉투에 재빨리 넣고 인사한 다음 길을 나섰다.

그가 탄 마차가 다시 한 번 톨먼 앤드 샤프 법률 사무소 앞에 멈춰 섰다.

"1000달러를 다 썼습니다." 그가 안경을 쓴 톨먼에게 기분 좋게 말했다. "그리고 동의한 대로 지출 내역을 설명해 드리려고 왔습니다. 여름 분위기가 물씬 나는군요. 그렇게 생각하지 않으세요, 톨먼 씨?" 그가 변호사의 탁자 위로 흰색 봉투를 툭 던졌다. "그 안에 사라진 돈의 모두스 오페란디[99]에 대한 보고서가 들어 있습니다, 선생님."

톨먼이 봉투는 건드리지도 않고 문으로 가서 동업자 샤프를 불렀다. 두 사람이 함께 거대한 금고 속을 뒤져 전리품이라도 되는 것처럼 밀랍으로 봉인된 커다란 봉투를 끄집어냈다. 이 존경할 만한 인물들이 밀랍을 떼고 봉투를 힘주어 열더니 내용물을 보며 동시에 고개를 가로저었다. 이윽고 톨먼이 대변인 역할을 맡았다.

"질리언 씨." 그가 격식을 차려 말했다. "숙부님의 유언장에는 유언 보충서가 딸려 있었습니다. 이 보충서는 질리언 씨

---

99) 일의 처리 방법이나 절차, 사물의 작용 방법을 의미하는 라틴어.

가 유증받은 1000달러를 어떻게 처리했는지 지출 내역을 제출하고 나서 개봉하라는 지시와 함께 비밀리에 위탁되어 있었습니다. 그리고 조금 전 그 조건이 충족되었기에 제 동업자와 제가 이 보충서를 읽어 보았습니다. 어려운 법률 용어 때문에 이해하는 데 지장이 없으시기를 바라면서 그 내용의 취지를 알려 드리겠습니다.

1000달러를 처분한 방식이 질리언 씨가 보상받을 자격이 있다는 것을 입증한다면 많은 혜택이 발생할 겁니다. 샤프 씨와 제가 그것을 판단할 사람으로 지명되었으며, 우리는 공평무사하고 엄격하게 이 임무를 수행할 것임을 확언하는 바입니다. 우리 두 사람에게는 질리언 씨를 향한 어떤 부정적 편견도 없습니다. 자, 그럼 보충서로 돌아가 봅시다. 질리언 씨가 문제의 돈을 처분한 방식이 신중하고 현명하며 이타적이었다면 우리의 권한으로 이를 위해 우리가 맡고 있던 5만 달러어치의 채권을 질리언 씨에게 양도해 드리게 됩니다. 하지만 우리 고객이셨던 작고한 질리언 씨께서 명시적으로 규정해 놓으셨듯이 그 돈을 과거처럼, 작고한 질리언 씨의 표현을 빌리면 평판 나쁜 패거리 사이에서 비난받을 만한 방식으로 탕진해 버렸다면 그 5만 달러는 지체 없이 작고한 질리언 씨의 피후견인인 미리엄 헤이든 양에게 지급될 것입니다. 자, 질리언 씨, 이제 샤프 씨와 제가 그 1000달러에 관한 지출 내역서를 검토해 보겠습니다. 서면으로 제출하신 건 확실하겠지요? 우리의 결정을 신뢰해 주시기 바랍니다.”

톨먼 씨가 봉투로 손을 뻗었지만 질리언이 더 잽싸게 봉투를 차지했다. 그는 지출 내역서와 봉투를 느긋한 태도로 조각 조각 찢어서 자기 주머니에 털어 넣었다.

"됐습니다." 그가 웃는 얼굴로 말했다. "이걸로 두 분을 괴롭힐 필요는 전혀 없겠어요. 어쨌든 두 분이 항목별로 자질구레하게 적어 놓은 도박 판돈을 잘 이해하실 것 같지도 않네요. 저는 1000달러를 경마에서 모조리 날렸답니다. 안녕히 계십시오, 선생들."

질리언이 떠나자 톨먼과 샤프는 마주 보며 딱하다는 듯 고개를 가로저었다. 그가 엘리베이터를 기다리며 복도에서 유쾌하게 휘파람을 부는 소리가 들려왔기 때문이다.

회전목마 같은 인생

베너저 위덥 치안 판사는 사무실 문간에 앉아 딱총나무 줄기로 만든 파이프로 담배를 피우고 있었다. 금방이라도 하늘에 닿을 듯 치솟은 컴벌랜드 산맥은 오후의 아지랑이 속에서 청회색을 띠었다. 점박이 암탉 한 마리가 '개척 마을' 중심가를 따라 빼기듯 걸어 다니며 멍청하게 꼬꼬댁거렸다.

먼저 길 위쪽에서 삐걱거리는 바퀴 소리가 들려왔고, 그다음에는 흙먼지 구름이 서서히 일어나더니 랜지 빌브로와 그의 아내를 태운 소달구지가 나타났다. 달구지가 판사의 사무실 문 앞에서 멈춰 서자 두 사람이 기어 내려왔다. 랜지는 몸이 가늘고 키는 183센티미터에 피부는 황갈색이고 머리카락은 황색이었다. 산사람 특유의 차분함이 마치 갑옷을 갖춰 입은 것처럼 그를 휘감고 있었다. 여자는 옥양목으로 만든 옷을 입었고 얼굴은 각이 지고 코담배 냄새를 풍겼으며 알 수 없는 갈망으로 지쳐 있었다. 전체적으로는 본인도 알지 못하는 사이에 속아서 잃어버린 젊음에 대해 소심하게나마 항의하는 기색을 언뜻 내비치고 있었다.

치안 판사는 품위를 지키기 위해 재빨리 구두에 발을 밀어넣고 그들이 들어올 수 있도록 몸을 움직였다.

"저희 둘은 이혼하고 싶어요." 여자가 큰 소나무 가지 사이로 부는 바람 소리 같은 목소리로 말했다. 그녀가 두 사람의 볼일에 대한 자신의 표현 방식에서 남편이 일말의 흠이나 모호함이나 얼버무리려는 기미나 편파성, 맹목적 자기 편향성을 발견했는지 알아보려고 랜지를 쳐다보았다.

"이혼 말입니다." 랜지가 엄숙하게 고개를 끄덕이며 되풀이해 말했다. "저희 부부는 절대로 사이좋게 잘 살 수가 없어요. 남녀가 서로를 살뜰히 보살펴도 산속에서 살면 외롭기 짝이 없는 법입니다. 하물며 여자가 노상 오두막 안에서 살쾡이처럼 으르렁거리거나 부엉이처럼 부루퉁해 있는데, 그런 여자랑 살고 싶을 남자는 없단 말입니다."

"남자가 도대체 쓸모라고는 없는 기생충 같은 작자니까 그렇죠." 여자가 그다지 흥분하는 기색도 없이 말했다. "건달이나 밀주꾼들하고 어울려서 어슬렁거리고 다니고, 옥수수 위스키를 진탕 마시고 자빠져 있거나 하는 데다 굶주리고 쓸모도 없어서 먹이만 축내는 사냥개를 떼로 데리고 다니면서 사람들을 괴롭히기나 한다고요!"

"여자가 걸핏하면 프라이팬 뚜껑이나 던져 대고 말이죠." 랜지가 맞받아쳤다. "컴벌랜드에서 제일가는 너구리 사냥개한테 펄펄 끓는 물을 뿌리고, 남편 식사 준비 따위는 나 몰라라 하는 데다 남편 일을 미주알고주알 추궁하느라고 밤이면 밤마다 잠도 못 자게 한단 말입니다!"

"세무서랑 맨날 싸워 대서 산에서도 성질 더럽기로 악명을 떨치는 인간인데, 누가 밤에 잠을 자겠다는 거야?"

치안 판사가 찬찬히 자기 임무를 수행하기 시작했다. 그는 자신이 앉을 의자 하나와 이혼 신청인들이 앉을 등받이 없는 나무 의자 하나를 자리에 배치했다. 그가 탁자 위에 법전을 펼쳐 놓고 목록을 꼼꼼히 훑어보았다. 이윽고 그가 안경을 닦고 잉크스탠드를 옮겨 놓았다.

"법률과 법령에서는 본 법정의 재판권에 관한 한 이혼 문제에 대해서는 아무런 언급을 하지 않았네." 그가 말했다. "하지만 형평법상의 권리와 헌법과 황금률[100]에 따라 쌍방이 모두 지킬 의사가 없는 협정은 계약 무효야. 치안 판사가 한 쌍의 남녀를 결혼시킬 수 있다면 두 사람을 이혼시킬 수도 있다는 건 자명한 이치지. 이에 본 법정은 이혼 성립 판결을 내리는 바이며, 이 판결은 대법원의 결정에 따랐으므로 유효하다."

랜지 빌브로가 바지 주머니에서 작은 담배쌈지를 꺼냈다. 그는 그것을 흔들어 탁자 위에 5달러짜리 지폐 한 장을 떨어뜨렸다. "곰 가죽 한 장과 여우 두 마리를 판 대가죠." 그가 말했다. "저희가 가진 돈은 이게 전부예요."

"본 법정에서 이혼하는 데 필요한 규정 비용은 5달러라네."

---

100) 남에게 대접받고자 하는 대로 남을 대접하라는 기독교의 윤리관.

판사가 말했다. 그는 짐짓 무관심한 태도로 손으로 짠 조끼 주머니에 지폐를 재빨리 쑤셔 넣었다. 엄청난 육체적 노고와 정신적 고뇌 끝에 그는 이절대판지[101] 한 장의 반쪽에 이혼 판결문을 작성했다. 그러고 나서 나머지 반쪽에 그 내용을 그대로 옮겨 적었다. 랜지 빌브로와 그의 아내는 판사가 그들에게 자유를 안겨 줄 이 증서를 읽어 주자 귀를 기울였다.

랜지 빌브로와 그의 아내 아리엘라 빌브로는 금일 직접 본 치안 판사 앞에 출두하여 추후 심신이 건강한 상태에서 기쁠 때나 슬플 때나 그 어떤 경우에도 서로 사랑하거나 존경하거나 순종하지 않을 것을 약속하고, 주 정부의 평화와 위엄에 따라 이혼 선고를 위한 출두 명령을 받아들인 바임을 모든 사람이 알수 있도록 이 증서로써 공표한다. 여기 적힌 바를 어기지 않도록 하느님의 가호가 함께하시기를.

테네시 주 피드먼트 군 치안 판사 베너저 위덥

판사가 랜지에게 증서 중 한 통을 막 건네주려 할 때였다. 아리엘라의 목소리가 양도를 지체시켰다. 두 남자가 그녀를 쳐다보았다. 그들의 무딘 남성성이 여성 속에 있던 갑작스럽고 예측할 수 없는 무언가를 직면하게 되었다.

"판사님, 아직 이 사람에게 증서를 주시면 안 돼요. 다 해결

---

101) 203×336밀리미터 크기의 종이.

된 게 아니잖아요. 우선 제 권리부터 찾아야겠어요. 이혼 수당을 받아야 한다고요. 남자가 아내와 이혼하면서 돈 한 푼 쥐여 주지 않는 법은 없잖아요. 저는 일단 호그백 산에 사는 에드 오빠네로 가서 쉬려고요. 그러니 신발 한 켤레랑 코담배 조금, 그러고도 몇 가지 물건을 더 사야 해요. 이 사람이 이혼 판결 비용을 감당할 여유가 있다면 제게 이혼 수당도 지불하라고 해 주세요."

랜지 빌브로는 기가 막혀서 입도 뻥긋할 수 없었다. 지금껏 이혼 수당에 대해서는 한마디 내비친 적도 없었던 것이다. 여자들은 언제나 예상 밖의 깜짝 놀랄 만한 문젯거리를 꺼내기 마련이다.

베너저 위덥 판사는 이 문제에 법적 판결이 필요하다고 생각했다. 법에서는 이혼 수당 문제에 대해서도 언급하지 않았다. 하지만 지금 여자는 맨발이었고 호그백 산까지 가는 길은 가파르고 험했다.

"아리엘라 빌브로. 본 법정에 제기한 이 소송에서 귀하는 얼마면 충분하고 흡족한 이혼 수당이라고 인정하겠는가?" 판사가 사무적인 어조로 물었다.

"신발까지 몽땅 해서 5달러면 받아들이겠어요." 그녀가 대답했다. "이혼 수당으로 그리 큰돈은 아니지만 제 생각에는 그 정도면 에드 오빠네까지 갈 수 있을 것 같아요."

"그 정도 액수면 터무니없는 건 아니군." 판사가 말했다. "랜지 빌브로, 본 법정은 이혼 판결문을 발부하기에 앞서 귀하가 원고에게 총 5달러를 지불할 것을 명하는 바요."

"저는 더 이상은 한 푼도 없습니다." 랜지가 한숨을 푹 내쉬었다. "제가 가진 건 전부 판사님께 드렸어요."

"만일 수당을 지불하지 않으면 법정을 모독하는 거야." 판사가 안경 너머로 그를 매섭게 노려보며 말했다.

"제게 내일까지 시간을 좀 주십시오." 남편이 애원했다. "어디에서든 샅샅이 긁어모아 볼 수 있을 겁니다. 이혼 수당을 지불해야 한다고는 생각해 본 적도 없습니다."

"본 사건은 내일 두 사람이 출두해 본 법정의 명령을 따를 때까지 휴정하기로 한다." 베너저 위덥이 말했다. "이혼 판결 증서는 그 후에 교부될 것이다." 그가 문간에 앉아 구두끈을 풀기 시작했다.

"우리도 자이어 아저씨 댁으로 가서 하룻밤 묵어야겠군." 랜지가 결정을 내렸다. 그가 달구지의 한쪽에 올라탔고, 아리엘라도 다른 쪽에 올라탔다. 고삐로 한 번 찰싹 때리자 작고 붉은 황소가 길 위에서 천천히 방향을 바꿨고, 달구지는 바퀴에서 먼지구름을 피워 올리며 느릿느릿 사라져 갔다.

베너저 위덥 치안 판사는 딱총나무 줄기로 만든 파이프로 담배를 피웠다. 늦은 오후가 되자 그는 주간 신문을 가져다 땅거미가 내려 글자가 흐릿해 보일 때까지 신문을 읽었다. 그리고 나서 그는 탁자에 놓인 수지 양초에 불을 붙이고, 저녁 식사 시간을 알리는 달이 뜰 때까지 계속 신문을 읽었다. 그는 사시나무에 둘러싸인 산비탈 위 연립 주택식 통나무집에 살았다. 저녁 식사를 하러 집으로 가는 도중에 그는 월계수 덤불로 그늘진 작은 시내를 건넜다. 그 순간 정체불명의 한 인물이 무성한 월계수 사이에서 한 걸음 튀어나오더니 그의 가슴에 총을 겨눴다. 그 사람은 모자를 깊숙이 눌러쓰고 얼굴을 무언가로 거의 다 가린 채였다.

"아무 말 말고 돈 내놓으시지." 그 사람이 말했다. "난 지금 신경이 곤두서서 여기 이 방아쇠에 걸고 있는 손가락이 부들부들 떨릴 지경이라고."

"5, 5, 5달러밖에 없소." 조끼 주머니에서 돈을 꺼내며 판사가 말했다.

"그걸 돌돌 말아서 여기 이 총신 끝에 찔러 넣어." 지시가 내려졌다.

그 지폐는 빳빳한 새것이어서 서투르고 덜덜 떨리는 손가락으로도 그리 어렵지 않게 작게 말아 (이 부분이 조금 더 어려웠지만) 총구에 끼워 넣기까지 할 수 있었다.

"이제 가던 길을 마저 가시지." 강도가 말했다

판사는 망설이지 않고 바로 출발했다.

이튿날 작고 붉은 황소가 달구지를 끌고 사무실 문 앞에 도착했다. 베너저 위덥 판사는 이번 방문을 예상하고 있었기 때문에 구두를 신고 있었다. 랜지 빌브로는 판사가 지켜보는 앞에서 아내에게 5달러짜리 지폐를 건네주었다. 판사가 날카로운 눈으로 그 지폐를 주시했다. 그것은 마치 돌돌 말려 총신 끝에 끼워진 적이라도 있는 것처럼 동그랗게 말려 있었다. 하지만 판사는 아무 지적도 하지 않고 참았다. 다른 지폐도 말려 있을 수 있는 법이니 말이다. 그가 부부에게 이혼 판결 증서를 각각 건네주었다. 두 사람은 각기 어색한 듯 입을 다물고 서서 자유를 보장하는 증서를 천천히 접었다. 여자가 몹시 어색해하며 랜지에게 흘깃 수줍은 눈길을 던졌다.

"당신은 이제 소달구지를 타고 오두막으로 돌아가겠네요." 그녀가 말했다. "선반에 올려 둔 양철 상자에 빵이 있어요. 베이컨은 사냥개들이 건드리지 못하게 속 깊은 냄비에 넣어 놓았고요. 오늘 밤에 시계태엽 감는 거 까먹지 마요."

"당신은 에드 형님네로 가겠지?" 랜지가 더없이 무심하게 물었다.

"완전히 어두워지기 전에는 거기 도착하겠죠. 오빠네 식구들이 성가시게 먼저 나서서 나를 기꺼이 맞아들이겠다고 할 리는 없겠지만 그래도 거기 말고는 갈 데가 없네요. 그게 올바르고도 현명한 길일 거예요. 이제 그만 떠나는 게 좋을 것 같아요. 작별 인사를 하고 싶어요, 랜지. 그러니까 당신만 좋다면요."

"작별 인사도 하지 않으려는 개자식이 세상에 어디 있겠어?" 랜지가 순교자인 척하는 목소리로 말했다. "당신이 빨리 떠나려고 안달이 나서 나랑 작별 인사도 하고 싶지 않은 거라면 몰라도."

아리엘라는 아무 말도 하지 않았다. 그녀가 5달러짜리 지폐와 이혼 판결 증서를 조심스럽게 접어 드레스 가슴께에 밀어 넣었다. 베너저 위덥은 안경 뒤 슬픔에 잠긴 눈으로 그 돈이 사라지는 것을 지켜보았다.

바로 그때 그가 (생각이 떠오르는 대로) 한 다음과 같은 말로써 그는 세상의 수많은 동정심 많은 사람들이나 몇 안 되는 위대한 자본가 중 한쪽과 동급이 되었다.

"오늘 밤은 낡은 오두막에서 혼자 꽤나 외롭겠군, 랜지." 그가 말했다.

랜지 빌브로는 그 순간 햇빛 속에서 선명한 푸른색을 띤 컴벌랜드 산맥을 빤히 쳐다보았다. 그는 아리엘라를 쳐다보지 않았다.

"제 생각에도 아마 외로울 것 같아요." 그가 말했다. "그렇지만 있는 대로 화가 나서 이혼하고 싶다는 사람을 가만히 있으라고 말릴 수는 없는 법이니까요."

"다른 쪽이 이혼을 하고 싶었던 거겠지." 아리엘라가 나무 의자에 대고 말했다. "게다가 그대로 남아 있기를 바라는 사람도 아무도 없었고."

"바라지 않는다고 말한 사람은 아무도 없었어."

"바란다고 말한 사람도 아무도 없었어요. 이제 에드 오빠네로 출발하는 게 좋겠어요."

"낡은 시계의 태엽을 감아 줄 사람이 아무도 없겠군."

"내가 당신이랑 함께 달구지를 타고 가서 시계태엽을 감아 주면 좋겠어요, 랜지?"

이 산사람의 표정은 감정의 영향을 전혀 받지 않았다. 하지만 그가 큼지막한 손을 뻗어 아리엘라의 볕에 탄 여윈 손을 덥석 움켜잡았다. 그 순간 그녀의 영혼이 무표정한 얼굴에 한 차례 모습을 드러내더니 그 얼굴에 신성한 빛이 깃들었다.

"사냥개들이 다시는 당신을 성가시게 괴롭히지 않을 거야." 랜지가 말했다. "난 참 심술궂고 변변찮은 인간이었군.

당신이 시계태엽을 감아 줘, 아리엘라."

"내 마음은 이미 당신이랑 그 오두막에 가 있는걸요, 랜지." 그녀가 속삭였다. "나도 더 이상은 미친 듯이 성질내지 않을 거예요. 자, 이제 출발해요, 랜지. 그러면 해질 무렵이면 집에 도착할 수 있어요."

두 사람이 치안 판사의 존재를 잊어버린 채 문 쪽으로 움직이기 시작했을 때 베너저 위덥 치안 판사가 그들을 막아섰다.

"테네시 주의 이름으로 나는 두 사람이 주의 법률과 법령에 저항하는 것을 금하겠네. 본 법정은 사랑하는 두 사람의 가슴에서 불화와 오해의 구름이 걷혀 물러가는 것을 보게 되어 열렬한 마음으로 매우 기쁘게 생각하지만 주의 윤리와 고결한 위상을 지키는 것이야말로 본 법정의 의무지. 이에 본 법정은 두 사람이 더 이상 부부가 아니라 정식 판결에 의해 이혼한 상태이며 따라서 결혼 관계에서 비롯되는 편익과 권리를 누릴 자격이 없다는 점을 상기시키는 바네."

아리엘라가 랜지의 팔을 붙들었다. 저 말은 두 사람이 막 인생의 교훈을 깨달은 지금 이 순간 그녀가 남편을 잃어야 한다는 뜻일까?

판사가 말을 이었다. "그렇지만 본 법정은 이혼 판결에 의해 비롯된 법률적 무자격 상태를 해제할 준비가 되어 있네. 본 법정은 마침 엄숙한 결혼 예식을 집행할 자격도 갖추었으므로 사태를 바로잡고 본 건에 관련된 당사자들이 간절히 바라는 명예롭고 고결한 부부 관계를 회복하게 해 줄 수 있지. 앞서 언급한 예식을 집행하는 데 드는 비용은, 이번 건의 경우

정확히 말해 5달러라네."

아리엘라는 그의 말에서 희미하게 빛나는 가능성을 발견했다. 그녀의 손이 잽싸게 가슴으로 향했다. 지폐가 내려앉는 비둘기처럼 거리낌 없이 판사의 탁자 위로 팔랑팔랑 떨어졌다. 랜지와 두 손을 맞잡고 판사의 재결합 선언에 귀 기울이는 그녀의 누르께한 뺨이 붉게 물들었다.

랜지는 그녀가 달구지에 오르도록 도와준 다음 자신도 그녀 옆자리에 올라탔다. 작고 붉은 황소가 다시 한 번 방향을 바꾸자 두 사람은 손을 꼭 잡은 채 산을 향해 출발했다.

베너저 위덥 치안 판사는 문간에 앉아 구두를 벗었다. 그는 조끼 주머니에 넣어 둔 지폐를 한 번 더 만지작거렸다. 다시 한 번 그는 딱총나무 줄기로 만든 파이프로 담배를 피웠다. 다시 한 번 점박이 암탉이 개척 마을 중심가를 따라 뻐기듯 걸어다니며 멍청하게 꼬꼬댁거렸다.

마부석에서

마부에게는 자신만의 관점이 있다. 어쩌면 천직에 종사하는 다른 어떤 사람들보다도 훨씬 외골수적인 관점을 지녔을지 모른다. 2인승 이륜마차의 좌우로 흔들리는 높은 마부석에 앉아 굽어보면 동료 인간들은 그저 떠돌아다니는 하찮은 티끌처럼 보인다. 그들이 이동하려는 욕구에 사로잡혀 있을 때만 빼고 말이다. 그는 예후[102]이며, 여러분은 수송 중인 화물이다. 대통령이건 떠돌이이건 마부에게는 그저 요금을 내고 타는 승객일 뿐이다. 그는 여러분을 태우고 채찍을 휘두르며 척추뼈를 뒤흔든 뒤 내려놓는다.

돈을 지불할 순간이 와서 법정 요금을 잘 안다는 티를 내는

---

102) 「열왕기」에 등장하는 이스라엘의 왕으로, 전차를 타고 맹렬하게 공격한 것으로 유명하다.

순간 여러분은 경멸이 무엇인지 알게 될 것이다. 지갑을 두고 나온 것을 깨닫는 순간 단테가 그린 세계[103]가 얼마나 온화한 것이었는지 실감하게 될 것이다.

마부의 한결같은 목표 의식과 응축된 인생관이 이륜마차의 독특한 구조의 산물이라는 이론은 결코 허황된 것이 아니다. 이 횃대에 앉은 대장 수탉은 유피테르 신이라도 된 양 누구와도 공유할 수 없는 자리에 높이 올라앉아 변덕스러운 가죽끈 두 개로 여러분의 운명을 쥐고 흔든다. 여러분은 속수무책으로 우스꽝스럽게 감금된 채 중국 인형처럼 고개를 까닥거리면서 덫에 걸린 쥐 꼴로 앉아 있다. 단단한 길바닥 위에서라면 대저택의 집사들도 굽실거리게 만드는 여러분이지만 운행 중인 석관(石棺) 안에서 자신의 미약한 소망을 알리려면 좁은 틈새를 통해 머리 위로 꽥꽥 소리를 질러야 한다.

게다가 마차 안에 있는 여러분은 승객조차 아닌, 그저 운반물이다. 여러분은 배에 실려 가는 화물이고, '높은 곳에 자리한 천사'께서는 바다 귀신 데이비 존스[104]의 바다 밑 주소를 잘 알고 계신다.

어느 날 밤 맥게리 패밀리 카페의 한 집 건너에 있는 대형 벽돌 공동 주택에서 흥청거리는 소리가 들려왔다. 그 소리는 월시 가족의 집에서 나는 것 같았다. 흥미를 느낀 이웃 사람들

---

103) 『신곡』에 그려진 저승 세계를 말한다.
104) 바다 귀신이나 악령을 의미하던 선원들의 속어. 17세기 사략선의 선장으로 자신이 노략질한 모든 배를 바다에 가라앉혔다는 데이비 존스의 이름에서 유래했다.

로 집 앞 보도가 북적거렸다. 그들은 잔치와 관계된 물건들을 가지고 맥게리 카페에서 서둘러 달려 나오는 심부름꾼한테만 가끔씩 길을 터 줬다. 보도에 모인 동네 사람들은 갖가지 이야기를 나눴는데, 노라 월시의 결혼식이 열리고 있다는 소식도 빠지지 않았다.

마침내 때가 되자 흥청거리던 사람들이 집 앞 보도로 쏟아져 나왔다. 초대받지 않은 손님들이 그들을 에워싸고 사이에 끼어들자 기쁨에 찬 함성과 축하의 말, 와자지껄한 웃음소리, 맥게리 카페가 결혼식 현장에 바친 공물에서 비롯된 정체를 알 수 없는 온갖 소음이 밤하늘에 울려 퍼졌다.

제리 오도너번의 마차가 보도에 바싹 붙어 서 있었다. 제리는 야간 영업자라 불렸지만 손으로 뜬 레이스와 11월의 제비꽃 같은 장식품조차 문 안으로 들인 적 없는 그의 마차보다 광이 나고 깨끗한 마차는 없었다. 게다가 제리의 말도 마찬가지였다! 그 녀석의 배는 귀리로 꽉 차 있다고 해도 과언이 아닐 터였다. 설거지를 끝내지 못한 채 집을 나와 급히 마차를 세워 타려 애쓰던 노부인도 그 녀석을 보고 미소를 지었을 것이다. 그렇다, 분명 미소를 지었다.

맥박 치듯 이리저리 떼 지어 다니며 웅성거리는 군중 사이로 오랜 세월 비바람에 닳아 낡은 제리의 중산모가 언뜻언뜻 보였다. 흥에 겨워 제멋대로 구는 건장한 체격의 부잣집 자제들과 억지를 쓰는 손님들에게 두드려 맞은 그의 당근 같은 코도 보였고, 맥게리 카페 부근에서 칭찬받은 놋쇠 단추 달린 초록색 외투도 보였다. 제리는 자기 마차로 마땅히 했어야 할 일을 하는 대신 틀림없이 불법적으로 '화물'을 운반하는 것처럼 보였다. 사실 이 비유에 대해 더 설명하면 결국 빵을 실은 짐마차에 비길 수 있는 셈이었다. "제리는 곤드레만드레 취했어요."[105]라고 말한 어느 젊은 구경꾼의 증언을 받아들이기만 한다면 말이다.

길거리 군중 틈이나 드문드문한 보행자의 물결 어딘가에 끼어 있던 젊은 여자가 발을 헛디뎌서 마차 옆에 멈춰 섰다. 직업상 매의 눈을 가진 제리가 그 움직임을 포착했다. 그가 마차를 향해 휘청휘청 걸어가면서 구경꾼 서너 명을 넘어뜨리고 본인도 넘어졌다. 어림없지! 그가 소화전 뚜껑을 잡고 두 발로 버텼다. 제리는 돌풍을 뚫고 줄사다리를 타고 오르는 선원처럼 자신의 업무용 좌석에 올라탔다. 그가 일단 자리에 앉자 맥게리 카페의 술은 갈 곳을 잃고 멈췄다. 자기 배의 뒤쪽 돛대에 오른 그는 채비를 하고 초고층 건물의 깃대에 오른 굴뚝 수리공만큼이나 안락하게 몸을 흔들흔들 움직였다.

"올라타시지요, 손님." 제리가 말고삐를 그러모으면서 말했다.

젊은 여자가 마차에 올라탔다. 문들이 쾅하고 닫혔다. 제리의 채찍이 날카롭게 공기를 갈랐다. 도로변에 서 있던 군중이 뿔뿔이 흩어지고 멋진 이륜마차가 도심을 가로지르며 단숨에 내달렸다.

---

105) 영어 'get a bun'에는 '곤드레만드레 취하다'와 '둥근 빵을 가지고 있다'라는 의미가 있다.

귀리를 잔뜩 먹어 원기 왕성한 말이 한 차례 질주를 마치고 속도를 약간 늦추자 제리가 마차 덮개를 열어 그 틈새에 대고 아래를 향해 금이 간 확성기 같은 목소리로 비위를 맞추는 것처럼 외쳤다.

"자, 이제 어디로 모실까요?"

"아무 데로나 가 주세요." 승객이 만족스러운 듯 듣기 좋은 목소리로 대답했다.

'기분 전환 삼아 탄 손님인가 보군.' 이렇게 생각한 제리가 으레 그랬듯이 권했다.

"공원을 한 바퀴 돌아보시면 어떨까요, 손님? 상쾌하고 기분 좋으실 겁니다."

"좋을 대로 하세요." 승객이 흔쾌히 대답했다.

마차가 5번가로 향해 완벽한 그 길을 질주했다. 제리의 몸이 자리에서 상하좌우로 흔들렸다. 맥게리 카페의 강력한 술이 요동치며 그의 머리로 새로운 열기를 올려 보냈다. 그가 킬리스눅의 옛 노래를 부르며 채찍을 지휘봉처럼 휘둘렀다.

마차 안에서 승객은 쿠션에 몸을 꼿꼿이 세우고 앉아 양옆의 불빛과 집들을 바라보았다. 그늘져 어두운 이륜마차 안에서도 그녀의 눈은 해 질 녘 별들처럼 빛났다.

59번가에 도착하자 제리의 고개가 까닥거리면서 고삐도 느슨해졌다. 하지만 말은 공원 문 안으로 들어가 오래전부터 익숙한 한밤의 일주를 시작했다. 그러자 승객은 상체를 뒤로 젖히며 황홀경에 빠져 풀과 나뭇잎, 꽃이 풍기는 향기를 깊숙이 들이마셨다. 마차 끌채에 매인 현명한 짐승은 익히 아는 구역을 한 시간 걸릴 걸음으로 걷기 시작한 다음 우측 보행을 지속했다.

마찬가지로 습관은 제리에게 몰려오던 나른함도 용케 물리쳤다. 그는 폭풍에 시달리는 것처럼 흔들리는 마차의 지붕 문을 들어 올리고 마부들이 공원에서 으레 던지는 질문을 했다.

"카지노에 들르실 건가요, 손님? 간식도 좀 잡숫고 음악도 들으시죠. 다른 분들은 다 들릅니다요."

"그거 괜찮겠네요." 승객이 말했다.

고삐가 당겨지며 마차가 고꾸라질 듯 카지노 입구에 멈춰 섰다. 마차 문이 홱 열렸다. 승객이 곧장 안으로 들어갔다. 대번에 그녀는 황홀한 음악의 거미줄에 사로잡혔고 빛과 색의 파노라마에 압도당했다. 누군가가 작고 네모난 카드를 그녀의 손에 슬며시 쥐여 주었다. 카드에는 34라는 숫자가 박혀 있었다. 그녀는 주변을 둘러보다가 타고 온 마차가 이미 20미터 정도 가서 다른 사륜마차, 이륜마차, 자동차 틈에 나란히 자리 잡고 서는 것을 보았다. 그때 앞뒤로 셔츠 앞면만 입은 것처럼 보이는 남자가 뒷걸음으로 춤을 추듯 앞으로 다가와 그녀를 재스민 덩굴이 휘감긴 난간 옆 작은 테이블에 앉혔다.

구매하라고 무언의 권유를 하는 것 같았다. 그녀는 얄팍한 지갑 속 동전 더미를 찾아 상의해 보고 맥주 한 잔을 주문해도 좋다는 허락을 받았다. 그녀는 그곳에 앉아 모든 것을 들이마시고 빨아들였다. 마법에 걸린 숲 속 요정의 궁전에서 펼쳐지는 새로운 색채와 새로운 형태의 삶을 말이다.

쉰 개의 테이블마다 온통 비단과 보석을 걸친 왕자들과 여왕들이 앉아 있었다. 이따금 그들 가운데 한 명이 제리의 승객에게 호기심 어린 시선을 던졌다. 그들의 눈에 비친 것은 좋게 말해 '풀라르 천'이라고 불리는 얇은 분홍색 비단 옷을 걸친 평범한 몸매와 여왕들이 시기하는 삶에 대한 애착이 묻어나는 평범한 얼굴이었다.

시계의 긴 바늘이 두 바퀴를 돌았다. 왕족들이 차츰 앨 프레스코[106] 옥좌를 떠나 자신들의 화려한 차를 타고 왁자지껄 멀어져 갔다. 악기는 나무 상자와 가죽이나 모직 천 주머니 속으로 물러났다. 종업원들이 비난이라도 하듯 혼자 남다시피 한 평범한 여자 바로 옆에서 테이블보를 치웠다.

제리의 승객이 자리에서 일어나 숫자가 박힌 카드를 스스럼없이 내밀었다.

"이 카드에 별다른 뜻이라도 있나요?" 그녀가 물었다.

종업원은 그것이 그녀가 타고 온 승객용 마차의 번호표라며 입구에 있는 남자에게 줘야 한다고 일러 주었다. 입구에 있던 남자가 카드를 받자 번호를 불렀다. 고작 승객용 마차 세대만 나란히 서 있었다. 그중 한 마부가 가서 마차에서 잠든 제리를 깨웠다. 그가 큰 소리로 욕설을 내뱉고 선장의 지휘용 갑판으로 올라가 배를 몰아 부두에 댔다. 승객이 올라타자 마차가 속력을 내 공원의 상쾌한 바람을 가르며 가장 빠른 지름길을 가로질러 돌아갔다.

공원 문에 다다르자 이성이 희미하게 깜박거리며 갑작스러

---

106) '야외의, 집 밖에서'라는 의미의 이탈리아어.

운 의심이 몽롱했던 제리의 정신을 덮쳤다. 그의 머리에 한두 가지가 떠올랐다. 그가 말을 멈춰 세우고 마차 지붕 덮개를 열어 그 틈새로 납으로 된 측량용 추를 떨구듯 확성기 같은 목소리를 내질렀다.

"더 가기 전에 4달러부터 보여 주셨으면 하는뎁쇼. 돈은 있으시겠죠?"

"4달러라고요!" 승객이 부드럽게 웃었다. "저런, 없는데요. 잔돈 몇 푼이 다예요."

제리는 덮개를 닫고 귀리를 잔뜩 먹인 말에게 채찍을 마구 휘둘렀다. 말발굽 울리는 소리가 숨도 못 쉬게 요란했지만 그가 내뱉는 불경스러운 말을 다 삼켜 버릴 만큼은 아니었다. 그는 별이 총총 빛나는 하늘에 대고 숨이 막힐 듯 쉬지 않고 온갖 악담을 퍼부었다. 지나가는 차량들까지 채찍으로 모질게 휘갈겼다. 그가 길을 달리며 갖가지 욕설을 험악하게 뱉어 대는 바람에 깊은 밤 느긋하게 집으로 향하던 무개 화차 운전사마저 그 소리에 어찌할 바를 모를 지경이었다. 하지만 제리는 자신이 가야 할 곳을 알았기에 전속력으로 그곳을 향해 달려갔다.

그는 계단 옆에 초록색 등을 매단 건물 앞에 말을 세웠다. 그러고는 마차 문을 활짝 열어젖히고 구르다시피 육중하게 뛰어내렸다.

"이봐, 당신, 내려." 그가 거칠게 말했다.

그의 승객은 평범한 얼굴에 카지노에서처럼 여전히 꿈꾸는 듯한 미소를 머금은 채 내렸다. 제리가 그녀의 팔을 잡고 경찰서로 데리고 들어갔다. 콧수염이 희끗희끗한 경사 한 사람이 책상 너머로 날카롭게 쳐다보았다. 그는 마부와 모르는 사이가 아니었다.

"경사님." 제리가 귀에 거슬리는 끙끙 앓는 소리로 벽력같이 투덜거리기 시작했다. "여기 이분이 제 손님인데 그게……."

제리가 말을 잠시 멈췄다. 그가 마디가 굵고 붉은 손을 올려 이마를 훔쳤다. 맥게리 카페에서 시작된 몽롱한 안개가 걷히기 시작했다.

"제 손님인데요, 경사님." 그가 씩 웃으며 말을 이었다. "소개해 드리고 싶어서요. 오늘 저녁 월시 영감님 댁에서 결혼식을 올린 제 아내랍니다. 아주 야단법석이었습죠. 진짜라니까요. 경사님이랑 악수하지, 노라. 그러고 나서 집에 가자고."

마차에 오르기 전 노라가 크게 한숨을 쉬고 말했다.

"정말 즐거운 시간이었어요, 제리."

녹색 문

저녁 식사 후 십 분 정도 시가를 피우면서 재미있는 비극과 진지한 희가극 가운데 양자택일을 앞두고 브로드웨이를 따라 걷고 있다고 가정해 보자. 그 순간 느닷없이 누군가가 당신의 팔에 손을 얹는다. 돌아보니 다이아몬드와 러시아산 검은담비 모피로 치장한 아름다운 여자가 짜릿한 전율을 느끼게 하는 눈으로 당신을 바라본다. 그녀가 허둥대면서 몹시 뜨거운 버터 바른 둥근 빵을 당신 손에 억지로 쥐여 주고 나서 순식간에 작은 가위를 꺼내 번쩍거리며 당신 외투의 두 번째 단추를 싹둑 자르더니 갑자기 "평행사변형!"이라는 말을 의미심장하게 외친 다음 겁먹은 듯 뒤를 돌아보며 재빨리 옆길로 달려가 버린다.

그런 일은 순수한 모험일 것이다. 그런 일을 받아들이겠는가? 그럴 리 없을 것이다. 당신은 당황해서 얼굴을 붉히면서

멋쩍은 듯 빵을 떨어뜨린 다음 브로드웨이를 계속 걸어가면서 단추가 잘려 나간 자리를 맥없이 더듬거릴 것이다. 당신이 순수한 모험 정신이 살아 있는 축복받은 소수에 속하지 않는다면 이런 것이 바로 당신이 취할 행동일 것이다.

진정한 모험가가 많았던 적은 여태껏 한 번도 없었다. 진정한 모험가로 기록된 사람들은 대부분 새로운 경영 방식을 개발한 사업가였다. 그들은 황금 양털이나 성배, 애인, 보물, 왕관, 명성처럼 자신들이 원하는 것들을 찾아 나섰다. 하지만 진정한 모험가는 미지의 운명을 조우하고 맞아들이기 위해 아무 목적이나 속셈 없이 길을 떠나기 마련이다. 바로 성서에 등장하는 탕자가 좋은 예이다. 특히 집으로 돌아오기 시작했을 때의 탕자 말이다.

이제껏 어중간한 모험가들은 많았다. 그들 역시 용감하고 눈부신 인물들이었다. 십자군에서 팰리세이즈 협곡[107]에 이르기까지 그들은 역사와 소설이라는 예술 자체는 물론이고 역사 소설의 판매까지도 향상시켰다. 그러나 그들에게는 각자 받아야 할 상이나 올려야 할 득점, 갈아야 할 도끼, 달려야 할 경주, 새롭게 구상해야 할 펜싱 찌르기 자세, 역사에 새겨야 할 이름, 해야 할 말이 있었다. 그러므로 그들은 진정한 모험을 추구하는 사람들은 아니었다.

대도시에서는 언제나 로맨스와 모험이라는 쌍둥이 영혼이 훌륭한 구혼자를 찾아 도처를 떠돈다. 우리가 거리를 헤맬 때

---

107) 미국 허드슨 강 하류 서안에 울타리처럼 이어지는 깎아지른 절벽.

면 그들은 은밀히 우리를 엿보고 스무 가지 다른 변장으로 우리에게 도전한다. 우리는 이유도 모르는 채 불현듯 올려다본 창가에서 우리 마음속 화랑에 걸려 있는 어느 친숙한 초상화에서 본 듯한 얼굴을 보게 된다. 모두 잠들어 버린, 도로변에 위치한 덧문 닫힌 빈집에서 울려 퍼지는 극심한 고통과 공포에 찬 비명을 듣기도 한다. 또 마부가 익숙한 장소가 아닌 낯선 집 문 앞에 우리를 내려놓으면 누군가가 미소 띤 얼굴로 문을 열어 주면서 맞아들이기도 한다. 또 높은 곳에 달려 있는 기회라는 격자창에서 무언가가 적혀 있는 종이 한 장이 팔랑거리며 발밑으로 떨어져 내리기도 한다. 우리는 바쁘게 오가는 인파 속에서 낯선 사람들과 증오나 애정, 공포를 순간적으로 주고받기도 한다. 갑작스레 비가 쏟아져 우리가 우산을 씌워 준 사람이 보름달의 딸이나 별들의 사촌일 수도 있다. 길모퉁이마다 손수건이 떨어져 있고, 손가락이 손짓하고, 시선이 쏟아지고, 길을 잃었거나 열광적이거나 불가사의하거나 위험한 사람들과 시시각각 변하는 모험의 단서들이 우리 손가락 사이로 빠져나간다. 하지만 그들을 붙잡아 따라가려는 사람은 거의 없다. 우리는 인습이라는 엄격한 잣대를 등에 꽂은 채 점점 뻣뻣하게 굳어 가기 때문이다. 우리는 그냥 스쳐 지나갈 뿐이다. 그리고 어느 날 한없이 따분했던 인생의 끝자락에서 결국 로맨스란 한두 번의 결혼이나 귀중품 보관용 서랍에 깊숙이 간직해 둔 장식용 공단 장미 혹은 증기 난방기와의 평생에 걸친 싸움처럼 시시한 것이었다고 생각하기에 이른다.

루돌프 스타이너는 진정한 모험가였다. 그는 거의 매일 저녁 갑작스럽고 엄청난 일들을 찾아 현관 옆 싸구려 셋방을 나섰다. 그는 인생에서 가장 흥미로운 일이 다음 모퉁이를 돌면 바로 벌어질 것 같다고 여겼다. 기꺼이 운명의 관심을 끌고 싶어 하는 태도 때문에 그는 가끔 낯선 길에 들어서기도 했다. 경찰서에서 밤을 보낸 적이 두 번 있고, 교묘하고 탐욕스러운 사기꾼에게 속아 넘어간 적도 여러 번 있었다. 그의 시계와 돈은 단 한 번의 아첨과 유혹에 넘어간 대가로 사라져 버렸다. 하지만 그는 시들지 않는 열정으로 눈앞에 떨어져 있는 장갑을 모조리 주워 들면서 즐거운 모험을 계속 이어 갔다.

어느 날 저녁 루돌프는 시내의 오래된 중심가를 따라 한가롭게 걷고 있었다. 두 종류의 인파가 양쪽 보도를 가득 메우고 있었다. 한 무리는 귀갓길을 서두르는 사람들이었고, 한 무리는 집을 버리고 수천 개의 촛불을 켠 듯 휘황한 싸구려 식당의 겉만 번지르르한 환대를 찾아가는 정처 없는 사람들이었다.

젊은 모험가는 기분 좋은 모습으로 차분하게 주위를 관찰하면서 길을 계속 갔다. 그는 낮에는 피아노 상점에서 판매원으로 일했다. 그는 넥타이를 장식 핀으로 고정시키는 대신 토파즈 고리에 끼웠다. 한번은 잡지 편집자에게 리비 양[108]이 쓴 『주니의 사랑의 시련』이 자신의 인생에 가장 큰 영향을 끼친 책이라는 편지를 보낸 적도 있었다.

산책 도중에 보도에 놓인 유리 상자 안에서 이가 격렬하게 딱딱 부딪치는 소리가 들렸다. 그 바람에 처음에 그의 관심은

---

108) 미국의 소설가 로라 진 리비. 정형화된 로맨스 소설로 큰 인기를 끌었다.

(꺼림칙한 느낌과 더불어) 상자 바로 뒤편에 있는 식당으로 쏠리는 듯했다. 그런데 다시 한 번 흘깃 시선을 던지자 그 옆 건물 높은 곳에 전깃불 켜진 치과 간판이 보였다. 자수가 놓인 붉은색 외투와 노란색 바지, 군용 모자로 기상천외하게 치장한 거대한 흑인이 거부하지 않는 행인들에게 조심스럽게 광고 카드를 나눠 주고 있었다.

이런 식의 치과 광고는 루돌프에게도 익숙한 광경이었다. 대체로 그는 치과 광고 카드 배부자의 손에 남아 있는 분량을 덜어 주지 않고 그냥 지나쳤다. 그런데 오늘 밤에는 그 흑인이 그의 손에 능숙하고 재빠르게 밀어 넣는 바람에 그 솜씨에 슬며시 미소 지으며 그대로 가져갔다.

그는 몇 미터 더 걸어가다가 무심코 카드를 보았다. 순간 화들짝 놀란 그는 그것을 뒤집더니 다시 한 번 관심 있게 들여다보았다. 광고 카드의 한 면은 텅 빈 백지였고, 반대편에는 잉크로 '녹색 문'이라는 세 글자가 적혀 있었다. 루돌프는 세 발짝 앞에서 한 남자가 흑인이 준 광고 카드를 내팽개치는 모습을 보고 그것을 주워 들었다. 거기에는 치과 의사의 이름, 주소와 함께 '의치 시술', '브리지 시술', '치관 시술'의 평소 일정과 '무통' 시술이라는 그럴듯한 약속이 적혀 있었다.

모험심 강한 이 피아노 판매원은 모퉁이에 멈춰 서서 곰곰이 생각해 보았다. 그러고 나서 길을 건너 한 블록을 걸어 내려갔다가 다시 길을 건넌 다음 인파에 끼어들어 왔던 길을 거슬러 올라갔다. 그리고 흑인을 알아보는 내색 없이 두 번째로 지나가면서 건네주는 광고 카드를 무심한 척 받아 들었다. 열

발짝쯤 가서 들여다보니 처음 받은 카드와 같은 필체로 '녹색문'이라고 씌어 있었다. 그의 앞뒤에서 길을 가던 행인들이 보도에 던지고 간 카드가 서너 장 떨어져 있었다. 전부 아무것도 씌어 있지 않은 쪽이 위로 오게 떨어져 있었다. 그래서 루돌프가 뒤집어 보았더니 하나같이 치과 '진료소'의 광고 문구만 적혀 있었다.

짓궂은 모험의 요정은 그의 진정한 추종자 루돌프 스타이너에게는 두 번 손짓할 필요가 없었다. 아무튼 두 번의 손짓이 있었고, 원정이 시작되었다.

루돌프는 딱딱 부딪치는 이가 들어 있는 상자 옆에 거대한 흑인이 서 있는 곳으로 천천히 돌아갔다. 이번에는 그 앞을 지나가면서 카드를 받지 못했다. 요란하고 우스꽝스러운 옷차림에도 불구하고 그 에티오피아인이 길에 서서 어떤 사람들에게는 점잖게 카드를 건네고 어떤 사람들은 방해하지 않고 그냥 보내 주는 모습에서는 타고난 원시적 위엄이 내비쳤다. 그는 전차 차장이나 그랜드 오페라[109] 배우가 쓰는 빠른 말투처럼 거칠고 알아듣기 어려운 구절을 삼십 초마다 단조로운 말투로 연달아 지껄였다. 흑인은 이번에는 루돌프에게 카드를 주지 않았을 뿐 아니라 번들거리는 커다란 검은 얼굴에 거의 경멸에 가까운 차가운 표정을 띠고 그를 바라보는 것 같았다.

그 표정이 모험가에게 찌르는 듯한 아픔을 느끼게 했다. 그는 그 표정에서 자신이 자격 미달임이 밝혀졌다는 말없는 비

---

109) 대화까지 모두 노래로 하는 오페라.

난을 읽었다. 카드에 적힌 수수께끼 같은 단어가 무엇을 의미하든 그 흑인은 광고를 받아 가는 사람들 중에서도 두 번이나 일부러 그를 선택해 그 카드를 주었다. 그리고 이제는 그가 수수께끼 풀이에 참여할 재치와 열의가 부족하다며 그를 비난하는 것 같았다.

젊은 남자는 분주한 행인들로부터 비켜서서 자신이 겪을 모험이 펼쳐지리라 여겨지는 건물을 재빨리 훑어보았다. 건물은 오 층 높이로 솟아 있고 지하에는 작은 레스토랑이 있었다.

1층에 있는 가게는 여성용 모자 상점이나 모피 상점 같은데 지금은 닫혀 있었다. 깜빡거리는 전기 간판을 보니 2층에는 치과가 있었다. 그 위층에서는 온갖 언어로 된 혼란스러운 간판들이 손금 보는 집과 양장점, 음악 교습소, 병원 등이 있다는 것을 알기 위해 몸부림치고 있었다. 더 높은 층에는 드리워진 커튼과 창턱에 놓인 우유병들로 보아 가정집이 있는 것이 분명했다.

개괄적인 검토를 마친 다음 루돌프는 건물의 높다란 돌계단을 힘차게 걸어 올라갔다. 카펫이 깔린 계단을 오르며 두 개의 층계참을 거친 다음 계단 꼭대기에 잠시 멈춰 섰다. 그곳 복도에는 어슴푸레한 가스등 두 개가 흐릿하게 빛나고 있었는데, 하나는 그의 오른쪽 멀리, 다른 하나는 왼쪽 가까이에 있었다. 가까이에 있는 불빛으로 시선을 돌리자 희미한 원형 불빛 속에 녹색 문이 보였다. 그는 잠시 망설였다. 그 순간 카드 마술사 같은 흑인의 무례한 비웃음이 생생하게 보이는 것 같았다. 그래서 그는 녹색 문으로 곧장 다가가 문을 두드렸다.

문을 두드린 후 대답이 들릴 때까지의 짧은 순간에는 진정한 모험심에 숨이 가빠지는 법이다. 저 녹색 문 뒤에 무엇인들 없을까! 노름하는 도박꾼들, 교묘한 솜씨로 덫을 놓고 유혹하는 교활한 사기꾼들, 용감한 남자에게 빠져 그 남자에게 구애받을 계획을 짜는 미녀, 위험, 죽음, 사랑, 실망, 조롱…… 이 가운데 어느 것이 저 저돌적인 노크에 응답할지는 알 수 없는 일이다.

　안에서 희미하게 바스락거리는 소리가 나더니 천천히 문이 열렸다. 스무 살이 채 안 된 젊은 여자가 창백한 얼굴로 휘청거리며 서 있었다. 여자가 손잡이를 놓더니 힘없이 비틀거리며 한쪽 손으로 더듬거렸다. 루돌프가 여자를 붙잡고 벽 앞에 있는 빛바랜 소파에 눕혔다. 그는 문을 닫고 나서 깜박거리는 가스등 불빛에 비친 방을 재빨리 둘러보았다. 말끔했지만 지독한 가난에 얽힌 일화가 있을 법한 방이었다.

　여자는 기절한 것처럼 가만히 누워 있었다. 흥분한 루돌프는 커다란 맥주통을 찾아 방을 둘러보았다. 맥주통 위에서 굴려야 하는데……. 아니, 아니지, 그건 물에 빠진 사람한테나 통하는 거였지. 그가 모자로 여자에게 부채질을 해 주기 시작했다. 성공적이었다. 중산모 챙으로 여자의 코를 치는 바람에 그녀가 눈을 떴던 것이다. 그 순간 젊은 남자는 그 얼굴이 바로 그의 마음속 화랑에 걸려 있는 어느 친숙한 초상화에서 사라져 버린 얼굴임을 알았다. 솔직한 회색 눈과 앙증맞게 위로 들린 자그마한 코, 완두콩 덩굴의 덩굴손 같은 밤색 곱슬머리는 지금까지 그가 겪은 모든 멋진 모험들에 대한 적절한 결말이자 보상인 것 같았다. 하지만 그 얼굴은 애처로울 만큼 여위고 창백했다.

여자가 침착하게 그를 바라보며 미소 지었다.

"기절했었죠?" 여자가 힘없이 물었다. "이런, 누군들 안 그러겠어요? 당신도 한번 사흘 동안 먹을 것 없이 지내보시라고요!"

"힘멜!"[110] 루돌프가 벌떡 일어서면서 외쳤다. "내가 돌아올 때까지 기다려요."

그는 녹색 문 밖으로 뛰쳐나가 계단을 달려 내려갔다. 이십분 후 돌아오더니 문을 열어 달라고 발끝으로 문을 찼다. 두 팔로 식료품점과 식당에서 산 물건을 가득 끌어안고 있어서였다. 그는 그것들을 식탁에 내려놓았다. 버터 바른 빵과 차가운 고기 요리, 케이크, 파이, 피클, 굴, 구운 닭고기, 우유 한 병, 뜨거운 차 한 병이었다.

"이건 말도 안 되는 짓이에요." 루돌프가 호통치듯 말했다. "아무것도 먹지 않고 지내다니. 이런 내기 도박 같은 짓은 그만둬야 해요. 자, 저녁 식사가 준비됐어요." 그는 여자가 식탁 앞 의자에 앉도록 도와준 뒤 물었다. "차를 따를 잔이 있나요?" "창가 선반에 있어요." 그녀가 대답했다. 그가 잔을 가지고 돌아서 보니 그녀는 황홀한 듯 눈을 빛내며 정확한 여자의 직감으로 종이봉투에서 찾아낸 딜[111]로 양념한 커다란 오이

---

110) '하느님, 하늘, 섭리'라는 뜻의 독일어.
111) 보통 채소 피클을 만들 때 넣는 허브.

피클을 막 먹으려 했다. 그가 웃으면서 그녀에게서 피클을 빼앗고 잔에 우유를 가득 따라 주며 지시하듯 말했다. "우선 이것부터 마셔요. 그러고 나면 차를 조금 마시고 그다음에 닭 날개를 먹어요. 말을 잘 들으면 내일은 피클을 먹게 될 거예요. 자, 이제 당신이 나를 손님으로 인정해 준다면 함께 저녁 식사를 들지요."

그가 다른 의자를 끌어왔다. 차를 마신 여자는 눈에 생기가 돌고 혈색도 다시 돌아오기 시작했다. 그녀는 마치 굶주린 야생 동물처럼 우아하면서도 사납게 음식을 먹기 시작했다. 그녀는 젊은 남자의 존재와 그가 베푸는 도움을 자연스러운 일로 생각하는 것 같았다. 관습을 대수롭지 않게 여겨서가 아니라 정신적 중압감에 시달린 나머지 인위적인 것들은 잠시 제쳐 놓을 권리를 부여받았기 때문인 것처럼 보였다. 하지만 차츰 기운을 차리고 편안해지면서 조금씩 관습을 다시 의식하게 되었고 자신의 사연을 이야기하기 시작했다. 그것은 도시에서 날마다 천 번쯤은 들리는 하품 날 것 같은 흔한 이야기였다. 그렇지 않아도 부족한 여점원의 급료가 상점의 이익만 부풀려 주는 '벌금'으로 더욱 줄어들고, 병이 나서 일하지 못하는 시간이 늘자 결국 일자리를 잃고 희망마저 잃었는데 한 모험가가 찾아와 녹색 문을 두드렸다는 이야기였다.

하지만 루돌프에게는 그 파란만장한 이야기가 『주니의 사랑의 시련』 속 위기일발의 장면이나 『일리아드』만큼이나 대단한 것처럼 들렸다.

"그 모든 일을 겪었다는 걸 생각하면······." 그가 감탄하며 외쳤다.

"지독한 경험이었죠." 여자가 진지하게 말했다.

"게다가 이 도시에 친척이나 친구도 없다면서요?"

"전혀 없어요."

"세상천지에 나도 혼자예요." 루돌프가 잠시 뜸을 들이다가 말했다.

"그 말을 들으니 반갑네요." 그녀가 지체 없이 말했다. 그리고 그는 자신의 사고무친한 신세를 옹호해 주는 그녀의 말이 어쩐지 만족스러웠다.

아주 갑작스럽게 그녀가 눈꺼풀을 떨어뜨리고 깊은 한숨을 쉬며 말했다.

"정말 몹시 졸리네요. 그런데 기분은 참 좋아요."

그러자 루돌프가 일어나 모자를 집어 들었다. "작별 인사를 해야겠군요. 밤새 푹 자는 게 좋을 거예요."

그가 손을 내밀자 그녀가 그 손을 잡으면서 "안녕히 가세요."라고 말했다. 하지만 그녀의 눈이 너무나 웅변적이고 솔직하고 애절하게 질문하자 그가 입을 열어 대답했다.

"아, 어떻게 지내는지 보러 내일 다시 들를게요. 날 그렇게 쉽게 떼어 낼 순 없을 거예요."

그러고 나서 그가 문 앞에 섰을 때 그가 왔다는 사실에 비하면 어떻게 오게 되었는지는 하나도 중요하지 않은 일인 것처럼 그녀가 물었다. "그런데 어쩌다가 저희 집 문을 두드리게 된 거예요?"

그는 잠시 그녀를 쳐다보다 광고 카드가 떠오르자 불현듯 고통스러울 정도의 질투심을 느꼈다. 그 카드들이 그 자신만큼이나 모험심이 강한 다른 누군가의 손에 들어갔다면 어땠을까? 그는 즉시 그녀에게 이 사실을 절대 알리지 않기로 결심했다. 그녀가 곤궁한 처지에 몰려 사용한 이상한 수단을 알고 있다는 사실을 그녀에게는 절대 알리지 않기로 했다.

"제가 일하는 피아노 상점의 조율사 한 분이 이 건물에 살고 있어요." 그가 말했다. "그만 실수로 당신 집 문을 두드린 거예요."

녹색 문이 닫히기 전 그가 마지막으로 본 것은 그녀의 미소였다.

그가 계단 꼭대기에 잠시 멈춰 서서는 호기심 어린 눈으로 주변을 둘러보았다. 그러더니 복도 반대쪽 끝까지 걸어갔다가 돌아와 어리둥절한 표정으로 위층까지 올라가 탐험을 계속했다. 그 건물에 있는 모든 문이 녹색으로 칠해져 있었다.

그는 의아하게 여기며 아래로 내려가 보도로 나섰다. 유별나게 치장한 흑인은 여전히 한자리에 있었다. 루돌프가 광고 카드 두 장을 손에 들고 그의 앞에 섰다.

"왜 이 카드들을 나한테 줬나요? 이 카드가 뭘 의미하는지 알려 주시겠어요?" 그가 물었다.

흑인이 온순한 표정으로 활짝 미소 지으며 자신을 고용한 사람의 직업을 선전해 주는 광고판이라도 되는 듯 이를 드러냈다.

"바로 저건뎁쇼, 나리." 그가 거리 아래쪽을 가리키며 말했다. "그렇지만 1막에는 이미 조금 늦으신 것 같아요."

루돌프는 흑인이 가리키는 쪽을 바라보다 극장 입구 위에서 휘황찬란하게 빛나는 신작 연극 「녹색 문」의 전기 간판을 발견했다.

"일류 공연이라고 들었구먼유, 선생님." 흑인이 말했다. "극단 쪽 사람이 와서는 1달러를 줄 테니 의사 선생님 광고 카드 사이에 자기네 카드도 끼워서 돌려 달라고 했습죠. 의사 선생님 광고 카드도 한 장 드릴깝쇼, 선생님?"

집 근처 모퉁이에 이르자 루돌프는 술집에 들러 맥주를 한 잔 마시고 시가를 한 대 피워 물었다. 불붙인 시가를 물고 밖으로 나간 그는 외투 단추를 채우고 모자를 뒤로 젖히면서 모퉁이 가로등 기둥에 대고 결연하게 말했다.

"그래도 역시 내가 그녀를 발견하도록 일을 꾸민 건 운명의 손길이었다고 믿어."

그런 상황에서 루돌프 스타이너가 그런 결론을 내렸다는 사실은 그가 틀림없이 로맨스와 모험의 진정한 추종자 반열에 올랐음을 보여 준다.

식탁을 찾아온 봄

3월의 어느 날이었다.

이야기를 쓰려면 절대 이런 식으로 글을 시작해서는 안 된
다. 이보다 형편없는 도입부는 아마 없을 것이다. 상상력이 부
족하고 단조로운 데다 무미건조해서 별것 아닌 헛바람 소리
만 들어차게 된다. 하지만 이번만은 허용할 만하다. 사실 이
이야기의 막을 올렸어야 했을 다음 구절이 독자들 앞에 덜컥
내놓기에는 너무 터무니없고 어처구니없기 때문이다.

세라는 메뉴판을 앞에 두고 울고 있었다.

메뉴판에 눈물을 떨어뜨리며 울고 있는 뉴욕 아가씨를 한
번 떠올려 보라!

사정을 헤아려 보기 위해 여러분은 바닷가재가 다 떨어졌
다거나 사순절 기간에 아이스크림을 멀리하겠다고 맹세했다
거나 양파를 잔뜩 주문했다거나 해킷[112]이 출연한 낮 공연을

보고 방금 돌아온 모양이라고 짐작할 수도 있다. 그런데 이 가설들은 다 틀렸으니 이번에는 이야기를 계속 이어 갈 수 있게 허락해 주기 바란다.

세상은 칼로 손쉽게 깔 수 있는 굴과 같아서 마음먹기에 달렸다고[113] 공언한 그 신사는 당연히 거두었어야 할 자기 몫 이상으로 큰 성공을 거두었다. 칼로 굴을 까는 것은 어려운 일이 아니다. 하지만 세상이라는 두껍질조개를 타자기로 열려고 하는 사람을 본 적이 있는가? 열두 개의 생굴이 그런 식으로 열리기를 기다리고 싶은가?

세라는 다루기 불편한 그 무기로 굴 껍데기를 간신히 벌려 만든 작은 틈을 통해 그 안에 있는 세상이라는 차고 끈적끈적한 속살을 아주 조금씩 뜯어 먹었다. 그녀에게는 실업 학교에서 속기술을 배우고 막 졸업해 세상에 발을 디딘 사람 정도의 속기 능력밖에 없었다. 아직 전문 속기사의 능력은 갖추지 못했기 때문에 그녀는 재능 있는 사무직 종사자들의 빛나는 무리에는 낄 수 없었다. 그녀는 외주 계약 타자수로서 잡다한 사본 작성 같은 임시 일거리들을 받으러 다녀야 했다.

세상과의 전투에서 세라가 거둔 가장 혁혁하고 뛰어난 업적은 슐렌버그 가정식 레스토랑과 맺은 계약이었다. 그 레스토랑은 그녀가 현관 옆방에 세 들어 사는 낡은 붉은 벽돌집과 이웃해 있었다. 어느 날 저녁 세라는 슐렌버그 레스토랑에서

---

112) 캐나다 태생의 미국 배우 제임스 케델타스 해킷.
113) 윌리엄 셰익스피어의 희곡 『윈저의 명랑한 아낙네들』의 등장인물 피스톨의 대사에 처음으로 등장한 표현.

(흑인 남성 머리 모양의 과녁을 맞히는 놀이에서 야구공 다섯 개를 연달아 던질 때만큼이나 빠르게 음식이 제공되는) 다섯 가지 코스 요리가 나오는 40센트짜리 싸구려 정식을 먹고 나서 메뉴 한 장을 가지고 나왔다. 그것은 영어도 아니고 독일어도 아닌 거의 알아보기조차 어려운 글씨로 적혀 있어서 주의해서 보지 않으면 이쑤시개와 디저트인 쌀 푸딩으로 시작해 수프와 오늘의 요리로 끝나는 것처럼 배열되어 있었다.

이튿날 세라는 슐렌버그 씨에게 타자로 솜씨 좋게 친 깔끔한 메뉴판을 보여 주었다. '오르되브르'[114]로 시작해 "외투와 우산을 분실해도 책임지지 않습니다."로 끝나는 그 메뉴판에는 구미를 돋우는 음식들이 적절한 이름을 달고 늘어서 있었다.

슐렌버그는 그 자리에서 제안을 받아들여 그녀의 나라로 귀화했다. 세라와 만난 바로 그날 그는 흔쾌히 계약을 맺었다. 그녀는 레스토랑에 있는 스물한 개의 테이블에 타자기로 친 메뉴판을 공급하기로 하고 저녁 메뉴판은 날마다, 아침과 점심 메뉴판은 음식이 바뀌거나 지저분해지면 수시로 교체해 주기로 했다.

그 대가로 슐렌버그 레스토랑은 종업원, 그것도 가능하다면 공손한 사람을 시켜 날마다 세라의 셋방으로 세끼 식사를 보내고 이튿날 단골손님들에게 내놓을 메뉴 초안을 매일 오후 연필로 적어 그녀에게 넘기기로 했다.

이 계약은 서로에게 만족스러운 결과를 가져왔다. 슐렌버그

---

114) 수프 전에 나오는 식욕을 돋우는 가벼운 요리.

레스토랑의 단골손님들은 자신들이 먹는 음식의 정체가 헷갈릴 때는 여전히 가끔 있어도 이제는 뭐라고 불러야 하는지는 알게 되었다. 그리고 세라는 춥고 따분한 겨울 동안 식사를 해결할 수 있게 되었는데, 그녀로서는 이 점이 가장 마음에 들었다.

이윽고 달력이 봄이 찾아왔다고 거짓말을 했다. 정말 오고 나서야 드디어 왔구나 할 수 있는 것이 봄인 법이다. 1월의 얼어붙은 눈 더미가 시내를 가로지르는 큰 거리마다 꿈쩍도 않고 돌덩어리처럼 남아 있었다. 손풍금은 여전히 12월의 장난기 섞인 방식으로 「그 좋던 여름날(In the Good Old Summertime)」을 연주했다. 남자들은 부활절 드레스를 살 삼십 일 만기 어음을 써 주기 시작했다. 건물 관리인들은 난방 시설을 꺼 버렸다. 이런 일들이 일어날 때면 도시가 아직도 겨울의 손아귀에 잡혀 있다는 것을 알아차리게 될 것이다.

어느 날 오후 세라는 "난방 완비, 청결 보장, 편의 시설 완비, 직접 방문 확인 가능"하다던 우아한 현관 옆 셋방에서 오들오들 떨고 있었다. 슐렌버그 레스토랑의 메뉴판 작업 말고는 다른 일거리도 없었다. 세라는 삐걱거리는 버드나무 흔들의자에 앉아 창밖을 내다보았다. 벽에 걸린 달력이 그녀에게 계속 외쳐 댔다. "봄이 왔어요, 세라. 봄이 왔어요. 정말이에요. 저를 보세요, 세라. 제 모습이 말하잖아요. 당신도 산뜻한 모습을 하고 있잖아요, 세라. 봄에 어울리는 멋진 모습요. 왜 그렇게 애처롭게 창밖을 내다보나요?"

세라의 방은 집 뒤쪽에 있었다. 창밖으로 보이는 것은 길 건너 상자 공장의 벽돌로 된 창문 없는 뒷벽뿐이었다. 하지만 그

벽은 맑디맑은 수정 구슬이어서 세라는 그곳에서 벚나무와 느릅나무가 그늘을 드리우고 나무딸기 덤불과 금앵자[115]가 가장자리를 둘러싼 풀이 우거진 길을 굽어볼 수 있었다.

봄의 진정한 전조는 하도 미묘해서 눈과 귀로 포착하기가 어렵다. 어떤 사람들은 크로커스[116] 꽃이 피고, 층층나무에 별무리 같은 흰 꽃이 한가득 피어나고, 파랑새 소리가 들려야 알아차리기도 한다. 심지어는 물러가는 메밀과 굴의 작별 인사라는 강력한 신호가 있고야 그들의 무딘 품에 초록빛 옷을 입은 숙녀를 기꺼이 맞아들이기도 한다. 하지만 늙은 대지가 가장 아끼는 자들에게는 대지의 새 신부가 달콤한 소식을 직접 보내 그들이 자청하지 않는 한 의붓자식처럼 냉대받을 일은 없을 것이라는 사실을 알려 준다.

지난해 여름 세라는 시골에 갔다가 어느 농부와 사랑에 빠졌다.

(여러분이 이야기를 쓴다면 절대 이런 식으로 거슬러 올라가 지난 일을 들먹이지 않기 바란다. 이것은 형편없는 방식이어서 흥미를 떨어뜨린다. 이야기를 앞으로 나아가고 또 나아가게 하라.)

세라는 서니브룩 농장에서 두 주 동안 머물렀다. 그곳에서 그녀는 늙은 농부 프랭클린의 아들 월터를 사랑하게 되었다. 농부들은 사랑에 빠지고 결혼한 다음 다시 들로 나가는 데 시간이 얼마 걸리지 않기 마련이다. 하지만 젊은 월터 프랭클린

---

115) 중국 남부 원산의 향기로운 흰 꽃이 피는 덩굴장미의 일종.
116) 이른 봄에 노란색, 자주색, 흰색의 튤립 비슷한 꽃이 피는 식물.

은 현대적인 농업 종사자였다. 그는 축사에 전화를 설치한 데다 다음 해 캐나다 밀 작황이 보름에서 그믐 사이 심은 감자[117]에 어떤 영향을 미칠지 정확히 계산할 수 있었다.

월터가 그녀에게 청혼해서 승낙을 받아 낸 곳이 바로 이런 나무 그늘이 드리워지고 나무딸기 덤불이 늘어선 오솔길이었다. 두 사람은 나란히 앉아 그녀가 쓸 민들레 화관을 엮었다. 그가 노란 꽃이 그녀의 숱 많은 갈색 머리카락에 얼마나 잘 어울리는지 지나칠 정도로 칭찬해 댔고, 그 바람에 그녀는 화관을 그대로 쓴 채 밀짚모자를 흔들며 집으로 돌아갔다.

두 사람은 봄에 결혼하기로 했다. 월터의 말대로라면 봄의 첫 조짐이 보이자마자. 그런 다음 세라는 타자기를 두드리기 위해 도시로 돌아왔다.

문을 두드리는 소리에 세라는 행복했던 그날의 환영에서 깨어났다. 늙은 슐렌버그가 앙상한 손에 연필을 쥐고 적은 가정식 레스토랑의 이튿날 식단 초안을 종업원이 가져왔다.

세라는 타자기 앞에 앉아 롤러 사이에 두꺼운 종이를 끼웠다. 그녀는 일솜씨가 민첩했다. 대개 한 시간 반 정도면 메뉴판 스물한 개를 다 작성할 수 있었다.

오늘은 여느 때보다 메뉴판에 변화가 많았다. 수프가 가벼워지고, 돼지고기는 앙트레[118]에서는 빠지고 러시아 순무와

---

117) 땅속에서 결실을 맺는 작물은 보름 이후부터 초승달이 뜨기 전에 파종하는 것이 좋다.
118) 원래는 주요리 전이나 두 가지 주요리(생선과 오븐에 구운 고기) 사이에 나오는 요리를 뜻하지만 미국에서는 주요리라는 의미로 사용된다.

함께 구운 고기 요리에 곁다리로만 제공되었다. 봄의 상냥한 마음이 모든 메뉴에 스며 있었다. 얼마 전까지도 푸른 언덕에서 신나게 뛰놀던 새끼 양이 껑충거리던 모습을 기념하는 소스와 함께 요리로 나오게 되었다. 굴의 노래는 완전히 잦아들지는 않았지만 디미누엔도 콘 아모레[119]로 연주되었다. 프라이팬은 활동을 멈춘 채 오븐 석쇠의 자비로운 창살 뒤에 갇힌 것 같았다. 파이 목록은 불어난 반면 기름진 푸딩은 자취를 감췄다. 두꺼운 외피를 두른 소시지는 메밀과 달콤하지만 운이 다한 단풍나무 시럽과 함께 기꺼이 죽음을 기다리며 가까스로 머물러 있었다.

세라의 손가락이 여름날 시냇물 위의 작은 날벌레처럼 춤추듯 움직였다. 코스별로 죽 작업을 해 내려가면서 각 항목을 길이에 맞춰 눈짐작만으로 정확히 제자리에 배치했다.

디저트 바로 위에 채소 요리 목록이 나왔다. 당근과 완두콩, 토스트에 얹은 아스파라거스, 다년생 토마토와 옥수수와 콩 스튜, 리마콩, 양배추…… 그리고…….

세라는 메뉴판을 앞에 두고 엉엉 울었다. 어떤 신성한 절망의 심연에서 솟아난 눈물방울들이 그녀의 마음속에서 치솟아 눈가로 모여들었다. 그녀의 고개가 작은 타자기 받침대 위로 내려갔고, 자판은 덜그럭거리며 그녀의 눈물 젖은 흐느낌에 메마른 반주를 곁들였다.

두 주 전부터 월터에게서 편지가 오지 않았다. 그런데 하필

---

119) '애정을 담아 점점 약하게'라는 뜻의 음악 용어.

메뉴판의 다음 항목이 민들레, 바로 달걀을 곁들인 민들레였기 때문이다. 하지만 제기랄, 달걀 따위라니! 민들레는 월터가 그 노란 꽃으로 사랑의 여왕이자 미래의 신부인 그녀의 머리에 화관을 만들어 씌어 주었던 것이고, 또 민들레는 봄의 전령이자 그녀에게 주어진 슬픔의 왕관으로, 무엇보다 그녀가 가장 행복했던 나날들을 떠올리게 하는 것이었다.

여자들이여, 이런 시련을 겪어 보기 전에는 그대들이 감히 미소 지을 수 있겠지만 당신이 마음을 허락한 바로 그날 밤 퍼시가 준 연노란색 마르샬 닐 장미가 슐렌버그 레스토랑의 정식 메뉴로 당신 눈앞에 프렌치드레싱을 끼얹은 샐러드가 되어 나왔다고 해 보자. 만약 줄리엣이 자기 사랑의 징표가 이렇게 무참히 모욕당하는 것을 목격했다면 솜씨 좋은 약제상을 진작 찾아가 망각의 약초를 구해 왔을 것이다.

하지만 봄은 얼마나 놀라운 마녀인지! 돌과 강철로 된 거대하고 추운 이 도시에 기어코 소식을 전하고야 만다. 그것을 전달할 자는 거친 초록색 외투를 걸치고 겸손한, 작지만 대담한 들판의 전령밖에 없었다. 프랑스 요리사들이 당드리옹, 즉 사자의 이빨이라고 부르는 민들레야말로 진정한 모험가였다. 꽃이 피면 사랑하는 여자의 갈색 머리를 장식하는 화관이 되어 사랑을 키우도록 도와주고, 아직 어리고 미숙해서 꽃이 피기 전에는 끓는 냄비에 뛰어들어 여왕 폐하의 말씀을 전해 준다.

차츰 세라는 눈물을 억제하려 애썼다. 메뉴판을 완성해야 했다. 하지만 그녀는 여전히 민들레에 관한 몽상이 남긴 희미한 황금빛 여운에 잠겨 한동안 넋을 놓고 타자기 자판을 두드렸다. 그녀의 머리와 가슴은 젊은 농부와 함께 풀밭 길에 머물러 있었다. 하지만 곧 그녀는 맨해튼의 돌로 포장된 길로 돌아왔고, 타자기가 파업을 저지하려는 사람이 모는 자동차처럼 덜커덕거리며 급하게 튀어 오르기 시작했다.

6시에 종업원이 저녁 식사를 가져다주면서 타자기로 작성한 메뉴판을 가져갔다. 세라는 식사를 하기 전에 한숨을 쉬면서 달걀을 곁들인 민들레 요리를 한쪽으로 치워 놓았다. 이 거무스름한 덩어리가 사랑을 증명하는 빛나는 꽃에서 불명예스러운 채소로 전락한 것처럼 지난여름 그녀가 품었던 희망도 시들어 말라 죽었다. 셰익스피어가 말했듯 사랑은 스스로를 먹이 삼아 살아가는지도 모른다. 하지만 세라는 난생처음 가슴에 품었던 진실한 애정의 숭고한 향연을 장식하며 빛내 준 민들레를 도저히 먹을 수 없었다.

7시 30분이 되자 옆방 부부가 다투기 시작했다. 윗방 남자가 플루트로 라 음을 내려고 안간힘을 썼다. 가스 공급이 조금 약해졌다. 석탄 마차 세 대가 짐을 내리기 시작했다. 축음기가 시샘하는 유일한 소리를 내면서 말이다. 뒤쪽 담장 위의 고양이들이 러일 전쟁 당시 무크덴[120]으로 후퇴하는 병사들처럼 느릿느릿 퇴각했다. 이런 신호들로 세라는 책을 읽을 시간이 되었다는 것을 깨달았다. 그녀는 그달에 가장 적게 팔렸다는 『수도원과 가정』[121]이라는 책을 꺼내 여행용 가방 위에 두 발

---

120) 19세기 말 러일 전쟁의 중심지였던 곳으로, 오늘날 중국 랴오닝 성의 선양에 해당한다.
121) 영국의 소설가이자 극작가 찰스 리드의 역사 소설.

을 올리고 주인공 제라드와 함께 떠돌아다니기 시작했다.

현관 초인종이 울렸다. 주인 여자가 응답하며 나갔다. 세라는 곰에 쫓겨 나무 위로 올라간 제라드와 데니스를 내버려 둔 채 귀를 기울였다. 아, 그렇고말고, 여러분이라도 그녀처럼 했을 것이다!

잠시 뒤 아래층 복도에서 힘찬 목소리가 들려오자 세라는 문을 향해 날듯이 뛰어갔다. 책은 바닥에 내팽개쳤고, 1회전이 수월하게 곰의 차지가 된 것도 알 바 아니었다.

여러분도 이미 짐작했을 것이다. 그녀가 계단 꼭대기에 이르렀을 때 그녀의 농부가 한 걸음에 세 계단씩 뛰어 올라와 다른 사람이 주울 이삭 한 톨 남기지 않을 기세로 그녀를 모조리 차지했다.

"왜 편지 안 했어요, 왜요?" 세라가 흐느끼며 외쳤다.

"뉴욕은 정말 큰 도시네요." 월터 프랭클린이 말했다. "일주일 전에 도착해서 당신 옛 주소로 찾아갔어요. 당신이 목요일에 떠났다는 걸 알게 됐지요. 그 점이 약간은 위로가 되더군요. 불운을 가져온다는 금요일은 아니었으니까. 어쨌든 그 후로 계속 당신을 찾아다녔어요. 경찰의 도움도 받고 온갖 다른 방법을 써 가며 말이에요."

"편지에 써 보냈는데!" 세라가 격하게 말했다.

"못 받았어요!"

"그러면 나를 어떻게 찾은 거예요?"

젊은 농부가 봄날처럼 싱그럽게 미소 지었다.

"오늘 저녁에 바로 옆 건물에 있는 가정식 레스토랑에 들렀어요." 그가 말했다. "누가 알게 되든 상관없는 얘긴데, 나는 해마다 이맘때면 채소 요리를 즐기거든요. 그래서 그런 음식이 있나 보려고 타자기로 말끔하게 작성된 메뉴판을 훑어봤죠. 양배추 바로 아래 줄을 보고는 의자를 쓰러뜨리며 벌떡 일어나 주인을 큰 소리로 불렀어요. 그분이 당신이 사는 곳을 알려 줬어요."

"기억나요." 세라가 행복에 겨워 한숨을 쉬며 말했다. "양배추 다음이 민들레였어요."

"당신 타자기로 찍어 내는, 줄 위로 벗어나 있는 삐뚜름한 대문자 W는 세상 어디에서라도 알아봤을 거예요." 프랭클린이 말했다.

"어머, 그런데 민들레에는 W가 없는데요." 세라가 놀라며 말했다.

젊은 남자가 주머니에서 메뉴판을 꺼내 한 줄을 가리켰다.

세라는 그날 오후 자신이 작성한 첫 번째 메뉴판을 알아보았다. 눈물방울이 떨어진 오른편 위쪽 귀퉁이에 번진 자국이 그대로 남아 있었다. 그런데 그곳에 정작 있어야 할 식물의 이름은 없었다. 황금빛 꽃의 기억에 매여 있던 그녀의 손가락이 엉뚱한 글자를 눌렀던 것이다.

붉은 양배추와 속을 채운 피망 요리 사이에 이런 요리가 적혀 있었다.

"완숙 달걀을 곁들인 사랑하는 월터."

잘 손질된 등불

물론 그 문제에는 두 가지 측면이 있다. 이제 다른 측면을 살펴보자. 우리는 흔히 '상점 아가씨들'에 대해 이런저런 이야기를 듣곤 한다. 그러한 부류의 사람이 따로 존재하는 것이 아니다. 상점에서 일하는 미혼 여성들이 있을 뿐이다. 그들은 그런 식으로 생계를 유지하는 것이다. 그런데 어째서 직업을 수식어 삼아 그들을 규정하는가? 공정해지기로 하자. 우리가 5번가[122]에 사는 여자들을 '결혼 아가씨들'이라고 부르지는 않는다.

루와 낸시는 친구 사이였다. 고향 집에서는 식구들 모두 골고루 입에 풀칠하기가 어려웠기 때문에 그들은 일자리를 찾아 대도시로 왔다. 낸시는 열아홉 살이었고, 루는 스무 살이었다. 둘 다 배우가 되겠다는 야심 따위는 없는, 예쁘고 활달한

---

122) 미국 뉴욕 맨해튼을 가로지르는 번화가, 고급품 상점가.

시골 아가씨였다.

저 높은 곳에 자리한 작은 아기 천사가 그들을 인도해 싸면서도 꽤 괜찮은 하숙집으로 데려다주었다. 둘 다 일자리를 찾아서 봉급쟁이가 되었다. 그들은 계속 다정한 친구 사이로 지냈다. 내가 여러분에게 두 사람을 정식으로 소개하는 시점은 그로부터 여섯 달이 거의 지날 무렵이다. 참견하기 좋아하는 독자 여러분, 이쪽은 숙녀이자 나의 친구인 낸시 양과 루 양이다. 악수를 하면서 그들의 옷차림을 조심스럽게 살펴보라. 그렇다, 조심스럽게 말이다. 왜냐하면 그녀들은 빤히 쳐다보는 시선에 대해서는 승마술 쇼의 특별관람석에 앉아 있는 숙녀만큼이나 대뜸 화를 내니 말이다.

루는 세탁소에서 품삯을 받고 다림질을 한다. 그녀는 몸에 잘 맞지 않는 자주색 드레스를 입었고, 모자에 달린 깃털은 너무 길어서 10센티미터나 된다. 하지만 그녀의 흰담비 토시와 목도리는 25달러를 준 것이고, 비슷한 종류의 모피 제품들은 철이 지나기 직전에 7.98달러의 가격표를 달고 진열창에 놓이게 될 것이다. 그녀의 뺨은 분홍색이고 연푸른색 눈은 생기 있게 반짝거린다. 그녀는 만족감을 온몸으로 내뿜고 있다.

낸시는 사람들이 버릇대로 하면 흔히 상점 아가씨라 부를 법한 사람이다. 그런 유형의 사람이 따로 있는 것은 아니지만 삐딱한 사람들은 항상 유형을 나누려는 경향이 있는데, 그렇다면 소위 그런 유형의 전형적인 모습이 바로 이렇다는 것이다. 그녀는 덧머리를 대어 앞머리를 높게 빗어 올리고, 상체는 지나치게 꼿꼿해질 만큼 꽉 조인다. 싸구려 재생 모직물로 만든 것이기는 해도 모양은 제대로 된 플레어스커트를 입는다. 쌀쌀한 봄바람을 막아 줄 모피를 걸치지는 않지만 짧은 모직 재킷을 페르시아 양의 모피라도 되는 것처럼 어찌나 맵시 있게 입는지! 유형 나누기를 좋아하는 잔인한 사람이 보기에 그녀의 얼굴과 눈에는 전형적인 상점 아가씨의 표정이 서려 있다. 그것은 기만당한 여자들에 대한 묵묵하지만 경멸적인 혐오감이 서린 표정이며, 다가올 복수를 예언하는 서글픈 표정이기도 하다. 그녀가 가장 크게 웃을 때도 그 표정은 여전히 남아 있다. 러시아 소작농들의 눈에서도 똑같은 표정을 볼 수 있다. 우리 중 살아남은 사람들은 언젠가 가브리엘 천사가 우리를 심판하러 올 때 그 천사의 얼굴에서도 그런 표정을 보게 될 것이다. 그것은 남자를 움츠러들게 하고 당황하게 만드는 표정이다. 하지만 알다시피 남자는 그런 표정 앞에서도 히죽히죽 웃으면서 끈으로 묶은 꽃다발을 내밀기 마련이다.

자, 이제 루에게 "또 봐요."라는 쾌활한 인사를 받고 낸시의 냉소적이지만 달콤한 미소를 보면서 모자를 들어 작별 인사를 하고 떠나라. 그런데 왠지 낸시의 미소는 당신을 그냥 지나쳐 지붕들 너머 별들을 향해 파닥거리며 날아오르는 한 마리 흰색 나방 같다.

두 사람은 모퉁이에서 댄을 기다렸다. 댄은 루의 고정적인 교제 상대였다. 충실하냐고? 그는 성모 마리아가 어린 양 한 마리를 찾기 위해 소환장 전달자 열두 명을 고용해야 했다면 그 순간 바로 그녀 옆에 있었을 사람이었다.

"춥지 않아, 낸시?" 루가 말했다. "정말이지 고작 주급 8달러를 받으면서 그런 구식 백화점에서 일하다니 너도 참 바보야! 나는 지난주에 18달러 50센트를 벌었어. 물론 다림질은 판매대 앞에 서서 레이스를 파는 것처럼 멋진 일은 아닐지 모르지만 돈은 벌 수 있다고. 다림질하는 애들 중에 10달러도 못 버는 사람은 아무도 없어. 게다가 나는 우리 일이 점잖지 못하다는 생각은 조금도 하지 않아."

"넌 그 일을 계속하렴." 낸시가 코를 쳐들고 말했다. "나는 주급 8달러와 현관 옆방을 감수할 테니. 나는 좋은 물건들이랑 멋진 사람들 사이에서 일하는 게 좋아. 게다가 내가 얼마나 멋진 기회를 잡은 건지 보렴! 글쎄, 최근에 장갑 매장 점원 한 사람이 피츠버그 사람이랑 결혼했는데, 제강업자라나 제철업자라나 뭐라나, 아무튼 재산이 100만 달러나 된대. 나도 언젠가 그런 대단한 사람을 잡을 거야. 뭐, 내 외모를 자랑하거나 하는 건 아니지만 엄청난 포상이 걸린 기회가 온다면 꽉 잡을 거야. 세탁소에서 도대체 무슨 기회가 생기겠니?"

"어머, 나는 거기서 댄을 만났는걸." 루가 의기양양하게 말했다. "댄이 나들이용 셔츠랑 옷깃 때문에 왔다가 맨 앞 다리미판에서 다림질하고 있던 나를 본 거야. 우리는 누구나 맨 앞 다리미판에서 일하려고 애쓴단다. 그날은 엘라 매기니스가 몸이 불편한 바람에 내가 그 자리를 차지했어. 댄 말로는 내 팔이 제일 먼저 눈에 띄었대. 아주 토실토실하고 새하얗더래. 소매를 걷어 올리고 있었거든. 세탁소에도 멋진 남자들이 들를 때가 있어. 그런 남자들은 대개 여행 가방에 옷을 잔뜩 넣고 느닷없이 휙 하고 들어오는 법이지."

"너는 어쩌면 그런 블라우스를 입을 수 있니, 루?" 낸시가 눈에 거슬리는 그 물건을 내리간 두 눈에 미묘한 냉소를 담고 빤히 쳐다보았다. "그건 네 취향이 고약하다는 걸 보여 주는 거야."

"이 블라우스가?" 루가 화가 나서 눈을 크게 뜨며 말했다. "어머나, 이거 16달러나 주고 산 건데. 원래 25달러는 하는 거라고. 어떤 여자 손님이 세탁을 맡겨 놓고는 찾으러 오지 않았어. 사장님이 나한테 팔았지. 온통 손으로 수를 놓은 거란 말이야. 네가 입은 그 볼품없고 아무 장식도 없는 옷 얘기를 하는 편이 낫겠어."

"이 볼품없고 아무 장식도 없는 옷은 밴 앨스타인 피셔 부인 옷을 본뜬 거야." 낸시가 차분하게 말했다. "다른 점원들 말이 작년에 그 부인이 우리 백화점에서 계산한 돈이 1만 2000달러나 됐대. 이건 내가 직접 만든 거야. 1달러 50센트가 들었지. 3미터쯤 떨어져 있으면 내 거랑 그 부인 거랑 구분할 수도 없을걸."

"아, 그래." 루가 부드럽게 말했다. "네가 굶어 죽더라도 잘난 체를 하고 싶다면 계속 그렇게 살아. 하지만 나는 내 일자리랑 후한 급료를 선택할 거야. 그리고 근무가 끝나면 내가 살 수 있을 만한 근사하고 멋진 옷이나 알려 줘."

바로 그때 댄이 왔다. 그는 기성품 넥타이를 맨 진지한 젊은이로, 이 도시가 찍어 대는 경박한 언행이라는 낙인을 피한 사람이었다. 주급 30달러를 버는 전기 기사인 그는 로미오 같은 슬픈 눈으로 루를 지켜보며 그녀의 자수 블라우스를 어떤 파리라도 기꺼이 걸려들고 싶어 할 거미줄이라고 생각했다.

"이쪽은 내 친구 오언스 씨. 댄포스 양과 악수해요." 루가 말했다.

"만나게 돼서 정말 반갑습니다, 댄포스 양." 댄이 손을 내밀며 말했다. "루한테 말씀 많이 들었습니다."

"감사합니다." 낸시가 그의 손가락에 서늘한 손끝을 가져다 대며 말했다. "저도 루한테 몇 번 얘기 들었어요."

루가 낄낄 웃었다.

"그 악수도 밴 앨스타인 피셔 부인한테 배웠니, 낸시?" 그녀가 물었다.

"내가 그러면 안심하고 따라 해도 돼." 낸시가 말했다.

"아, 나는 그런 식으로는 절대 못 할 거야. 나한테는 지나치게 고상해. 그렇게 오만한 악수는 다이아몬드 반지를 돋보이게 할 의도로 하는 거야. 나한테 그런 반지가 몇 개 생길 때까지 기다려 봐. 그러면 그때 한번 해 볼게."

"우선 배워 둬." 낸시가 지혜롭게 말했다. "그러면 그런 반지가 생길 가능성이 높아지니까."

"자, 이 논쟁을 해결하기 위해 제가 한 가지 제안하겠습니다." 댄이 잽싸게 쾌활한 미소를 지으며 말했다. "제가 두 분을 티파니 보석상에 모시고 갈 수는 없으니 그 대신 소규모 보드빌은 어떨까요? 제게 입장권이 있거든요. 진짜 다이아몬드 반지를 끼고 악수할 수 없으니 무대 위 다이아몬드라도 보는 거 어때요?"

충실한 신사가 차도 쪽으로 서고 그 옆에 루가 반짝이는 예쁜 옷을 입은 작은 공작새처럼 으스대며 섰다. 보도 안쪽에 선 낸시는 가냘프고 참새처럼 수수하게 입었지만 걸음만은 정확히 밴 앨스타인 피셔 부인과 같은 방식으로 걸었다. 이렇게 세 사람은 저녁 무렵의 적당한 기분 전환 거리를 즐기러 길을 나섰다.

사람들은 대형 백화점을 교육 기관으로 보지 않을 것이다. 그렇지만 낸시가 일하는 백화점이 그녀에게는 교육 기관이나 마찬가지였다. 그녀는 고상한 취향과 세련된 분위기를 뿜어내는 아름다운 물건들에 둘러싸여 있었다. 호사스러운 분위기에서 살게 되면 대가로 지불되는 돈이 자기 것이건 남의 것이건 간에 그 호사가 자기 것이 되는 법이다.

그녀가 응대하는 사람들은 대부분 드레스와 예의범절, 사교계에서의 지위에 있어 다른 사람들이 기준으로 들먹이는 여자들이었다. 그녀는 그들에게서 일종의 통행료를 받아 내기 시작했다. 그녀가 보기에 그들 각자가 가진 가장 좋은 것으로 말이다.

어떤 사람에게서는 몸짓을, 다른 사람에게서는 눈썹을 우아하게 치켜세우는 방법을, 또 다른 여럿에게서는 각각 걷는 방법, 핸드백을 들고 다니는 법, 미소 짓는 법, 친구에게 인사하는 법, '아랫사람'에게 말하는 법 등을 배워서 따라 했다. 가장 소중한 본보기인 밴 앨스타인 피셔 부인에게서는 부인의 가장 탁월한 점인 은처럼 깨끗하고 개똥지빠귀의 음색처럼 명료하게 발음하는 부드럽고 나직한 목소리를 내는 법을 받아 냈다. 그녀는 이런 상류 사교계의 세련되고 교양 있는 분위기에 뒤덮여 그 깊숙한 영향력에서 헤어날 수 없었다. 흔히 올바른 습관이 올바른 원칙보다 낫다고 말하듯 어쩌면 올바른 예의범절이 올바른 습관보다 나을지도 모른다. 부모님의 가르침만으로 뉴잉글랜드식 양심을 계속 지키기는 어려울지 모르지만 등받이가 곧은 의자에 앉아 "프리즘과 필그림"이라는 단어를 마흔 번쯤만 되뇌면 악마라도 달아나려 할 것이다. 밴 앨스타인 피셔 부인과 같은 어조로 말할 때마다 낸시는 뼛속까지 노블레스 오블리주[123]의 전율을 느꼈다.

이 대형 백화점 학교에는 또 다른 배움의 원천이 있었다. 여점원 서너 명이 모여 시시한 내용일 것이 뻔한 대화에 반주라도 맞추듯 쇠줄로 된 팔찌를 딸랑거리는 것을 볼 때마다 그들이 에설의 뒷머리 모양이나 비판하려고 거기 있다고 생각해서는 안 된다. 그 모임에 심도 있게 토의하는 남성 단체들이 갖춘 위엄은 부족할지 몰라도 그 중요성만은 이브와 그녀의 첫째 딸이 아담에게 그의 적절한 집안 내 위치를 알려 주기 위해 머리를 맞대고 의논하던 경우나 마찬가지였다. 그것은 세계와 남성에 대한 공동 방위 및 공격과 격퇴에 관한 전략 이론의 교환을 위한 여성 회담인 셈인데, 여기서 세계는 일종의 무대이고 남성은 그 위로 집요하게 꽃다발을 던져 대는 관객이라 할 수 있다. 그 어떤 동물의 새끼보다 무력한 여성은 새끼 사슴처럼 우아하지만 그만큼 날쌔지는 못하고, 새처럼 아름답지만 날아갈 힘은 없고, 꿀벌의 꿀단지처럼 달콤하지

---

123) '높은 신분에 따르는 정신적, 도덕적 의무'를 의미하는 프랑스어.

만…… 아 참, 그 비유는 그만두자. 침에 쏘여 본 사람이 있을지도 모르니까.

이런 작전 회의가 열리는 동안 그들은 서로 무기를 건네주고 각자 일상의 전술에서 고안해 공식으로 발전시킨 전략을 교환한다.

"내가 그 사람한테 이렇게 말하는 거야." 세이디가 말한다. "당신 풋내기 아냐! 도대체 내가 누구인 줄 알고 그런 말을 하는 거예요? 그러면 그 남자가 뭐라고 받아칠 것 같아?"

갈색, 검은색, 연한 황갈색, 붉은색, 노란색 머리들이 일제히 까닥거린다. 답이 나온다. 그리고 저마다 나중에 공동의 적인 남자와 싸울 때 사용하기 위해 찌르기 공격에 대한 방어 자세를 결정한다.

이렇게 낸시는 방어 기술을 익혔는데 여성에게 성공적인 방어란 곧 승리를 의미한다.

백화점의 교육 과정은 광범위하다. 아마 그 어떤 대학도 제비뽑기에서 결혼이라는 경품을 뽑겠다는 그녀의 필생의 야심을 준비하는 데 더 적합하지 않았을 것이다.

백화점에서 그녀가 근무하는 매장은 유리한 곳이었다. 음악실이 꽤 가까이 있어서 일류 작곡가들의 작품을 듣고 친숙해질 수 있었다. 적어도 그녀가 막연하게나마 조심스럽지만 야심차게 발을 들여놓으려 하는 사교계에서 감상 능력이 있다고 통할 만큼 익숙해지기에는 충분했다. 그녀는 도예품이나 값비싸고 우아한 옷감, 여성들에게는 예술이나 다름없는 장식품에서도 교육적인 영향을 받아들였다.

다른 여점원들은 낸시의 야심을 곧 알아차렸다. 그 역할에 어울릴 것 같은 남자가 그녀의 판매대로 다가올 때마다 그들은 큰 소리로 "저기 네 백만장자가 온다, 낸시."라고 말하곤 했다. 여자 일행들이 쇼핑하는 동안 주변을 서성거리다가 손수건 판매대 쪽으로 어슬렁어슬렁 걸어와 흰색 면 손수건 앞에서 꾸물대는 것이 남자들의 버릇이었다. 낸시의 흉내로 꾸며 낸 고상한 태도와 타고난 우아한 아름다움이 그들을 끌어들였던 것이다. 많은 남자들이 이런 식으로 그녀 앞에 다가와 점잖은 체하는 모습을 보여 주었다. 그중 일부는 백만장자였을지도 모르지만 나머지는 분명 부지런한 흉내쟁이에 지나지 않았다. 낸시는 정확한 구별법을 깨달았다. 손수건 판매대 끝에 창문이 하나 있었는데, 그곳으로 쇼핑객들을 기다리며 거리에 줄지어 서 있는 자동차들이 보였다. 그녀는 그것을 보고 주인만큼이나 자동차도 각양각색인 것을 곧 알아차렸다.

한번은 어느 매력적인 신사가 손수건을 마흔여덟 장이나 산 다음 판매대 너머 그녀에게 코페투아 왕[124] 같은 태도로 청혼한 적이 있었다. 그가 가 버리자 한 여점원이 말했다.

"뭐가 문제니, 낸시? 저런 사람을 격려는 못 해 줄 망정. 내가 보기에는 아주 굉장한 사람 같던데."

"저 남자가?" 낸시가 차분하고 다정하면서도 초연한 밴 앨스타인 피셔 같은 미소를 머금고 말했다. "내가 보기에는 아

---

124) 영국 민요 속 아프리카 왕으로, 평소 여자에게 전혀 관심이 없었으나 거리를 지나가는 거지 소녀에게 반해 왕위를 버리고 사랑을 택했다.

니야. 창밖으로 그 사람이 타고 온 자동차를 봤어. 고작 12마력에 운전사는 아일랜드 사람이야! 그리고 너도 그 남자가 어떤 손수건을 샀는지 봤잖아. 실크였다고! 게다가 몸에는 오리새 잎이나 붙이고 다니고. 부탁인데 나한텐 가져다 붙이려면 진짜를 데려오든지 아니면 말든지 해 줘."

그 백화점에서 가장 '고상한' 두 여자인 여자 감독과 현금 출납원에게는 이따금 함께 식사하는 몇몇 '멋진 신사 친구들'이 있었다. 한번은 그들이 낸시를 초대에 끼워 준 적이 있었다. 12월 31일 식사 예약을 일 년 전에 미리 해야 한다는 화려한 카페에서 저녁 식사를 했다. 그 자리에는 '신사 친구' 두 사람이 있었다. 한 사람은 머리카락이 하나도 없었다. 아마 상류 사회 생활이 머리카락을 자라지 못하게 했을 텐데, 이것은 입증할 수도 있다. 다른 한 사람은 자기 가치와 교양을 두 가지 그럴듯한 방식으로 각인시키려 하는 젊은 남자였다. 그는 모든 포도주는 코르크 마개 냄새가 난다고[125] 단언했고, 소맷부리에는 다이아몬드 단추를 달고 있었다. 이 젊은 남자는 낸시의 거부할 수 없는 압도적인 미덕을 알아차렸다. 상점 아가씨들은 원래 그의 취향이었다. 그런데 여기 자기 계층의 솔직한 매력에 더해 상류 사교계의 목소리와 예의범절까지 갖춘 상점 아가씨가 있었다. 그래서 이튿날 그는 백화점에 나타나 볏짚으로 표백하고 헴스티치[126] 한 아일랜드 리넨 손수건 상자

---

125) 포도주의 질, 상태가 좋지 못하다는 의미.
126) 천의 씨실을 풀고 날실을 몇 가닥씩 묶어서 만드는 가장자리 장식.

너머로 진지하게 청혼했다. 낸시는 정중히 거절했다. 갈색 올림머리를 한 여점원이 3미터쯤 뒤에서 온 눈과 귀를 그쪽으로 쏟고 있었다. 거절당한 구혼자가 가고 나자 그녀가 낸시에게 엄청난 비난과 반감을 쏟아부었다.

"너 정말 끔찍한 바보로구나! 저 남자는 백만장자야. 바로 밴 스키틀스 영감의 조카라고. 게다가 아주 진지하게 말한 거였어. 너 미쳤니, 낸시?"

"내가?" 낸시가 말했다. "나는 저 남자의 청혼을 받아들이지 않았어, 그렇지? 어쨌든 저 남자는 네가 알아볼 수 있을 만큼 대단한 백만장자는 아니야. 집안에서 받아 쓸 수 있는 돈이 일 년에 고작 2만 달러밖에 안 된대. 요전 날 밤 저녁 식사 때 대머리인 남자가 그걸로 저 남자를 놀렸어."

갈색 올림머리 여점원이 바짝 다가서더니 두 눈을 가늘게 떴다.

"도대체 네가 원하는 게 뭐니?" 그녀가 껌이 없는 탓에 바싹 마른 목소리로 물었다. "그것도 충분하지 않다는 거야? 모르몬교도가 돼서 록펠러랑 글래드스턴 도위랑 스페인 국왕 같은 사람들이랑 죄다 결혼하고 싶다는 거니? 일 년에 2만 달러도 너한테는 충분하지가 않아?"

낸시는 검고 천박한 눈이 뚫어져라 자신을 바라보자 얼굴을 조금 붉혔다.

"전적으로 돈 때문은 아니었어, 캐리." 그녀가 해명했다. "그 남자가 요전 날 밤 저녁 식사 때 야비한 거짓말을 하다 친구한테 들켰어. 본인 말로는 함께 극장에 가 본 적도 없다는 어떤 여자에 대한 거였어. 아무튼 난 거짓말쟁이는 딱 질색이야. 이모저모 다 따져 보면…… 나는 그 사람이 싫고, 그거면 얘기는 끝이지. 나를 바겐세일 기간에 내놓는 물건처럼 싸게 내놓지는 않을 거야. 꼿꼿한 자세로 의자에 앉을 줄 아는, 제대로 된 남자다운 사람을 어떻게든 만나야 돼. 맞아, 나는 결혼 상대를 찾고 있어. 그렇지만 장난감 저금통처럼 소리만 요란한 사람은 안 돼."

"너한테는 정신 병원이 딱이구나!" 갈색 올림머리 점원이 자리를 떠나면서 말했다.

높은 이상이라고까지 할 수는 없어도 이런 고상한 신념을 낸시는 주당 8달러를 받으며 키워 나갔다. 그녀는 날마다 버터도 바르지 않은 빵을 먹고 허리띠를 졸라매면서 미지의 그 '훌륭한 결혼 상대'를 찾으려고 길에서 노숙을 하는 셈이었다. 그녀의 얼굴에는 운명적으로 타고난 남자 사냥꾼의 희미하고 용감하며 상냥하면서도 엄격한 미소가 서려 있었다. 백화점이라는 숲은 그녀의 사냥터였다. 그녀는 폭이 넓은 뿔이 달린, 몸집이 커다란 사냥감을 향해 이미 여러 차례 총을 겨눴다. 그렇지만 언제나 깊고 정확한, 어쩌면 사냥꾼의 것일 수도 있고 여자의 것일 수도 있는 어떤 본능으로 인해 사격을 중지하고 다시 길 위로 돌아갔다.

루는 세탁소에서 일하며 잘 지냈다. 주급 18달러 50센트에서 하숙비로 6달러를 냈다. 나머지는 주로 옷을 사는 데 썼다. 그녀는 낸시에 비하면 취향과 예의범절을 바로잡을 기회가 거의 없었다. 푹푹 찌는 세탁소에서 할 수 있는 것이라고는 일하고 다가올 즐거운 저녁 시간에 대해 생각하는 것뿐이었다. 값비싸고 화려한 수많은 옷감이 그녀의 다리미 밑을 지나갔다. 옷에 대한 그녀의 애착은 이 전도성 금속을 통해 전달되고 커진 것인지도 모른다.

하루 일이 끝나면 댄이 밖에서 그녀를 기다렸는데, 그는 그녀가 어떤 불빛 아래 서 있건 그녀의 충실한 그림자였다.

가끔 그는 멋스러워지기보다 튀는 화려함만 늘어 가는 루의 옷차림에 솔직하고 걱정스러운 시선을 흘긋 던졌다. 하지만 이것이 변심 때문은 아니었다. 그는 길거리에서 옷차림 때문에 그녀에게 향하는 관심에서 벗어나기를 바랄 뿐이었다.

그에 못지않게 루도 친구에게 충실했다. 그들이 어디로 놀러 가든 낸시가 그들과 동행해야 한다는 규칙이 있었다. 댄은 이 여분의 짐을 기꺼이 기분 좋게 감당했다. 기분 전환 거리를 찾아다니는 이들 3인조에 루는 생기를, 낸시는 품격을, 댄은 중량감을 제공했다고 할 수 있다. 에스코트를 맡은 댄은 말끔하지만 기성복이 분명한 정장을 입고, 기성품 넥타이를 매고, 효과가 확실하고 정겹지만 독창성은 없는 우스갯소리를 하는 사람으로, 쉽게 놀라거나 남과 심하게 충돌하는 법이 없었다. 자리에 있으면 잊기 십상이지만 자리를 뜨고 나면 뚜렷하게 기억나는 사람이었다. 낸시의 뛰어난 안목에 이런 기성품처럼 진부한 오락거리가 남기는 뒷맛은 때로 씁쓸했다. 하지만 그녀는 젊었고, 젊음은 미식가가 될 수 없다면 대식가라도 되기 마련이다.

"댄은 항상 나더러 당장 자기랑 결혼하자고 해." 언젠가 루가 낸시에게 말했다. "그렇지만 내가 왜? 나는 독립심이 강한 사람이야. 나는 내가 버는 돈으로 하고 싶은 대로 할 수 있어. 댄은 결혼하고 나면 내가 계속 일하는 데 동의하지 않을걸. 그런데 있잖아, 낸시, 너는 도대체 뭘 바라고 잘 먹지도 입지도 못하면서까지 그 구식 백화점에 붙어 있는 거니? 너만 오겠다면 지금 당장이라도 세탁소에 자리를 얻어 줄 수 있어. 돈을 훨씬 많이 벌게 되면 너도 여유가 생겨서 조금 덜 거만하게 행동할 텐데."

"나는 내가 거만하다고 생각하지 않아, 루." 낸시가 말했다. "그렇지만 차라리 반만 먹고 살더라도 지금 이대로 지내고 싶어. 습관이 들어 버렸나 봐. 내가 원하는 건 기회야. 나라고 언제까지나 판매대 뒤에 서 있을 작정은 아니야. 나는 날마다 새로운 걸 배우고 있어. 나는 늘 고상하고 부유한 사람들을 상대해. 단지 손님으로 응대하는 것뿐이라도 말이야. 나는 내 주변에서 돌아다니는 도움이 될 만한 지침은 어느 것 하나 놓치지 않고 지켜보고 있어."

"벌써 백만장자를 잡은 거야?" 루가 놀리듯 웃으며 물었다.

"아직 선택하지 못했어." 낸시가 대답했다. "그들을 계속 관찰하고 있어."

"맙소사! 고르려고 살펴보고 있다니! 단 한 사람도 그냥 지나가게 하지 마, 낸시. 그 사람이 돈이 조금 부족해도 말이야. 물론 농담하는 거겠지만. 백만장자들은 우리 같은 근로 여성들은 염두에 두지 않아."

"염두에 둔다면 본인들한테 더 좋을 텐데." 낸시가 차분하고 슬기롭게 말했다. "우리 같은 여자들 중에는 그들에게 돈 관리법을 가르쳐 줄 수 있는 사람도 있을 테니 말이야."

"백만장자가 나한테 말을 걸면 나는 발끈하고 화를 낼 것 같아." 루가 웃었다.

"그건 네가 아직 그런 사람을 한 명도 몰라서 그래. 그런 부자들과 부자가 아닌 나머지 사람들 사이의 가장 큰 차이점은 좀 더 가까이에서 관찰해 봐야 알 수 있거든. 붉은색 실크 안감이 그 외투에는 조금 지나치게 밝은 것 같지 않니, 루?"

루가 친구가 입은 수수하고 칙칙한 올리브색 재킷을 바라보았다.

"글쎄, 아닌 것 같은데. 그렇지만 네가 입은, 색이 바랜 것 같은 그 옷 옆에서는 그렇게 보일지도 모르겠다."

"이 재킷은 지난번에 밴 앨스타인 피셔 부인이 입은 거랑 재단이며 몸에 붙는 정도까지 꼭 같은 거야." 낸시가 만족스러운 듯이 말했다. "옷감 값으로 3달러 98센트가 들었어. 아마 그 부인 옷은 100달러도 더 했을 거야."

"아, 그래." 루가 대수롭지 않게 말했다. "그 옷이 백만장자를 낚을 만한 미끼라는 생각은 안 드는데. 내가 너보다 먼저 백만장자를 잡을지도 모르겠는걸."

정말이지 두 친구가 고집하는 두 이론의 가치를 결정하려면 철학자를 데려와야 할 지경이다. 루에게는 푼돈에 가까운 생계비를 벌면서도 상점과 사무실을 가득 채우며 계속 일하는 여자들이 가진 자존심과 까다로움이 없었기 때문에 그녀는 시끄럽고 숨 막히는 세탁소에서 다리미를 쾅쾅거리며 즐겁게 일했다. 그녀는 자기 급료로 단지 안락한 것 이상으로 생활할 수 있었다. 그래서 옷차림에 더 많은 돈을 쓰다가 결국 댄의 단정하지만 세련되지 않은 복장을 가끔씩 초조한 듯 곁눈질하게 되었다. 한결같고 변함없고 한눈팔지 않는 댄을 말이다.

낸시에 관해 말하면 그녀 같은 경우는 수없이 많았다. 교양 있고 안목 높은 고상한 세계의 사람들이 좋아하는 실크와 보석, 레이스, 장신구, 향수, 음악…… 이 모든 것은 여자를 위해 만들어진 것이므로 마땅히 여자가 받을 정당한 몫이다. 이것들이 여자에게 삶의 일부이고 그녀가 그 곁에 머물기를 원한다면 그렇게 하도록 내버려 둬야 한다. 그녀는 에서[127]처럼 스스로를 배신하는 사람이 아니다. 그녀는 자신의 생득권을 계속 가지고 있는 데다 그녀가 일해서 얻은 채소 수프는 대부분 양이 매우 부족했기 때문이다.

낸시는 이런 분위기에 어울리는 사람이었다. 그 속에서 단호하면서도 만족스럽게 자신을 성장시켰으며 소박한 식사를 하고 옷을 싸게 만들어 입을 계획을 세웠다. 그녀는 여자라는 존재에 대해서는 이미 잘 알았기에 이제는 남자라는 동물을, 그들의 습성과 자격을 모두 연구하는 중이었다. 그녀는 언젠가 원하는 사냥감을 쏴서 넘어뜨릴 테지만 자신이 보기에 가장 크고 최상급인 사냥감이어야지 그보다 작은 것은 안 된다

---

127) 「창세기」에 등장하는 이삭의 아들. 죽 한 그릇에 동생 야곱에게 장자 상속권을 팔았다.

고 마음속으로 맹세했다.

이렇듯 그녀는 신랑이 오는 순간 그를 맞이하기 위해 자신의 등불을 항상 손질해 켜 놓고 있었다.[128]

그렇지만 그녀는 다른 교훈도 배웠는데, 아마 이 일은 자기도 모르는 사이에 일어났을 것이다. 그녀의 가치 기준이 흔들리고 변하기 시작했다. 이따금 그녀의 내면의 눈앞에서 달러 기호가 흐릿해지면서 '진실'과 '명예', 가끔은 '친절' 같은 단어들을 구성하는 글자들로 모양이 바뀌었다. 거대한 숲 속에서 무스나 엘크라는 이름으로 불리는 큰 사슴을 사냥하는 사람의 모습을 떠올려 보자. 그는 나무 그늘에 숨겨져 있던 이끼로 뒤덮인 작은 골짜기를 본다. 그곳에서는 실개천이 졸졸 흐르면서 그에게 휴식과 위안에 대해 재잘거린다. 이런 때에는 니므롯[129]의 창도 무뎌지는 법이다.

그래서 낸시는 페르시아 양의 모피 시세가 언제나 그것을 걸치는 사람들의 마음에 의해서만 매겨지는 것인지 이따금 궁금해지곤 했다.

어느 목요일 저녁 낸시는 백화점을 나가 6번가를 가로질러 세탁소가 있는 서쪽으로 향했다. 그녀는 루와 댄과 함께 뮤지컬을 보러 갈 계획이었다.

그녀가 도착하는 순간 댄이 막 세탁소에서 나왔다. 그의 얼굴에는 묘하게도 긴장한 표정이 서려 있었다.

---

128) 「마태복음」 25장 1~13절에 나오는 '열 처녀의 비유'를 인용한 것이다.
129) 「창세기」 10장 8~9절에 나오는 뛰어난 사냥꾼.

"여기 사람들은 혹시 그녀한테 연락을 받았는지 알아보려고 잠깐 들렀어요." 그가 말했다.

"누구한테 연락을 받는다는 거예요?" 낸시가 물었다. "안에 루 없어요?"

"당신은 알 줄 알았는데." 댄이 말했다. "그녀는 월요일부터 여기에도 그녀가 살던 집에도 없었어요. 짐도 몽땅 옮겼고요. 세탁소 동료 한 사람한테 아마 유럽에 갈 것 같다고 말했답니다."

"그럼 어디서든 그녀를 본 사람이 아무도 없는 거예요?" 낸시가 물었다.

그가 턱을 꽉 조이며 엄격하게 그녀를 바라보았다. 진지한 회색 눈에서 차가운 섬광이 번뜩였다.

"세탁소 사람들이 그러는데 어제 그녀가 자동차를 타고 지나가는 걸 봤대요." 그가 거칠게 말했다. "당신하고 루가 늘 꿈꾸던 백만장자랑 함께요."

낸시는 난생처음 남자 앞에서 움츠러들었다. 그녀가 살짝 떨리는 손을 댄의 소매에 얹었다.

"당신이 나한테 그런 식으로 말할 권리는 없어요, 댄. 내가 이 일에 무슨 상관이라도 있는 것처럼 말하다니요!"

"그런 뜻은 아니었어요." 댄이 다소 누그러지며 말했다. 그가 조끼 주머니를 손으로 더듬었다.

"나한테 오늘 밤 쇼의 입장권이 있어요." 그가 애써 당당한 듯 가벼운 표정을 지으며 말했다. "만약 당신이……."

낸시는 용기 있는 행동을 볼 때면 언제나 높이 평가했다.

"같이 갈게요, 댄." 그녀가 말했다.

낸시가 루를 다시 만난 것은 석 달이 흐른 뒤였다.

어느 날 해 질 무렵 그 여점원은 작고 조용한 공원 옆길을 따라 서둘러 집으로 가고 있었다. 누군가가 자기 이름을 부르는 소리에 돌아보고 늦지 않게 몸을 돌려 품으로 뛰어드는 루를 받아 주었다.

우선 서로 껴안아 준 뒤 그들은 날랜 혀 위에서 떨리고 있는 수천 개의 질문으로 금방이라도 상대를 공격하거나 매혹시키려는 듯 뱀처럼 머리를 뒤로 젖혔다. 그 순간 낸시는 성공이 루의 온몸을 뒤덮고 있음을 알아차렸다. 값비싼 모피와 번쩍번쩍 빛나는 보석과 예술적인 솜씨로 재단된 옷이 그 사실을 증명했다.

"이 바보야!" 루가 애정이 담긴 목소리로 크게 외쳤다. "아직도 그 백화점에서 일하고 있구나. 여전히 허름한 옷이나 입고. 그런데 네가 낚겠다던 그 대단한 결혼 상대는 어떻게 된 거니? 아직 아무 일도 없구나?"

그 순간 루는 성공보다 좋은 무언가가 낸시를 뒤덮고 있는 것을 보았다. 낸시의 눈에서 보석보다 밝게 빛나고 뺨에서 장미보다 붉게 타오르며 혀끝에서 벗어나려 조바심치는, 전기처럼 춤추는 무언가를 말이다.

"맞아, 아직도 거기서 일해." 낸시가 말했다. "하지만 다음 주에는 그만둘 거야. 결혼 상대를 낚았거든. 그것도 세상에서 가장 큰 대어로 말이야. 너도 이제는 상관없겠지, 루, 그렇지? 나 댄이랑 결혼하기로 했어. 댄 말이야! 이제는 나의 댄이야.

이런, 루!"

　수염 없는 매끈한 얼굴의 젊은 신임 경찰관 한 사람이 공원 모퉁이 부근에서 여유롭게 순찰을 돌고 있었다. 이런 모습을 한 경찰관은 공권력을 좀 더 견딜 만하게 해 준다. 적어도 내 눈에는 그렇다. 그는 비싼 모피 코트를 입고 손에 다이아몬드 반지를 낀 여자가 몸을 웅크린 채 공원 철제 울타리에 기대앉아 격렬하게 흐느끼는 것을 보았다. 그 옆에서는 수수한 옷을 입은 가냘픈 근로 여성이 몸을 바짝 붙이고 그녀를 달래고 있었다. 하지만 이 경찰관은 새로운 세대였기 때문에 못 본 척 그냥 지나쳤다. 이런 문제는 그가 대변하는 공권력으로는 어쩔 수 없는 일임을 잘 알았기 때문이다. 그가 경찰봉으로 계속 보도를 탁탁 두드려 그 소리가 가장 멀고 먼 별들에까지 울려 퍼진다 해도 말이다.

구두쇠 애인

비기스트 백화점에는 3000명의 여자 종업원이 있었다. 메이지는 그중 한 명이었다. 그녀는 열여덟 살이고 신사용 장갑 매장에서 일하는 점원이었다. 이곳에서 그녀는 두 가지 인간 유형에 정통하게 되었는데, 바로 백화점에서 스스로 장갑을 사는 신사들과 불운한 신사들을 대신해 장갑을 사는 여자들이었다. 메이지는 인류에 대한 이런 폭넓은 지식뿐 아니라 다른 정보들까지 얻게 되었다. 그녀는 나머지 2999명의 여종업원들이 퍼뜨리는 지혜에 귀 기울인 다음 몰타 고양이만큼이나 은밀하고 신중한 머릿속에 저장해 두었다. 아마도 자연이 그녀 옆에 현명한 조언자가 없을 것을 예견하고 이를 벌충할 수 있도록 미모와 빈틈없는 기질을 섞어 줬던가 보다. 다른 동물들보다 훨씬 값비싼 털을 가진 은빛 여우에게 약삭빠른 성질까지 내려 준 것이나 마찬가지였다.

한마디로 메이지는 아름다웠다. 그녀는 창가에서 버터케이크를 만드는 귀부인처럼 몸가짐이 차분한 짙은 금발의 여성이었다. 그녀는 비기스트 백화점 판매대 안쪽에 서서 일했는데, 손님들은 장갑 치수를 재기 위해 줄자에 손을 올려놓으면서 헤베[130]를 떠올렸고, 다시 한 번 쳐다보면서는 그녀가 어떻게 미네르바[131]의 두 눈을 얻게 되었는지 궁금해 했다.

매장 감독이 쳐다보지 않을 때면 메이지는 과일 젤리를 씹어 먹었다. 그가 쳐다볼 때는 구름을 바라보는 것처럼 가만히 허공을 응시하며 아쉬운 듯 미소를 지었다.

그것이 바로 여점원의 미소인데, 무감각한 심장과 캐러멜, 큐피드의 장난에 대한 탁월한 적응력으로 단단히 방어벽을 친 사람이 아니라면 그 미소를 피할 것을 강력히 권한다. 이 미소는 메이지의 기분 전환 시간에 속하는 것이지 백화점 업무에 속하는 것이 아닌데도 매장 감독은 그것을 자기 몫으로 차지하려 한다. 그는 이 매장의 샤일록[132]이다. 그가 여기저기 코를 들이밀고 참견하며 돌아다닐 때 그의 콧등은 마치 통행료를 징수하는 다리 같다. 예쁜 여점원을 바라볼 때 그의 눈은 호색한처럼 음흉해진다. 물론 모든 매장 감독이 이렇지는 않다. 불과 며칠 전에도 여든 살이 넘은 매장 감독에 대한 소식이 신문에 실렸다.

어느 날 화가이자 백만장자이며 여행가이자 시인인 동시에

---

130) 그리스 신화에 나오는 청춘과 봄의 여신.
131) 로마 신화에 나오는 지혜, 공예, 전술의 여신.
132) 셰익스피어의 『베니스의 상인』에 나오는 유대인 고리대금업자.

자동차 애용자인 어빙 카터가 우연히 비기스트 백화점에 들렀다. 한마디 보태자면 그로서는 당연하게도 그 방문이 자발적인 것은 아니었다. 그가 자식으로서의 의무감에 먹살을 잡혀 끌려온 셈이었던 반면 그의 어머니는 청동 작품과 테라코타상 사이를 희롱하듯 신나게 돌아다녔다.

카터는 돌아다니면서 잠시 시간을 때우려고 천천히 장갑 매장까지 걸어갔다. 그에게 장갑이 필요한 것은 사실이었다. 장갑을 가지고 나오는 것을 깜박 잊었던 것이다. 그렇지만 그는 장갑 매장에서 벌어지는 갖가지 불장난에 대해서는 들어본 적이 없었으므로 자기 행동을 해명할 필요는 전혀 없다.

그는 자신의 운명을 향해 가까이 다가가다 말고 머뭇거렸다. 별 가치 없어 보이던 큐피드의 직업이 지닌 미지의 측면을 불현듯 강하게 의식했기 때문이다.

요란하게 차려입은 시시한 놈 서넛이 판매대 위로 몸을 숙이고 중매인 역할을 하는 장갑들과 씨름하고 있었고, 그러는 동안 깔깔거리며 웃어 대는 여점원들은 활기찬 제2 바이올린의 역할을 맡아서 남자들의 지휘에 따라 교태라는 삐걱거리는 현을 켜고 있었다. 다른 때였다면 카터가 물러설 수도 있었지만 그때 그는 이미 선을 넘어선 상태였다. 메이지가 판매대 안쪽에서 그를 맞이했는데, 남쪽 바다에 떠내려온 빙산 위로 쏟아져 반짝이는 여름 햇살처럼 차갑고 아름답고 따스한 푸른 눈에는 호기심이 서려 있었다.

바로 그때 화가이자 백만장자요, 기타 등등이기도 한 어빙 카터는 귀족적이고 창백한 자신의 얼굴이 따스한 홍조로 달아오르는 것을 느꼈다. 그렇지만 수줍음 때문은 아니었다. 그 홍조는 근원적으로 지적인 깨달음에서 비롯된 것이었다. 그는 순식간에 자신이 다른 판매대에서 키득거리는 여점원들에게 구애하는 흔해 빠진 젊은이들과 같은 대열에 들어섰다는 사실을 깨달았다. 그 자신도 장갑 매장 여점원의 호감을 얻기를 내심 바라면서 대도시 큐피드의 만남의 장소인 참나무 판매대에 기대서 있었던 것이다. 그도 이제 빌, 잭, 미키 같은 어중이떠중이나 다름없었다. 그러자 그는 갑자기 그들에게는 너그러운 마음을, 그동안 자신의 자양분이 되어 온 관습들에 대해서는 우쭐하면서 용감한 경멸감을 품게 되면서 이 완벽한 피조물을 자기 것으로 만들겠다고 재빨리 결심했다.

장갑 값을 지불하고 포장까지 끝난 후에도 카터는 잠시 꾸물거렸다. 메이지의 장밋빛 입술 가장자리에 보조개가 깊게 들어갔다. 장갑을 산 신사들은 모두 꼭 그런 식으로 꾸물거렸다. 그녀가 블라우스 소매 속 팔을 프시케[133]처럼 구부리고 팔꿈치를 진열장 가장자리에 얹었다.

카터는 자신이 완벽하게 통제하지 못하는 상황에 처한 적이 전에는 한 번도 없었다. 그렇지만 이제 그는 빌이나 잭, 미키보다 훨씬 어색하게 서 있었다. 그는 이렇게 아름다운 점원 아가씨를 사교적으로 만날 기회가 없었다. 그는 어디선가 읽거나 들은 적이 있는 여자 점원들의 특징과 습관에 대해 기억해 내려고 분주히 머리를 굴렸다. 어째서인지 결국 그는 그들

---

133) 그리스 신화에 나오는 미녀로, 사랑의 신 에로스의 부인.

이 때로는 일반적인 정식 소개 수단만을 엄격하게 고집하지는 않는다는 의견을 받아들이기로 했다. 그의 심장은 이 사랑스럽고 순결한 존재에게 관습에서 벗어난 만남을 제안하려는 생각으로 쿵쾅거리며 뛰었다. 하지만 심장의 이런 동요가 오히려 그에게 용기를 주었다.

일반적인 주제에 관해 던진 말 몇 마디에 호의적이고 긍정적인 응답을 받고 나서 그는 자신의 명함을 판매대 위 그녀의 손 옆에 내려놓았다.

"너무 뻔뻔해 보인다면 제 무례를 용서해 주시기 바랍니다." 그가 말했다. "그렇지만 제게 당신을 다시 만날 수 있는 기쁨을 허락해 주시기를 진심으로 바랍니다. 거기 제 이름이 있습니다. 저는 정말이지 깊은 경의를 표하며 제가 당신의 친밀…… 아니, 그냥 알고 지내는 지인이 될 수 있는 친절을 베풀어 주시기를 간청합니다. 제가 그런 특권을 바라서는 안 되는 걸까요?"

메이지는 남자들을 잘 알았다. 특히 장갑을 사는 남자들은 더 잘 알았다. 그녀가 망설임 없이 미소 띤 얼굴로 솔직하게 그의 눈을 빤히 보며 말했다.

"그럴 리가요. 당신은 믿을 수 있는 분인 것 같아요. 보통은 잘 모르는 신사분과 외출하는 일이 거의 없지만요. 그건 정말 숙녀답지 못한 일이니까요. 언제 다시 만날까요?"

"가능한 한 빨리요." 카터가 말했다. "만약 제가 당신 집을 방문해도 된다면 저는……."

메이지가 듣기 좋은 소리로 웃었다. "어머나, 그건 안 돼요!" 그녀가 단호하게 말했다. "당신이 저희 연립식 주택을 한 번 보신다면! 방 세 개에 우리 다섯 식구가 살아요. 제가 거기에 신사분을 데려가면 엄마 얼굴이 어떻게 될지 보고 싶네요!"

"그러면 어디든 당신이 편하신 곳으로 하지요." 사랑에 빠진 카터가 말했다.

"잘됐네요." 복숭앗빛 얼굴에 좋은 생각이 떠올랐다는 표정을 지으며 메이지가 제안했다. "제 생각엔 목요일 밤이 괜찮을 것 같아요. 7시 30분에 8번가와 48번가가 만나는 모퉁이로 오시면 어떨까요? 바로 그 모퉁이 근처에 살거든요. 그런데 11시까지는 집에 돌아가야 해요. 엄마가 11시가 지나서 밖에 돌아다니는 건 허락하지 않으세요."

카터는 약속을 꼭 지키겠다고 기꺼이 맹세한 다음 서둘러 자기 어머니에게 갔다. 그의 어머니가 디아나 청동상 구입을 승인받기 위해 그를 찾고 있었다.

눈은 작고 코는 뭉툭한 여점원이 친밀감이 담긴 음흉한 미소를 지으며 메이지 곁으로 슬슬 다가왔다.

"저 양반 마음을 단숨에 사로잡은 거니?" 그녀가 스스럼없이 물었다.

"자기 초대를 받아들여 달라고 부탁하던걸." 메이지가 카터의 명함을 블라우스 품속으로 살짝 밀어 넣으며 젠체하는 태도로 대답했다.

"초대를 받아들여 달라고!" 눈이 작은 여점원이 킬킬거리며 그대로 되풀이했다. "월도프 호텔에서 저녁 식사를 한 후에 그 사람 자동차로 한 바퀴 돌자고 했니?"

"야, 그만해!" 메이지가 지겨운 듯 말했다. "넌 꼭 최고급에 이골이 난 것처럼 굴더라. 그렇지도 않으면서. 지난번에 소방 차 운전사가 찹 수이[134] 음식점에 데려간 이후로 아주 거만해 졌어. 아니, 그 사람은 월도프 얘기는 들먹이지도 않았어. 하지만 명함에 적힌 주소를 보니 5번가였어. 그러니까 단언하건 대 그 사람이 저녁을 사 준다면 주문을 받는 종업원이 머리를 땋아 늘이지 않았을 리는 없을 거야."

어머니와 함께 전기식 소형차를 타고 비기스트 백화점에서 미끄러지듯 멀어져 가면서 카터는 가슴에 퍼지는 둔한 통증에 입술을 깨물었다. 그는 스물아홉 평생에 처음으로 사랑이 찾아왔음을 깨달았다. 그리고 그 사랑의 대상이 길모퉁이에 서 그를 만나 주기로 그처럼 선선히 약속해 주었다는 사실은 비록 자기 소망에 한 걸음 더 다가간 일이기는 했지만 그를 불안감에 몹시 시달리게 만들었다.

카터는 여점원들에 대해 알지 못했다. 그는 그녀들이 사는 집이 대개 간신히 살 수 있을 만한 아주 작은 방 한 칸이거나 일가친척으로 넘쳐 나는 거주지라는 것을 알지 못했다. 그녀들에게는 길모퉁이가 응접실이고, 공원이 거실이며, 큰길이 정원에 난 산책로이다. 하지만 대개의 경우 태피스트리가 걸린 방에 사는 귀부인이 그런 것처럼 여점원도 앞서 나열한 공간에서는 존중받아 마땅한 집주인이다.

그들이 처음 만나고 두 주가 지난 어느 날 저녁 땅거미가 질

---

134) 고기와 채소를 한데 볶은 미국식 중국요리.

무렵 카터와 메이지는 팔짱을 끼고 불빛이 어둑한 작은 공원으로 천천히 걸어 들어갔다. 두 사람은 나무 그늘이 드리워진 호젓한 벤치를 발견하고 그곳에 앉았다.

그가 처음으로 살며시 한쪽 팔을 뻗어 점잖게 그녀를 감싸 안았다. 그녀가 슬며시 황동색 머리를 그의 어깨에 편안하게 기댔다.

"아이 참!" 메이지가 감사의 뜻이 섞인 한숨을 쉬며 말했다. "왜 전에는 한 번도 이렇게 할 생각을 못 했어요?"

"메이지." 카터가 진지하게 말했다. "틀림없이 당신도 알고 있겠지만 나는 당신을 사랑해요. 진심이니 나와 결혼해 줘요. 이제는 당신도 나를 잘 알게 되었으니 나에 대해 충분히 확신을 가질 수 있을 거예요. 난 당신을 원하고, 꼭 내 사람으로 만들고 싶어요. 우리의 신분 차이 같은 건 아무 상관 없어요."

"무슨 차이가 있다는 거예요?" 메이지가 궁금하다는 듯 물었다.

"글쎄요. 사실은 아무 차이도 없죠." 카터가 재빨리 말했다. "어리석은 사람들의 마음속에만 있는 거니까. 나는 당신에게 호사스러운 삶을 누리게 해 줄 힘이 있어요. 사회적 지위가 확고하고 재산도 남아돌 만큼 충분하니까요."

"다들 그렇게 말해요." 메이지가 말했다. "다들 그런 식으로 속여요. 제 생각엔 사실 당신은 식품점에서 일하거나 경마 대회를 따라다니는 사람일 것 같아요. 저도 보기보다 풋내기는 아니거든요."

"당신이 원하는 증거는 모두 당신 앞에 가져올 수 있어요."

카터가 상냥하게 말했다. "무엇보다 내가 당신을 원해요, 메이지. 당신을 처음 본 날 당신을 사랑하게 됐어요."

"들어 보면 다들 똑같이 말해요." 메이지가 즐겁다는 듯 웃음을 터뜨리며 말했다. "세 번이나 만나고 나서야 내게 빠졌다는 남자를 한 명이라도 만나게 된다면 그 사람은 오히려 그에게 반할 것 같다고 생각하는 저를 보게 될걸요."

"제발 그런 식으로 말하지 말아 줘요." 카터가 애원했다. "사랑하는 메이지, 내 말 좀 들어 봐요. 내가 당신의 눈을 처음 들여다본 이후로 당신은 내게 이 세상에서 유일한 여자가 되었어요."

"아, 이런 사기꾼 같으니!" 메이지가 웃었다. "얼마나 많은 여자에게 그런 말을 한 거죠?"

하지만 카터는 끈질겼다. 그리고 마침내 그는 여점원의 가슴속 깊은 곳 어딘가에서 파닥거리는 연약하고 작은 영혼에가 닿게 되었다. 그의 말들이 가장 안전한 갑옷인 가벼운 쾌활함을 꿰뚫고 그녀의 심장에 가 꽂혔다. 그녀가 눈을 들어 그를 쳐다보았다. 그녀의 차갑던 뺨이 따뜻한 온기로 달아올랐다. 그녀라는 나방은 두려워 부들부들 떨면서 날개를 접고 이제 막 사랑이라는 꽃에 안착하려는 듯했다. 장갑 판매대 바깥쪽에 있는 인생과 그곳에서 나오는 온갖 가능성이라는 희미한 빛이 그녀에게 서서히 보이기 시작했다. 카터는 이러한 변화를 느끼고 기회를 잡으려고 서둘렀다.

"나랑 결혼해요, 메이지." 그가 부드럽게 속삭였다. "그런 뒤에 우리는 이 추한 도시를 떠나 아름다운 곳으로 가게 될 거예요. 일이나 사업은 다 잊고 긴 휴가 같은 인생을 즐기게 될 거예요. 당신을 어디로 데려가야 할지는 잘 알아요. 전에 내가 자주 다녀온 곳이죠. 여름이 끝없이 계속되고, 아름다운 해변 위로는 끊임없이 잔잔한 파도가 물결치고, 사람들은 어린아이들처럼 행복하고 자유로운 바닷가를 떠올려 봐요. 우리는 그런 바닷가로 가서 당신이 원하는 한 그곳에 머물 거예요. 저 멀리 있는 어느 도시에는 아름다운 그림과 조각상이 가득한 웅장하고 멋진 궁전과 탑들이 있어요. 그 도시의 거리는 물길인데, 사람들이 타고 돌아다니는 건……."

"저도 알아요." 메이지가 갑자기 자세를 똑바로 고쳐 앉으며 말했다. "곤돌라잖아요."

"맞아요." 카터가 미소 지었다.

"그럴 거라고 생각했어요." 메이지가 말했다.

"그 후에도 우리는 여행을 계속하면서 이 세상에서 우리가 보고 싶은 건 뭐든 볼 거예요. 유럽의 도시들을 보고 나면 인도에 가서 거기 있는 고대 도시들을 구경하고 코끼리를 타 보는 거예요. 그리고 멋진 힌두교 사원과 승려들도 보고, 일본식 정원과 페르시아의 낙타를 탄 대상 행렬과 전차 경주, 외국의 온갖 기묘한 구경거리를 보게 될 거예요. 마음에 들 것 같지 않아요, 메이지?"

메이지가 자리에서 일어섰다.

"집에 돌아가는 게 좋을 것 같아요." 그녀가 냉정하게 말했다. "시간이 늦었어요."

카터가 그녀의 비위를 맞춰 주었다. 그 사이 그는 엉겅퀴에 달린 솜털처럼 하늘하늘 변덕스러운 그녀의 성격을 알게 되었고, 그녀에게 반대해 봤자 아무 소용이 없다는 것도 알았다. 그렇지만 어느 정도 만족스러운 승리감도 느꼈다. 비록 비단실을 이용하기는 했지만 자유분방한 프시케의 영혼을 잠시나마 붙잡고 있었기에 그의 마음속 기대도 더욱 부풀었다. 그녀가 날개를 접고 차가운 손으로 그의 손을 잡지 않았는가.

이튿날 비기스트 백화점에서 메이지의 친구 루루가 매장 모퉁이에서 그녀를 불러 세웠다.

"너랑 그 멋진 친구 사이는 어떻게 돼 가고 있니?" 그녀가 물었다.

"아, 그 남자?" 메이지가 곱슬곱슬한 옆머리를 쓰다듬으며 말했다. "그 남자랑은 이제 아무 사이도 아냐. 세상에, 루, 그 인간이 나한테 뭘 하라고 한 줄 알아?"

"배우가 돼 보라고 했어?" 루루가 숨죽이며 넘겨짚었다.

"아니, 그렇게 인색한 작자가 그럴 리가. 나보고 자기랑 결혼해서 신혼여행을 코니아일랜드로 가자는 거 있지!"

사회적 삼각관계

시계가 6시를 치자 아이키 스니글프리츠는 재봉사용 대형 다리미를 내려놓았다. 아이키는 맞춤 양복점의 수습생이었다. 오늘날에도 양복점 수습생이 있나?

어쨌든 아이키는 온종일 증기가 자욱한 맞춤 양복점의 지독한 악취 속에서 힘들게 가위질과 가봉, 다림질, 수선, 얼룩 제거를 했다. 하지만 하루 일이 끝나기만 하면 하늘에서 빛나는 별 같은 자신의 꿈을 향해 서둘러 달려갔다.

토요일 밤이었다. 사장이 차마 내주기 아까운 듯 잔뜩 손때가 탄 지폐로 12달러를 그의 손에 건네주었다. 아이키는 조심스럽게 물을 끼얹어 세수를 하고 나서 외투와 모자, 셔츠를 갖춰 입고, 셔츠 깃에는 옥수[135] 핀을 꽂은 낡은 넥타이까지 맨 다

---

135) 석영의 변종으로, 보석이나 장식용 돌로 쓰인다.

음 자신의 이상적 목표를 찾아 길을 나섰다.

우리는 누구나 각자 하루 일이 끝나면 자신의 이상을 추구해야 한다. 그 이상이 사랑이건 카드놀이건 뉴버그 소스[136]로 조리한 바닷가재 요리건 곰팡내 나는 서가의 달콤한 침묵이건 말이다.

열차가 굉음을 내며 달리는 고가 철도 아래 악취 나는 연기를 내뿜으며 늘어선 열악한 공장들 사이로 느릿느릿 거리를 걷는 아이키를 한번 보라. 창백하고 구부정한 데다 하찮고 궁상맞고 육체도 정신도 영원히 궁핍한 상태로 근근이 살아갈 수밖에 없는 운명이지만 그가 싸구려 지팡이를 흔들며 담배에서 빨아들인 역겨운 연기를 내뿜을 때면 그의 좁은 가슴속에 사회라는 세균을 기르고 있다는 것을 알 수 있다.

아이키가 걸어서 도착한 곳은 카페 매기니스라는 유명한 술집이었다. 이곳이 유명한 이유는 아이키가 지금껏 이 세상이 배출한 가장 위대하고 가장 멋진 사람이라고 생각하는 빌리 맥머핸이 모임을 자주 가지는 곳이기 때문이었다.

빌리 맥머핸은 어느 정당의 지역구 위원장이었다. 그의 앞에서는 호랑이처럼 위세 당당한 사람도 고양이처럼 가르랑거렸고, 그의 손에는 늘 사람들에게 나눠 줄 만나[137]가 들려 있었다. 마침 아이키가 들어섰을 때 맥머핸은 환호성을 지르는 보좌진과 유권자 무리에 에워싸여 얼굴이 벌겋게 상기된 채

---

136) 샘크림, 달걀, 버터, 포도주 등으로 만든 소스.

137) 이스라엘 민족이 사십 일 동안 광야를 방황하고 있을 때 신이 내려 주었다는 양식.

의기양양하고 강력한 모습으로 서 있었다. 선거가 있었는데 압승을 거뒀고, 도시가 투표 결과라는 저항할 수 없는 큰 빗자루에 쓸려 다시 하나의 노선으로 정리된 것처럼 보였다.

아이키는 바를 끼고 슬며시 이동한 다음 가쁜 숨을 쌕쌕거리며 자신의 우상을 뚫어져라 바라보았다. 빌리 맥머핸은 얼마나 위대한 인물인지. 그는 잘생기고 매끈한 데다 웃음을 띤 얼굴과 매처럼 날카로운 회색 눈, 다이아몬드 반지, 소집 나팔 소리 같은 목소리, 왕자 같은 태도, 두둑한 활동 자금 뭉치, 친구와 동료 들에게 행동을 촉구하는 낭랑한 목소리까지 갖추고 있었다. 그야말로 왕이나 다름없지 않은가! 엄격한 표정과 당당한 태도로 짧은 외투 주머니에 두 손을 깊게 찔러 넣고 있는 보좌관들도 중요하고 대단해 보이지만 그의 앞에서는 그들조차 무색할 지경이었다. 하지만 빌리는…… 아, 아이키 스니글프리츠의 눈에 비친 맥머핸의 영광을 묘사하는 데 말이 무슨 소용이 있을까!

카페 매기니스는 승리를 축하하는 소리로 가득 찼다. 흰색 상의를 입은 바텐더들이 술병과 코르크 마개, 술잔과 씨름하며 솜씨를 발휘했다. 역설적이게도 아바나산인 것이 분명한 시가 스무 대에서 뿜어져 나오는 연기구름 때문에 실내 공기가 탁해져 시야가 불분명해졌다. 희망에 부푼 충성스러운 지지자들이 빌리 맥머핸과 악수를 나눴다. 그 순간 불현듯 빌리를 숭배하는 아이키 스니글프리츠의 마음에 어떤 대담하고 짜릿한 충동이 일어났다.

그가 북적이는 사람들 사이를 비집고 왕 같은 맥머핸이 있는 작은 빈 공간으로 한 걸음 나아간 다음 한 손을 내밀었다.

빌리 맥머핸이 서슴없이 그 손을 붙잡고 악수하며 미소 지었다.

이제 아이키는 자신을 파멸시키려는 신들 때문에 정신이 나간 것처럼 칼집을 내던지고 올림포스 산을 향해 돌격했다.

"저랑 한잔 하시지요, 빌리." 그가 친한 사이인 양 스스럼없이 말했다. "친구분들도 다 같이 어때요?"

"그거 좋지, 이 친구야." 위대한 지도자가 말했다. "사람들 흥을 깨지 않으려면 그게 딱이야."

빌리의 말에 마지막으로 남아 있던 아이키의 한 가닥 이성의 흔적이 사라져 버렸다.

"포도주." 그가 떨리는 손을 흔들어 바텐더를 불렀다.

포도주 세 병의 코르크 마개를 땄다. 바 위에 한 줄로 길게 늘어선 술잔에 따른 샴페인에서 보글보글 거품이 일었다. 빌리 맥머핸이 잔을 들고 환하게 미소 지으며 아이키를 향해 고개를 끄덕였다. 보좌관들과 추종자들도 저마다 잔을 들며 큰 소리로 이렇게 외쳤다. "당신에게 행운이 있기를." 아이키는 무아지경에 빠진 채 자신의 넥타르[138] 잔을 잡았고, 모두 함께 들이켰다.

아이키가 일주일 치 급료인 꼬깃꼬깃 말린 지폐 뭉치를 바 위로 던졌다.

"맞습니다." 바텐더가 구겨진 1달러짜리 지폐 열두 장을 일

---

138) 그리스 신화에서 신들이 마시는 불로장생주.

일이 펴서 확인한 다음 말했다. 사람들이 다시 한 번 빌리 맥머핸 주위로 몰려들었다. 누군가가 브래니건이라는 사람이 어떻게 아슬아슬하게 사태를 수습했는지 떠들어 댔다. 아이키는 잠시 바에 기대서 있다가 밖으로 나갔다.

그는 헤스터가를 따라 걷다가 크리스티가를 거쳐 델란시가를 지나 집으로 갔다. 집에 도착하자 집안 여자들, 그러니까 술고래 어머니와 무일푼인 세 여동생이 그의 급료를 기대하며 달려들었다. 그러다가 그의 고백을 듣자 날카롭게 비명을 지르며 그 동네 사람 특유의 간결하고 억센 말투로 그를 비난했다.

하지만 그들이 아무리 그를 쥐어뜯고 때려도 아이키는 여전히 황홀한 기쁨에 취해 있었다. 그는 구름 위에 떠 있는 기분이었다. 그의 꿈이 마침내 이루어졌던 것이다. 그가 해낸 일에 비하면 날아가 버린 급료나 집안 여자들의 시끄러운 잔소리 따위는 아무것도 아니었다.

그는 빌리 맥머핸과 악수했던 것이다.

* * *

빌리 맥머핸에게는 아내가 있고 그녀의 방문용 명함에는 '윌리엄 대라 맥머핸 부인'이라는 이름이 새겨져 있었다. 이 명함과 관련해 짜증스러운 점이 한 가지 있었다. 명함이 크지도 않았는데, 비집고 넣을 수 없는 집들이 있었던 것이다. 빌리 맥머핸은 정치에 있어서는 절대 권력자요, 사업에 있어서는 철벽같은 사람으로, 한마디로 거물이었고, 자기편 사람들 사이에서 두려움과 사랑, 복종을 한 몸에 받았다. 그는 점점 부자가 되어 갔고, 그의 입에서 나오는 지혜로운 말들을 빠짐 없이 기록하려고 열두 명도 넘는 신문 기자들이 날마다 그의 뒤를 따라다녔다. 명예롭게도 사슬에 매여 움츠러든 호랑이 를 움켜잡고 있는 풍자적인 모습으로 신문 만평에 실리기도 했다.

하지만 빌리는 가끔 가슴이 욱신거렸다. 그와는 거리가 먼 전혀 다른 부류의 사람들이 있었는데, 그들을 쳐다보는 그의 눈빛은 약속의 땅을 바라보는 모세의 눈빛 같았다. 아이키 스 니글프리츠 같은 사람조차 가진 이상적인 목표라는 것이 그 에게도 있었다. 그래서 이따금 그 이상을 실현하는 것이 절망 적이라고 느껴질 때면 자신이 거둬 온 탄탄한 성공이 마치 입 속에 든 먼지나 재처럼 껄끄럽게 느껴졌다. 윌리엄 대라 맥머 핸 부인의 통통하지만 예쁜 얼굴에는 불만스러운 표정이 역 력했는데, 그녀의 실크 드레스가 스치며 바스락거리는 소리 는 마치 한숨 소리 같았다.

사교계 사람들이 자신들의 매력을 과시하는 유명 호텔 식 당에는 화려하고 남의 눈에 잘 띄는 무리가 있기 마련이다. 그 중 한 테이블에 빌리 맥머핸과 그의 아내가 앉아 있었다. 그들 은 대체로 별말이 없었지만 그들이 별다른 감흥 없이 달고 있 는 장신구들은 찬사를 받을 만했다. 맥머핸 부인의 다이아몬 드보다 빛나는 장신구는 식당 안에 없었다. 웨이터가 그들의 테이블로 가장 비싼 상표의 포도주를 가져다주었다. 야회복을 입고 매끈하고 건장한 얼굴에 침울한 표정을 짓고 있는 빌리보다 매력적인 인물을 찾으려 한다면 그것은 헛수고일 터였다.

테이블 네 개 정도 떨어진 자리에 키가 크고 호리호리하며 서른쯤 되어 보이는 남자가 홀로 앉아 있었다. 그는 사려 깊고 우수에 젖은 눈빛에 반 다이크풍 턱수염[139]을 기르고 눈에 띄게 새하얗고 여윈 손을 가진 남자였다. 그는 두껍게 자른 안심 스테이크와 버터를 바르지 않은 토스트, 탄산수로 저녁 식사를 하고 있었다. 그 남자는 코틀랜트 밴 뒤친크로 8000만 달러 상당의 재산을 소유한 데다 사교계의 배타적인 핵심 세력 내에서도 신성시되는 자리를 물려받아 소유한 사람이었다.

빌리 맥머핸은 주변 누구에게도 말을 걸지 않았다. 아는 사람이 아무도 없었기 때문이다. 밴 뒤친크는 줄곧 자기 접시에만 시선을 두었다. 그 자리에 있는 모든 사람이 자신과 눈을 마주치고 싶어 안달한다는 것을 알았기 때문이다. 그는 고갯짓 한 번으로 상대에게 기사 작위나 명성을 안겨 줄 수도 있었지만 신분이 고귀한 사람이 너무 많아질 것을 걱정해 신중을 기했다.

그런데 그때 빌리 맥머핸이 그의 평생에 가장 놀랍고 대담한 행동을 떠올리고 실천했다. 유유히 자리에서 일어나더니 코틀랜트 밴 뒤친크의 테이블로 걸어가 한 손을 내밀었던 것이다.

---

139) 끝을 뾰족하게 다듬은 형태의 수염.

"저, 뒤친크 씨." 그가 말을 걸었다. "제 지역구에 사는 가난한 주민들을 위해 구제 사업을 시작하고 싶어 하신다는 얘기를 전해 들었습니다. 저, 저는 맥머핸이라고 합니다. 자, 그 얘기가 사실이라면 최선을 다해 도와 드리겠습니다. 그 근처에서는 제 말이 좀 통하지 않습니까? 제 생각엔 그럴 겁니다."

다소 침울하던 밴 뒤친크의 눈빛이 환하게 밝아졌다. 그가 호리호리한 몸을 일으키더니 빌리 맥머핸의 손을 꽉 잡았다.

"감사합니다, 맥머핸 씨." 그가 낮고 진지한 목소리로 말했다. "그런 종류의 일을 실행하려고 계속 생각하고 있었습니다. 도움을 주신다면 정말 고맙겠습니다. 맥머핸 씨를 알게 된 것을 정말 기쁘게 생각합니다."

빌리가 자기 자리로 돌아갔다. 그의 어깨는 왕족이 하사한 영예로 흥분하여 들썩거렸다. 부러움과 새로운 감탄이 서린 수많은 눈빛이 그에게 마구 쏟아졌다. 윌리엄 대라 맥머핸 부인은 황홀경에 빠져 온몸을 부들부들 떨었고, 그 바람에 그녀의 다이아몬드들이 고통스러울 만큼 세게 그녀의 눈에 부딪쳤다. 이제 많은 테이블에서 사람들이 자신이 맥머핸 부인과 약간 친분 있는 사이라는 사실을 갑자기 기억해 낼 것은 불을 보듯 뻔했다. 여기저기서 그를 향해 미소를 보내고 고개를 끄덕였다. 그는 자신이 위대해진 것 같은 들뜬 기분에 휩싸였다. 선거 운동을 하던 때의 침착함은 사라져 버렸다.

"저분들께 포도주를 가져다 드리게!" 그가 웨이터에게 손가락으로 가리키며 지시했다. "저쪽에 포도주를 드리게. 저기 녹색 관목 옆자리의 세 신사분께도 포도주를 가져다 드리지.

내가 내는 거라고 말씀드리게. 제기랄! 그냥 모든 분께 포도주를 돌리게."

웨이터가 이 식당의 품위와 관례를 고려하건대 그런 주문에 따르는 것은 아마 현명하지 못한 일이 될 것이라는 의견을 과감하게 속삭였다.

"그래, 좋아." 빌리가 말했다. "관례에 어긋나는 일이라면 말이야. 친구인 밴 뒤친크 씨께 한 병 보내는 건 괜찮을 것 같은데. 안 되나? 저런, 오늘 밤 카페에서는 그렇게 해도 괜찮을 텐데. 새벽 2시까지는 아무 때고 카페에 입장만 하면 상관없을 거란 말이지."

빌리 맥머핸은 행복했다.

그는 코틀랜트 밴 뒤친크와 악수했던 것이다.

* * *

로어이스트사이드[140]의 행상용 손수레와 쓰레기 더미 사이에서 번쩍거리는 금속 구조물까지 달고 천천히 움직이는 커다란 연회색 자동차는 그곳에 어울리지 않아 보였다. 누더기를 걸치고 날쌔게 거리를 누비는 아이들 사이로 조심스럽게 차를 몰고 가는 귀족적인 얼굴과 하얗고 여윈 손을 가진 코틀랜트 밴 뒤친크도 마찬가지였다. 그의 옆자리에 앉아 있는 흐릿하고 금욕적인 아름다움을 가진 콘스탄스 스카일러 양도

---

140) 미국 뉴욕 맨해튼의 남동쪽으로, 빈민가이다.

마찬가지였다.

"아, 코틀랜트." 그녀가 속삭이듯 말했다. "인간이 이토록 비참한 가난 속에 살아야 한다는 것이 슬프지 않아요? 당신이 이 사람들에 대해 신경 써 주는 게 얼마나 고귀한 일인지 모르 겠어요. 이 사람들이 처한 환경을 개선해 주려고 당신의 시간 과 돈을 나눠 주다니 말이에요."

밴 뒤친크가 그녀를 진지한 눈으로 바라보았다.

"내가 할 수 있는 건 별로 없어요." 그가 안타깝다는 듯이 말했다. "이건 아주 광범위하고 사회적인 문제예요. 그렇지만 개개인의 노력도 헛된 것만은 아니에요. 여기를 좀 봐요, 콘스 탄스! 이 거리에 무료 급식소를 짓기로 했어요. 굶주린 사람은 누구도 외면당하지 않는 곳이 될 거예요. 그리고 저쪽 거리에 있는 오래된 건물들은 허물라고 할 거예요. 화재와 질병이 발 생할 수 있는 저런 죽음의 함정 대신에 새 건물들을 지으라고 할 거예요."

연회색 자동차가 델란시가를 따라 느릿느릿 움직였다. 차 에서 조금 떨어진 곳에서 머리가 마구 헝클어지고 맨발에 씻 지도 않은 얼굴에 호기심을 가득 담은 한 무리의 아이들이 어 슬렁거리고 있었다. 자동차가 불결하고 비스듬하게 기울어져 금방이라도 무너질 것 같은 벽돌 건물 앞에 멈춰 섰다.

밴 뒤친크가 기울어진 벽을 좀 더 잘 볼 수 있는 곳에서 살 펴보려고 차에서 내렸다. 때마침 한 젊은 남자가 그 건물 계단 으로 걸어 내려왔다. 그는 황폐하고 지저분하며 불운한 이 건 물의 모습을 집약적으로 보여 주는 인물 같았다. 가슴이 좁고 얼굴이 창백하며 고약한 냄새를 풍기는 그 젊은 남자는 담배를 피우고 있었다.

밴 뒤친크가 갑작스러운 충동에 굴복해 한 걸음 앞으로 나서더니 그에게는 마치 살아 움직이는 질책 자체처럼 느껴지는 젊은이의 손을 따스하게 꼭 잡았다.

"여러분을 알고 싶습니다." 그가 진심을 다해 말했다. "최선을 다해 여러분을 돕겠습니다. 우리는 친구가 될 겁니다."

자동차를 조심스럽게 천천히 몰고 가면서 코틀랜트 밴 뒤친크는 가슴속에 익숙하지 않은 만족감을 느꼈다. 거의 행복한 사람이 된 듯한 기분이었다.

그는 아이키 스니글프리츠와 악수했던 것이다.

작품 해설

익숙한 소시민적 일상에서 찾아낸 낯선 아름다움

1. 오 헨리의 삶 : 오 헨리 작품 세계의 모체

윌리엄 시드니 포터라는 본명보다 필명으로 더 널리 알려진 작가 오 헨리가 아버지 앨저넌 시드니 포터와 어머니 메리 제인 버지니아 스웨임 포터의 3남 중 둘째 아들로 태어난 것은 남북 전쟁이라는 역사적 소용돌이의 한복판에서였다. 아버지인 포터 박사는 유명한 내과 의사였고, 어머니는 비교적 부유한 가정에서 태어나 그린즈버러 여자 대학을 우등으로 졸업한 재원으로 아들에게 예술가적 기질과 재치 있는 말재주라는 유산을 물려주었다. 1858년 포터 부부가 결혼하던 시점의 장밋빛 기대와는 달리, 이들 부부에게는 점차 불행이 닥쳐오기 시작했다. 오 헨리가 세 살이던 1865년에는 남부의 패배로 전쟁이 끝나고 병원 운영이 점차 악화되었을 뿐 아니라

셋째 아들(얼마 못 살고 죽음)을 낳은 지 육 개월 만에 포터 부인마저 폐결핵으로 숨을 거뒀다. 남부의 패망과 아내의 사망으로 삶의 의욕을 완전히 상실한 포터 박사는 어린 두 아들을 데리고 과부인 어머니 루스 포터와 미혼인 여동생 에블리나 마리아 포터가 살고 있는 집으로 이사를 한 후, 병원 진료도 내팽개친 채 혼자만의 세계에 틀어박혀 점차 술에만 의존하기 시작했다.

이런 불안정한 가정 환경 탓에 본격적인 제도권 교육은 받지 못했지만, 그는 고모가 운영하는 사립 학교에서 그녀의 지도 아래 글쓰기와 그림의 기본을 배우고 문학과 미술에 대한 감식력을 키워 나갔다. 열다섯 살이던 1877년에는 이미 학교 교육이 완전히 끝난 상태였고, 열일곱 살이던 1879년에는 숙부 클라크 포터가 운영하는 약국에 입사하여 견습 약제사로 일하기 시작해, 열아홉 살이던 1881년 8월 노스캐롤라이나주 제약협회로부터 약제사 면허를 획득했다. 이런 경험은 「아이키 쇼엔스타인의 사랑의 묘약」을 비롯한 몇몇 작품에 등장하는 전문 용어들에서 드러나듯이 작품 활동을 위한 그의 평생의 자산이 될 터였다. 또한 숙부의 약국이야말로 그가 다양한 사람들을 만나 온갖 이야기를 듣고, 그들의 말투와 몸짓, 외형적 특징에서 받은 인상을 작가로서의 앞날을 위해 축적할 수 있는 최적의 장소였다는 점에서 그곳에서 일한 삼 년은 그의 작가 경력에 매우 중요한 시간이었다.

지속적인 기침으로 고생하던 오 헨리가 제임스 홀 박사 부부의 권유를 받아들여 건조한 기후가 치료에 도움이 될 것이라는 기대를 안고 1882년에 텍사스로 가면서 그의 인생에 두 번째 단계인 텍사스 시절이 펼쳐지기 시작했다. 텍사스에서의 첫 이 년 동안 그는 리처드 홀의 집에 손님으로 머물면서 주로 독서에 골몰했다. 오 헨리의 작품들을 살펴보면 그린즈버러 시절부터 텍사스 시절에 이르기까지 그가 성경은 물론이고 호머와 셰익스피어의 고전 작품들에서부터 테니슨, 키플링 같은 당대 유명 작가들의 작품들에 이르기까지 다양한 책들을 섭렵했음을 알 수 있다.

홀 집안 사람들에게 텍사스 오스틴의 유력 가문인 해럴 집안을 소개받은 것을 계기로 오 헨리는 1884년 오스틴으로 이주하고 이후 삼 년간 조지프 해럴의 집에 손님으로 머물면서 글쓰기와 그림에 대한 관심을 이어 나갔다. 해럴 집안 사람들의 소개로 오스틴 사교계의 엘리트들과 친분을 쌓던 오 헨리는 1885년 부유한 식료품 잡화상 P. G. 로치의 의붓딸인 애설 에스테스에게 관심을 갖게 된 것을 계기로 안정적인 직장에 취직할 생각을 품게 되었다. 1886년 부동산 회사의 회계 담당자 자리를 거쳐, 1887년 1월에는 리처드 홀이 책임자로 있던 텍사스 주 국유지 관리국에서 제도사로 일하기 시작했다. 그러나 오 헨리의 희망과 달리 로치 씨 부부는 여전히 그를 딸의 결혼 상대로 탐탁하지 않게 여길 뿐이었다. 결국 오 헨리는 1887년 7월 1일 애설과 사랑의 도피를 감행하여 결혼했고, 이때의 경험은 훗날 「아이키 쇼엔스타인의 사랑의 묘약」에서 잘 활용되었다.

그러나 오 헨리의 결혼 생활은 행복한 결말을 향해 나아가지는 못했다. 1888년에는 첫 아들이 태어난 지 고작 몇 시간 만에 죽어 버렸고, 폐결핵에 걸린 애설은 1889년 딸 마거릿을 출산한 후 건강이 눈에 띄게 악화되기 시작했다. 애설은 다시 는 건강을 회복하지 못했고, 1891년 1월에 리처드 홀이 국유 지 관리국의 책임자 자리에서 물러나면서 오 헨리 또한 제도 사 자리를 잃었다. 이후 지인인 찰스 앤더슨의 소개로 오스틴 의 제일 국립은행의 금전 출납 계원 자리를 얻게 되고 삼 년여 동안 큰 불만 없이 은행원으로 근무하지만, 1894년 3월 《구르 는 돌》이라는 이름의 여덟 쪽짜리 주간 유머 잡지를 창간하면 서 그의 인생은 나락으로 떨어지기 시작했다. 같은 해 4월부 터 발행되기 시작한 이 주간지는 오 헨리의 노력에도 불구하 고 상업적인 성과를 거두지 못한 채 재정 상태가 점점 더 악화 될 뿐이었다. 비록 한 인간으로서 그의 삶을 불행으로 몰아넣 는 계기가 되기는 했지만, 그가 이 주간지에 실을 글들을 직접 쓰면서 본격적인 전업 작가로의 전향을 꿈꾸기 시작했다는 점에 있어서 《구르는 돌》은 그의 작가 경력에 있어서 매우 중 요한 의미를 지닌다.

1894년 12월에 은행 감사 결과 오 헨리가 장부를 조작하여 은행에서 수천 달러를 횡령했다는 사실이 밝혀지면서, 그는 직장을 잃었다. 로치 씨와 몇몇 지인들이 돈을 메꿔 주기로 한 데다가 은행 임원들도 그 일을 문제 삼지 않기로 하면서 사실 상 종결되는 듯했던 이 횡령 사건은 연방 은행 감독관의 개입 으로 악화되어 이듬해 7월 개최될 대배심 청문회에 기소하기 로 결정되었다. 그가 횡령을 저지르도록 만든 원인으로 지목

된《구르는 돌》은 그의 온갖 노력에도 불구하고 1895년 3월 호를 마지막으로 결국 창간 일 년 만에 폐간이라는 운명을 맞이했다. 1895년 7월 배심원단이 그의 횡령 혐의에 대해 증거 불충분으로 불기소 처분을 내리면서, 그의 혐의가 벗겨지는 듯했다.

그러나 1896년 2월 재심 명령이 내려지면서 그는 휴스턴에서 체포되었다. 보석금을 내고 곧 풀려나기는 했지만 어차피 재판을 피할 수는 없는 처지였던 오 헨리는 7월에 재판을 받기 위해 오스틴으로 가는 도중 기차를 갈아타고 뉴올리언스로 도주했고, 그곳에 잠시 머무르다가 다시 배를 타고 중앙아메리카의 온두라스로 도주했다. 당시에 온두라스는 미국과 범인 인도 조약을 맺지 않은 상태였다. 이 갑작스러운 도주가 사전에 계획된 것이었든 그를 옹호하는 사람들의 주장처럼 충동적인 것이었든, 공소 시효가 끝날 때까지 국외에 체류하면서 법망을 피하겠다는 것 말고 그에게 별다른 구체적인 계획은 없었던 것으로 보인다.

오 헨리는 한동안 아내와 딸을 온두라스로 데려와 함께 살겠다는 현실도피적인 희망을 품어 보기도 했지만, 아내가 위독하다는 연락을 받자 결국 도피 생활을 마감하고 1897년 1월 오스틴으로 돌아갔다. 이때 애설의 병세가 너무 심각했기 때문에 법원에서는 다시 한 번 보석금을 내고 재판을 연기할 수 있도록 배려해 주었다. 하지만 애설은 스물아홉 살이라는 젊은 나이에 폐결핵으로 숨을 거두고 말았다. 딸을 잃은 슬픔 속에서도 로치 부부는 사위와 손녀의 의식주를 해결해 주었을 뿐 아니라 심지어 그가 작업을 할 수 있는 별도의 공간까지 제공하면서 그가 글을 쓸 수 있게 격려해 주었고, 그 결과 오 헨리는 1897년 12월 《매클루어》에 첫 작품 「용암 협곡의 기적」을 발표하는 성과를 거두게 되었다.

1898년 2월 마침내 재판이 시작되었고, 4월에 유죄 판결이 내려지면서 오 년 형(모범적인 수감 생활을 인정받아 실제로는 삼 년 삼 개월만 복역)을 선고받은 오 헨리는 오하이호 주의 콜럼버스에 있는 연방 교도소에 수감되었다. 약제사 자격증이 있었던 그는 다행스럽게도 교도소 의무실에서 야간 당번 약제사로 일할 수 있게 되었고, 그 덕분에 비좁고 불결한 감방에 갇혀 지내는 다른 수감자들에 비하면 여러모로 나은 환경에서 계속 글을 쓰는 자유를 누릴 수 있었다. 그리고 이런 수감 환경 덕분에 이 무렵 단편소설 작가로서 오 헨리의 경력은 급성장했다. 전국적으로 발행되는 잡지들에 그의 단편이 열네 편이 넘게 게재되었던 것이다. 비평가 유진 커런트-가르시아의 말을 빌리자면 그는 오하이오 교도소에 아마추어 작가로 입소했다가, 삼 년 후에는 직업 작가인 '오 헨리'로 출소한 셈이었다.

1901년 출소한 오 헨리에게 사망 시점까지 남아 있던 구 년의 세월은 작가로서 성공의 절정을 맛본 시기인 동시에 한 인간으로서 육체적 고통과 정신적 외로움, 과거가 탄로 날지도 모른다는 두려움과 금전적 압박에 시달리다가 결국 파국을 맞게 되는 시기였다. 오 헨리는 출소 직후 처음 구 개월 동안은 로치 부부와 딸 마거릿과 함께 피츠버그에 머물렀고, 이때 이미 다양한 필명으로《디스패치》와 몇몇 뉴욕의 잡지에 단편 소설들만 집중적으로 기고했다. 그러다 1902년《에인슬리》의 부편집장인 길먼 홀의 권유를 받아들여 '지하철 위에 건설된 바그다드'인 뉴욕으로 이주하면서 그의 인생의 마지막 단계 인 뉴욕 시절이 본격적으로 시작되었다. 오 헨리의 뉴욕 이주 는 길먼 홀의 적극적인 권유 외에도 뉴욕의 이름 모를 수많은 군중 사이에 자신의 정체를 숨길 수 있을지 모른다는 그의 기 대가 작용한 결과였다. 그리고 바로 이때부터 그는 '오 헨리' 라는 필명을 본격적으로 사용하기 시작했다.

뉴욕으로 이주한 후 오 헨리는 짧은 시간 내에 뉴욕이라는 도시의 다양한 모습을 음미하기 위해 뉴욕의 길거리를 밤낮 으로 끊임없이 쏘다녔다. 거리로 나아가 군중들 속으로 들어 가서 사람들과 이야기를 나누고 실생활의 분주함과 흥분을 느끼는 것이야말로 작가를 위한 진정한 자극제라고 생각했 기 때문이었다. 그리고 왕성한 창작력으로 뉴욕에 도착한 첫 해인 1902년 말에 이미 「완벽한 개심」을 포함해 스물다섯 편 이 넘는 이야기들을 발표했다. 이 무렵 고급스러운 취향과 헤 픈 씀씀이 때문에 빚은 계속 늘어만 갔고 지나친 음주 습관으 로 인해 건강도 차츰 악화되고 있었지만 한 인간으로서 그가 겪는 어려움과는 별개로 작가로서 그의 경력은 계속 급성장 했고 1903년 가을에는 판매 부수가 약 50만 부에 달하던 미국 최대 신문인《월드》의 일요일 판인《선데이 월드》에 매주 편 당 100달러를 받고 작품을 싣는 계약을 맺기에 이르렀다. 전 보다 훨씬 많은 수입을 올릴 수 있게 되었을 뿐 아니라 전국적으로 수많은 독자와 만날 절호의 기회를 잡게 된 것이었다.

그러나 1907년 말에 이르러서는, 마르지 않는 샘물 같았던 오 헨리의 창조적 영혼도 바닥을 보이기 시작했다. 작가로서의 성공이 절정에 이르고 작품에 대한 수요는 폭발적이었지만 그의 심신은 붕괴 일보 직전이었다. 창조적 에너지의 고갈은 결국 발표하는 작품 수의 현저한 감소로 이어져서, 1904~1905년에만 120편에 달하던 발표 작품 수가 1906년에는 열아홉 편, 1907년에는 고작 열한 편으로 줄어들었다.

죽기 전 몇 달 동안 오 헨리는 자신의 작품들에 대해 점점 더 불만스러워하면서. 기존의 작품보다 좀 더 진지한 작품을 쓰고 싶다는 소망을 품고, 남북전쟁 이전의 남부와 이후의 남부를 대비시키는 일련의 이야기를 쓰려는 계획을 세웠지만 결국 실현하지는 못했다. 1909년 말에 이미 그의 건강은 완전히 망가져 있었고, 금전적 압박은 여전히 극심한 상태였기 때문이다. 생의 마지막 몇 주 동안 그는 호텔 방에 틀어박힌 채 그 누구도 만나려 하지 않았고, 6월 3일 저녁 쓰러질 때까지 계속 술만 마셔 댔다. 결국 그는 1910년 6월 5일 일요일 아침 마흔여덟 살의 나이에 뉴욕의 병원에서 말기 간경화와 당뇨 합병증으로 숨을 거뒀다. 그의 장례식은 '모퉁이 옆 작은 교회'라는 별칭으로 유명한 맨해튼 소재 영국 성공회 소속 교회에서 거행되었고(「바쁜 주식 중개인의 로맨스」에서 주인공들의 결혼식 장소로 등장하는 곳이기도 하다.) 그의 유해는 애슈빌로 운반되어 그곳에 묻혔다. 오 헨리의 작품들이 줄곧 그러했듯 그의 죽음도 페이소스와 아이러니가 엿보이는 것이었다. 당시 미국에

서 가장 인기 있는 작가 가운데 한 사람이었지만 아이러니하
게도 그가 남긴 재산은 전혀 없었으며, 장례 미사에는 아내조
차 시간에 맞춰 참석하지 못하는 바람에 소수의 출판 관계자
들을 제외하고는 그를 추도할 사람이 아무도 없었다.

2. 오 헨리의 작품 세계: 익숙한 소시민적 일상에서 찾아낸 낯선 아름다움

18세기 말 영국으로부터 정치적인 독립을 쟁취한 미국의
잠재력과 창조력이 19세기 중반 문예 부흥기에 폭발하면서
배출된 너새니얼 호손, 허먼 멜빌, 에드거 앨런 포 같은 작가
들이 수립한 미국 단편소설의 전통을 계승하고 발전시킨 작
가가 바로 오 헨리였다. 그의 어린 시절 친구이자 영문과 교수
였던 C. 알폰소 스미스는 1916년 출간한 『오 헨리 전기』에서
워싱턴 어빙이 미국 단편소설을 전설화하고, 에드거 앨런 포
가 표준화하고, 호손이 우화화하고, 브렛 하트가 처음으로 지
방색을 입히는 데 성공했다면, 오 헨리는 인간화했다고 평가
하면서, 오 헨리를 미국 단편소설의 전통 안에 자리매김시킨
바 있다. 더욱이 F. 스콧 피츠제럴드나 윌리엄 포크너, 어니스
트 헤밍웨이와 같은 후대 작가들의 단편소설 곳곳에서 오 헨
리의 영향이 눈에 띈다는 사실을 고려할 때, 미국 단편소설의
역사를 논하면서 오 헨리의 존재를 간과한다는 것은 불가능
에 가까운 일일 것이다.

1890년대 후반부터 본격적인 작품 활동을 시작한 오 헨리는 작품들 속에서 자신의 실제 작품 활동 기간인 19세기 후반과 20세기 초반 미국인의 삶, 그것도 도시에서의 삶을 주로 다뤘다. 그러나 그가 다뤘던 배경이 도시에만 국한된 것은 아니었다. 남부 노스캐롤라이나 주의 그린즈버러에서 태어나서 성년이 되기까지 이십 년, 텍사스로 건너가 십사 년, 뉴올리언스와 온두라스에서 이 년, 오하이오 연방 교도소에서 삼 년, 뉴욕에서 팔 년을 보내며 살아온 인생 경험을 각각의 작품에 녹여내면서, 미국의 남부와 중서부, 동부, 심지어는 중앙아메리카에 이르기까지 지리적으로 광대한 지역을 아우르며 다양한 장소들을 간결하면서도 생생하게 재현해 냈다. 왜 더 이상 소설을 읽지 않느냐는 질문을 받자, 자신의 삶과 비교해 보면 대체로 시시한 것들뿐이어서라고 대답했다는 일화에서 단적으로 드러나듯, 그가 실제로 겪었던 삶의 진폭은 무척 컸고, 그런 삶을 바탕으로 다양한 배경 속에서 그가 다루는 소재와 등장인물의 스펙트럼 또한 그만큼 넓었다. 약제사, 주식 중개인, 금고털이범, 납치범, 카우보이, 사기꾼, 검사, 마부, 재력가, 떠돌이, 노숙자, 화가, 여점원 등 온갖 인물들의 삶을 사실적으로 그려 내면서, 궁극적으로 그는 이 시기 '미국인의 삶'이란 무엇인지를 보여 주는 하나의 커다란 모자이크를 만들어 냈던 셈이다.

그러나 오 헨리의 작품 세계에서 가장 큰 비중을 차지하는 것은 역시 뉴욕을 배경으로 소시민들의 삶을 다룬 작품들이 아닐 수 없다. 스미스는 오 헨리가 뉴욕의 거리를 처음 거닐던 순간이야말로 미국 문학사에 있어서 장소와 사람이 만남을 가진 가장 중요한 순간이었다고 언급함으로써 오 헨리의 작품 세계에서 뉴욕이라는 공간이 지니는 중요성을 강조하기도 했다. 오 헨리 자신의 삶이 작가로서의 성공과 인간으로서의 불행이 공존하는 것이었듯이, 그가 작가로서 집중적으로 활동한 무대였던 뉴욕은 근대 자본주의에서 비롯된 소수가 누리는 풍요와 다수가 겪는 빈곤이라는 양면성을 모두 확인할 수 있는 곳이었다. 그리고 뉴욕을 배경으로 한 작품들 속에 그가 담아낸 등장인물들은 대부분 근대 자본주의를 배경으로 한 소시민 사회의 구성원인 가난하거나 힘없는 사람들이었다. 그들은 대체로 여점원(「잘 손질된 등불」,「아르카디아의 두 나그네」), 노숙자(「경찰과 찬송가」), 떠돌이(「뉴요커의 탄생」), 노처녀 빵집 주인(「마녀의 빵」), 외로운 신사(「추수 감사절의 두 신사」), 가난한 젊은 부부(「크리스마스 선물」) 같은 소시민들이다. 물론 「황금의 신과 사랑의 신」의 앤서니 록월처럼 주인공이 엄청난 재력가인 경우도 없지는 않지만, 오 헨리는 이런 경우에도 "가난을 만들어 낸 놈을 만나면 세게 갈겨 주고 싶은데요."(99쪽)라고 말하는 평범한 소시민인 켈리 같은 인물을 끼워 넣음으로써 균형을 맞춘다. 더욱이 록월 노인의 아들인 리처드 같은 인물이야말로 사랑이라는 감정에 있어서는 진정한 약자가 아닐 수 없다.

오 헨리 작품의 특징을 지적할 때 대부분의 비평가가 빼놓지 않고 언급하는 것이 그의 노련한 플롯 구성 능력과 반전을 통한 뜻밖의 결말이다. 비록 오 헨리 자신은 달가워하지 않았지만, '미국의 모파상'이라는 별칭은 이런 맥락에서 볼 때 그에게 딱 어울리는 호칭일지도 모른다. 등장인물의 미묘한 심리 상태나 감정보다는 극적인 사건에 좀 더 집중하며 이야기를 전개한다는 점에 있어서는 모파상 단편소설의 전통을 잇고 있다고 볼 수도 있기 때문이다. 우연히 일어난 운 좋은 사건인 듯 보였던 일이 사실은 등장인물 중 한 사람이 꾸며낸 일이었음이 밝혀진다거나(「황금의 신과 사랑의 신」), 교도소에 가기 위해 온갖 노력을 다하다가 마침내 열심히 살아 보려고 마음을 고쳐먹는 순간 체포되어 수감된다거나(「경찰과 찬송가」), 납치범이 오히려 납치된 소년을 집으로 돌려보내기 위해 돈을 지불하게 된다는(「붉은 추장의 몸값」) 식의 반전을 통해 뜻밖의 결말에 이르게 되는 오 헨리의 플롯 구성 방식은 빨라야 일주일에 한 편 정도 그의 작품을 접하던 그 당시 독자들에게 상당히 기발하고 재치 있는 것으로 여겨지며 인기를 끌었다.

이처럼 갑작스러운 반전을 거쳐 예기치 못했던 대단원에 이르는 식의 플롯 구성 방식 자체가 오 헨리의 작품 세계를 아우르는 가장 큰 특징인 것은 사실이지만, 그의 작품이 비평가 칼 반 도렌의 주장처럼 모두 무조건적으로 행복한 결말을 도출하기 위해 현실에 눈감고 고대 '로맨스'의 시대로 퇴보한 것은 아니다. 예를 들어 「이십 년 후에」, 「마녀의 빵」, 「경찰과 찬송가」 같은 작품들에도 갑작스러운 반전에 의한 뜻밖의 결말이 등장하기는 하지만 등장인물들이 맞이하는 결말은 행복하다기보다는 오히려 잔인한 삶의 현실을 처절하게 보여 준다. 심지어 「가구 딸린 셋방」 같은 작품에서는 사랑하는 여자가 이미 일주일 전에 자살했다는 사실을 알지 못한 채 자살하고 마는 젊은이의 비극이 연출되기도 한다. 그리고 비록 오 헨리가 우연의 일치를 자주 사용했다고 할지라도 그 우연의 일치들은 거의 항상 아이러니와 연관되어 있어서 독자들의 반성과 사색을 유도하는 효과를 가지기 마련이다.

한편, 근래 일부 비평가들은 새로운 관점에서 오 헨리를 평가하면서, 그의 작품 속에 '글쓰기에 관한 글쓰기', 즉 텍스트의 창조에 관한 의식적이고 자기 반영적 언급이 있다는 점을 들며 포스트모더니즘적인 자기 인식의 명백한 전조가 나타난 것이라고 주장하기도 한다. 그 대표적인 사례가 「식탁을 찾아온 봄」에 등장하는 다음과 같은 구절들이다. "이야기를 쓸 거라면 절대 이런 식으로 글을 시작해서는 안 된다. 이보다 더 형편없는 도입부는 아마 없을 것이다. 상상력이 부족하고 단조로운 데다 무미건조해서, 별것 아닌 헛바람 소리만 들어차게 된다. 하지만 이번 경우만은 허용할 만하다. 사실 이 이야기의 막을 올렸어야만 했을 다음 구절이 독자들 앞에 덜컥 내놓기에는 너무 터무니없고 어처구니없기 때문이다."(294쪽), "(여러분이 이야기를 쓴다면 절대 이런 식으로 거슬러 올라가서 지난 일을 들먹이지 말기 바란다. 이것은 형편없는 방식이어서 흥미를 떨어트린다. 이야기를 앞으로 나아가고 또 나아가게 하라.)"(298쪽) 이런 구절들은 독자들에게 그들이 읽고 있는 이야기가 허구의 산물일 뿐 실제 삶을 그대로 옮겨 놓은 것이 아님을 주지시킴으로써 이 세상이 결코 완전무결한 로맨스의 세계가 아니라는 사실을 떠올리게 하고 지속적으로 사색할 여지를 제공한다고 볼 수 있다.

단편소설 작가로서 오 헨리의 명성에 크게 기여한 요소로 마지막으로 언급할 것은 그의 언어 구사력이다. 지금도 전시되어 있는 오 헨리의 스케치들에서 드러나듯 그는 인물들의 특징을 순간적으로 포착해 생동감 있게 표현해 내는 데 뛰어난 재주를 가지고 있었는데, 이는 비단 그림뿐 아니라 글쓰기에서도 마찬가지였다. 또 그의 언어 속에는 그가 오랜 기간 거주했던 남부의 노스캐롤라이나나 텍사스, 뉴욕 지역의 말투뿐 아니라 심지어 고작 몇 주밖에 머무르지 않았던 뉴올리언스 크리올의 독특한 말투와 쇼걸, 과거의 흑인 노예, 타이피스트, 여점원, 변호사와 같은 특정 계층이나 직업군이 사용하는 속어나 은어, 전문 용어까지도 포함되어 있다. 그의 작품 속 등장인물들이 보다 생동감 있고 현실적이게 그려진 것은 이처럼 엄청난 어휘 구사 능력이 작가 특유의 간결한 문체와 결합된 덕분이라고 할 수 있다.

오 헨리의 작품들이 시공을 초월해 인기를 끌고 있는 데는 여러 가지 이유가 있을 수 있겠지만, 무엇보다도 중요한 것은 그의 작품에서 배어나는 인간에 대한 애정 그리고 그의 유머와 페이소스가 지닌 보편성이라고 할 수 있다. 물론, 스미스가 1916년 오 헨리의 첫 번째 전기를 출간하기까지 오 헨리의 생애와 과거 경력을 제대로 알지 못한 채 그의 작품을 접했던 20세기 초 미국의 독자들과 작가의 생애와 작품들 간의 관계에 대한 기본적인 지식을 가지고 그의 작품을 읽는 21세기 초 우리나라의 독자들이 오 헨리의 작품을 이해하는 방식이 전적으로 동일할 수는 없을지도 모른다. 어차피 오 헨리가 그려 낸 소시민적인 익숙한 일상 속에 숨겨진 낯선 아름다움을 발견해 내는 것은 결국 독자 개개인의 몫일 수밖에 없으니 말이다. 그러나 그의 작품 전반에 깔린 인간에 대한 따뜻한 시선이 변치 않고 남아 있는 한 그의 작품은 시공을 초월해 독자들의 공감을 이끌어내며 그들의 고단한 하루를 위로할 것이다.

2017년 7월

김희용

작가 연보

1862년   9월 11일 노스캐롤라이나 주의 소도시 그린즈버러
         에서 내과 의사인 앨저넌 시드니 포터 박사와 메리
         제인 버지니아 스웨임 포터의 3남 중 둘째 아들로 출
         생. 본명 윌리엄 시드니 포터.

1865년   폐결핵으로 어머니 사망. 이후 아버지 포터 박사가
         두 아들을 데리고 자신의 어머니 루스 포터의 집으로
         이사. 삶의 의욕을 상실한 채 술에 의존하는 아버지
         대신 친할머니 루스와 고모 에블리나 마리아 포터(애
         칭 '리나')의 보살핌을 받게 됨.

1867년   고모 리나가 운영하는 사립 학교에 다니면서 그녀의
         지도 아래 글쓰기와 그림을 배우고, 문학과 미술에
         대한 감식력을 키워 나감.

1879년   숙부 클라크 포터의 약국에서 견습 약제사로 근무하

기 시작.

1881년   8월 30일 노스캐롤라이나 주 제약협회로부터 약제사 면허 취득.

1882년   기침이 계속되자 텍사스에 거주하는 네 아들을 만나러 가는 제임스 홀 박사 부부의 권유를 받아들여 그들과 함께 고향을 떠나 기후가 건조한 텍사스로 감.

1882년   텍사스 주 라 살 카운티에 있는 리처드 홀의 목장에 손님으로 머물면서, 목장 일에 대한 온갖 지식을 습득하고 일꾼들과 어울리면서 스페인어를 익힘. 독서에 힘쓰는 동시에 그림에 대한 재능도 계속 갈고 닦음.

1884년   오스틴으로 이주하여 조지프 해럴의 집에 손님으로 머물면서 글쓰기와 그림에 대한 관심을 이어 나감. 부유한 식료품 잡화상인 P. G 로치의 의붓딸 애설 에스티스를 만남.

1887년   1월 리처드 홀이 책임자로 있는 텍사스 주 국유지 관리국에서 제도사로 근무하기 시작. 로치 씨 부부의 반대를 무릅쓰고 애설과 사랑의 도피를 감행하여 결국 결혼에 성공. 글쓰기에 대한 관심을 계속 이어 나가며 꾸준히 습작을 진행.

1888년   아들이 태어났지만 바로 사망. 9월 30일 아버지 앨저넌 시드니 포터 사망.

1889년   딸 마거릿 포터가 태어남. 폐결핵으로 원래부터 허약하던 애설의 건강이 출산 이후 더욱 악화됨.

1890년   할머니 루스 포터 사망.

1891년   리처드 홀이 텍사스 주 국유지 관리국의 책임자 자리 에서 물러나면서 국유지 관리국의 제도사 자리를 잃 게 됨. 찰스 앤더슨의 소개로 오스틴의 제일 국립은 행에 취직.

1894년   3월 《구르는 돌(The Rolling Stone)》이라는 8쪽 분량 의 주간 유머 잡지 창간. 4월에 제1호를 발행. 본격적 인 작품 활동을 시작하는 계기가 됨. 12월 은행 감사 결과 횡령 혐의가 적발되어 직장을 잃게 됨. 무죄를 주장했지만 이듬해 7월 개최될 대배심 청문회에 기 소됨.

1895년   3월 재정난으로 간신히 유지되고 있던 《구르는 돌》 폐간. 7월 대배심에서 횡령 혐의에 대한 증거 불충분 으로 불기소 처분을 받음. 휴스턴의 《포스트(Post)》 에서 특집 기사 전문 기자 겸 칼럼니스트로 육 개월 간 일함.

1896년   2월 사실상 종결되는 듯했던 횡령 사건에 대해 재심 명령이 떨어지고 휴스턴에서 체포되었으나 보석금 을 내고 곧 풀려남. 7월에 재판을 받기 위해 오스틴 으로 가는 도중 기차를 갈아타고 뉴올리언스로 도주. 몇 주 뒤에 다시 배를 타고 중앙아메리카의 온두라스 로 도주.

1897년   1월 아내가 위독하다는 소식을 받고 오스틴으로 돌 아옴. 7월 25일 폐결핵으로 아내 애설 포터 사망. 재판을 기다리며 딸 마거릿과 함께 장인의 집으로 들어가고, 그곳에서 작품 활동을 계속함. 12월 《매클루어》에 첫 작품 「용암 협곡의 기적(Miracle of Lava Canyon)」을 발표하게 됨.

1898년 2월 재판 시작, 4월 25일 횡령 혐의에 대한 유죄가 인정되어 오 년 형을 선고받고 오하이오 주 콜럼버스의 연방 교도소에 수감됨. 수인 번호 30664.

교도소 의무실에서 야간 약제사로 일하면서 틈틈이 작품 활동에 매진. 복역 중에 열네 편이 넘는 단편소설을 전국적으로 발행되는 잡지들에 게재하며 본격적인 전업 작가의 길에 들어섬. 오 헨리라는 필명을 처음으로 사용하기 시작. 모범적인 수감 생활을 인정받아 형기가 단축되어 삼 년 삼 개월 만에 출소.

1901년 출소 직후 구 개월간 로치 부부 및 딸 마거릿과 피츠버그에서 생활. 《디스패치(Dispatch)》와 몇몇 뉴욕 잡지에 글을 기고함.

1902년 《에인슬리(Ainslee's)》의 부편집장 길먼 홀의 권유로 뉴욕으로 이주. 아직 대중적으로 큰 인기를 얻지는 못했으나 출판 관계자들 사이에서는 오 헨리라는 필명으로 명성을 얻기 시작.

1903년 전국적으로 50만 부에 달하는 판매 부수를 가진 《선데이 월드(Sunday World)》와 매주 한 편씩 작품을 게재하기로 계약. 이후 이 년간 《선데이 월드》를 통해 무려 113편에 달하는 작품을 발표하며 전국적인 명성을 얻게 됨.《에브리바디(Everybody's)》,《매클루어(McClure's)》,《먼시(Munsey's)》를 비롯한 여러 월간지들을 통해서도 지속적으로 작품들을 발표함.

1904년   11월 첫 단편집『양배추와 왕들(Cabbages and Kings)』출간. 중앙아메리카에서의 경험들을 다룬 스무 편의 단편들을 마치 한 편의 소설인 양 한 사람의 화자가 서술하는 형식으로 묶은 형태의 작품집.

이 년 동안 무려 120편에 달하는 작품을 발표하며 왕성한 창작력 발휘.

1906년   4월 두 번째 단편집『400만(The Four Million)』출간. 《선데이 월드(Sunday World)》를 통해 이미 발표했던 뉴욕을 배경으로 한 가장 인기 있는 스물다섯 편의 이야기들을 묶은 작품집. 그에게 전 세계적인 명성과 인기를 안겨 줌.

1907년   어린 시절 친구였던 세라 린지 콜먼과 재혼. 딸 마거릿까지 함께 사는 평범한 가정을 꾸려 보려 노력함. 텍사스와 교도소에서의 경험들을 기반으로 한 이야기들을 실은 단편집『서부의 심장(The Heart of the West)』과 뉴욕을 배경으로 한 이야기들을 실은 단편집『잘 손질된 등불(The Trimmed Lamp)』출간.

1908년   잦은 폭음과 지병으로 건강이 악화되어 가는 와중에도 단편집『도시의 목소리(The Voice of the City)』와『점잖은 사기꾼(The Gentle Grafter)』출간.

1909년   여름 평범한 가정을 꾸리려는 노력이 실패로 돌아갔음을 인정하고 딸 마거릿을 뉴저지 주의 기숙학교로 보냄. 두 번째 아내 세라가 애슈빌로 돌아가면서 장기 별거에 돌입함. 단편집 『운명의 갈림길(Roads of Destiny)』과 『선택(Options)』 출간.

1910년 6월 3일 저녁 호텔 방에서 쓰러져 병원으로 이송됨. 6월 5일 일요일 아침 병원에서 말기 간경화와 당뇨 합병증으로 숨을 거둠. 당시 미국에서 가장 인기 있는 작가 가운데 한 사람이었지만 아이러니하게도 그가 남긴 재산은 아무것도 없었으며, 장례 미사는 소수의 출판계 지인들만 참석한 가운데 맨해튼 소재 영국 성공회 교회에서 치러졌음. 유해는 노스캐롤라이나 주 애슈빌로 보내져 그곳에 묻힘. 사후 단편집 『철저하게 사업적(Strictly Business)』과 『회전목마(Whirligigs)』 출간.

1911년 『뒤죽박죽(Sixes and Sevens)』 출간.

1912년 『구르는 돌(Rolling Stones)』 출간.

1916년 어린 시절 친구이자 영문학자인 C. 알폰소 스미스가 『오 헨리 전기』라는 제목으로 최초의 오 헨리 전기를 출간. 과거 수감 경력이 처음으로 대중에게 공개됨.

1917년 『떠돌이들(Waifs and Strays)』 출간.

1919년 미국 예술 과학 협회에서 북미 지역에서 일 년 동안 발표되는 최고의 단편소설을 '오 헨리 기념 수상작' 으로 선정하여 발표하기 시작.

1920년 『오 헨리 선집(O. Henryana)』 출간.

1936년   『오 헨리 앙코르(O. Henry Encore)』 출간.

1957년   제럴드 랭퍼드가 『가명, 오 헨리(Alias O. Henry)』라는 제목으로 오 헨리 전기 출간.

세계문학전집 **350**

오 헨리 단편선

1판 1쇄 펴냄   2017년 7월 10일
1판 15쇄 펴냄   2024년 10월 4일

지은이   오 헨리
옮긴이   김희용
발행인   박근섭, 박상준
펴낸곳   (주)민음사

출판등록   1966. 5. 19. (제 16-490호)
서울특별시 강남구 도산대로1길 62(신사동) 강남출판문화센터 5층 (우편번호 06027)
대표전화 02-515-2000 팩시밀리 02-515-2007
www.minumsa.com

© 김희용, 2017. Printed in Seoul, Korea

ISBN 978-89-374-6350-1 04800
ISBN 978-89-374-6000-5 (세트)

* 잘못 만들어진 책은 구입처에서 교환해 드립니다.

세계문학전집은 계속 간행됩니다.